Bodo Lehwald

Mord in Emden

Bodo Lehwald

Mord in Emden

Lena Berg ermittelt

Ostfriesenkrimi

Bibliografische Information der Deutschen Nationalbibliothek: Die Deutsche Nationalbibliothek verzeichnet diese Pub-likation in der Deutschen Nationalbibliografie; detaillierte bibliografische Daten sind im Internet über http://dnb.dnb.de abrufbar. Die automatisierte Analyse des Werkes, um daraus Informationen insbesondere über Muster, Trends und Korrelationen gemäß §44b UrhG („Text und Data Mining") zu gewinnen, ist untersagt.

© 2024 Bodo Lehwald

Alle Rechte vorbehalten.

Umschlaggestaltung: © BoD Books on Demand GmbH

Verlag: BoD · Books on Demand GmbH,

In de Tarpen 42, 22848 Norderstedt

Druck: Libri Plureos GmbH, Friedensallee 273,

22763 Hamburg

ISBN: 978-3-7597-7912-0

Prolog

Der Wind fegte durch die dunklen Straßen von Emden, trieb Blätter und Staub über das Kopfsteinpflaster und ließ die alten Fensterläden klappern. Über der Stadt hingen schwere, undurchdringliche Wolken, die den Mond verdeckten und die Gassen in ein unheimliches, schattenhaftes Licht tauchten. Die Stadt schien in dieser Nacht zu schweigen, als würde sie das Unheil erahnen, das bereits seinen Lauf genommen hatte.

Am Rande der Stadt, wo die alten Fabriken und Lagerhallen seit Jahren verlassen standen, erhob sich eine einst prächtige Villa. Verfallen und vergessen, zeugten ihre bröckelnden Mauern und blinden Fenster von einer längst vergangenen Zeit. Niemand hatte dieses Anwesen seit Jahren betreten – bis heute Nacht.

Im Inneren lag ein Mann, sein lebloser Körper ausgestreckt auf dem kalten Holzboden. Er war gut gekleidet, ein teurer Anzug, der nicht in diese verfallene Umgebung passte. Sein Gesicht, das einst von Selbstsicherheit geprägt war, war zu einer starren Maske des Entsetzens erstarrt. Die Augen weit geöffnet, als hätten sie bis zum letzten Moment nicht geglaubt, was geschehen würde. Unter seinem Körper breitete sich langsam eine dunkle Lache Blut aus, die in die Ritzen der alten Dielen sickerte. Der scharfe, metallische Geruch erfüllte den Raum und drückte das unausweichliche Ende dieses Mannes aus.

Eine große Gestalt stand im Schatten des Raumes. Der Mörder hatte die Szene ruhig beobachtet, fast gelassen. Dies war nicht das erste Mal, dass er diesen Mann gesehen hatte –

und es würde das letzte Mal sein. Der Tote hatte geglaubt, er könnte die Regeln brechen. Er wollte aussteigen, die Organisation hinter sich lassen, und hatte es gewagt, dies mit einem Umschlag

und einem Erpressungsversuch zu erzwingen. Ein fataler Fehler. Der Mörder beugte sich über den leblosen Körper, das Gesicht des Toten nur eine Handbreit entfernt. Er hatte es gewusst – der Mann am Boden hatte gewusst, dass es kein Entkommen gab. Jeder, der tief genug in die Machenschaften der Organisation verstrickt war, wusste, dass der Ausstieg nicht verhandelbar war. Und doch hatte er es versucht, als ob ein Umschlag und ein paar geheime Informationen ihm die Freiheit hätten erkaufen können. Ein leises Seufzen entwich dem Mörder, kaum hörbar im Wind, der durch die Villa pfiff. Verrat war immer eine Frage der Zeit, und es war nie persönlich. Aber so einfach ging niemand – und er schon gar nicht.

Mit einem letzten Blick auf das starre Gesicht des Toten richtete sich die Gestalt auf. Ohne Eile griff der Mörder in die Innentasche des Anzugs und zog einen weißen Umschlag hervor. Ein schneller Blick genügte, bevor er den Umschlag mit einer fließenden Bewegung in seine eigene Jackentasche gleiten ließ. Der Inhalt war bedeutend - so bedeutend, dass der Mann dafür sterben musste. Für einen Moment verweilte die Gestalt, das Knarren der alten Dielen und das Pfeifen des Windes in den Ritzen der Villa die einzigen Geräusche. Alles war nach Plan verlaufen. Dann richtete sich der Mörder auf, trat lautlos zurück in die Dunkelheit und verschwand durch die knarrende Tür hinaus in die feuchte Nacht. Kein Laut war zu hören, keine Spur von Zögern oder Unsicherheit. Draußen setzte der Wind erneut ein, trug das ferne Tuten eines Frachtschiffs auf der Ems mit sich. Die Villa lag wieder still, als wäre sie nie betreten worden. Doch der Tod hatte hier seine Spuren hinterlassen, unsichtbar für den Moment, aber bald würde die Stadt Emden die Auswirkungen spüren. Lena Berg, die gerade erst ihren Dienst im Polizeipräsidium von Emden angetreten hatte, wusste noch nichts von dem Mord, der in dieser verlassenen Villa geschehen war. Doch schon bald würde sie tiefer in die dunklen Geheimnisse der Stadt hineingezogen werden, als sie es sich jemals hätte vorstellen können. Der Tod hatte in Emden Einzug gehalten – und er würde nicht so schnell wieder gehen.

Kapitel 1

Nach einer langen Fahrt durch die frühen Morgenstunden erreichte Lena Berg endlich das Polizeipräsidium von Emden. Der Bahnhofsplatz lag vor ihr, in einer Mischung aus Trubel und Kleinstadtidylle. Das moderne Cinestar-Kino zog die Blicke auf sich, während die alte, in die Jahre gekommene Dampflok ein stilles Relikt vergangener Tage war. „Das ist also mein neuer Alltag,"

murmelte Lena, als sie aus dem Wagen stieg. Der Platz war belebt, aber es fühlte sich trotzdem ruhig an. Kein hektisches Gedränge, keine Sirenen – nur das gemächliche Leben einer kleinen Stadt. Sie holte tief Luft und ging auf das nüchterne, funktionale Gebäude des Polizeipräsidiums zu. Alles hier wirkte unspektakulär, fast trostlos, doch Lena wusste, dass es der Ort war, an dem sie einen Neuanfang brauchte. Sie hatte Hannover hinter sich gelassen, die Hektik und die dunklen Erinnerungen, aber ihre inneren Zweifel konnte sie nicht so einfach abschütteln. „War das die richtige Entscheidung?" fragte sie sich, während sie den Eingang betrat. Im Inneren war es kühler und stiller. Die Wachhabende hinter der Glasscheibe hob kurz den Kopf, als Lena ihren Dienstausweis vorzeigte.

„Guten Morgen, ich bin Oberkommissarin Lena Berg, neu hier in Emden." Die Wachhabende lächelte freundlich. „Willkommen in Emden, Kommissarin Berg. Herr Lammerts erwartet Sie bereits im ersten Stock. Die Treppe ist gleich links." Lena nickte und folgte den Anweisungen. Ihre Schritte hallten auf den kalten Betonstufen wider, während sie an alten Fahndungsplakaten vorbeiging. Die Erinnerungen an ihren letzten Fall in Hannover schlichen sich in ihren

Kopf, aber sie verdrängte sie schnell. Jetzt ging es darum, sich hier zu beweisen. Und dazu musste sie erst einmal das Vertrauen ihrer neuen Kollegen gewinnen. Lars Lammerts stand auf, als sie in sein Büro trat. Der Raum war schlicht, aber die Wände waren mit Zertifikaten und Auszeichnungen bestückt, die auf eine lange Karriere bei der Polizei hinwiesen.

„Kommissarin Berg, willkommen," sagte Lammerts mit einem festen Händedruck. Er war groß und breit, mit einem Gesicht, das sowohl Härte als auch Empathie ausstrahlte. „Ich hoffe, die Fahrt war nicht zu anstrengend." Lena lächelte leicht. „Nein, alles gut. Ich bin froh, endlich hier zu sein." „Wir sind auch froh, Sie hier zu haben," erwiderte Lammerts. „Wir mögen vielleicht nicht das Tempo von Hannover haben, aber glauben Sie mir, es wird auch in Emden nicht langweilig." „Das hoffe ich," antwortete Lena. Innerlich dachte sie jedoch: *Hoffentlich kann ich hier wirklich einen Neuanfang machen.*

Lammerts führte Lena durch die Flure des Präsidiums. Es war kein großes Gebäude, aber die Effizienz war spürbar. In einem größeren Raum, der als Zentrale diente, herrschte geschäftiges Treiben. Die Kollegen arbeiteten konzentriert, doch als Lammerts Lena vorstellte, erhoben sich einige. „Das ist Lena Berg, unsere neue Oberkommissarin," sagte Lammerts. „Sie bringt eine Menge Erfahrung aus Hannover mit." Jan Müller, ein hagerer Mann mit freundlichem Blick, trat vor und schüttelte Lena die Hand. „Willkommen an Bord. Wir haben dringend Verstärkung gebraucht." „Vielleicht lässt uns der Chef dann auch mal früher Feierabend machen," fügte er mit einem Augenzwinkern hinzu. Lena lachte kurz. „Ich werde mein Bestes geben." Neben Jan stand Robin, der Kommissar-Anwärter. Er war jung, nervös und offensichtlich begeistert, eine erfahrene Kollegin wie Lena zu treffen. „Ich freue mich darauf, von Ihnen zu lernen," sagte er, fast ehrfürchtig. „Glaub nicht alles, was du liest," erwiderte Lena lächelnd. Robins jugendlicher Eifer erinnerte sie an die Anfänge ihrer eigenen Karriere, und sie fragte sich, ob sie ihm eine Mentorin sein könnte.

Corinna Stein, die Forensikerin, blieb distanziert und professionell. „Ich hoffe, wir arbeiten effizient zusammen," sagte sie knapp, und Lena spürte, dass Corinna jemand war, der durch Taten überzeugt werden wollte. Während Lena mit den neuen Kollegen sprach, durchliefen sie verschiedene Gedanken. Jan war freundlich und locker, Robin eifrig und voller Energie. Doch Corinna würde sie genau beobachten – das spürte sie. *Ich muss mich erst beweisen,* dachte Lena.

Hier zählt, was ich tue, nicht, wo ich herkomme.

Die kleinen Unsicherheiten, die sie seit ihrer Ankunft verspürt hatte, verstärkten sich. Was, wenn sie nicht so gut war, wie alle erwarteten? Sie durfte keinen Fehler machen – nicht hier, nicht jetzt. Lena atmete tief ein und konzentrierte sich. Sie war hier, um zu zeigen, dass sie es konnte.

Nachdem die Vorstellungsrunde abgeschlossen war, führte Lammerts Lena zu ihrem neuen Arbeitsplatz. Ein Schreibtisch, den sie sich mit Jan teilen würde. „Nicht groß, aber funktional," sagte Lammerts. „Sie werden sich schnell zurechtfinden." „Das wird schon passen," antwortete Lena und richtete sich ein. Jan setzte sich zu ihr und begann, ihr von den besten Cafés in der Nähe zu erzählen. „Es gibt hier ein paar wirklich gute Plätze für den Morgenkaffee," sagte er. „Das Café am Hafen hat den besten Cappuccino." „Das klingt gut," erwiderte Lena, während sie ihre Sachen sortierte. *Das ist ein Anfang,* dachte sie. *Kleine Schritte.*

Robin war derweil eifrig dabei, Fragen zu stellen. „Wie war es, in Hannover zu arbeiten? Ich habe gehört, dass Sie bei einigen großen Fällen dabei waren!" „Nicht alles glauben, was du liest," wiederholte Lena mit einem Lächeln. Aber sie merkte, dass er neugierig auf ihre Erfahrungen war. Vielleicht konnte sie ihm eines Tages helfen, sich in der realen Polizeiarbeit zurechtzufinden.

Die Ruhe des Tages wurde jäh unterbrochen, als Lammerts' Funkgerät piepte. Er hörte eine Weile zu, bevor er sich an Lena wandte. „Ein Mordfall, im Nordviertel. Ein Mann wurde tot in einer Wohnung gefunden. Kommen Sie, Lena. Ihr erster Fall."

Lena spürte, wie ihr Herzschlag schneller wurde. *Jetzt geht es los,* dachte sie. Sie hatte gehofft, mehr Zeit zu haben, um sich einzuarbeiten, aber es gab keine Schonfrist. Jetzt musste sie sich beweisen. „Willkommen in Emden," sagte Lammerts trocken. „Gleich der erste Mord." „Perfekter Einstand," erwiderte Lena und zwang sich zu einem Lächeln. Sie fühlte die Nervosität in sich aufsteigen, aber sie wusste, dass sie jetzt professionell bleiben musste.

Sie fuhren durch die stillen Straßen von Emden. Lena saß neben Lammerts und beobachtete die Stadt durch das Fenster. Die Anspannung in ihr wuchs, aber gleichzeitig spürte sie, wie ihre Konzentration schärfer wurde. Es war das, was sie am meisten an ihrer Arbeit schätzte – die Klarheit, die mit dem Druck kam. „Hier ist jeder Tag ein Abenteuer," sagte Lammerts, ohne sie anzusehen. „Davon habe ich schon gehört," entgegnete Lena, ihre Nervosität unterdrückend.

Kapitel 2

Der Wagen hielt in einer verlassenen Straße des alten Industriegebiets. Um sie herum ragten verfallene Fabriken und rostige Zäune in den grauen Himmel. Lena stieg aus und spürte sofort die Schwere der Luft, vermischt mit dem typischen Geruch von altem Metall und Feuchtigkeit. Die Gegend wirkte trostlos und verlassen, als wäre sie längst vergessen worden. Doch die Polizeiabsperrungen und die vielen Uniformierten machten klar, dass dieser Ort heute eine düstere Aufmerksamkeit erregte. „Da drüben," sagte Lars Lammerts und wies auf die alte Villa am Ende der Straße. Das Gebäude war überwuchert, fast so, als wolle die Natur es zurückholen. Doch es hatte etwas Bedrohliches an sich, wie eine alte Narbe, die niemals richtig verheilt war.

Schaulustige und Reporter drängten sich an den Absperrungen. Einige hielten ihre Kameras hoch, andere schrieben hektisch auf ihren Blöcken. Lena spürte die Blicke der Neugierigen auf sich ruhen, als sie und Lars sich der Villa näherten. „Guten Morgen, Herr Lammerts," begrüßte ein junger Beamter sie an der Absperrung. „Der Tatort ist gesichert." „Danke," antwortete Lars knapp, als sie durch das flatternde Band traten. Lena konnte die neugierigen Blicke im Rücken spüren, aber sie war darauf vorbereitet. Es war immer so an einem Tatort – der Hunger der Außenwelt auf Antworten, während im Inneren des Hauses die Wahrheit verborgen lag.

Als sie die Veranda erreichten, hielt Lars inne. „Handschuhe und Überschuhe," sagte er und griff in seine Tasche. Es war Routine, aber in diesem Moment spürte Lena die Vorfreude, die sich mit einem Hauch von Nervosität vermischte. Ihr erster großer Fall in Emden. Sie zog die Handschuhe und Überschuhe über, während der Wind leise durch die verfallene Struktur des Hauses wehte. „Alles, was wir hier finden, könnte wichtig sein," sagte Lars, mehr für sich selbst als für sie. Lena nickte und richtete ihren Blick auf die Tür. Ein Mord in einer alten, verlassenen Villa. Es fühlte sich an wie der Anfang eines Rätsels, das darauf wartete, entschlüsselt zu werden. Das Haus selbst war ein Relikt vergangener Tage. Die knarrenden Holzdielen unter ihren Füßen und der modrige Geruch, der von den Wänden und Möbeln ausging, ließen keinen Zweifel daran, dass hier seit Jahren niemand mehr gelebt hatte. Der Staub lag schwer in der Luft, und die Tapeten hatten sich von den Wänden gelöst, als hätten sie den Kampf gegen den Verfall aufgegeben.

Lena folgte Lars durch den dunklen Flur, ihre Schritte hallten durch das leere Haus. „Das Wohnzimmer," sagte er knapp. „Da liegt der Tote." Es waren einfache Worte, doch sie trugen das Gewicht der bevorstehenden Aufgabe in sich. Lena spürte, wie sich ihre Anspannung verstärkte. Wer auch immer hier getötet worden war, die Villa hatte die Antworten. Als sie den Raum betraten, sah Lena sofort die Brutalität der Tat. Umgestürzte Möbel, Blutspuren auf dem Boden – es hatte einen Kampf gegeben, das war offensichtlich. In der Mitte des Raumes lag der Körper eines Mannes, und die Ermittler der Spurensicherung waren bereits dabei, Spuren zu sichern. Blaue und weiße Lichter blitzten auf, und überall im Raum waren kleine gelbe Markierungen platziert. Lena betrachtete die Szene aufmerksam.

Die Ermittler arbeiteten methodisch: Fingerabdrücke wurden von den Türen genommen, Haarproben gesammelt, und die Position des Körpers wurde aus verschiedenen

Winkeln fotografiert. Die Arbeit verlief routiniert, doch die Brutalität der Tat war unverkennbar. Das Opfer – ein Mann mittleren Alters – lag in einer unnatürlichen Position, und die Wunden am Körper deuteten auf eine heftige Auseinandersetzung hin. Lena trat näher heran und bemerkte die tiefen Schnittwunden an den Armen und Händen. *Er hat gekämpft*, dachte sie. *Aber er hatte keine Chance.* „Mehrere Stichwunden, hauptsächlich im Oberkörper," sagte eine kühle, sachliche Stimme hinter ihr. Dr. Julia Müller, die Gerichtsmedizinerin, kniete neben dem Leichnam. Sie trug einen weißen Overall, Handschuhe und eine Atemmaske, ihr Blick konzentriert auf den Körper gerichtet. „Der Mann hat sich gewehrt. Abwehrverletzungen an den Armen und Händen." Während Julia ihre Arbeit fortsetzte, ließ Lena ihren Blick durch den Raum schweifen.

Sie hatte viele Tatorte gesehen, aber dieser fühlte sich anders an. Es war nicht nur die Brutalität der Tat, es war der Ort – diese alte Villa, verlassen im Herzen eines Industriegebiets. *Warum hier?* fragte sie sich. *Warum dieser Ort?* Es war eine Frage, die sie nicht losließ. Das Opfer hatte sich gewehrt, aber es war mehr als ein einfacher Raubüberfall. Die Spuren eines Kampfes, die Tiefe der Wunden – das alles deutete auf etwas Persönliches hin. *War es geplant? War es ein Streit, der eskalierte?* Lenas Gedanken drehten sich um mögliche Szenarien, doch sie wusste, dass sie mehr Informationen brauchte. Julia hob ihren Kopf und lächelte leicht, bevor sie einen weiteren Blick auf das Opfer warf.

„Sie hätten mich mal gestern Abend sehen sollen, als ich versucht habe, meinen neuen Hund zu baden. Fast derselbe Kampf." Lena grinste unwillkürlich. Es war eine kleine, menschliche Bemerkung, die die Ernsthaftigkeit des

Moments nicht minderte, aber Julia als Person greifbarer machte. „Wissen wir schon, wer er ist?" fragte Lena, wieder in den Fall zurückkehrend. „Noch nicht," antwortete Julia und zog ihre Augenbrauen hoch. „Keine Papiere, keine Brieftasche. Aber wir werden es bald herausfinden." Lena bemerkte, wie professionell Julia arbeitete, aber die kurze humorvolle Bemerkung ließ sie auch als Mensch hervortreten – jemand, der trotz der Schwere der Arbeit nicht seine Menschlichkeit verloren hatte. Ein Beamter der Spurensicherung trat an sie heran und hielt eine beschriftete Beweistüte hoch. „Wir haben das hier unter einem umgestürzten Tisch gefunden," sagte er und reichte die Tüte Lars. Lars öffnete sie und zog ein Portemonnaie heraus. Er durchsuchte es und zog schließlich einen Führerschein hervor. „Friedrich Albers," sagte er leise und hielt Lena den Ausweis hin. „54 Jahre alt." Lena nahm den Führerschein und studierte das Foto. *Jetzt haben wir einen Namen*, dachte sie, doch es brachte keine Klarheit. Im Gegenteil – es schien alles nur noch komplizierter zu machen. *Warum war Friedrich Albers hier?* Wir müssen herausfinden, was Albers hier zu suchen hatte," sagte Lars und sah sich im Raum um. „Ob er freiwillig hierher gekommen ist oder ob ihn jemand hergelockt hat."

Lena nickte. „Wir sollten sein Umfeld durchleuchten – Familie, Freunde, Arbeitskollegen. Jemand muss etwas wissen." Sie sah noch einmal durch das Zimmer, als würde es ihr eine Antwort geben, doch alles, was sie fühlte, war die Schwere der Geheimnisse, die dieser Ort barg. Nachdem die Untersuchungen abgeschlossen waren, fuhren Lena und Lars zurück zum Präsidium. Der Fall schien immer komplexer zu werden, und Lena spürte die Schwere der

Verantwortung auf ihren Schultern. Sie wusste, dass die Lösung dieses Falls Zeit und Geduld erfordern würde. „War ein langer Tag," sagte Lars, als sie das Präsidium betraten. „Ja," antwortete Lena, ihre Gedanken noch beim Tatort. „Aber genau das ist es, was ich wollte." Lars nickte. „Du wirst uns bei diesem Fall gut voranbringen. Ich bin sicher." Mit diesen Worten ließ er sie allein. Lena setzte sich an ihren Schreibtisch, doch ihre Gedanken kreisten immer noch um Friedrich Albers und die Frage, warum er in dieser alten Villa sterben musste.

Nach der gründlichen Nachbesprechung im Polizeipräsidium, die die Details des Mordfalls klärte und die Rollen im Team festlegte, spürte Lena, wie die Müdigkeit sie langsam überkam. Es war ein langer Tag gewesen, und sie merkte, wie die Erschöpfung an ihren Nerven zerrte. Der Abend dämmerte bereits, als sie sich von ihrem Team verabschiedete, das ebenfalls den Tag hinter sich lassen wollte. Einige nickten ihr zu, mit einer Mischung aus Erschöpfung und Entschlossenheit in ihren Gesichtern. Bevor sie das Präsidium verließ, suchte Lena noch einmal das Gespräch mit Lars Lammerts, ihrem Vorgesetzten. Sie trat in sein Büro, wo er über einigen Akten brütete. „Danke, Lars, für die Einführung heute und dass Sie mich so gut aufgenommen haben", sagte sie mit einem ehrlichen Lächeln.

Lars, immer ruhig und gelassen, sah von den Papieren auf und nickte anerkennend. „Wir sind froh, dich an Bord zu haben, Lena. Du bringst frischen Wind rein, und ich bin sicher, dass du uns helfen wirst, diesen Fall zu lösen." Mit diesen aufmunternden Worten verließ Lena sein Büro und spürte eine gewisse Erleichterung, als sie die schwere Tür des Präsidiums hinter sich zuzog. Die frische Abendluft schlug ihr entgegen, als sie den Parkplatz erreichte, wo ihr Wagen auf sie wartete. Sie stieg ein, startete den Motor und fuhr die Bahnhofsstraße entlang. Der Platz, der tagsüber belebt war, lag jetzt fast verlassen da. Lena bemerkte das Cinestar-Kino, dessen helles Leuchtschild in der Ferne erstrahlte, und konzentrierte sich auf die ruhige Fahrt.

Sie bog nach rechts ab und fuhr weiter Richtung Gatjebogen, eine ruhige Straße, die in einladender Stille dalag. Hier, in dieser friedlichen Gegend, lag ihr neues Zuhause – ein kleines Haus, das von außen eine warme, einladende Atmosphäre ausstrahlte. Lena parkte den Wagen, stieg aus und sah, wie die letzten Strahlen der untergehenden Sonne den Garten in ein goldenes Licht tauchten. Drinnen schloss sie die Tür hinter sich und atmete tief durch. Das Haus war still und gemütlich. Sie ließ den Blick über die Einrichtung schweifen – schlichte Möbel, ein kleiner Esstisch mit einer Vase frischer Blumen darauf, die sie am Morgen gekauft hatte, um dem Raum etwas Leben zu verleihen. Auf einem Regal standen einige Bücher, die sie mitgebracht hatte, und ein Foto ihrer Eltern. Lena seufzte leise, spürte die vertraute Wärme, die das Haus ausstrahlte. Doch trotz der friedlichen Umgebung konnte sie die Anspannung nicht loslassen. Erschöpft von den Ereignissen des Tages, aber innerlich noch aufgewühlt, entschloss sich Lena, sich auf die Terrasse zu setzen und den Tag Revue passieren zu lassen. Sie schnappte sich ein Glas Wein und ließ sich in den Terrassenstuhl sinken. Der Garten um sie herum war still, nur das leise Summen von Insekten und das gelegentliche Zwitschern eines Vogels durchbrachen die Ruhe. Es war der perfekte Ort, um den Kopf freizubekommen. Doch ihre Gedanken ließen sie nicht los.

Kaum hatte sie das Polizeipräsidium betreten, wurde sie zu einem Tatort gerufen – ein Mordfall, der Emden erschütterte. Das Opfer, ein Mann mittleren Alters, wurde in einer verlassenen Villa gefunden. Brutal ermordet, mit Wunden, die auf eine persönliche Vendetta hindeuteten. Die Kälte, mit der der Täter vorgegangen war, ließ Lena erschaudern. Wer konnte so etwas tun? Und warum?

Das Klingeln ihres Handys unterbrach die Stille. Es war Bodo, ihr ehemaliger Kollege und guter Freund aus Hannover. „Hey Lena, wie war dein erster Tag?" erkundigte er sich, seine vertraute Stimme klang beruhigend in der stillen Nacht. Lena zögerte kurz. „Es war... intensiv. Gleich ein Mordfall. Fühlt sich an, als wäre ich direkt ins kalte Wasser geworfen worden." Bodo lachte leise. „Das klingt hart, aber ich kenne niemanden, der besser mit solchen Herausforderungen umgehen kann als du." Sie sprachen noch einige Minuten, in denen Bodo versuchte, Lena etwas aufzuheitern. Nach dem Gespräch fühlte sich Lena tatsächlich etwas leichter. Sie verabschiedeten sich, und Lena legte das Telefon beiseite.

Der leichte Wind, der durch die Blätter im Garten raschelte, durchbrach die Stille. Lena versank tiefer in ihre Gedanken. Sie dachte an den Grund, warum sie von Hannover nach Emden gekommen war – den vermissten Kind-Fall, der sie emotional ausgebrannt hatte. Sie erinnerte sich daran, wie sie in den Gassen Hannovers nach Hinweisen gesucht hatte, jede mögliche Spur verfolgt hatte, bis zur Erschöpfung. Aber die Hoffnung, das Kind lebend zu finden, war zerschlagen worden, als man die Überreste in einem verlassenen Lagerhaus entdeckte. Dieser Moment hatte alles verändert.

Die Bilder des verlassenen Lagerhauses kamen ihr in den Sinn. Der Geruch, die Kälte des Gebäudes, und der Moment, als sie das kleine Bündel gesehen hatte – das Bild ließ sie nicht los. *Ich hätte mehr tun können*, dachte sie, wie so oft. Es war dieser Gedanke, der sie nächtelang wachgehalten hatte, bis sie nicht mehr wusste, wie sie weiter funktionieren sollte.

Doch jetzt war sie hier, in Emden, in einem ruhigeren Umfeld, um neu anzufangen. *Aber ist es wirklich ein Neuanfang?* fragte sie sich. Die Zweifel nagten an ihr, ob sie den emotionalen Ballast je hinter sich lassen könnte. Sie fragte sich, ob sie dem neuen Druck in Emden gewachsen war oder ob die Schatten ihrer Vergangenheit sie auch hier verfolgen würden.

Mit diesen Gedanken ging Lena ins Bett. Doch der Schlaf kam nicht. Die Bilder des vermissten Kindes, die Schatten aus ihrer Vergangenheit, verfolgten sie. Es war eine innere Unruhe, die sie nicht losließ. Schließlich, umgeben von der Dunkelheit ihres neuen Schlafzimmers, driftete Lena in einen unruhigen Schlaf, geplagt von Albträumen über Hannover und die Gassen, in denen sie früher nach Antworten gesucht hatte.

Kapitel 3

Die Nacht brachte ihr keine Erholung. Immer wieder schreckte Lena aus ihrem Schlaf auf, gequält von den Erinnerungen und Bildern, die sich in ihren Kopf gebrannt hatten. Als die ersten schwachen Sonnenstrahlen durch die Vorhänge schimmerten, gab sie den Versuch, weiterzuschlafen, auf. Die Müdigkeit lastete schwer auf ihr, und sie fühlte sich, als hätte sie die ganze Nacht mit ihren eigenen Dämonen gerungen.

Lena zog die Vorhänge zur Seite. Der frühe Morgennebel hing dicht über den Straßen von Emden, und die kühle Luft, die durch das geöffnete Fenster strömte, bot zumindest etwas Erleichterung. Sie trat hinaus auf die Terrasse und atmete tief ein, als Lena auf der Terrasse ihres neuen Zuhauses saß und ihren Kaffee genoss. Der klare Duft des Morgens half, ihre aufgewühlten Gedanken zu beruhigen, auch wenn die Schatten ihrer Albträume noch in den Ecken ihres Bewusstseins lauerten.

Die friedliche Stille des kleinen Gartens bot ihr einen willkommenen Rückzugsort nach dem intensiven ersten Tag bei der Kriminalpolizei Emden. Der leichte Wind, der durch die Blätter raschelte, und das leise Zwitschern der Vögel halfen ihr, ihre Gedanken zu ordnen. Der Duft des frisch gebrühten Kaffees vermischte sich mit der kühlen Morgenluft und brachte ein Gefühl von Neubeginn, das Lena tief in sich aufnahm.

Doch der gestrige Mordfall ließ sie nicht los. Sie dachte an die blutgetränkte Szene in der alten Villa zurück. Der Anblick des leblosen Körpers, die brutalen Wunden – das alles hatte sich in ihr Gedächtnis gebrannt. *Wie werde ich hier nur bestehen?* fragte sie sich. In Hannover hatte sie sich durch ihre Erfolge Respekt erarbeitet, aber hier? Hier kannte sie niemand. Die Erwartungen lasteten schwer auf ihr, und der Druck, sich zu beweisen, wuchs mit jedem Moment.

Habe ich die richtige Entscheidung getroffen, nach Emden zu kommen? Der Wechsel von der Großstadt in die Kleinstadt war größer, als sie erwartet hatte. *Das hier ist meine Chance, neu anzufangen. Aber wenn ich versage, wird mir das keiner verzeihen*, dachte sie und spürte, wie die Unsicherheit in ihr aufstieg. Dennoch musste sie weitermachen. *Ich habe das schon einmal geschafft. Diesmal schaffe ich es auch.*

Nachdem sie ihre Tasse geleert hatte, entschied Lena, auf dem Weg zur Arbeit bei Bäcker Buchholz anzuhalten. Sie erinnerte sich daran, wie sie in Hannover oft Croissants für ihre Kollegen mitbrachte – eine kleine Geste, die stets gut ankam. *Vielleicht lockert das die Anspannung heute etwas auf,* dachte sie, als sie in ihr Auto stieg.

Als Lena vor der Bäckerei parkte, erwachte Emden langsam zum Leben. Die frische Brise vom Meer wehte durch die Straßen, vermischt mit einem Hauch von Salz. Sie öffnete die Tür zur Bäckerei und stieß fast mit einem Mann zusammen, der gerade das Geschäft verließ.

„Moin", grüßte er freundlich, während er vorbeiging.

Lena lächelte. „Moin." Das war in Hannover nie passiert, und sie musste zugeben, dass ihr diese direkte, herzliche Art gefiel. Es fühlte sich fast so an, als würde dieses „Moin" die ersten Risse in der Mauer ihrer Fremdheit aufbrechen. In der Bäckerei wurde sie von der Verkäuferin ebenfalls mit einem fröhlichen „Moin" empfangen.

„Guten Morgen", sagte Lena zurück, aber auch diesmal kam ein „Moin" als Antwort. Lena konnte nicht anders, als zu lächeln. *Es scheint, als würde dieses Wort die Menschen hier verbinden.*

„Ein Dutzend Croissants, bitte", bestellte sie, während der Duft von frischem Gebäck den kleinen Laden füllte. Die Verkäuferin packte die Croissants sorgfältig ein, und Lena beobachtete, wie routiniert sie dabei vorging.

„Hier, bitte schön", sagte die Verkäuferin, als sie Lena die Tüte reichte.

Zurück im Auto fühlte sich Lena etwas erleichtert. Das „Moin" und die warme Atmosphäre der Bäckerei hatten ihr das Gefühl gegeben, langsam in Emden anzukommen. *Aber das reicht noch nicht*, dachte sie. *Ich muss mich im Job beweisen – und dieser Fall könnte meine Chance sein, aber auch mein Untergang.*

Als Lena das Polizeipräsidium am Bahnhofsplatz erreichte, war der morgendliche Betrieb in vollem Gange. Sie betrat das Gebäude mit den Croissants in der Hand und wurde von dem Wachhabenden, einem älteren Beamten, mit einem freundlichen „Moin" begrüßt. Lena erwiderte den Gruß, diesmal ohne zu zögern. *Ein Gruß allein reicht nicht, um wirklich dazu zu gehören*, dachte sie, während sie auf dem Weg zum Besprechungsraum weitere Kollegen mit einem „Moin" grüßten. Es war ein erster Schritt, aber die echte Akzeptanz würde erst durch ihre Leistung kommen.

Im Besprechungsraum hatte sich das Team bereits versammelt. Jan Müller lehnte am Fenster und grüßte Lena mit einem „Moin, Lena". Lena stellte die Tüte mit den Croissants auf den Tisch. „Ich habe Frühstück für uns mitgebracht", sagte sie lächelnd.

„Das ist ja eine großartige Überraschung!", rief Robin begeistert und schnappte sich sofort ein Croissant.

Lars Lammerts, der Leiter der Kripo, nickte anerkennend. „Gute Idee, Lena. Croissants haben wir hier schon lange nicht mehr gehabt."

Während die Kollegen sich die Croissants nahmen und die Stimmung für einen kurzen Moment gelöst schien, spürte Lena eine unterschwellige Spannung. Der Fall, der sie alle beschäftigte, lag wie ein Schatten über dem Raum. Ihre Gedanken kreisten um die Obduktion und die Zeugenbefragungen, die heute anstanden. *Wir dürfen keine Fehler machen*, dachte sie. Jeder in diesem Raum wusste, dass dieser Mordfall schnell gelöst werden musste, und Lena hatte das Gefühl, dass die Blicke ihrer neuen Kollegen immer wieder auf ihr ruhten – erwartungsvoll, aber auch kritisch.

„Heute haben wir viel zu tun", begann Lars, als alle sich gesetzt hatten. Er blickte auf seine Notizen, die Augen ernst. „Es gibt mehrere Zeugen, die wir noch befragen müssen, und wir müssen die Überwachungsvideos aus der Umgebung des Tatorts sichern."

Corinna Stein, die Forensikerin, sprach als Nächste. „Ich habe bereits einige Proben zur Analyse ins Labor geschickt. Wir sollten im Laufe des Tages erste Ergebnisse erhalten."

Robin meldete sich zu Wort, voller Tatendrang, doch auch ein wenig nervös. „Ich könnte mich um die Videoüberwachung kümmern. Vielleicht finde ich etwas, das uns weiterhilft." Lars nickte. „Gute Idee, Robin. Und Lena, ich würde vorschlagen, dass du mit Jan zusammen die Zeugenbefragungen übernimmst. Ihr beide habt die meiste Erfahrung damit."

„Klar, Lars", antwortete Lena, ihre Stimme fest, obwohl sie spürte, wie sich die Anspannung in ihr verstärkte. Die Verantwortung, die nun auf ihr lastete, war greifbar. *Dies ist mein Moment, zu zeigen, was ich kann. Aber ein Fehler – und das Team könnte mich sofort abschreiben.*

Doch bevor sie loslegen konnten, fügte Lars hinzu: „Bevor ihr die Zeugen befragt, solltet ihr ins Gerichtsmedizinische Institut fahren und bei der Obduktion des Opfers dabei sein. Dr. Julia Müller hat bereits mit der Untersuchung begonnen. Es wäre gut, wenn ihr die Ergebnisse direkt von ihr erfahrt."

Lena nickte. „Verstanden, Lars. Wir fahren direkt nach dem Frühstück hin."

Die entspannte Atmosphäre des Frühstücks wich der Anspannung, die mit der Polizeiarbeit einherging. Die Croissants waren gegessen, doch jetzt begann der Ernst des Tages. Während das Team sich aufteilte, spürte Lena, wie ihre Nerven zum Zerreißen gespannt waren. *Das ist es. Kein Platz für Fehler.*

Nachdem Lena und Jan das Polizeipräsidium verlassen hatten, fuhren sie zum Gerichtsmedizinischen Institut. Mit jedem Kilometer, den sie zurücklegten, wuchs Lenas Anspannung. Der zweite Tag in Emden hatte begonnen, und sie wusste, dass die bevorstehende Obduktion ihre Gedanken und Gefühle herausfordern würde – genauso wie es immer war, wenn sie mit dem Tod so unmittelbar konfrontiert wurde.

Im Empfangsbereich des Instituts herrschte die typische sterile Kühle. Das Summen der Leuchtstoffröhren und der Geruch von Desinfektionsmitteln verstärkten das Gefühl von klinischer Sauberkeit. Nach der Anmeldung am Empfang wurden sie in einen der Obduktionsräume geschickt.

„Maske, Handschuhe und Schutzkleidung bitte", forderte die Sekretärin sie auf. Lena und Jan zogen die sterile Schutzkleidung über, setzten ihre Gesichtsmasken auf und traten in den Raum.

Der vertraute Geruch von Desinfektionsmitteln, gemischt mit dem eigentümlichen, metallischen Geruch des Todes, schlug ihnen entgegen. Trotz der vielen Jahre in der Kripo hatte Lena sich nie wirklich, daran gewöhnt. Sie wusste, dass sie sich mit der Zeit an vieles in ihrem Beruf gewöhnt hatte, doch die Kälte und Endgültigkeit des Todes würde sie niemals einfach hinnehmen können. Jedes Mal erinnerte es sie daran, wozu Menschen fähig waren – und was sie einander antun konnten.

Dr. Julia Müller, die Gerichtsmedizinerin, wartete bereits auf sie. Ihre Augen blitzten hinter der Maske auf, als sie Lena und Jan mit einem Nicken begrüßte.

„Moin, Lena, Jan", sagte sie ruhig, während sie das weiße Tuch hob, das den Körper des Opfers bedeckte. „Ich habe bereits mit der äußeren Untersuchung begonnen."

Unter dem Tuch kam der leblose Körper des Mannes zum Vorschein. Seine Haut war blass und bläulich verfärbt – eine Folge des Todes und des Blutverlustes. Die Wunden auf seiner Brust und seinem Rücken waren tief, und Lena konnte sofort die brutale Gewalt erkennen, die angewendet worden war.

„Er hat sich gewehrt", erklärte Julia und zeigte auf die Hände des Opfers. Deutliche Abwehrverletzungen waren an den Handflächen und Fingern zu erkennen. „Ich habe Proben von den Hautresten unter den Fingernägeln genommen. Vielleicht liefert uns das Hinweise auf den Täter."

Lena betrachtete den Körper schweigend. Trotz ihrer langen Erfahrung als Kriminalkommissarin durchlief sie immer wieder dieselben Emotionen. Es war schwer, sich den Anblick der Wunden und die Kälte, die von einem toten Körper ausging, wirklich auszublenden. *Wie kann jemand so etwas tun?* Diese Frage stellte sie sich jedes Mal, auch wenn sie wusste, dass es darauf keine einfache Antwort gab. *Menschen sind zu schrecklichen Dingen fähig.*

Julia bemerkte Lenas stille Reaktion und legte kurz ihre Hand auf ihren Arm – eine kleine, mitfühlende Geste. „Es wird nie einfacher, aber wir müssen weitermachen", sagte sie leise, bevor sie sich wieder der Leiche zuwandte.

„Ich mache jetzt mit der inneren Obduktion weiter", erklärte Julia und griff nach dem Skalpell. Mit geübten, präzisen Bewegungen setzte sie den Y-förmigen Schnitt an, der vom Schlüsselbein des Opfers bis zum Unterbauch verlief. Lena beobachtete, wie Julia routiniert den Brustkorb öffnete und die inneren Organe freilegte. Das laute Sägegeräusch, das durch den Raum hallte, ließ Lena, trotz ihrer jahrelangen Erfahrung, unwillkürlich zusammenzucken. *Es wird nie Routine*, dachte sie, während sie die Kälte der Obduktion auf sich wirken ließ.

Julia öffnete den Brustkorb vollständig und legte das Herz des Opfers frei. Sie untersuchte es sorgfältig. „Die Hauptschlagader ist unversehrt, aber die Wunde hier", sagte sie und deutete auf eine klaffende Wunde in der linken Herzkammer, „ist tödlich. Innerhalb weniger Minuten hätte er an Blutverlust sterben müssen."

Auch die Lungen wurden untersucht, aber es gab keine weiteren auffälligen Verletzungen. „Der Tod ist eindeutig auf den massiven Blutverlust durch die Stichwunden zurückzuführen", schloss Julia und begann, den Brustkorb wieder zu schließen.

Lena und Jan standen stumm daneben und verarbeiteten die Informationen. Es war ein brutaler Mord gewesen, und die Details, die Julia ihnen geliefert hatte, würden für die weitere Ermittlung entscheidend sein. Lena fühlte das Gewicht der Verantwortung schwer auf ihren Schultern lasten. *Wir müssen diesen Fall lösen, egal was es kostet.*

„Danke, Julia", sagte Lena schließlich, während sie sich von der Leiche abwandte. „Deine Untersuchung wird uns sehr weiterhelfen."

„Ich schicke euch den vollständigen Bericht, sobald er fertig ist", antwortete Julia und nickte ihnen zu, bevor sie sich wieder ihrer Arbeit zuwandte.

Nachdem Lena und Jan den Obduktionsraum verlassen hatten, zogen sie draußen ihre Masken ab und legten die Schutzkleidung ab. Als sie endlich ins Freie traten, hielt Lena für einen Moment inne, schloss die Augen und zog die kühle, frische Luft tief in ihre Lungen. Es fühlte sich wie eine Befreiung an, nach der stickigen, sterilen Luft im Institut wieder draußen zu sein.

Jan atmete ebenfalls tief durch. „Immer wieder schwer, so etwas", sagte er leise und schaute in die Ferne.

Lena nickte. „Ja, das wird es wohl nie."

Für einen Moment war es still, dann atmete Lena tief durch. *Es ist schwer, aber notwendig. Dieser Fall wird nicht einfach, aber wir werden die Antworten finden, die wir brauchen*, dachte sie entschlossen.

„Komm, lass uns zu den Zeugen fahren", sagte sie schließlich, und Jan nickte zustimmend.

Gemeinsam machten sie sich auf den Weg zum Auto. Die Ermittlungen waren noch lange nicht abgeschlossen, doch sie waren fest entschlossen, den Täter zur Rechenschaft zu ziehen.

Kapitel 4

Lena und Jan hatten das Gerichtsmedizinische Institut gerade verlassen und saßen nun wieder im Wagen. Die Besprechung mit Dr. Julia Müller hatte ihnen wertvolle Informationen geliefert, aber es war klar, dass sie noch viel Arbeit vor sich hatten. Als Nächstes stand die Befragung der Familie des Opfers auf ihrer Liste.

„Das Opfer lebte in der Larrelter Straße", erklärte Jan, während er den Wagen startete. „Das ist nicht weit von hier. Wir sollten in etwa zehn Minuten dort sein."

Lena nickte und dachte über das Gespräch nach, das sie gleich führen würden. Es war nie leicht, mit Hinterbliebenen zu sprechen, besonders bei einem brutalen Mordfall. Die Details, die Dr. Müller in der Gerichtsmedizin über das Opfer preisgegeben hatte, hallten noch in ihrem Kopf nach. Die Vorstellung, Friedrich Albers Frau von diesen Qualen zu erzählen, schien ihr kaum erträglich.

Nach kurzer Zeit erreichten sie die Larrelter Straße. Das Wohngebiet war ruhig und die Straße gesäumt von gepflegten Einfamilienhäusern. Sie parkten vor einem kleinen Haus mit einem ordentlich gestutzten Vorgarten und holten ihre Polizeimarken hervor, um sich auszuweisen.

Jan klingelte, und nach einem Moment öffnete eine Frau mittleren Alters die Tür. Ihr Gesicht war bleich und ihre Augen waren rot und geschwollen – die Tränen der vergangenen Stunden hatten ihre Spuren hinterlassen.

„Frau Albers?" fragte Jan sanft, während er ihr die Polizeimarke zeigte. „Wir sind von der Kriminalpolizei." Die Frau nickte stumm. „Mein Name ist Jan Müller, und das ist meine Kollegin, Oberkommissarin Lena Berg. Dürfen wir hineinkommen?" fragte er behutsam. „Ja, natürlich", flüsterte Frau Albers und trat zur Seite, um ihnen Platz zu machen.

Sie führte die beiden in ein gemütliches Wohnzimmer, das in warmen Farben eingerichtet war. Trotz der Behaglichkeit des Raumes lag eine erdrückende Schwere in der Luft, und Lena spürte die Last des Verlusts, der über der Familie schwebte.

Frau Albers setzte sich auf das Sofa und legte ihre Hände in den Schoß, während Lena und Jan sich gegenüber auf zwei Sesseln niederließen. Sie holte tief Luft, als würde sie sich auf das Gespräch vorbereiten.

„Es tut uns sehr leid, dass wir unter diesen Umständen mit Ihnen sprechen müssen", begann Lena ruhig. „Aber es ist wichtig, dass wir so viel wie möglich über Ihren Mann und seine letzten Tage erfahren, um zu verstehen, was passiert ist."

Frau Albers sah für einen Moment zu Boden, bevor sie antwortete. „Friedrich war... ein guter Mann. Sehr ruhig, immer diszipliniert. Aber in den letzten Wochen... da war er anders."

„Anders?" fragte Jan, seine Stimme sanft und mitfühlend. „Können Sie uns mehr darüber erzählen?"

„Er war angespannt. Er hat mehr gearbeitet als sonst. Oft bis spät in die Nacht", erklärte Frau Albers, ihre Augen füllten sich erneut mit Tränen. „Ich habe ihn gefragt, was los ist, aber er wollte nicht darüber reden."

„Gab es in den letzten Tagen irgendetwas Ungewöhnliches? Etwas, das Ihnen aufgefallen ist? Fremde Autos oder Anrufe?" fragte Lena. Frau Albers schüttelte den Kopf. „Nein... Alles schien normal, bis gestern." Lena ließ einen Moment der Stille zu, bevor sie vorsichtig nachfragte. „Ihr Mann arbeitete viel. Hatte er Kollegen, mit denen er besonders engen Kontakt hatte? Jemanden, von dem er viel gesprochen hat?"

Frau Albers seufzte. „Ja... seine Sekretärin. Lea Weber. Er hat oft von ihr gesprochen, dass sie so fleißig und zuverlässig sei. Sie haben viel zusammengearbeitet." „Glauben Sie, dass diese Zusammenarbeit rein beruflich war?" fragte Jan vorsichtig.

Frau Albers sah zu Boden, zögerte einen Moment und antwortete dann leise: „Ich... weiß es nicht. Es wirkte manchmal... als ob es mehr wäre, aber ich wollte das nie wirklich glauben."

Lena notierte sich den Namen und fragte weiter: „Haben Sie mitbekommen, ob Ihr Mann in letzter Zeit Streit mit jemandem hatte? Oder ob ihn etwas besonders besorgt hat?"

„Er wirkte besorgt, aber ich weiß nicht, warum", antwortete Frau Albers. „Er war in den letzten Wochen viel ruhiger, als ob er sich ständig Sorgen machte."

„Ist Ihnen in den letzten Tagen etwas aufgefallen? Vielleicht ein bestimmter Anruf oder ein Treffen?" fragte Jan. Frau Albers schüttelte erneut den Kopf. „Nein... nichts Ungewöhnliches. Ich wünschte, ich könnte Ihnen mehr sagen... aber ich weiß es einfach nicht."

Lena sah, wie schwer es der Frau fiel, diese Worte auszusprechen. Sie wusste, dass es schwierig sein würde, mehr herauszufinden, aber sie hatte ein Gefühl, dass Frau Weber möglicherweise der Schlüssel zu mehr Informationen sein könnte.

„Danke, Frau Albers", sagte Lena leise. „Das hilft uns schon weiter. Wir wissen, dass es schwer für Sie ist." Frau Albers nickte stumm und senkte den Kopf. Jan und Lena erhoben sich. „Wenn Ihnen noch etwas einfällt, das wichtig sein könnte, zögern Sie bitte nicht, uns zu kontaktieren", fügte Jan hinzu und überreichte ihr seine Karte. Die beiden verabschiedeten sich höflich und verließen das Haus.

Als sie zurück zum Wagen gingen, spürte Lena die emotionale Schwere des Gesprächs. „Es ist immer schwer, mit den Hinterbliebenen zu sprechen", sagte Lena, als sie wieder im Auto saßen. „Aber ich denke, wir haben ein besseres Bild von dem Mann, den wir verloren haben."

Nachdem Lena und Jan das Haus von Frau Albers verlassen hatten, herrschte eine kurze Stille im Auto. Beide waren damit beschäftigt, die Informationen zu verarbeiten, die sie gerade erhalten hatten. Jan starrte nachdenklich auf die Straße, bevor er den Wagen startete.

„Es scheint, als hätte Frau Albers uns nicht alles gesagt," begann Lena. „Die Sache mit Lea Weber fühlt sich merkwürdig an. Sie hat den Namen mehrmals erwähnt, als wollte sie etwas verbergen."

Jan nickte, blickte kurz zu Lena, bevor er vorschlug: „Weißt du, bevor wir uns direkt auf Frau Weber stürzen, könnten wir eine kurze Pause machen. Es gibt ein nettes Café am Delft – das ‚Café Einstein'. Wir könnten dort die Informationen sortieren und durchatmen, bevor wir weitermachen."

Lena warf ihm einen zustimmenden Blick zu. „Ja, das klingt gut. Wir sollten uns die Zeit nehmen, alles gründlich zu durchdenken, bevor wir die nächste Befragung angehen."

Sie fuhren durch die kleinen Straßen Emdens in Richtung Großer Straße, wo sich das Café Einstein direkt am Delft befand. Auf dem Weg dorthin genoss Lena den Blick auf die malerische Umgebung. Die historische Innenstadt von Emden mit ihren Backsteinhäusern, kleinen Läden und den vielen Kanälen, die sich durch die Stadt zogen, strahlte eine entspannte Atmosphäre aus. Am Delft, der für seine maritimen Einflüsse bekannt war, lagen einige Schiffe vor Anker, und die frische Brise vom Wasser brachte einen angenehmen, salzigen Geruch mit sich. Der Delft selbst war ein Hafenbecken, das von einer lebhaften Promenade umsäumt wurde – ein beliebter Treffpunkt für die Einheimischen.

Das Café Einstein war ein kleiner, aber stilvoller Ort mit großen Fenstern, durch die man direkt auf das ruhige Wasser des Delfts blicken konnte. Vor dem Café standen einige Tische auf der Terrasse, die an diesem Tag gut besucht waren. Lena und Jan entschieden sich jedoch, drinnen Platz zu nehmen, wo es etwas ruhiger war. Das Innere des Cafés war warm und modern gestaltet, mit hölzernen Tischen und bequemen Sesseln, die zum Verweilen einluden. Lena und Jan nahmen an einem Tisch am Fenster Platz, von dem aus sie den Delft überblicken konnten. Es war ein friedlicher Ort, der einen willkommenen Kontrast zu den angespannten Gesprächen und den schwierigen Begegnungen des Tages bot

„Hier bekommt man den besten Kaffee in der Stadt", sagte Jan mit einem Lächeln, während sie sich an einen Tisch am Fenster setzten. Von dort aus hatten sie einen herrlichen Blick auf die vorbeiziehenden.

Sie bestellten zwei Kaffee und lehnten sich zurück, während sie die Umgebung auf sich wirken ließen. Lena nahm einen Schluck von ihrem Kaffee, der angenehm stark und aromatisch war, und sah hinaus auf das Wasser, das in der Nachmittagssonne glitzerte.

„Was denkst du über das, was Frau Albers gesagt hat?" fragte Lena nachdenklich und lehnte sich in ihrem Stuhl zurück. „Ich denke, wir haben da etwas Interessantes aufgedeckt," antwortete Jan. „Frau Weber scheint eine wichtige Rolle im Leben von Friedrich Albers gespielt zu haben, mehr als nur die eines normalen Angestellten. Frau Albers hat es vielleicht nicht direkt gesagt, aber ich habe das Gefühl, dass sie uns da auf eine Spur führen wollte."

Lena nickte. „Ja, es ist definitiv seltsam, wie oft sie den Namen Weber erwähnt hat. Wir müssen herausfinden, ob ihre Beziehung rein beruflich war oder ob mehr dahintersteckte."

„Vielleicht war da mehr, vielleicht ein Verhältnis oder irgendein anderer persönlicher Konflikt," überlegte Jan laut. „Es könnte ein Motiv für jemanden sein, falls Eifersucht oder eine Art Rache im Spiel war." Sie machten eine kurze Pause, während sie die Szenerie auf sich wirken ließen. Das Café Einstein war belebt, aber nicht überfüllt. Die vorbeiziehenden Schiffe und das sanfte Plätschern des Wassers im Delft gaben der Szenerie eine beruhigende Atmosphäre, die die intensiven Ermittlungen für einen Moment in den Hintergrund treten ließ.

„Gut, lass uns Weber aufsuchen," sagte Lena schließlich. „Ich will sehen, was sie uns zu sagen hat." Kurze Zeit später erreichten Lena und Jan das kleine Haus von Lea Weber. Es lag in einer ruhigen Seitenstraße der Großen Straße. Das gepflegte Einfamilienhaus war von einem ordentlichen Garten umgeben. Als sie aus dem Auto stiegen und zur Haustür gingen, öffnete eine zierliche Frau die Tür. Neben ihr stand Dusty, ein schwarz-weißer Australian Shepherd, der die beiden mit wachsamen Augen musterte.

„Guten Tag, Frau Weber?" fragte Lena freundlich und zeigte ihre Polizeimarke.

„Ja, das bin ich", antwortete Frau Weber, unsicher, ihre Augen huschten nervös zwischen Lena und Jan hin und her. „Was möchten Sie?" „Wir sind von der Kriminalpolizei", erklärte Jan ruhig. „Wir haben ein paar Fragen zu Friedrich... äh, Herrn Albers." Frau Weber zögerte einen Moment, rief ihren Hund zu sich und sagte: „Dusty, komm." Dann trat sie zur Seite. „Kommen Sie bitte herein."

Im Wohnzimmer setzte sich Frau Weber auf das Sofa. Dusty legte sich in eine Ecke und behielt die Ermittler im Auge. Lena und Jan nahmen auf zwei Sesseln Platz. Lena beobachtete Frau Weber, die unruhig an ihrem Ärmel zupfte. „Wie war Ihr Verhältnis zu Herrn Albers?" begann Lena. „War es rein beruflich?"

Frau Weber zuckte leicht, bevor sie antwortete: „Ja, es war... beruflich. Er war mein Chef." Sie hielt kurz inne und sagte leise: „Friedrich... äh, Herr Albers war immer sehr professionell." Lena merkte auf, dass die Frau den Vornamen des Opfers benutzte und sich dann sofort korrigierte. „Hat Herr Albers Ihnen von irgendwelchen Problemen erzählt, die ihn besonders belastet haben?" fragte sie weiter.

„Er war in letzter Zeit nervös", antwortete Frau Weber langsam. Ihre Hände verkrampften sich auf ihrem Schoß. „Er sprach viel über die Arbeit. Friedrich... äh, Herr Albers meinte, dass es schwierige Zeiten waren, aber ich dachte, das wäre nur normaler Stress."

Lena und Jan tauschten einen schnellen Blick. Es war das zweite Mal, dass Frau Weber den Vornamen erwähnt hatte, als wäre sie sich ihrer Worte nicht sicher. Lena blieb sachlich. „Gab es außerhalb der Arbeit noch etwas, das ihm Sorgen bereitete? Jemanden, mit dem er Schwierigkeiten hatte?"

„Nicht, dass ich wüsste", antwortete Frau Weber und sah zu Dusty hinüber, als suche sie dort nach einer Ablenkung. „Er war ruhig, hat aber nie viel über seine persönlichen Angelegenheiten gesprochen." Lena beobachtete sie weiter genau. „Frau Weber, wenn es etwas gibt, das Sie uns nicht gesagt haben, dann wäre jetzt der richtige Moment. Wir versuchen nur, ein vollständiges Bild zu bekommen." Wieder zuckte Frau Weber leicht zusammen. „Friedrich... äh, Herr Albers... er hatte es schwer, in letzter Zeit."

Lena ließ die Bemerkung stehen und beschloss, die Befragung zu beenden. Sie spürte, dass Frau Weber nervös war und dass es möglicherweise mehr gab, als sie preisgeben wollte. „Vielen Dank für Ihre Zeit, Frau Weber. Wenn Ihnen noch etwas einfällt, lassen Sie es uns bitte wissen." Frau Weber nickte schwach, während sie Lena und Jan zur Tür begleitete. „Dusty, bleib", rief sie dem Hund zu, als dieser den beiden Ermittlern neugierig nachlief.

Zurück im Auto war Lena nachdenklich. „Hast du gemerkt, wie oft sie den Vornamen 'Friedrich' gesagt hat und sich dann sofort korrigierte?" fragte sie Jan. „Ja", bestätigte Jan, während er den Motor startete. „Es war auffällig. Sie war nervös, vielleicht verheimlicht sie doch etwas." „Ich habe das gleiche Gefühl", sagte Lena leise. „Es könnte mehr zwischen den beiden gewesen sein, als sie zugibt. Wir müssen das weiter untersuchen.".

Mit diesen Gedanken machten sie sich auf den Weg zurück zum Polizeipräsidium, um ihre Erkenntnisse zu überprüfen und die nächsten Schritte zu planen. Lena und Jan fuhren zurück zum Polizeipräsidium, die Gedanken noch immer bei den Informationen, die sie den Tag über gesammelt hatten. Die Gespräche mit der Familie des Opfers und Frau Lea Weber hatten interessante Hinweise geliefert, doch es war klar, dass noch viele Fragen unbeantwortet blieben. Lena hatte ein ungutes Gefühl, dass das, was sie bis jetzt erfahren hatten, nur die Oberfläche berührte.

Im Präsidium angekommen, gingen sie direkt zum Besprechungsraum, wo sich das Team bereits versammelt hatte. Die Atmosphäre war konzentriert, und jeder im Raum schien die Schwere des Falls zu spüren. Lars Lammerts eröffnete die Sitzung. „Also, was haben wir bisher?" Er blickte in die Runde und nickte Lena und Jan zu.

„Wir haben die Familie des Opfers und Frau Weber befragt", begann Lena. „Es gibt Anzeichen dafür, dass Frau Weber möglicherweise eine engere Beziehung zu Albers hatte, als sie zugibt. Sie war auffällig nervös, als wir nach ihrem Verhältnis zu ihm fragten, und hat ihn mehrmals beim Vornamen genannt. Es könnte sein, dass sie uns nicht die ganze Wahrheit gesagt hat." Jan fügte hinzu: „Wir sollten sie im Auge behalten und weiter untersuchen, ob ihre Beziehung zu Albers persönlicher war, als sie behauptet. Es könnte ein Motiv dahinterstecken."

Lars nickte nachdenklich. „Das klingt plausibel. Wir müssen sie auf jeden Fall weiter beobachten." Corinna Stein, die Forensikerin, meldete sich zu Wort. „Die Hautproben unter den Fingernägeln des Opfers sind noch in der Analyse. Wir hoffen, dass sie uns Hinweise auf den Täter geben könnten. Bis jetzt gibt es jedoch keine eindeutigen Spuren, die sofort auf eine dritte Person hinweisen."

Robin, der Kommissar-Anwärter, berichtete von seiner Arbeit an den Überwachungskameras in der Nähe des Tatorts. „Bisher haben wir keine klaren Aufnahmen gefunden, die einen Verdächtigen zeigen. Aber es gibt noch einige Kameras, die wir überprüfen müssen. Das könnte uns helfen, mehr über die Bewegungen rund um den Tatort zu erfahren."

Lars warf einen Blick auf seine Notizen. „Gut. Wir haben also einige Hinweise, aber noch keine klaren Beweise. Wir werden weiter nachforschen müssen. Vor allem die Verbindung zwischen Frau Weber und dem Opfer könnte sich als entscheidend erweisen."

Die Besprechung zog sich hin, während die Teammitglieder die verschiedenen Stränge der Ermittlungen diskutierten. Draußen war es bereits dunkel geworden, und die Müdigkeit machte sich bei allen bemerkbar. „Ich denke, wir machen hier Schluss für heute", sagte Lars schließlich und stand auf. „Morgen setzen wir die Ermittlungen fort. Guter Job bis jetzt. Wir kommen der Sache näher."

Lena war erleichtert, dass der Arbeitstag vorbei war. Es war ein langer Tag gewesen, und sie spürte die Erschöpfung tief in ihren Knochen. Nachdem sie sich von den Kollegen verabschiedet hatte, machte sie sich auf den Weg nach draußen, aber anstatt direkt nach Hause zu fahren, entschied sie sich, den Abend bei einem guten Essen ausklingen zu lassen.

Sie fuhr zum „Da Sergio", einem kleinen italienischen Restaurant am Delft, von dem sie schon viel Gutes gehört hatte. Es war nicht weit vom Zentrum entfernt, und Lena freute sich auf einen ruhigen Abend. Als sie das Restaurant betrat, empfing sie der freundliche Kellner mit einem Lächeln und führte sie zu einem Tisch in einer ruhigen Ecke. Lena bestellte eine Pasta und ein Glas Rotwein und lehnte sich entspannt zurück. Das gedämpfte Licht, die warmen Farben und das leise Gemurmel der anderen Gäste gaben dem Raum eine angenehme, fast intime Atmosphäre.

Während sie auf ihr Essen wartete, ließ Lena die Ereignisse des Tages Revue passieren. Die Ermittlungen waren noch lange nicht abgeschlossen, aber es gab vielversprechende Ansätze. Vor allem die nervöse Reaktion von Frau Weber ließ in Lena den Verdacht aufkommen, dass sie mehr über den Tod von Friedrich Albers wusste, als sie preisgegeben hatte.

Doch dann, als sie sich entspannen wollte, fiel ihr Blick auf einen Tisch in der anderen Ecke des Restaurants. Sie erstarrte. Dort saß Frau Weber, die Sekretärin des Opfers. Ihr gegenüber saß ein Mann, den Lena nicht kannte. Sie schienen in ein ernstes Gespräch vertieft zu sein. Frau Weber sah nervös aus, ihre Augen huschten immer wieder unruhig durch den Raum. Lena beobachtete die beiden eine Weile. Lena konnte ihre Worte nicht hören, aber die Körpersprache der beiden sprach Bände. Frau Weber saß steif auf ihrem Stuhl, ihre Hände rieben nervös an ihrem Glas, als ob sie nach Halt suchte. Ihre Augen huschten immer wieder durch den Raum, als wolle sie sicherstellen, dass niemand sie beobachtete. Der Mann hingegen lehnte sich nach vorne, seine Haltung war ruhig, fast bedrohlich in ihrer Gelassenheit. Er hielt den Blick fest auf sie gerichtet, als hätte er die Kontrolle über das Gespräch, seine Finger trommelten leise und rhythmisch auf dem Tisch. Es war eindeutig, dass dies kein zufälliges Treffen war – es lag Spannung in der Luft, greifbar und unangenehm."

Lena überlegte kurz, ob sie sich nähern sollte, entschied sich jedoch dagegen. „Lena hielt inne, während sie die beiden weiter beobachtete. Ihr Instinkt sagte ihr, dass hier mehr vor sich ging, als es auf den ersten Blick schien. Die Nervosität von Frau Weber, das selbstbewusste, fast kontrollierende

Verhalten des Mannes – alles in dieser Szene schrie nach einer versteckten Wahrheit. Lena fragte sich, ob dies der Mann war, von dem Frau Weber Angst hatte zu sprechen. Hätte sie näher herangehen sollen? Doch sie wusste, dass es klüger war, geduldig zu sein. Sie brauchte Informationen – wer war dieser Mann? Warum war Frau Weber so angespannt? Etwas sagte ihr, dass dieser Abend noch wichtiger werden könnte, als sie zunächst dachte." Es war besser, nicht überstürzt zu handeln. Sie musste erst herausfinden, wer der Mann war, bevor sie weitere Schritte unternahm. Sie machte sich gedanklich eine Notiz, den Vorfall morgen im Präsidium mit Jan und Lars zu besprechen.

Nachdem sie ihr Essen beendet hatte, blieb Lena noch eine Weile sitzen und beobachtete Frau Weber und ihren Begleiter weiter. Schließlich standen die beiden auf und verließen das Restaurant gemeinsam. Lena wartete noch einige Minuten, bevor sie ebenfalls aufbrach.

Der Abend hatte eine unerwartete Wendung genommen, und Lena war sich sicher, dass dieses Treffen eine wichtige Rolle im weiteren Verlauf der Ermittlungen spielen würde. Als sie schließlich nach Hause fuhr, gingen ihr bereits die nächsten Schritte durch den Kopf. Der Fall war komplizierter, als sie anfangs gedacht hatte, und die Nacht würde ihr wohl wenig Ruhe bringen.

Kapitel 5

Der dritte Tag des Falls begann früh im Polizeipräsidium von Emden. Die Luft war voller Anspannung – nicht nur wegen des Falls, sondern auch wegen der Dynamik im Team. Lena Berg, noch immer die Neue in der Stadt und im Team, spürte den Druck stärker denn je. Sie saß im Besprechungsraum, den Blick auf den Bildschirm vor sich gerichtet, während Lars Lammerts, der Teamleiter, mit seiner ruhigen, aber bestimmten Art die Sitzung eröffnete.

„Okay, Lena, was hast du gestern Abend im ‚Da Sergio' gesehen?" Lars' Augen ruhten auf ihr, und obwohl seine Stimme neutral war, konnte Lena spüren, dass er erwartete, dass sie weiterkommt.

Lena räusperte sich und ergriff das Wort. „Lea Weber war da, aber sie war nicht allein. Sie hatte ein intensives Gespräch mit einem Mann. Es sah aus, als ob sie verhandeln oder etwas Dringendes besprechen würden. Sie waren beide angespannt, und ich habe das Gefühl, dass dieses Treffen geplant war, kein Zufall." Lars nickte und wandte sich an Robin, den jungen Kommissar Anwärter, der an seinem Laptop saß. „Robin, kannst du die Überwachungsvideos aus der Gegend durchsehen? Vielleicht finden wir heraus, wer dieser Typ war." Robin hob den Kopf und nickte. „Ich bin dran. Es gibt eine Menge Aufnahmen, aber ich konzentriere mich auf die Kameras in der Nähe des Restaurants. Ich brauche noch ein paar Stunden, um alles zu sichten." „Gut" sagte Lars. Er lehnte sich zurück, verschränkte die Arme und musterte die Runde. „Bis wir wissen, wer dieser Mann ist, müssen wir mit dem weiterarbeiten, was wir haben." Jan Müller, der erfahrene Ermittler, der schon lange in Emden arbeitete, warf einen Blick zu Lena hinüber. „Meinst du, Lea Weber sagt uns die ganze Wahrheit? Beim letzten Verhör wirkte sie ziemlich nervös." Lena runzelte die Stirn und schüttelte leicht den Kopf. „Ich glaube nicht, dass sie uns alles erzählt hat. Sie hat definitiv etwas verheimlicht. Aber ich bin mir nicht sicher, ob sie einfach Angst hat oder ob sie selbst tiefer in die Sache verwickelt ist." Jan nickte. „Ja, da bin ich bei dir. Aber wir brauchen mehr als nur Vermutungen. Lass uns warten, bis Robin was findet."

Während Robin weiter an den Überwachungsvideos arbeitete, versuchte das Team, die bisher gesammelten Informationen zu durchforsten. Doch Lenas Gedanken schweiften immer wieder ab. Sie spürte, dass alle im Team von ihr erwarteten, dass sie sich schnell beweist. Jeder Blick von Jan, jede knappe Anweisung von Lars erinnerte sie daran, dass sie noch nicht wirklich Teil dieses Teams war. Sie war die Neue – diejenige, die erst noch zeigen musste, dass sie zu Recht hier war. Sie lehnte sich zurück und beobachtete Robin, der konzentriert auf den Bildschirm starrte. Plötzlich hob er den Kopf. „Ich habe was!"

Das Team versammelte sich sofort um den Tisch, während Robin das Video abspielte. Auf dem Bildschirm war Lea Weber zu sehen, wie sie mit einem Mann die Straße entlangging. Beide wirkten angespannt, als ob sie ein sehr wichtiges, vielleicht heikles Gespräch führten. „Das ist der Mann", sagte Robin und hielt das Video an, als das Gesicht des Mannes klar zu erkennen war. „Ich habe ihn durch die Datenbank laufen lassen. Sein Name ist Klaus Wrede, ein Geschäftsmann aus Emden. Er hat Verbindungen zu Friedrich Albers. Tatsächlich wurde er in letzter Zeit mehrmals in der Nähe von Albers gesehen." Lena starrte auf den Bildschirm.

„Wrede… Was will er von Lea?" Jan lehnte sich vor und betrachtete das Bild. „Es könnte geschäftlich sein, oder es geht um etwas Persönlicheres. Jedenfalls haben wir jetzt einen Namen. Ich denke, es ist Zeit, dass wir Lea damit konfrontieren." Lars nickte. „Lena, Jan – ihr geht zurück zu Lea Weber. Ich will wissen, was sie uns verheimlicht. Wir wissen, dass sie uns beim letzten Mal nicht alles gesagt hat. Diesmal lasst ihr nicht locker."

Es war später Nachmittag, als Lena und Jan erneut zu Leas Wohnung fuhren. Die Wolken hingen tief, aber der Regen, der drohte, die Straßen zu fluten, war noch nicht da. Die Atmosphäre im Auto war angespannt. Lena spürte, dass Jan sie musterte. „Alles okay?" fragte er plötzlich. Lena zwang sich zu einem Lächeln. „Ja, alles gut. Ich denke nur über das Verhör nach. Ich glaube, Lea steckt tiefer drin, als sie zugeben will." Jan nickte, aber sagte nichts weiter. Lena konnte spüren, dass auch er sich Gedanken machte – nicht nur über den Fall, sondern vielleicht auch über sie. War sie gut genug für diesen Job? Konnte sie den Druck aushalten?

Als sie vor Leas Haus ankamen, öffnete diese ihnen die Tür mit einem gezwungenen Lächeln. Ihr Hund Dusty, der schwarz-weiße Australian Shepherd, hob den Kopf, als die beiden Ermittler eintraten, doch er blieb ruhig auf seinem Platz liegen. „Kommissarin Berg, Herr Müller… kommen Sie rein", sagte Lea und versuchte, ihre Nervosität zu verbergen. Doch Lena bemerkte sofort die zittrigen Hände und den unsicheren Blick. Lea war nervös, viel nervöser als beim letzten Verhör.

Lena setzte sich aufs Sofa, während Jan neben ihr stehen blieb. Sie spürte die Spannung im Raum. Dusty beobachtete alles aus seinem Korb heraus, als ob auch er die Nervosität seiner Besitzerin spürte. „Frau Weber, wir müssen noch einmal über Ihr Treffen gestern Abend sprechen", begann Lena ruhig. „Wir wissen, dass Sie sich mit Klaus Wrede getroffen haben." Leas Gesicht verlor jegliche Farbe. Sie setzte die Tasse, die sie in den Händen hielt, auf den Tisch und rang nach Luft. „Ich... Ich weiß nicht, was Sie meinen..." Lena ließ die Stille wirken, beobachtete, wie Lea nervös an ihren Fingern herumspielte. „Wir haben Beweise, Frau Weber. Wir wissen, dass Sie mit Wrede gesprochen haben. Es wäre besser, wenn Sie uns jetzt die Wahrheit sagen. Was hat er von Ihnen gewollt?"

Lea zitterte jetzt deutlich. „Klaus... er wollte, dass ich Friedrich überrede, ihm wichtige Dokumente zu überlassen. Dokumente, die er für seine Geschäfte brauchte. Aber Friedrich hat abgelehnt. Danach... hat er mir Angst gemacht."
„Wovor hatten Sie Angst?" fragte Jan ruhig, aber bestimmt. Lea wich seinem Blick aus. „Klaus hat mir gedroht. Er sagte, dass ich besser aufpassen solle, wem ich vertraue. Ich wusste nicht, was er damit meinte, aber... ich hatte Angst, dass er mir oder Dusty etwas antun würde."

Lena spürte, wie sich ihre Anspannung löste. Lea war am Ende ihrer Kräfte, und es war offensichtlich, dass sie sich in eine Situation manövriert hatte, aus der sie allein nicht herauskam. Doch etwas an ihrer Geschichte schien immer noch unvollständig. Jan wechselte das Thema geschickt. „Und warum haben Sie uns das nicht schon beim ersten Mal gesagt?" Lea sah erschrocken aus und biss sich auf die Lippe, bevor sie antwortete. „Ich... ich dachte, es wäre vorbei. Ich hatte gehofft, dass er mich in Ruhe lässt, nachdem Friedrich tot war. Aber jetzt, da Sie ihn erwähnen, habe ich Angst, dass er noch immer hinter den Dokumenten her ist. Ich wollte mich raushalten, aber ich konnte nicht. Ich dachte, es wäre nur geschäftlich, aber es... es wurde zu etwas Größerem."

Lena und Jan tauschten einen kurzen Blick. „Wo sind diese Dokumente jetzt?" fragte Lena. Lea schüttelte den Kopf. „Ich weiß es nicht. Ich habe keine Ahnung, wo Friedrich sie aufbewahrt hat. Er hat mir nie gesagt, wo er sie versteckt." Lena seufzte innerlich, während sie merkte, dass sie hier auf eine Sackgasse stießen. Doch Lea schien ehrlich zu sein. „Frau Weber, wenn Sie noch etwas wissen, das uns helfen könnte, ist jetzt die Zeit, es zu sagen. Wrede ist gefährlich, und wenn er nach den Dokumenten sucht, könnte das noch mehr Menschen in Gefahr bringen." Lea sah nachdenklich aus, als ob sie etwas abwog. Dann sprach sie langsam: „Friedrich hat einmal erwähnt, dass er jemanden beauftragt hat, die Dokumente zu sichern. Ich weiß nicht, wen, aber vielleicht kann Ihnen das weiterhelfen."

Lena nickte und erhob sich. „Vielen Dank, Frau Weber. Wir werden das weiterverfolgen." Sie verließ mit Jan die Wohnung und ließ die erschöpfte Lea zurück.

Im Auto herrschte Stille, als sie losfuhren. Lena starrte aus dem Fenster und dachte über das Gespräch nach. „Was denkst du?" fragte Jan schließlich und warf ihr einen kurzen Blick zu. „Ich glaube, sie sagt uns die Wahrheit", antwortete Lena leise. „Aber ich glaube auch, dass sie mehr weiß, als sie zugeben will. Vielleicht hat sie aus Angst nicht alles gesagt." Jan nickte. „Möglich. Aber jetzt haben wir zumindest einen Anhaltspunkt. Wir müssen herausfinden, wer diese Dokumente gesichert hat."

Kapitel 6

Lena und Jan kamen nach ihrem Verhör mit Lea Weber zurück ins Präsidium. Die Spannung im Raum war spürbar. Sie berichteten Lars von Leas nervösem Verhalten und ihrer engen Verbindung zu Friedrich Albers, die offenbar eine größere Rolle spielte, als Lea ursprünglich zugegeben hatte. Noch bevor Lars reagieren konnte, kam Corinna Stein, die Leiterin des Labors, herein und trug ein Tablet mit den neuesten Laborergebnissen. „Wir haben die Analyse der Hautproben unter den Fingernägeln des ersten Opfers abgeschlossen", erklärte sie.

„Die DNA stimmt mit Klaus Wrede überein. Wir hatten seine DNA in der Datenbank, weil er vor Jahren in einen Vorfall verwickelt war, aber es wurde damals fallen gelassen." Lena und Jan sahen sich an. „Das bestätigt, dass Wrede direkten Kontakt mit dem Opfer hatte", sagte Lena ernst. „Er muss mehr gewusst haben, als er zugegeben hat."

„Wir müssen ihn sofort befragen", sagte Lars. „Wenn er in den Mord an Albers verwickelt ist, haben wir es hier mit einem größeren Fall zu tun." Robin, der im Hintergrund arbeitete, meldete sich zu Wort. „Ich habe auch etwas Interessantes gefunden." Er drehte seinen Laptop, um ein Video zu zeigen. „Hier, Klaus Wrede hat sich gestern Abend auf dem Parkplatz zwischen dem Flughafen und den Offshore-Firmen mit jemandem getroffen. Sie haben ein Dokument ausgetauscht." Auf dem Bildschirm war Wrede deutlich zu erkennen, doch die andere Person blieb unklar. Die Kamera war zu weit weg, und das Licht war schlecht. „Ich arbeite daran, das Bild zu verbessern, aber bisher konnte ich nur das Kennzeichen des Autos erkennen", fügte Robin hinzu. Lena lehnte sich zurück. „Was auch immer in diesem Dokument stand, es war wichtig genug, um diesen abgeschiedenen Ort zu wählen."

„Wir sollten Wrede sofort befragen", sagte Lars. „Das könnte der Schlüssel zu allem sein." Jan nickte, und sie machten sich auf den Weg zu Wredes Haus in der Lessingstraße. Es war später Nachmittag, als sie in der ruhigen Lessingstraße ankamen. Wredes Haus war unscheinbar. Als Lena und Jan an die Haustür klopften, blieb es still. „Komisch" murmelte Lena. Jan klopfte erneut, doch wieder keine Antwort. Ein älterer Nachbar kam aus dem angrenzenden Haus und beobachtete sie neugierig.

„Suchen Sie Herrn Wrede?" fragte der Nachbar, als er näherkam. „Ja, wir sind von der Kriminalpolizei", sagte Jan und zeigte seinen Ausweis. „Haben Sie ihn heute gesehen?" Der Nachbar schüttelte den Kopf. „Nicht seit gestern Abend. Da habe ich zwei Personen im Wohnzimmer gesehen. Das Licht war an, und es sah so aus, als ob sie sich unterhielten. Aber Wrede lebt doch allein, oder?"

Lena und Jan tauschten einen alarmierten Blick. „Das klingt nicht gut", sagte Lena. „Gefahr im Verzug", sagte Jan knapp. Er holte ein Werkzeug heraus, und mit geübten Handgriffen brach er die Tür auf. Kaum hatten sie das Haus betreten, schlug ihnen ein intensiver, metallischer Geruch entgegen – der unverkennbare Geruch von Blut. Lena hielt kurz inne und atmete flach durch die Nase. „Verdammt", flüsterte sie und sah Jan besorgt an. Langsam gingen sie den Flur entlang, bis sie in die Küche kamen. Dort lag Klaus Wrede – tot, auf dem Boden, umgeben von einer Blutlache, die bereits zu gerinnen begann.

Lena kniete sich neben den Körper und untersuchte die Wunde. „Ein sauberer Schuss, direkt ins Herz", stellte sie fest. „Das war kein Zufall. Jemand wollte sicherstellen, dass er keine Zeit hatte, sich zu verteidigen." Jan schaute sich um, aber es gab keine Anzeichen eines Kampfes. „Jemand wollte, dass er nichts mehr sagt", sagte Jan ernst. Lena zog ihr Handy heraus und rief die Zentrale an. „Wir haben einen Mord. Klaus Wrede, Lessingstraße 14. Schickt die Spurensicherung und Verstärkung. Und ruft Dr. Julia Müller, wir brauchen die Gerichtsmedizinerin hier." Kurz darauf trafen die Spurensicherung und Dr. Julia Müller, die Gerichtsmedizinerin, ein. Dr. Müller beugte sich über Wredes Leiche und untersuchte die Wunde. „Ein sehr präziser Schuss", stellte sie fest. „Direkt ins Herz. Der Täter wusste, was er tat. Wrede muss sofort tot gewesen sein. Keine Spuren eines Kampfes. Das Blut ist bereits geronnen, also liegt der Todeszeitpunkt etwa neun Stunden zurück."

„Jemand wollte sicherstellen, dass Wrede nichts mehr sagen kann", sagte Lena, während sie sich von Dr. Müller entfernte. „Die Frage ist, was wusste er?" Während Dr. Müller weiter ihre Untersuchungen durchführte, machten sich Lena und Jan daran, das Haus gründlich zu durchsuchen, während die Spurensicherung den Tatort sicherte und analysierte.

Jan begann, das Arbeitszimmer zu durchsuchen. Er öffnete Schubladen und Schränke, bis er schließlich auf eine zerrissene Nachricht stieß. „Lena, komm her", rief er. Lena trat näher, und die Spurensicherung setzte die Fragmente der zerrissenen Nachricht vorsichtig zusammen. Als die Nachricht vollständig war, lasen Lena und Jan die Worte mit wachsendem Entsetzen.

„Wrede wusste, dass Lea in kriminelle Aktivitäten verwickelt, war", las Jan vor. „Er wollte sie erpressen, um seine eigene Firma zu retten." Lena runzelte die Stirn. „Das erklärt einiges. Wrede hat versucht, Lea unter Druck zu setzen, und jetzt ist er tot. Jemand hat sichergestellt, dass er keine Zeit hatte, seine Drohung wahrzumachen." Während sie das Haus weiter durchsuchten, entdeckte Lena unter einem Schreibtisch einen versteckten Stapel Dokumente. Sie blätterte die Papiere durch. „Das hier sind Beweise für Leas illegale Geschäfte. Wrede wusste zu viel. Diese Informationen hätten Lea zerstört."

„Das bedeutet, dass jemand, der diese Informationen kannte, Wrede aus dem Weg räumen wollte", sagte Jan. „Aber wer?" Lena nickte nachdenklich. „Wir müssen herausfinden, wer von dieser Erpressung wusste. Das wird uns zu dem Mörder führen." Als sie das Präsidium um etwa 21 Uhr erreichten, warteten Lars Lammerts, Robin und Corinna Stein bereits im Besprechungsraum. Die Luft war schwer von Anspannung, aber alle waren entschlossen, die neuen Erkenntnisse zu besprechen und den morgigen Tag vorzubereiten. „Was habt ihr herausgefunden?" fragte Lars, als Lena und Jan den Raum betraten. Robin zeigte ihnen das Video erneut und fügte hinzu: „Ich habe das Kennzeichen des Autos, das gestern Abend bei der Übergabe am Parkplatz war. Es gehört zu einem Mietwagen, der am Tag zuvor gemietet wurde. Ich arbeite daran, den Fahrer zu identifizieren."

Lars nickte ernst. „Wir müssen das alles zusammenfügen. Wrede ist tot, aber die Person, mit der er das Dokument ausgetauscht hat, könnte der nächste Schlüssel sein." Lena dachte nach. „Jemand beseitigt systematisch Zeugen. Wrede wusste zu viel, und jetzt müssen wir schnell handeln, bevor der Täter erneut zuschlägt." Lena legte die Beweismittel und die gefundenen Dokumente auf den Tisch. „Wrede war in ernsthaften finanziellen Schwierigkeiten. Wir haben eine zerrissene Nachricht gefunden, die darauf hindeutet, dass er von Leas kriminellen Aktivitäten wusste und sie möglicherweise erpressen wollte, um seine Firma zu retten." Lars nahm die Nachricht in die Hand und las sie aufmerksam. „Das könnte erklären, warum er jetzt tot ist. Aber es stellt sich die Frage, wer davon wusste und wer ihn zum Schweigen gebracht hat." Jan fügte hinzu: „Wir haben auch versteckte Dokumente gefunden, die belegen, dass Friedrich Albers durch Leas Erpressung in illegale Geschäfte verwickelt wurde. Wrede hatte Zugang zu diesen Informationen, was ihn zu einer Bedrohung für Lea und möglicherweise auch für andere gemacht hat."

„Das bedeutet, dass wir morgen auf eine sehr ernste Lage vorbereitet sein müssen", sagte Lars. „Der dritte Besuch bei Lea Weber ist für den Morgen geplant. Wir müssen sicherstellen, dass wir alle möglichen Szenarien durchdenken." Corinna, die bisher aufmerksam zugehört hatte, nickte und sagte: „Ich werde heute Nacht noch die forensischen Daten überprüfen. Vielleicht finden wir noch etwas, das uns weiterhilft."

„Das wäre großartig, Corinna", sagte Lars. „Wir brauchen jede Information, die wir bekommen können." Das Team plante den nächsten Tag im Detail, besprach mögliche Vorgehensweisen und erstellte eine Liste der dringlichsten Fragen, die sie an Lea Weber richten wollten. Als die Besprechung schließlich endete, zeigte die Uhr 21:45 Uhr an.

„Es war ein langer Tag", sagte Lars und streckte sich. „Wie wäre es, wenn wir den Abend bei einem Bier in der Klapsmühle ausklingen lassen?" Robin, der bisher ruhig gewesen war, meldete sich zu Wort. „Ich kann fahren. Ich habe heute keine Lust auf Alkohol." Die anderen stimmten zu, froh über die Gelegenheit, sich für einen Moment von der Arbeit abzulenken. Robin fuhr das Team vom Bahnhofsplatz 3 zur Klapsmühle in der Neutorstraße 133, einem bekannten Treffpunkt in Emden. Die Klapsmühle war nicht nur eine gemütliche Bar im Herzen der Stadt, sondern für das Team ein vertrauter Ort, an dem sie für kurze Zeit den Stress des Tages vergessen konnten.

In der Klapsmühle angekommen, suchten sie sich einen Tisch in einer ruhigen Ecke. Lars bestellte eine Runde Bier für alle, außer für Robin, der sich mit einem alkoholfreien Getränk begnügte. Während das freundliche Personal die Getränke brachte, ließ die warme Atmosphäre des Lokals nach und nach die Anspannung des Teams weichen. „Es tut gut, mal abzuschalten", sagte Jan und lehnte sich zurück. „Nach einem Tag wie diesem braucht man das."

„Ja", stimmte Corinna zu. Doch ihre Stirn war leicht gerunzelt, als sie einen Schluck von ihrem Bier nahm. „Aber ich habe das Gefühl, dass der Fall noch einige Überraschungen für uns bereithält. Wrede war nur ein Puzzleteil, und ich denke nicht, dass es das letzte ist." Lars, der sich entspannen wollte, seufzte. „Das klären wir morgen. Heute sollten wir uns ein wenig entspannen." Doch in seiner Stimme schwang eine leise Anspannung mit, die nicht überhört werden konnte. Robin, der die ernste Stimmung bemerkte, versuchte, das Gespräch in eine andere Richtung zu lenken. „Wusstet ihr, dass ich es endlich geschafft habe, den

Endboss bei Elden Ring zu besiegen?" Er grinste breit, aber es war ein Versuch, die Schwere des Moments aufzulockern. „Ist das nicht dieses Spiel, das dich monatelang wachgehalten hat?" fragte Jan schmunzelnd.

„Genau das", erwiderte Robin und hob sein Glas. „Ein Triumph des Durchhaltevermögens!" Alle lachten, auch wenn es eher ein kurzes, müdes Lachen war. Die alltäglichen Themen gaben ihnen eine kurze Flucht aus dem drückenden Gefühl, dass noch etwas Größeres auf sie zukam. Corinna erzählte von ihrer Katze Schrödinger, die es liebte, ihre Bücherregale zu erklimmen und dabei wissenschaftliche Literatur umzuwerfen. Diese kleinen, banalen Gespräche schienen für einen Moment den ständigen Druck der Ermittlungen zu lindern.

Doch während die Gespräche weiter drifteten, bemerkte Lena, dass sie nicht wirklich bei der Sache war. Ihre Gedanken kehrten immer wieder zum Fall zurück. Der Tod von Klaus Wrede, die Verstrickung von Lea Weber, das mysteriöse Dokument – alles drehte sich in ihrem Kopf, wie ein Puzzle, dessen Teile sich einfach nicht zusammenfügen wollten. „Lena?" fragte Jan und riss sie aus ihren Gedanken. „Alles okay?" Lena zwang sich zu einem Lächeln. „Ja, alles gut. Ich war nur kurz weggetreten."

Jan sah sie einen Moment lang prüfend an, sagte aber nichts weiter. Er wusste, wie sehr Lena sich in einen Fall vertiefen konnte, und das ließ ihn selbst nachdenklich werden. Die Müdigkeit setzte langsam bei allen ein, und nachdem sie eine Weile in der gemütlichen Atmosphäre der Klapsmühle verbracht hatten, merkten sie, dass es Zeit war zu gehen. Robin fuhr sie zurück.

Am Bahnhofsplatz stieg Lena in ihr eigenes Auto, winkte den anderen kurz zu und fuhr in Richtung Gatjebogen. Die Straßen waren um diese Zeit fast menschenleer, und das Summen des Motors war das einzige Geräusch in der stillen Nacht. Zu Hause angekommen, war Lena erschöpft. Sie zog sich um und machte sich bereit, ins Bett zu gehen, als ihr Handy plötzlich klingelte. Auf dem Display erschien der Name: Bodo.

„Bodo", sagte Lena überrascht, als sie den Anruf entgegennahm. „Ich habe fast gedacht, du meldest dich gar nicht mehr." „Tut mir leid, Lena", antwortete Bodo mit vertrauter Stimme. „Wie läuft es in Emden?" Lena atmete tief ein, während sie sich auf die Bettkante setzte. „Es war ein harter Tag", begann sie und erzählte ihm vom Fund der Leiche, den neuen Hinweisen und der wachsenden Komplexität des Falls. „Es ist alles viel größer, als wir anfangs dachten. Wrede wusste Dinge, die ihn gefährlich gemacht haben."

Bodo schwieg einen Moment, dann sagte er nachdenklich: „Das klingt ernst. Habt ihr schon eine klare Spur?" „Morgen steht ein weiterer Besuch bei Lea Weber an. Wir hoffen, dass sie uns mehr sagen kann, aber ich habe das Gefühl, dass wir auf dünnem Eis wandeln. Da steckt etwas viel Größeres dahinter, und wir haben erst die Oberfläche angekratzt."

„Sei vorsichtig, Lena", sagte Bodo mit leiser Dringlichkeit in seiner Stimme. „Es klingt, als wäre jemand bereit, alles zu tun, um die Wahrheit zu vertuschen." Lena lächelte schwach, obwohl Bodos Worte in ihr ein unangenehmes Gefühl auslösten. „Mach dir keine Sorgen. Ich passe auf mich auf." „Versprich mir das", sagte Bodo ernst. „Wenn du Hilfe brauchst, lass es mich wissen."

„Das werde ich", sagte Lena leise. „Es tut gut, mit dir zu sprechen. Ich melde mich morgen." „Pass auf dich auf, Lena", sagte Bodo sanft, bevor sie das Gespräch beendeten.

Als sie das Handy zur Seite legte, starrte Lena in die Dunkelheit ihres Schlafzimmers. Der Tag war zu Ende, doch die Gedanken an den Fall ließen sie nicht los. Sie spürte, dass sich etwas zusammenbraute – etwas, das gefährlicher war, als sie sich vorstellen konnte. Die Müdigkeit zerrte an ihr, aber ihr Verstand arbeitete weiter. Was hatte sie übersehen? Wer steckte hinter dem Mord an Wrede?

Die Fragen kreisten durch ihren Kopf, als sie sich erschöpft aufs Bett sinken ließ. Die Ruhe der Nacht half ihr nicht, ihre Gedanken zu ordnen. Irgendwo tief in ihrem Inneren wusste sie, dass der nächste Tag mehr Antworten, aber auch mehr Gefahr bringen würde. Schließlich, als ihr Körper die Müdigkeit nicht länger ignorieren konnte, schlief sie ein – doch selbst im Schlaf konnte sie das Gefühl der bevorstehenden Bedrohung nicht abschütteln.

Kapitel 7

Der Morgen brach an, und die ersten Sonnenstrahlen tauchten die Straßen von Emden in ein warmes, goldenes Licht. Doch im Polizeipräsidium lag eine ungreifbare Schwere in der Luft. Die Anspannung war greifbar, fast wie ein zusätzliches Gewicht auf den Schultern aller Anwesenden. Lena und Jan saßen schweigend nebeneinander, ihre Gedanken in die Ereignisse des Vortages vertieft. Sie hatten mehr hinterlassen als nur Spuren auf dem Papier – auch auf ihnen selbst lastete eine Bürde, die sie nicht so schnell abschütteln konnten.

Die Beweise, die sie im Haus von Klaus Wrede gefunden hatten, sprachen eine deutliche Sprache: Lea Weber, die Sekretärin und enge Vertraute von Friedrich Albers, war tief in illegale Geschäfte verwickelt. Sie hatte Albers erpresst und ihn in eine zwielichtige Firmenbeteiligung gezwungen, während Wrede seine eigenen Pläne verfolgte. Nun war Wrede tot, und es war ihre Aufgabe, Lea Weber zu fassen, bevor sie untertauchte.

Lena stand vor dem Besprechungsraum, atmete tief durch und öffnete die schwere Tür. Drinnen wartete Lars bereits, sein Blick konzentriert auf eine großformatige Karte gerichtet, auf der mehrere Punkte markiert waren.

„Bereit?" fragte er, ohne von der Karte aufzublicken. „Bereit", bestätigte Lena knapp und trat näher. „Die Beweise sind eindeutig. Wir müssen nur schnell genug sein." Jan betrat den Raum hinter ihr und schloss leise die Tür. „Das Team ist bereit. Die Streifenwagen sind unterwegs und sichern die Umgebung."

Lars warf einen kurzen Blick auf die Uhr an der Wand. „Gut. Keine Zeit zu verlieren. Je schneller wir handeln, desto geringer die Chance, dass sie flieht." Die Fahrt zur Großen Straße verlief in angespannter Stille. Lena starrte gedankenverloren aus dem Fenster und versuchte, die Unruhe in ihrem Magen zu ignorieren. Etwas fühlte sich nicht richtig an, aber sie konnte den Finger nicht darauflegen. Es war wie ein leises Dröhnen im Hintergrund, das sich nicht abschütteln ließ. „Alles in Ordnung?" fragte Jan plötzlich, ohne den Blick von der Straße zu nehmen. Lena seufzte und schüttelte den Kopf. „Nicht wirklich. Irgendwas ist hier faul. Ich spüre es, aber ich kann nicht sagen, was." „Ich weiß, dass du nervös bist, aber wir schaffen das zusammen, okay? sagte Jan mit ruhiger Stimme. „Wir haben alles unter Kontrolle. Die Unterstützung ist da."

Doch als sie vor Leas Haus ankamen, wusste Lena sofort, dass ihre Vorahnung sie nicht getäuscht hatte. Es war zu ruhig. Kein Hundebellen, keine Geräusche aus dem Inneren des Hauses – und die Haustür stand einen Spalt weit offen. „Das ist nicht gut", murmelte Jan, als er aus dem Wagen stieg. „Verdammt, es sieht aus, als wäre sie schon weg." Lena zog ihre Waffe und bewegte sich vorsichtig auf die Tür zu. „Polizei! Frau Weber, öffnen Sie die Tür!" rief sie, doch keine Antwort folgte.

Mit gezogenen Waffen betraten sie das Haus. Der Eingangsbereich war leer, doch in der Küche entdeckte Lena etwas, das sie sofort aufhorchen ließ: Eine Tasse Kaffee stand auf dem Tisch, der Inhalt noch lauwarm. Ein halb gepackter Koffer lag auf dem Boden, Kleidung hastig hineingeworfen.

„Sie wusste, dass wir kommen", stellte Jan fest, während er den Raum durchsuchte. „Aber woher?" Lena ging weiter ins Wohnzimmer, wo ein Laptop auf dem Tisch stand. Der Bildschirm war noch an, aber der Laptop war kürzlich heruntergefahren worden. Kein Hinweis darauf, wohin Lea geflüchtet sein könnte. Sie spürte, wie die Anspannung in ihr wuchs. „Verdammt," flüsterte sie. „Wir sind zu spät." Jan trat ans Fenster und blickte hinaus. „Sie kann noch nicht weit sein. Wir müssen sofort eine Fahndung einleiten." Lena griff nach ihrem Funkgerät. „Lars, hier Lena. Das Haus ist leer. Lea ist geflohen. Wir brauchen Verstärkung und eine Ringfahndung." „Verstanden", kam die knappe Antwort. „Ich schicke Verstärkung und informiere die Spurensicherung." Während sie auf die Verstärkung warteten, durchsuchten Lena und Jan das Haus weiter. Es war offensichtlich, dass Lea in Panik geflohen war. Doch die Frage, die über allem schwebte, lautete: Warum? War es die Polizei, vor der sie flüchtete, oder etwas ganz anderes, das sie in diese Hast versetzt hatte?

„Das fühlt sich nicht richtig an", murmelte Lena, als sie den halbleeren Koffer betrachtete. „Es sieht aus, als hätte sie vor mehr Angst als nur vor uns." Jan nickte, während er den Laptop erneut musterte. „Vielleicht hat sie sich mit den falschen Leuten eingelassen. Wenn sie jemanden im Nacken hat, könnte das ihre Flucht erklären." Lena hielt inne und ließ ihren Blick ins Leere gleiten. „Jemand hat sie gewarnt. Wir müssen herausfinden, wer." Gerade als sie das sagte, kam die Spurensicherung an, um das Haus nach weiteren Hinweisen zu durchsuchen. Lena spürte ein beklemmendes Gefühl. Lea war weg, aber die Bedrohung schien näher denn je.

Nachdem die Verstärkung eingetroffen war und die Spurensicherung ihre Arbeit aufgenommen hatte, standen Lena und Jan draußen vor dem Haus. Die Stille um sie herum fühlte sich drückend an. Lena lehnte sich gegen das Auto und versuchte, die Situation logisch zu durchdenken, doch eine innere Unruhe ließ sie nicht los. Ihr Herzschlag war schneller als gewöhnlich, und sie hatte Mühe, sich zu beruhigen. „Es ist, als ob sie jemanden erwartet hätte", sagte Lena schließlich leise, während sie gedankenverloren auf das Haus starrte.

Jan nickte, seine Augen suchten die ruhige Straße ab. „Der halb gepackte Koffer, der Kaffee – sie wusste, dass etwas kommt. Aber nicht, dass wir es sind. Wer auch immer ihr den Tipp gegeben hat, muss ihr nahe stehen." Lena spürte einen kurzen Stich der Frustration in sich aufsteigen. Sie hatten so viel herausgefunden, und doch fühlte es sich an, als würde ihnen etwas Entscheidendes entgleiten. „Das ist der Punkt", murmelte sie nachdenklich. „Wir müssen uns ihr Umfeld genauer ansehen. Irgendjemand muss sie gewarnt haben. Vielleicht steckt mehr dahinter, als wir vermuten." Jan blickte auf die Straße, die sich ruhig und friedlich vor ihnen ausbreitete. Es war schwer zu glauben, dass in dieser idyllischen Umgebung so dunkle Machenschaften im Gange waren. „Meinst du, sie hatte einen Komplizen?"

Lena runzelte die Stirn und dachte an die chaotische Szene im Haus. „Möglich. Oder jemand anders hatte Angst – nicht nur vor uns, sondern vor etwas Größerem." Jan schüttelte leicht den Kopf, als wäre ihm eine unangenehme Erkenntnis gekommen. „Lea Weber war in illegale Geschäfte verwickelt. Vielleicht hat sie sich mit den falschen Leuten eingelassen. Wenn sie in der Schusslinie steht, könnte das erklären, warum sie so panisch geflohen ist. Sie weiß, dass ihr jemand auf den Fersen ist." Lena nickte. „Wir sollten die Leute überprüfen, mit denen sie in den letzten Wochen Kontakt hatte. Irgendwo gibt es eine Spur, die wir übersehen haben." Gerade als sie darüber nachdachten, wie sie weiter vorgehen wollten, kam Lars mit schnellen Schritten auf sie zu. „Die Spurensicherung hat ein paar interessante Hinweise gefunden", sagte er. „Es sieht so aus, als hätte sie versucht, etwas auf ihrem Laptop zu löschen, bevor sie geflohen ist. Sie war offenbar in Eile, aber nicht gründlich genug. Einige Mails konnten wiederhergestellt werden." Lena spürte, wie sich eine Mischung aus Erleichterung und Anspannung in ihr ausbreitete. „Was für Mails?" fragte sie und hoffte, dass sie endlich einen entscheidenden Durchbruch hatten. „Noch nichts Konkretes", erklärte Lars, „aber es sind Nachrichten von einem unbekannten Absender. Wir arbeiten daran, die Identität herauszufinden. Es sieht so aus, als wäre Lea mit jemandem in Kontakt gewesen, den wir bisher übersehen haben." Lena ließ die Informationen auf sich wirken. Die Unruhe in ihr war immer noch da, aber jetzt hatte sie einen klareren Fokus. „Das könnte unser Warnsignal gewesen sein", sagte sie, während sie die neuen Hinweise im Kopf ordnete. „Wenn jemand gewusst hat, dass wir kommen, dann hat dieser Jemand Lea gewarnt. Wir müssen herausfinden, wer das war." Lars nickte zustimmend. „Wir haben bereits eine Fahndung nach Lea eingeleitet. Sie kann nicht weit sein. Aber bis dahin müssen wir so viel wie möglich über ihren Hintergrund herausfinden."

„Wir sollten auch ihre Finanzen überprüfen", schlug Lena vor. „Vielleicht gibt es dort Hinweise, die uns sagen, wo sie ist oder wer ihr hilft." Lars stimmte zu. „Das Team kümmert sich darum. Ihr zwei konzentriert euch auf ihre Kontakte.

Irgendjemand weiß mehr, als er zugibt – und wir müssen herausfinden, wer." Lena und Jan machten sich auf den Weg zum Auto. Während Jan die Tür öffnete und sich anschnallte, warf er einen kurzen Blick zu Lena. „Ich hoffe, wir finden bald was." Lena setzte sich neben ihn und nickte, während sie die Tür zuschlug. „Das werden wir", sagte sie entschlossen, doch tief in ihrem Inneren nagte immer noch die Unsicherheit. Etwas stimmte hier nicht – sie spürte es in jeder Faser ihres Körpers. „Und dann holen wir sie uns."

Auf dem Rückweg zum Präsidium ließ Lena die bisherigen Informationen in ihrem Kopf Revue passieren. Sie konnte die Teile des Puzzles förmlich spüren, aber eines fehlte noch. Sie wusste, dass dieses fehlende Teil der Schlüssel zum ganzen Fall war – und sie würde nicht ruhen, bis sie es gefunden hatten. Im Präsidium angekommen, gingen Lena und Jan sofort in den Besprechungsraum, wo Lars und das restliche Team bereits warteten. Auf dem großen Bildschirm war eine Karte von Emden zu sehen, mit mehreren markierten Punkten. Die Spannung im Raum war greifbar, jeder spürte die Dringlichkeit, Lea Weber zu fassen.

„Gute Nachrichten", begann Lars sofort. „Wir haben Leas Wagen auf einer Überwachungskamera gesehen. Sie fuhr vor etwa zwanzig Minuten in Richtung Auricher Straße." Jan hob den Kopf und starrte auf die Karte. „Das ist unsere Chance", sagte er entschlossen. „Wenn wir schnell genug sind, können wir sie vielleicht noch erwischen." Lena trat näher an den Bildschirm, ihre Gedanken rasten. „Auricher Straße... Sie könnte an mehreren Orten gestoppt haben. Vielleicht hat sie versucht, sich irgendwo zu verstecken oder Unterstützung zu finden." Lars schüttelte den Kopf. „Wir haben alle bekannten Adressen überprüft, es gibt keinen

Hinweis darauf, dass sie in der Gegend jemanden hat, der ihr helfen könnte." Lena spürte den wachsenden Druck. „Vielleicht hat sie an einer Tankstelle Halt gemacht – um sich zu sammeln oder ihre nächsten Schritte zu planen." Die Ermittler schossen in Bewegung. Jan und Lena machten sich sofort auf den Weg zum Wagen, während die übrigen Polizisten die Ausfahrten der Stadt überwachten. Die Stille im Auto war drückend, und Lena konnte die innere Unruhe kaum unterdrücken. Jedes vorbeiziehende Gebäude wirkte wie eine Erinnerung daran, dass Lea jede Sekunde entkommen könnte.

„Vielleicht hat sie an einer Tankstelle gehalten", überlegte Jan laut. „Es wäre ein Versuch wert, dort nachzufragen." „Selbst wenn sie nur kurz gestoppt hat, könnte uns das einen Hinweis geben", antwortete Lena, während sie gedanklich alle Möglichkeiten durchging. Sie fuhren die Auricher Straße entlang und hielten an der SCORE-Tankstelle. Doch der Tankstellenbetreiber hatte nichts Auffälliges bemerkt. Lena spürte, wie die Anspannung in ihr wuchs. Was, wenn sie wieder zu spät kamen? „Sie war nicht hier", sagte Lena, während sie sich umsah. „Wir müssen zur nächsten Tankstelle. Vielleicht haben wir dort mehr Glück."

Jan fuhr weiter in Richtung der Sprint-Tankstelle in der Nähe der Autobahnauffahrt Emden-Zentrum. Jeder Kilometer fühlte sich an, als könnte er den entscheidenden Unterschied machen. Lena spürte die Minuten vergehen und wusste, dass sie bald handeln mussten. Als sie an der Tankstelle ankamen, schien die junge Angestellte sich zu erinnern, als sie das Foto von Lea Weber sah. „Ja, die Frau war hier", bestätigte die Angestellte und dachte kurz nach. „Das war vielleicht vor einer Stunde. Sie sah ziemlich nervös aus und hat getankt. Sie fragte mich, wie sie am schnellsten auf die Autobahn kommt." Lena spürte die Nervosität in ihren Fingerspitzen. „Hat sie gesagt, wohin sie wollte?" „Nein", antwortete die Angestellte, „aber sie war in Eile. Ich hatte das Gefühl, sie wollte hier so schnell wie möglich weg." Jan tauschte einen schnellen Blick mit Lena. „Sie weiß, dass wir ihr dicht auf den Fersen sind."

„Das könnte unser entscheidender Hinweis sein", sagte Lena entschlossen. „Wir müssen sie jetzt finden, bevor sie untertaucht." Zurück im Wagen drückte Jan das Gaspedal durch, und das Motorengeräusch spiegelte die Dringlichkeit wider, die sie beide spürten. „Wenn sie in Panik ist, könnte sie einen Fehler machen. Wir müssen nah dranbleiben." Plötzlich fiel Lena etwas ein. „Lars, hier Lena. Hat die Überwachungskamera von der Tankstelle etwas eingefangen? Vielleicht hat sie mit jemandem gesprochen oder sogar telefoniert, während sie tankte."

„Ich prüfe das sofort", kam die Antwort aus dem Funkgerät. „Gebt mir ein paar Minuten." Während sie auf die Antwort warteten, fuhr Jan weiter, sein Blick fest auf die Straße gerichtet. Lena fühlte die Spannung in ihren Schultern, ihre Gedanken rasten. Was, wenn sie einen Fehler übersehen hatten? Was, wenn Lea jemanden dabeihatte, der ihr half? „Lena", kam es durch das Funkgerät. „Wir haben etwas auf der Kamera. Sie hat beim Tanken telefoniert. Wir konnten nur Bruchstücke hören, aber es scheint, als würde sie sich mit jemandem treffen. Sie hat etwas von einem Park-and-Ride-Platz in Riepe gesagt." Lenas Herzschlag beschleunigte sich. „Riepe... Da gibt es einen Parkplatz an der Autobahnauffahrt. Jan, da müssen wir hin."

Sie fuhren in Richtung Riepe und sahen das Auto auf dem Park-and-Ride-Platz stehen – es war Leas grauer Wagen. Lena spürte eine Welle der Erleichterung, doch diese wurde schnell von Anspannung abgelöst. „Da ist er", sagte sie leise, ihre Augen fixierten den Wagen. „Das ist unsere Chance." Jan fuhr langsam heran und hielt den Wagen ein paar Meter entfernt. Beide stiegen aus, zogen ihre Waffen und näherten sich dem Auto, ihre Schritte vorsichtig und kontrolliert. Die Stille war unheimlich, als sie sich dem Wagen näherten. Als Lena die Tür öffnete, starrte sie auf die leeren Sitze. Das Auto war verlassen.

„Verdammt", flüsterte Jan und trat einen Schritt zurück. „Sie ist schon weg." Lena sah sich hektisch um, ihre Augen durchkämmten die Umgebung. „Vielleicht hat sie auf jemanden gewartet, der sie abgeholt hat", sagte sie, ihre Stimme voller Frustration. Jan nickte, sein Blick war starr auf die leere Straße gerichtet. „Mit vollem Tank hätte sie das Auto nicht einfach stehen lassen. Jemand muss sie hier abgeholt haben." Lena griff erneut zum Funkgerät. „Lars, wir haben Leas Auto gefunden, aber sie ist nicht mehr hier. Es sieht so aus, als wäre sie von jemandem abgeholt worden. Überprüft sofort die Kameras und fragt nach Augenzeugen."

„Verstanden", kam die knappe Antwort. „Ich schicke sofort Unterstützung." Während Lena und Jan auf die Verstärkung warteten, breitete sich das beklemmende Gefühl der Niederlage in ihr aus. Lea war ihnen wieder entkommen – zumindest für den Moment. Aber Lena wusste, dass es noch nicht vorbei war. Die Jagd ging weiter, und sie würde nicht aufgeben.

Kapitel 8

Der Arbeitstag zog sich hin, und als Lena schließlich nach Hause fuhr, war die Stimmung in der Stadt genauso gedrückt wie ihre eigene. Es war ein typischer Herbsttag in Emden, der Himmel bedeckt, die Luft kühl und feucht. Lena parkte ihren Wagen vor dem kleinen Haus am Gatjebogen und betrat das Haus, das ihr in den letzten Wochen ein Rückzugsort geworden war. Sie stellte ihre Tasche ab und bereitete sich einen Tee zu, während sie gedankenverloren aus dem Fenster in den kleinen Garten schaute. Normalerweise fand sie in diesem Anblick Ruhe, doch heute schien nichts sie beruhigen zu können.

Gerade als sie sich mit ihrem Tee auf die Terrasse setzen wollte, hörte sie das Geräusch eines Autos vor dem Haus. Verwundert stellte sie die Tasse ab und ging zur Tür. Als sie öffnete, blieb ihr für einen Moment der Atem stocken. Da stand Bodo, lässig wie immer, mit einem verschmitzten Lächeln auf den Lippen. „Überraschung", sagte er. „Ich dachte, ich schaue mal vorbei." Lena starrte ihn an, unfähig, etwas zu sagen. „Bodo? Was machst du hier?" „Ich habe mir ein paar Tage frei genommen und wollte dich überraschen", antwortete er. „Ich dachte mir, du könntest vielleicht jemanden gebrauchen, der dich ein bisschen auf andere Gedanken bringt."

Lena fühlte, wie sich ihre Anspannung noch verstärkte. Sie hatte Bodo nicht erwartet, nicht jetzt, wo sie versuchte, ihre Gedanken zu ordnen und ihre Gefühle unter Kontrolle zu halten. Doch da stand er, mit einem Lächeln, das alles durcheinanderbrachte. „Das... das ist wirklich eine

Überraschung", brachte sie schließlich heraus. „Ich weiß gar nicht, was ich sagen soll."

„Sag einfach, dass ich reinkommen darf", erwiderte Bodo und grinste breit. „Ich habe einen weiten Weg hinter mir und könnte ein Glas Wasser gebrauchen." Lena lachte nervös und trat zur Seite. „Natürlich, komm rein." Während sie in die Küche gingen, versuchte Lena, ihre Gedanken zu ordnen. Warum war Bodo hier? Hatte er wirklich einfach nur Urlaub gemacht, oder steckte mehr dahinter? „Wie geht es dir, Lena?", fragte Bodo, als er sich im Wohnzimmer niederließ. „Ich habe in letzter Zeit nicht viel von dir gehört." „Es ist viel los", antwortete Lena ausweichend, während sie ihm ein Glas Wasser einschenkte. „Der Fall, die neue Umgebung… es ist alles ein bisschen viel auf einmal." „Verstehe", sagte Bodo und nahm das Glas entgegen. „Aber ich hoffe, dass ich dir ein bisschen Ablenkung verschaffen kann."

Lena setzte sich ihm gegenüber und sah ihn an. Da war er also, Bodo, der Fels in der Brandung, der sie immer wieder aus ihren dunkelsten Momenten herausgeholt hatte. Doch jetzt, wo er hier war, wusste sie nicht, ob sie das wirklich wollte. Sie hatte sich so sehr bemüht, in Emden neu anzufangen, doch mit Bodo kamen all die Erinnerungen und Gefühle zurück, die sie in Hannover hinter sich lassen wollte. „Ich weiß deine Sorge wirklich zu schätzen, Bodo", sagte sie schließlich. „Aber ich bin mir nicht sicher, ob ich das gerade brauche. Ich… ich versuche hier, etwas Neues aufzubauen, und es fällt mir schwer, wenn…, wenn alles wieder hochkommt." Bodo sah sie verständnisvoll an. „Ich verstehe. Aber du musst das nicht alleine machen, Lena. Du hast mich immer gehabt, und das wird sich nicht ändern."

Lena spürte, wie ihr die Worte im Hals stecken blieben. Sie wollte ihm sagen, dass es nicht so einfach war, dass seine Anwesenheit sie genauso sehr verunsicherte, wie sie ihr Halt gab. Doch sie brachte es nicht über die Lippen. „Lass uns einfach den Abend genießen", sagte sie stattdessen. „Wir reden später." Bodo nickte und lächelte. „Wie du willst, Lena. Ich bin hier, und das zählt." Der Abend verging in einer Mischung aus alten Erinnerungen und stillen Momenten, in denen Lena versuchte, ihre Gedanken zu ordnen. Bodo blieb taktvoll und respektierte ihren Wunsch, nicht zu tief in die Vergangenheit einzutauchen. Doch die Fragen, die sie beide nicht laut aussprachen, schwebten weiterhin im Raum. Als Bodo sich schließlich verabschiedete, blieb Lena noch eine Weile allein sitzen, in Gedanken versunken. Seine unerwartete Anwesenheit hatte etwas in ihr aufgewühlt, dass sie nicht mehr ignorieren konnte. Es war, als ob alles, was sie unterdrückt hatte, wieder an die Oberfläche drängte. „Bis morgen, Lena", hatte Bodo zum Abschied gesagt, und in seinen Worten schwang mehr mit, als sie im Moment bereit war zu verstehen.

Als Lena schließlich zu Bett ging, lag sie lange wach und dachte über das Gespräch nach. Bodo war wieder in ihrem Leben, und das brachte alles durcheinander. Aber vielleicht, dachte sie, war das genau das, was sie brauchte Der Morgen in Emden begann mit einem Anflug von Unbehagen, das Lena nicht ganz einordnen konnte. Sie hatte schlecht geschlafen, ihre Gedanken kreisten um den Fall, um die Ereignisse der letzten Tage – und um Bodo. Sein überraschender Besuch hatte sie aufgewühlt, mehr als sie sich selbst eingestehen wollte.

Heute Morgen, nach der intensiven Nacht, hatte sie eine Nachricht von ihm erhalten. Er hatte sie zu einem Frühstück im Hotel eingeladen, in dem er sich eingemietet hatte, und Lena war unschlüssig, ob sie die Einladung annehmen sollte. Nach kurzem Zögern beschloss sie, zuzusagen. Ein Frühstück in einem neutralen Rahmen, in einem Hotel, das sie nicht mit ihrer täglichen Routine verband, konnte ihr helfen, den Kopf freizubekommen. Außerdem wusste sie, dass Bodo sie besser kannte, als sie selbst zugeben wollte. Wenn sie die Einladung ausschlug, würde er sich nur noch mehr Sorgen machen – und das wollte sie vermeiden. Bodo hatte sich im Hotel am Delft eingemietet, einem modernen und doch gemütlichen Hotel in der Nähe des alten Hafens. Das Hotel bot einen wunderbaren Ausblick auf das Wasser und die vorbeiziehenden Schiffe, ein ruhiger Ort inmitten der Hektik der Stadt. Lena betrat die Lobby und ließ ihren Blick über das stilvolle Interieur schweifen.

Es war ruhig hier, und die warmen Holz Töne, kombiniert mit den großen Glasfronten, die den Blick auf das Wasser freigaben, schufen eine angenehme Atmosphäre. Bodo wartete bereits in der Ecke des Frühstücksraums auf sie, ein entspanntes Lächeln auf den Lippen. Als er sie sah, erhob er sich und kam ihr entgegen. „Lena, schön, dass du kommen konntest", begrüßte er sie und zog einen Stuhl für sie hervor. „Danke für die Einladung, Bodo", sagte Lena und setzte sich. „Ich dachte, es wäre vielleicht ganz gut, mal den Kopf freizubekommen." Bodo nickte verständnisvoll. „Genau das habe ich mir auch gedacht. Wir stecken gerade alle bis zum Hals in Arbeit, da kann ein bisschen Abstand nicht schaden."

Das Frühstück wurde serviert, und die beiden genossen eine Weile die Ruhe und das reichhaltige Buffet. Das Hotel am Delft war bekannt für sein hervorragendes Frühstück, und die Auswahl an frischen Brötchen, Obst und verschiedenen Kaffeespezialitäten trug dazu bei, dass Lena sich ein wenig entspannte.

„Lena", begann Bodo schließlich, nachdem sie einige Zeit in angenehmem Schweigen verbracht hatten, „ich weiß, dass du viel um die Ohren hast, aber ich wollte dich fragen, ob ich dir vielleicht bei den Ermittlungen helfen kann." Lena sah auf und begegnete seinem Blick. Sie wusste, dass er es gut meinte, doch sie war unsicher, ob es eine gute Idee war, ihn in den Fall einzubinden. „Bodo, das ist wirklich nett von dir, aber ich bin mir nicht sicher, ob das so einfach geht. Ich bin zwar die Leiterin des Teams, aber solche Entscheidungen treffen wir im Team und mit Lars gemeinsam." Bodo lehnte sich zurück und nahm einen Schluck von seinem Kaffee. „Ich verstehe. Aber falls ihr Unterstützung braucht, bin ich bereit. Ich möchte nicht nur hier sein und zusehen." Lena konnte seine Worte nachvollziehen, und sie schätzte seine Bereitschaft, zu helfen. Doch die Situation war kompliziert. Einerseits könnte Bodo eine wertvolle Unterstützung sein, andererseits wollte sie die professionelle Distanz wahren, die für sie in ihrer neuen Position so wichtig war.

„Ich werde mit Lars sprechen", sagte sie schließlich. „Es wäre sicher eine Erleichterung, wenn wir auf deine Erfahrung zurückgreifen könnten. Aber das muss alles offiziell abgesegnet werden." Bodo nickte. „Natürlich. Ich will dir keine zusätzlichen Sorgen bereiten." Nachdem das Frühstück beendet war, verabschiedeten sie sich in der Hotellobby, und Lena versprach, Bodo auf dem Laufenden zu halten. Auf dem Weg zurück ins Präsidium fühlte sie sich hin- und hergerissen. Bodo war für sie immer ein wichtiger Bezugspunkt gewesen, und seine Anwesenheit in Emden stellte sie vor Herausforderungen, die sie nicht erwartet hatte.

Kapitel 9

Lena schob die Glastür des Präsidiums auf, und sofort umfing sie die kühle, sterile Luft des Gebäudes. Der vertraute Geruch von abgestandenem Kaffee und alten Akten hing in der Luft, normalerweise beruhigend – doch heute verstärkte er nur das Gefühl der Anspannung. Etwas Unausgesprochenes lag über allem, eine nervöse Energie, die sie nicht abschütteln konnte.

Ihre Schritte hallten im stillen Flur wider, und mit jedem Schritt wuchs das Gewicht auf ihren Schultern. Es war nicht die physische Müdigkeit, sondern die Last der Entscheidungen, die sie treffen musste. Kurz klopfte sie an Lars' Tür, bevor sie eintrat. Er saß wie immer hinter seinem Schreibtisch, die Stirn in Falten gelegt, vertieft in einen Stapel Akten. Ohne dass er sie ansah, spürte sie, dass auch er die Dringlichkeit der Situation erfasste.

„Lena", sagte er knapp und deutete auf den Stuhl vor seinem Schreibtisch, ohne die Unterlagen zu verlassen. „Setz dich." Lena ließ sich auf den Stuhl sinken, zog ihre Notizen hervor und legte sie auf den Tisch, doch ihre Hände zitterten leicht. Die Gedanken in ihrem Kopf rasten. Das, was sie ihm mitteilen musste, würde den nächsten entscheidenden Schritt in den Ermittlungen bestimmen.

„Bodo hat sich bereit erklärt, uns zu unterstützen", begann sie ohne Umschweife, suchte Lars' Blick und spürte das Gewicht der Worte. „Jetzt hängt alles von Hannover ab." Lars legte die Akten zur Seite, seine Finger trommelten leise auf die Tischplatte. Ein Zeichen seiner Anspannung, auch wenn seine Stimme ruhig blieb. „Ich werde das regeln", sagte er schließlich, seine Stimme fest. „Hannover wird uns nicht im Stich lassen. Aber du weißt, wie bürokratisch das werden kann." Lena nickte, ein Hauch von Erleichterung durchbrach kurz ihre Anspannung. Lars übernahm die Verantwortung, doch der Druck auf ihr schwand nicht. Sie wusste, dass die eigentliche Arbeit erst jetzt beginnen würde. „Und Greetsiel?" fragte Lars, lehnte sich zurück und sah sie mit diesem durchdringenden Blick an, den sie so gut kannte. Es war der Blick eines erfahrenen Kripobeamten, der die Puzzleteile eines Falles vor sich sah und sie geduldig zusammensetzte. „Jan und Robin sind bereit", antwortete Lena, und ihre Stimme verriet die Anspannung, die sie spürte. „Es gibt Hinweise auf merkwürdige Aktivitäten dort. Gerüchte, mehr nicht... aber es fühlt sich falsch an."

Lars runzelte die Stirn, rieb sich nachdenklich das Kinn. „Gerüchte, hmm. In diesen kleinen Dörfern weiß jeder alles, aber gleichzeitig auch niemand wirklich etwas." „Genau das macht es so gefährlich", entgegnete Lena und lehnte sich nach vorn. „Wenn da wirklich etwas im Verborgenen läuft, dann gut genug, um nicht aufzufallen. Und das macht mir Sorgen."

Lars nickte langsam, als ob er ihre Worte abwog. „Mach es offiziell, sobald du etwas findest. Aber sei vorsichtig. Solche Fälle sind tückisch. Wir können uns keine Fehler leisten." Lena stand auf, warf ihm jedoch noch einen dankbaren Blick zu. „Und danke, dass du dich um Hannover kümmerst. Ohne diese Unterstützung wären wir aufgeschmissen."

Lars hielt inne, sah sie kurz mit einem warmen, fast väterlichen Blick an. „Pass einfach auf dich auf, Lena. Es wird schwieriger, bevor es besser wird." Als sie das Büro verließ, fühlte sie die Schwere der Verantwortung stärker als je zuvor. Lars hatte recht. Es würde schwieriger werden – und das Gefühl ließ sie nicht los. Im Großraumbüro herrschte Stille. Das Summen der Computer und das gelegentliche Rascheln von Papier bildeten den einzigen Hintergrundklang. Lena trat ein, noch in Gedanken versunken über das Gespräch mit Lars, als sie Jan und Robin entdeckte.

Jan stand am Fenster, den Blick auf einen Aktenstapel gerichtet, sein Gesicht wie immer konzentriert und analytisch. Robin hingegen lehnte lässig an seinem Schreibtisch, das Handy in der Hand, während sein Fuß im Takt einer unsichtbaren Melodie wippte. Als Lena den Raum betrat, hob er den Kopf und grinste. „Greetsiel, huh?" begann er locker und steckte das Handy weg. „Ich hoffe, wir suchen nicht nur nach alten Fischernetzen."

Lena schmunzelte leicht, doch ihre Gedanken blieben bei dem Ernst der Lage. „Wenn du dich nicht benimmst, lässt Jan dich tauchen gehen." Jan, der noch immer in seine Akten vertieft war, sagte trocken: „Gute Idee. Aber ehrlich gesagt, ich vermute, wir haben größere Fische zu fangen." Lena trat näher, ihre Miene wurde ernst. „Jan hat recht. Wir haben Hinweise auf ungewöhnliche Aktivitäten. Es sind nur Gerüchte, aber wir wissen nicht, was uns erwartet." Robin, dessen Grinsen jetzt verschwunden war, richtete sich auf. „Gerüchte sind gut. Gerüchte bedeuten, dass da was ist. Was genau suchen wir?"

Lena seufzte leise und verschränkte die Arme. „Das ist das Problem. Es könnte alles sein oder nichts. Aber Greetsiel ist zu ruhig, und das beunruhigt mich." Jan legte seine Akte zur

Seite und drehte sich zu den beiden. „Du glaubst, dass da etwas versteckt wird?" „Ja", antwortete Lena leise, aber fest. „Es ist nur ein Gefühl, aber... wir sollten vorbereitet sein." Robin schlüpfte in seine Jacke, seine Stimme jetzt ernster. „Na dann, nichts wie los. Ich habe keine Lust, hier rumzusitzen, während da draußen etwas vor sich geht."

Jan nickte, nahm ebenfalls seine Jacke und warf Lena einen prüfenden Blick zu. „Wir sollten keine Zeit verlieren. Wenn da wirklich etwas passiert, müssen wir es finden, bevor es sich weiter versteckt." Lena spürte die Last der Verantwortung, doch sie wusste, dass sie sich auf Jan und Robin verlassen konnte. Ihr Team war eingespielt, und die kommenden Stunden würden entscheidend sein. „Okay", sagte sie schließlich, nahm ihre Tasche und ging voran. „Seid vorbereitet. Das hier könnte uns schneller überrollen, als uns lieb ist." Robin, jetzt ohne sein typisches Grinsen, nickte. „Alles klar, Boss." Die Fahrt nach Greetsiel führte sie durch eine sich verdunkelnde Landschaft. Der Himmel war schwer und wolkenverhangen, als sie das verschlafene Fischerdorf erreichten. Der Wind peitschte vom Meer her und trug den salzigen Duft von Wasser und Holz mit sich. Es war unheimlich ruhig, beinahe gespenstisch, als sie durch die engen Kopfsteinpflasterstraßen fuhren. Die Backsteinhäuser entlang der Kanäle wirkten verlassen, und die Boote im Hafen schaukelten leise auf den Wellen.

„Fast zu friedlich", murmelte Robin, als er aus dem Auto stieg und sich umsah. „Es fehlt nur die unheimliche Musik im Hintergrund." Lena zog ihren Mantel enger um sich, während der kalte Wind ihr ins Gesicht schnitt. „Zu ruhig. Und genau das ist das Problem." Sie ließ ihren Blick über die verlassenen Gassen und Häuser gleiten. Es war, als hätte das Dorf selbst den Atem angehalten, eine erdrückende Stille, die über allem lag. Etwas lauerte hier – Lena spürte es in ihrem Magen. Jan trat neben sie, die Hände tief in die Jackentaschen gesteckt. „Die meisten Touristen sind um diese Jahreszeit weg. Nur ein paar Einheimische bleiben." „Ja, aber trotzdem", sagte Lena leise, während sie vorausging. „Es fühlt sich... falsch an." Sie gingen durch die engen Gassen, und mit jedem Schritt wurde das Gefühl der Unruhe stärker. Der Wind ließ die Fensterläden klappern, und der Geruch von nassem Holz und Salz lag in der Luft.

Die Dunkelheit der herannahenden Nacht kroch langsam über die Dächer, als sie schließlich das alte Fischerhaus erreichten. „Hier sind wir", sagte Jan knapp und deutete auf das baufällige Haus vor ihnen. Es sah noch verfallener aus, als Lena es sich vorgestellt hatte. Die Fenster waren mit Brettern vernagelt, das Dach eingestürzt, und der modrige Geruch verstärkte das beklemmende Gefühl in ihrem Bauch. „Sieht aus, als wäre hier seit Jahren keiner mehr gewesen", sagte Robin, seine Stimme war jetzt völlig ernst. Lena trat näher an die Tür, ließ ihre Hand über das raue, verwitterte Holz gleiten. „Vielleicht. Oder jemand wollte, dass es so aussieht." Mit einem leichten Knarren öffnete sich die Tür des Fischerhauses. Ein kalter Schwall modriger Luft schlug ihnen entgegen, vermischt mit dem salzigen Duft des Meeres.

Die Dunkelheit im Inneren war dicht, fast undurchdringlich, bis Robin seine Taschenlampe zückte und den Lichtstrahl durch den Raum gleiten ließ. Das Licht enthüllte die traurigen Überreste eines langen verlassenen Hauses – alte, zusammengefallene Möbel, verstaubte Fischernetze und zerbrochenes Glas, das über den Boden verstreut war. Jeder

Schritt, den sie machten, ließ die Holzdielen unter ihren Füßen ächzen und knarren. „Ich hatte gehofft, es wäre ein bisschen weniger... gruselig", sagte Robin und ließ seine Taschenlampe über die Wände gleiten. „Aber es passt." Lena spürte die Anspannung in ihren Schultern, als sie tiefer in das Haus vordrangen. Jedes Knarren des Bodens, jedes Flüstern des Windes durch die Ritzen der Wände, ließ ihre Nackenhaare aufstellen. Es war, als würde das Haus selbst sie warnen wollen. „Bleibt wachsam", flüsterte sie und ließ ihren Blick durch den Raum schweifen. „Wenn hier jemand etwas versteckt hat, wollte er sicherstellen, dass es gut verborgen bleibt." Jan ging auf eine der Ecken des Raumes zu, seine Augen suchten den Boden ab. „Da", sagte er schließlich leise und kniete sich hin. „Hier stimmt etwas nicht."

Lena trat näher. Die Holzplanken in dieser Ecke sahen unregelmäßig aus, als ob sie hastig wieder eingesetzt worden wären. Jan zog ein kleines Messer aus seiner Tasche und begann vorsichtig, eine der Planken anzuheben. Mit einem leisen Knacken gab das Holz nach, und darunter kam ein kleiner, dunkler Hohlraum zum Vorschein. „Was haben wir denn da?", flüsterte Robin und trat näher. Lena kniete sich neben Jan und leuchtete mit ihrer eigenen Taschenlampe in den Hohlraum. Darin lag eine verstaubte, alte Holzkiste, fast unsichtbar in der Dunkelheit des Verstecks. Ihr Herz schlug schneller. „Das ist es." Jan hob die Kiste vorsichtig heraus und stellte sie auf den Boden. Sie war alt, das Holz an einigen Stellen bereits verwittert, aber die Kiste war versiegelt – sorgfältig versteckt. „Wer auch immer das hier hinterlassen hat, wollte, dass es niemand findet", sagte Jan leise. Lena nickte und griff nach dem Deckel. „Und jetzt finden wir es." Langsam hob sie den Deckel der Kiste an. Ein leises Knarren durchbrach die Stille des Hauses, als die Kiste geöffnet wurde und ihren Inhalt preisgab. Alte Dokumente, in Wachspapier gehüllt, und vergilbte Fotos lagen ordentlich gestapelt darin.

Robin beugte sich vor, sein Gesicht angespannt im Licht der Taschenlampe. „Das sieht wichtig aus." Lena nahm eines der Fotos heraus und betrachtete es. Darauf war eine Gruppe Männer zu sehen, die vor einem Fischerhaus standen – ähnlich dem, in dem sie sich gerade befanden. Einer der Männer auf dem Bild kam ihr bekannt vor. „Das ist er", flüsterte sie. „Einer der Männer, die wir untersucht haben." Jan nahm eines der Dokumente aus der Kiste und blätterte es vorsichtig auf. „Hier sind Aufzeichnungen über illegale Aktivitäten. Es sieht aus, als hätte jemand hier mehr als nur Fischernetze versteckt."

„Das könnte der Durchbruch sein", sagte Robin leise. „Aber wenn wir das gefunden haben, wird sich bald jemand fragen, wo es geblieben ist." Lena nickte, ihr Herz schlug schneller. „Dann sollten wir das alles sichern und verschwinden, bevor jemand bemerkt, dass wir hier waren." Die Rückfahrt nach Emden verlief in bedrückendem Schweigen. Der Wind blies stärker, und die Dunkelheit um sie herum wuchs. Lenas Gedanken waren bei den Dokumenten, die sie gefunden hatten. Sie wusste, dass dies nur die Spitze eines Eisbergs war.

„Das war ein großer Fund", sagte Robin schließlich, als sie eine Kurve nahmen. „Aber es fühlt sich an, als hätten wir ein Wespennest aufgestochen." Lena nickte, starrte jedoch weiterhin aus dem Fenster. „Ein Nest, das lange Zeit gut verborgen war. Und jetzt wissen wir, dass wir nicht mehr unbemerkt sind." „Wenn diese Dokumente ans Licht kommen", sagte Jan, „könnte das größere Kreise ziehen, als wir dachten." „Genau", stimmte Lena zu, ihre Gedanken rasten. „Das ist der Schlüssel. Aber dieser Schlüssel könnte uns auch in Schwierigkeiten bringen, wenn wir nicht vorsichtig sind." Das leise Summen des Motors war das einzige Geräusch, als sie die letzten Kilometer zurücklegten. Was auch immer in diesen Dokumenten stand, Lena wusste, dass sie auf etwas sehr Großes gestoßen waren – und sehr Gefährliches.

Als sie das Polizeipräsidium erreichten, war die Stadt in Dunkelheit gehüllt. Das Gebäude wirkte fast leer, nur die schwachen Straßenlaternen warfen schmale Lichtstreifen auf den Asphalt. Lena griff nach der Kiste und stieg aus dem Wagen, der Wind biss kalt in ihre Haut, als sie schnellen Schrittes auf den Eingang zugingen.

Sie betraten das Präsidium, ihre Schritte hallten in den leeren Fluren wider. Lars wartete bereits vor seinem Büro auf sie, sein Gesicht angespannt, aber konzentriert. „Gut, dass ihr zurück seid", sagte er und nickte ihnen zu. „Ich habe mit Hannover gesprochen." Lena hielt inne und sah ihn erwartungsvoll an. „Und?" „Sie haben zugestimmt", sagte Lars knapp. „Bodo wird uns unterstützen. Ich habe ihn bereits informiert, er wartet im Büro." Lena spürte eine Welle der Erleichterung durch die Anspannung dringen. „Danke, Lars. Das ist genau das, was wir jetzt brauchen." „Ihr habt wirklich etwas Großes aufgedeckt", fügte Lars hinzu und warf einen Blick auf die Kiste. „Das hier könnte alles verändern. Aber es bedeutet auch, dass wir jetzt besonders vorsichtig sein müssen."

„Wir wissen, wie wichtig das ist", antwortete Lena ernst und ging an Lars vorbei in Richtung des Büros, in dem Bodo bereits wartete. Im Büro war Bodo über die Akten gebeugt, als Lena, Jan und Robin eintraten. Er sah auf, als sie hereinkamen, und sein Gesichtsausdruck wurde noch ernster. „Ich habe von Lars gehört, was ihr gefunden habt." „Es ist größer, als wir erwartet hatten", sagte Lena und stellte die Kiste vorsichtig auf den Tisch. „Das sind Aufzeichnungen, die Jahre zurückreichen. Sie verbinden wichtige Akteure – und es sind genug Beweise, um richtigen Druck zu machen." Bodo nickte und trat näher, um die Kiste genauer zu betrachten. „Das ist der Durchbruch, den wir brauchen."

„Das ist es", bestätigte Jan. „Aber das bedeutet auch, dass wir uns jetzt auf sehr dünnem Eis bewegen. Wenn jemand herausfindet, dass wir diese Dokumente haben..." „Dann stehen wir direkt im Fadenkreuz", beendete Lena den Satz. „Wir dürfen uns jetzt keinen Fehler erlauben." Bodo blickte auf, seine Augen funkelten entschlossen. „Also gut. Wir gehen das alles durch und analysieren es so schnell wie möglich. Jeder Schritt muss sitzen." Sie setzten sich an die Arbeit, das Büro erfüllt von Stille, unterbrochen nur vom Rascheln der alten Papiere. Draußen zog die Nacht über Emden herein, und die Kälte der Dunkelheit legte sich schwer auf die Stadt. Drinnen jedoch war die Spannung fast greifbar. Jedes weitere Dokument, das sie öffneten, fügte ein weiteres Puzzleteil in das Bild eines viel größeren Netzwerks. Lena lehnte sich schließlich in ihrem Stuhl zurück, ihre Augen müde von der Anstrengung. „Das hier wird alles verändern", sagte sie leise und sah zu Jan, Robin und Bodo. „Ab jetzt gibt es kein Zurück mehr." Robin nickte, während er das letzte Dokument zur Seite legte. „Wir wollten den

großen Durchbruch, und jetzt haben wir ihn. Jetzt müssen wir nur dafür sorgen, dass wir die Oberhand behalten."
„Das werden wir", sagte Bodo fest. „Wir sind bereit." Lena nickte und warf einen Blick in die Dunkelheit, die draußen über der Stadt hing. Was immer als Nächstes kam – sie wussten, dass der Fund im Fischerhaus sie in eine gefährlichere Position gebracht hatte. Aber als Team waren sie bereit, sich dieser Herausforderung zu stellen

Kapitel 10

Der Morgen begann früh für Lena. Die ersten Sonnenstrahlen kämpften sich durch die Wolken und tauchten die stillen Straßen von Emden in ein sanftes Licht. Die Stadt erwachte langsam, doch hier, vor dem Polizeipräsidium, herrschte noch absolute Ruhe. Lena stand am Eingang und genoss den kühlen Wind, der ihr um die Nase wehte, während sie auf Jan wartete. Ihre Gedanken waren bei den bevorstehenden Ermittlungen, aber auch bei Bodo. Seitdem er zum Team gestoßen war, hatte sich die Dynamik verändert. Lena wusste nicht genau, warum, aber etwas störte sie. Es war nicht nur seine Anwesenheit, sondern die besondere Verbindung, die sich zwischen ihm und Jan entwickelt hatte.

Sie fühlte sich zunehmend ausgeschlossen, obwohl sie wusste, dass das Unsicherheit und Zweifel waren, die aus ihr selbst kamen. Doch jetzt musste sie sich auf die Arbeit konzentrieren – der Tag versprach, lang und herausfordernd zu werden. Als Jan schließlich vorfuhr, setzte sich Lena auf den Beifahrersitz und schenkte ihm ein müdes Lächeln. „Bereit für einen langen Tag?" fragte sie, bemüht, die innere Anspannung zu verbergen. „Absolut", erwiderte Jan und startete den Wagen. „Ich habe das Gefühl, dass wir heute endlich ein paar fehlende Puzzleteile finden werden."

Sie fuhren durch die Straßen Emdens, die langsam im Rückspiegel verschwanden, während sich die friedliche Landschaft Ostfrieslands vor ihnen ausbreitete. Die Straße schlängelte sich durch endlose Felder, vorbei an kleinen Höfen und Wind-mühlen. Das leise Rauschen des Wagens hätte Lena normalerweise beruhigt, doch heute war sie zu abgelenkt. Ihre Gedanken wanderten immer wieder zu Bodo, der im zweiten Wagen mit Robin unterwegs war. „Was ist los?" fragte Jan plötzlich, ohne den Blick von der Straße zu nehmen. „Du bist heute irgendwie anders." „Alles gut", antwortete Lena schnell. „Ich denke nur über den Fall nach." Sie wollte nicht weiter darauf eingehen und schwieg. Jan nickte und ließ das Thema fallen, während sie weiterfuhren. Die friesische Landschaft wirkte an diesem Morgen besonders idyllisch: Kühe grasten friedlich auf den weiten Wiesen, und am Horizont konnte man die Umrisse der kleinen Stadt Aurich erkennen. Als sie sich der Stadt näherten, spürte Lena, wie ihre Anspannung wuchs. Hier würden sie wichtige Hinweise finden – sie hoffte, dass sie sich im Team beweisen konnte.

Als sie in Aurich ankamen, veränderte sich die Atmosphäre merklich. Die engen, gepflasterten Straßen und die alten Backsteinhäuser strahlten einen ganz eigenen Charme aus. Es war Lenas erster Besuch in der kleinen Stadt, doch irgendetwas daran kam ihr vertraut vor. Vielleicht lag es an der friesischen Architektur, die sie an andere Küstenorte erinnerte, die sie im Laufe ihrer Karriere besucht hatte. Es war eine Mischung aus Historie und Ruhe, die im starken Kontrast zu den Ermittlungen stand, die sie hierhergeführt hatten.

„Ziemlich ruhig hier", bemerkte Jan, als sie vor dem Polizeipräsidium hielten, einem altehrwürdigen Gebäude, das mit seiner Fassade von seiner langen Geschichte zeugte. „Zu ruhig", dachte Lena bei sich und stieg aus dem Wagen. Der kühle Wind wehte ihr entgegen, als sie sich mit Jan dem Eingang des Präsidiums näherte. Sie wurden von Hartmut Baum erwartet, dem örtlichen Kripochef. Mit kräftiger

Statur und einem festen Händedruck strahlte er die Art von Ruhe und Selbstsicherheit aus, die Lena heute gut gebrauchen konnte. „Willkommen in Aurich", begrüßte Hartmut sie und nickte den beiden zu. „Ich hoffe, die Fahrt war angenehm. Wir haben einiges vorbereitet, das euch weiterhelfen sollte."

Lena spürte, wie sich ein kleiner Teil der Anspannung in ihr löste. „Vielen Dank", erwiderte sie. „Wir sind gespannt, was du für uns hast." Drinnen erwartete sie ein großer Besprechungsraum, in dem Karten, Akten und Notizen bereits auf den Tischen ausgebreitet lagen. Alles wirkte gut organisiert. Hartmuts Team hatte gründlich gearbeitet, und sie hatten Verdächtige identifiziert sowie mögliche Verbindungen zu den Ermittlungen in Emden aufgezeigt. Jan und Bodo stürzten sich sofort in die Dokumente, während Lena abseitsstand und zusah.

Während Jan und Bodo angeregt diskutierten, fühlte Lena sich zunehmend als Außenstehende. Ihre Kollegen arbeiteten eng zusammen, und die Harmonie zwischen ihnen war unübersehbar. Lenas Platz im Team fühlte sich wackelig an, als ob sie langsam an den Rand gedrängt wurde. Sie verstand nicht genau, warum sie dieses Gefühl hatte, aber es war da – konstant und lähmend.

Robin, der Lenas Anspannung bemerkte, trat neben sie und lächelte. „Keine Sorge, Chefin", sagte er in seinem gewohnt lockeren Tonfall. „Die beiden sind einfach nur begeistert, dass sie jemanden gefunden haben, der auf ihrer Wellenlänge ist. Aber wir wissen doch alle, wer hier wirklich das Sagen hat." Lena musste schmunzeln. Robin hatte diese Fähigkeit, die Dinge leichter zu machen. Seine Leichtigkeit war genau das, was sie in diesem Moment brauchte. Doch selbst sein Kommentar konnte das Gefühl der Entfremdung nicht völlig vertreiben. „Lass uns anfangen", sagte sie schließlich und begann, die neuen Erkenntnisse durchzugehen. Es gab Hinweise auf einen lokalen Unternehmer, der in illegale Aktivitäten verwickelt sein könnte. Der Verdacht fiel auf eine bestimmte Firma, die sich in letzter Zeit auffällig verhalten hatte. Schnell wurde klar, dass Aurich ein bedeutender Knotenpunkt in ihren Ermittlungen sein könnte. Jan und Bodo entwickelten Pläne, wie sie die neuen Erkenntnisse nutzen könnten, um die Verdächtigen weiter unter Druck zu setzen. Während sie eifrig arbeiteten, blieb Lena außen vor. Ihre Gedanken kreisten um ihre Rolle im Team und die wachsende Spannung zwischen ihr und den beiden Männern. Hartmut unterbrach die Diskussionen.

„Lena, was hältst du davon, wenn wir die neuen Hinweise nutzen, um die Verdächtigen in Aurich genauer zu befragen? Es gibt einige Orte, die uns interessieren könnten." Lena nickte und zwang sich, konzentriert zu wirken. „Das klingt nach einem guten Plan. Wir sollten keine Zeit verlieren." Hartmut schob ihr eine Liste mit Namen und Adressen zu. „Jan, Bodo und ich kümmern uns darum", sagte sie, auch wenn sie innerlich spürte, dass sie immer noch in die Nähe der beiden Männer drängte, deren Zusammenarbeit sie so verunsicherte. Robin grinste und meinte: „Während ihr die Verdächtigen befragt, werde ich mich mal in den Cafés und Kneipen umhören. Vielleicht finde ich jemanden, der plaudern möchte."

Die Besprechung endete mit einem klaren Plan, und das Team bereitete sich auf den nächsten Schritt vor. Lena, Jan und Bodo stiegen wieder ins Auto und machten sich auf den

Weg zu den Adressen, die Hartmut ihnen gegeben hatte. Während der Fahrt spürte Lena die vertraute Spannung wieder aufkeimen, doch diesmal war sie entschlossener, sich davon nicht beeinflussen zu lassen. Lena und das Team erreichten am frühen Morgen das Gewerbegebiet am Rande von Aurich. Ihr Ziel war es heute, mehr über die Aktivitäten in der Werkstatt herauszufinden, die im Verdacht stand, als Umschlagplatz für illegale Waren zu dienen. Doch anstatt die Werkstatt selbst zu befragen und mögliche Verdächtige zu alarmieren, hatten sie beschlossen, einen benachbarten Betrieb ins Visier zu nehmen. Der kleine Betrieb war ein Lagerhaus für landwirtschaftliche Produkte, und Lena hoffte, dass die Mitarbeiter dort etwas beobachtet hatten, das ihre Ermittlungen voranbringen konnte.

Herr Peters, der Geschäftsführer des benachbarten Betriebs, war ein freundlicher Mann mittleren Alters. Nachdem sie ihm ihren Ausweis gezeigt hatten, war er bereit, sie in sein Büro einzuladen. „Was kann ich für die Polizei tun?" fragte er, als sie sich setzten. „Wir untersuchen einige Vorfälle in der Umgebung", begann Lena vorsichtig. „Haben Sie in letzter Zeit ungewöhnliche Aktivitäten bei Ihren Nachbarn bemerkt?" Peters kratzte sich am Kinn und dachte kurz nach. „Nun ja, ehrlich gesagt, habe ich tatsächlich etwas Seltsames bemerkt. Die Werkstatt war früher nicht sonderlich aktiv, aber in den letzten Wochen habe ich immer wieder Lieferwagen gesehen, die spät abends oder in den frühen Morgenstunden hineinfahren. Sobald sie drin sind, wird das Werkstor sofort verschlossen." Lena lehnte sich vor. „Wie oft passiert das?"

„Es ist schwer zu sagen", antwortete Peters. „Ich habe es mehrmals bemerkt, meistens wenn ich selbst länger im Büro bin. Es sieht nicht nach einem typischen Werkstattbetrieb aus, und die Lieferungen scheinen auch nicht von gewöhnlichen Speditionen zu kommen – keine Firmenlogos auf den Wagen, alles anonym. Was ich aber besonders merkwürdig fand: Die Lieferwagen bleiben oft stundenlang drin, und keiner der Fahrer oder Arbeiter zeigt sich währenddessen." Jan schrieb aufmerksam mit. „Haben Sie bemerkt, ob es sich immer um dieselben Fahrzeuge handelt?" Peters schüttelte den Kopf. „Schwer zu sagen, aber es sind verschiedene Fahrzeuge, keine auffälligen Marken oder Modelle. Und immer, sobald die Wagen reingefahren sind, wird das Tor sofort geschlossen. Als ob niemand sehen soll, was dort vor sich geht." Lena nickte. „Das hilft uns weiter. Haben Sie gehört, dass eine größere Lieferung ansteht?" Peters zögerte kurz, dann nickte. „Ja, ich habe mal aufgeschnappt, wie einer der Arbeiter von einer wichtigen Lieferung sprach, die bald ankommen soll. Er sagte etwas von ‚diesen Freitag'. Aber mehr weiß ich nicht."

Lena und Jan tauschten einen bedeutungsvollen Blick. Das war die Information, die sie brauchten. Eine bevorstehende Lieferung – wenn sie schnell genug handelten, konnten sie die Verdächtigen auf frischer Tat ertappen. „Vielen Dank, Herr Peters", sagte Lena und erhob sich. „Ihre Informationen sind sehr wertvoll für uns. Wir würden uns aber freuen, wenn Sie diskret bleiben und nichts von unserem Gespräch erwähnen würden." „Natürlich", antwortete Peters. „Ich hoffe, das hilft." Im Auto herrschte eine gespannte Stille. Lena starrte aus dem Fenster und beobachtete, wie die Landschaft langsam in der Dämmerung versank. Das flackernde Licht der untergehenden Sonne warf lange Schatten auf die Felder und die wenigen Häuser, die sie passierten. „Was denkst du, Lena?" fragte Bodo plötzlich, sein Blick kurz von der Straße auf sie gerichtet. Lena zuckte mit den Schultern und bemühte sich, ihre Unsicherheit zu überspielen. „Ich denke, wir haben noch nicht genug. Wir müssen die Schlinge enger ziehen, aber dafür brauchen wir mehr Informationen. Vielleicht finden wir in dieser Lagerhalle etwas, das uns weiterbringt." Bodo nickte, während Jan nachdenklich das Lenkrad umfasste. „Diese Lagerhalle... wenn da etwas Illegales läuft, müssen wir vorsichtig sein. Wir sollten uns vorher gut überlegen, wie wir vorgehen."

Lena nickte, aber innerlich brodelte es in ihr. Sie wollte sich nicht länger am Rand fühlen, sie wollte aktiv an den Ermittlungen teilhaben und sich beweisen. Der Gedanke, nicht genügend zu tun, nagte an ihr, doch gleichzeitig wusste sie, dass sie das Team nicht weiter auseinanderreißen durfte. Die Zusammenarbeit mit Jan und Bodo musste funktionieren, sonst wäre das gesamte Vorhaben gefährdet. Als sie an der Lagerhalle ankamen, stellte sich die Umgebung als noch trostloser heraus als erwartet. Der zerfallene Bau lag am Ende einer verlassenen Straße, umgeben von überwucherten Büschen und Gras. Es gab keine Anzeichen von Leben, doch irgendetwas an der Atmosphäre ließ Lena die Haare im Nacken aufstellen.

„Wir sollten uns das genauer ansehen", sagte Jan, als sie ausstiegen. Die Luft war kühl, und es roch nach feuchtem Beton und altem Metall. Es schien, als wäre diese Halle seit Jahren verlassen, doch Lena spürte, dass etwas nicht stimmte. Mit Taschenlampen ausgerüstet, machten sie sich auf den Weg ins Innere der Halle. Die Dunkelheit umfing sie, und das leise Tropfen von Wasser hallte durch den Raum. Sie schauten sich um, auf der Suche nach Hinweisen, die ihnen weiterhelfen könnten.

Die Spannung wuchs, als sie die alte, modrige Halle durchsuchten. Doch die Halle gab ihre Geheimnisse nicht sofort preis. Nur vereinzelte Spuren deuteten darauf hin, dass hier mehr vorging, als der erste Blick vermuten ließ. Lena verspürte ein aufkeimendes Gefühl von Unsicherheit, aber auch von Entschlossenheit. Sie musste diesen Fall lösen, und sie würde nicht zulassen, dass ihre Zweifel ihr im Weg standen.

Zurück im Auto, war die Spannung greifbar. Lena wusste, dass der nächste Schritt entscheidend sein würde

Kapitel 11

Es war später Nachmittag, als Lena, Jan und Bodo wieder vor dem Polizeipräsidium in Aurich hielten. Der Tag war lang gewesen, und die Befragungen hatten sie erschöpft. Doch während der Untersuchung der Lagerhalle keine neuen Erkenntnisse geliefert hatte, war das Gespräch mit Herrn Peters, dem Leiter des benachbarten Landmaschinenbetriebs, von entscheidender Bedeutung gewesen. Seine Beobachtungen der Werkstatt hatten konkrete Hinweise auf verdächtige Aktivitäten geliefert.

„Das war wohl der Durchbruch, den wir gebraucht haben", sagte Jan, als er den Wagen parkte und ausstieg. Lena nickte, während sie sich die Müdigkeit aus dem Gesicht rieb. Sie waren sich alle einig, dass die Informationen von Peters ein Wendepunkt in ihren Ermittlungen waren. Lieferungen in der Nacht, verschlossene Werkstore – all das deutete auf illegale Aktivitäten hin. „Ja, aber wir müssen sicherstellen, dass wir alles rechtlich sauber machen", meinte Lena und ging gemeinsam mit Jan und Bodo in Richtung des Eingangs des Präsidiums. „Ein falscher Schritt, und die Verdächtigen sind weg, bevor wir sie fassen können."

„Das stimmt", stimmte Bodo zu. „Wir müssen das nächste Vorgehen gut planen. Wir haben jetzt genug Indizien, aber uns fehlen immer noch die belastbaren Beweise, um sofort zuzuschlagen." Drinnen herrschte reges Treiben. Polizisten und Ermittler gingen ihren Aufgaben nach, die Telefone klingelten, und Computer surrten. Lena spürte die übliche Betriebsamkeit eines späten Nachmittags im Präsidium. Sie gingen direkt in den Besprechungsraum, wo Hartmut Baum, der Kripochef von Aurich, bereits wartete. „Na, wie war's?" fragte Hartmut mit einem Nicken, als sie den Raum betraten. „Besser als erwartet", sagte Lena und nahm am Tisch Platz. „Der Nachbar hat uns wichtige Hinweise gegeben. Es gibt verdächtige nächtliche Lieferungen in die Werkstatt, und das Tor wird sofort hinter den Fahrzeugen verschlossen. Es sieht ganz danach aus, als würde dort etwas verschleiert." Hartmut lehnte sich nachdenklich zurück und verschränkte die Arme. „Das klingt definitiv verdächtig. Habt ihr eine Idee, wie wir vorgehen sollen?" „Das müssen wir jetzt genau planen", sagte Lena. „Wir können nicht einfach ohne Beweise dort reinmarschieren. Aber wenn diese Lieferung tatsächlich stattfindet, könnten wir sie auf frischer Tat erwischen."

Jan fügte hinzu: „Wir sollten einen Überwachungsplan aufstellen. Wir müssen sehen, wann genau die Lieferungen stattfinden und wer daran beteiligt ist. Es könnte unsere Chance sein, das gesamte Netzwerk hochzunehmen." Hartmut nickte langsam. „Das macht Sinn. Wir müssen rechtlich abgesichert sein. Ich werde den Staatsanwalt kontaktieren und sehen, was wir tun können." Lena spürte, wie die Spannung in ihrem Magen nachließ. Der Tag hatte sie zermürbt, aber jetzt, wo sie die nächsten Schritte besprachen, fühlte sie sich wieder kontrollierter. Es war klar, dass sie hier in Aurich eine heiße Spur hatten – sie mussten nur vorsichtig vorgehen.

„Wir sollten uns kurz erholen und dann nochmal alle Informationen durchgehen", sagte Bodo und warf einen Blick in die Runde. „Das ist unsere beste Chance, aber wir dürfen keine Fehler machen." „Stimme zu", antwortete Lena. „Wenn wir morgen früh zuschlagen, müssen wir heute Abend alles vorbereiten." Nachdem sich das Team im

Besprechungsraum eingerichtet hatte, breitete Jan die Unterlagen auf dem Tisch aus. Karten, Notizen und Fotos der Werkstatt in Aurich lagen vor ihnen. Lena stand auf, um einen besseren Überblick zu bekommen. Sie spürte, dass dies ein entscheidender Moment war – sie mussten nun alles genau planen. „Also", begann Jan und lehnte sich über die Papiere, „wir wissen jetzt durch Peters, dass diese Lieferungen regelmäßig stattfinden. Er hat sie mehrfach spät in der Nacht gesehen, immer dieselbe Vorgehensweise: Die Lieferwagen fahren rein, das Tor wird sofort verschlossen, und es bleibt Stunden lang so." Lena verschränkte die Arme und nickte nachdenklich. „Das bedeutet, dass sie versuchen, nicht gesehen zu werden. Wahrscheinlich ist das Zeug, das sie da transportieren, hochriskant. Die Frage ist: Wie kommen wir an belastbare Beweise?" Bodo, der bisher ruhig zugehört hatte, ergriff das Wort. „Wir können uns nicht nur auf Peters' Beobachtungen verlassen. Das reicht nicht für eine Razzia. Wir müssen mehr wissen – vielleicht kriegen wir einen genauen Termin für die nächste Lieferung heraus. Wenn wir sie auf frischer Tat ertappen, haben wir, was wir brauchen."

„Genau", stimmte Hartmut zu, der inzwischen einige Akten durchblätterte. „Aber wir dürfen uns auch nicht zu lange Zeit lassen. Wenn sie das Gefühl haben, beobachtet zu werden, verschwinden sie schneller, als wir reagieren können. Eine Überwachung wäre der richtige nächste Schritt." Lena blickte zu Robin, der in seinem Laptop tippte. „Was sagst du, Robin? Können wir digital etwas herausfinden?" Robin hob den Kopf und grinste leicht. „Schon dabei. Ich habe einige Überwachungsdaten der Umgebung auf meinen Rechner geladen und versuche, Muster in den Bewegungen der Fahrzeuge zu erkennen. Ich schaue auch, ob wir vielleicht ein paar Telefonnummern oder elektronische Signale abgreifen können, die uns auf die nächste Lieferung hinweisen." „Gut", sagte Lena, erleichtert, dass Robin schnell reagierte. „Das heißt, wir müssen in den nächsten Stunden intensiv arbeiten, um so viel wie möglich herauszufinden."

Bodo schaute auf die Uhr. „Wir sollten aber nicht zu lange warten. Wenn wir die Zeitpläne der Verdächtigen nicht kennen, kann uns morgen früh schon die nächste Lieferung entgehen." Hartmut nickte. „Ich habe den Staatsanwalt bereits informiert, aber er wird die Freigabe für eine Razzia erst erteilen, wenn wir konkrete Beweise haben. Das bedeutet, wir müssen heute Nacht oder morgen früh zuschlagen."

Lena spürte die Dringlichkeit, die in der Luft lag. Sie wusste, dass das Team unter Zeitdruck stand. Es war ein Wettlauf gegen die Uhr. „Okay", sagte sie entschlossen. „Dann setzen wir alles daran, diese Informationen so schnell wie möglich zu bekommen. Robin, du überwachst die Daten. Jan und ich werden uns mit Hartmut die rechtlichen Grundlagen ansehen, damit wir bereit sind, wenn der Zeitpunkt gekommen ist." Die Besprechung war produktiv, und alle arbeiteten zielstrebig. Doch Lena konnte nicht anders, als die wachsende Spannung zu spüren. Der Druck war greifbar – sie hatten eine Chance, aber auch viel zu verlieren, wenn etwas schiefging. Es war bereits später Abend, und die Stimmung im Besprechungsraum war angespannt. Das Team hatte die letzten Stunden damit verbracht, die Informationen zu sichten, mögliche Bewegungsmuster der Lieferwagen zu analysieren und alle rechtlichen Schritte für eine bevorstehende Razzia abzuklären. Robin saß immer noch an seinem Laptop und scannte die Überwachungsdaten, während Jan und Bodo über die Dokumente der Werkstatt brüteten.

Lena stand am Fenster und starrte in die Dunkelheit, die sich über Aurich gelegt hatte. Der Wind rüttelte sanft an den Bäumen, und die Straßenlampen warfen lange Schatten auf den gepflasterten Boden. Sie wusste, dass sie kurz davor waren, die Verdächtigen zu fassen – aber noch fehlte das letzte Puzzlestück. Plötzlich vibrierte Robins Handy auf dem Tisch. Er griff danach, las die Nachricht, und sein Gesichtsausdruck veränderte sich schlagartig. „Lena", rief er, „du musst das Sehen." Lena ging zum Tisch, gefolgt von Jan und Bodo. Robin zeigte ihnen den Bildschirm seines Handys. „Ich habe gerade eine Nachricht von einem unserer Informanten bekommen. Er hat eine verdächtige Beobachtung gemacht."

„Was genau?" fragte Lena, ihre Stimme drängend. Robin scrollte durch die Nachricht. „Der Informant sagt, dass er vor etwa einer Stunde in der Nähe der Werkstatt war. Er hat gesehen, wie zwei unmarkierte Lieferwagen auf das Gelände gefahren sind. Wie immer wurde das Tor sofort hinter ihnen geschlossen. Aber das ist nicht alles – er sagt, dass er mehrere Kisten gesehen hat, die schnell ins Gebäude transportiert wurden." „Mehrere Kisten?" wiederholte Jan nachdenklich. „Das könnte genau die Lieferung sein, von der Peters gesprochen hat." „Genau das", stimmte Robin zu. „Aber der entscheidende Teil kommt jetzt: Der Informant sagt, dass er den Fahrer eines der Lieferwagen erkannt hat. Es ist einer der Männer, die wir seit Greetsiel im Verdacht haben. Er war an den früheren Schmuggelaktionen beteiligt." Lena spürte, wie sich die Anspannung in ihrem Körper verstärkte. „Das ist unser Beweis. Wenn dieser Mann beteiligt ist, haben wir genug, um die Razzia zu rechtfertigen."

Hartmut trat in den Raum und hörte die letzten Sätze des Gesprächs. „Das ist genau das, was wir gebraucht haben", sagte er. „Ich rufe sofort Dr. Becker an. Wir haben jetzt den entscheidenden Hinweis." „Also, was ist der Plan?" fragte Bodo, während er sich die Karte des Geländes ansah. „Wir wissen, dass sie im Moment drin sind. Warten wir bis morgen früh oder handeln wir sofort?" Lena zögerte einen Moment. Sie wusste, dass sie alles richtig machen mussten. Aber sie spürte, dass die Zeit knapp war. „Wir müssen sicherstellen, dass sie nicht fliehen. Wenn wir zu lange warten, könnten sie verschwunden sein. Wir bereiten die Razzia für den frühen Morgen vor, aber wir werden die Werkstatt ab jetzt überwachen, damit uns nichts entgeht."

Jan nickte zustimmend. „Wenn sie wirklich mitten in ihrer Operation stecken, haben wir die beste Chance, sie auf frischer Tat zu ertappen. Wir müssen uns beeilen." Hartmut nahm sein Handy und ging in den Flur, um den Staatsanwalt zu informieren. „Ich hole das Go von Becker. Ihr bereitet alles für den Einsatz vor." Lena fühlte, wie die Anspannung im Raum wuchs. Dies war der Moment, auf den sie hingearbeitet hatten. Der Hinweis des Informanten bestätigte alle Verdachtsmomente, und die Verdächtigen waren jetzt verletzlich. Es war Zeit, zu handeln. Der Besprechungsraum war jetzt erfüllt von einer angespannten, aber konzentrierten Betriebsamkeit. Jan und Robin beugten sich über die Karte der Werkstatt, während Lena neben Hartmut stand und geduldig darauf wartete, dass er das Gespräch mit Staatsanwalt Dr. Becker beendete. Sie wusste, dass es jetzt auf jedes Detail ankam. „Becker gibt grünes Licht", sagte Hartmut, als er das Telefon in seine Tasche steckte. „Wir haben die rechtliche Freigabe für die Razzia. Aber er will, dass wir sicherstellen, dass wir genügend Beweise sichern, bevor wir die Verdächtigen festnehmen." Lena nickte. „Das bedeutet, wir müssen sie überwachen, bis wir sicher sind, dass die Lieferung komplett ist. Wenn wir zu früh zuschlagen, haben wir vielleicht nicht genug in der Hand." „Richtig", sagte Jan und zeigte auf die Karte. „Die Werkstatt hat nur einen Haupteingang, und das Tor wird immer sofort geschlossen. Wir sollten das Gelände von außen beobachten und sicherstellen, dass niemand das Gebäude verlässt. Robin, kannst du die Überwachungskameras so einstellen, dass wir alle Zugänge im Blick haben?"

Robin nickte. „Ich kann Drohnen einsetzen, um die Umgebung zu überwachen. Wenn sie versuchen, durch einen Hinterausgang zu verschwinden, sehen wir das." „Gut", sagte Bodo und lehnte sich zurück. „Wenn wir das Gebäude komplett überwachen, können sie uns nicht entkommen. Aber wir müssen sicherstellen, dass sie keinen Verdacht schöpfen." Hartmut warf einen prüfenden Blick auf die Uhr. „Es ist jetzt fast Mitternacht. Wir geben dem SEK den Befehl, sich um sieben Uhr morgens in Position zu bringen. Das gibt uns genügend Zeit, um die letzte Lieferung zu beobachten und sicherzustellen, dass wir alle nötigen Beweise haben."

„Und was ist mit den Verdächtigen im Gebäude?" fragte Jan. „Wir wissen, dass mindestens zwei Personen drin sind. Warten wir ab, bis sie die Kisten entladen haben, oder greifen wir früher ein?" Lena überlegte kurz. „Wir lassen sie erst einmal machen. Je mehr sie entladen, desto mehr Beweise haben wir. Aber sobald sie auch nur den kleinsten Verdacht schöpfen, schlagen wir zu. Wir können es uns nicht leisten, sie entkommen zu lassen." „Einverstanden", sagte Hartmut.

„Das SEK wird um das Gebäude herum Position beziehen. Sobald das Team bereit ist, beobachten wir die Lage, bis der richtige Moment gekommen ist." „Robin, du überwachst die digitalen Signale und die Drohnenaufnahmen", sagte Lena entschlossen. „Wenn du irgendetwas Verdächtiges bemerkst, gib uns sofort Bescheid."

„Verstanden", antwortete Robin und begann, seine Geräte vorzubereiten. Lena lehnte sich kurz an die Wand und atmete tief durch. Der Plan war gesetzt, das Team bereit. Doch sie wusste, dass dieser Einsatz nicht ohne Risiko war. Wenn etwas schiefging, könnten die Verdächtigen fliehen, und die Arbeit der letzten Wochen wäre umsonst. „Wir haben nur eine Chance", sagte sie schließlich und sah die anderen an. „Lasst uns sicherstellen, dass wir sie nutzen."

„Wir haben alles im Griff, Lena", sagte Jan und klopfte ihr auf die Schulter. „Du hast das hier unter Kontrolle." Lena nickte dankbar und spürte, wie die Anspannung in ihr etwas nachließ. Sie hatte sich bewiesen, und das Team war bereit, ihr zu folgen. „Also gut", sagte Hartmut, als er aufstand. „Wir haben jetzt alles, was wir brauchen. Morgen früh greifen wir an. Jeder weiß, was zu tun ist. Lasst uns dieses Ding durchziehen." Mit diesen Worten erhob sich das Team. Lena blickte ein letztes Mal auf die Karte der Werkstatt. Der Einsatz war geplant, die nächsten Stunden würden entscheidend sein. Sie wusste, dass sie die richtige Entscheidung getroffen hatten – aber der Erfolg hing von vielen kleinen Details ab.

Als sie den Raum verließen, lag eine elektrisierende Spannung in der Luft. Alles war vorbereitet, und die Razzia würde in wenigen Stunden beginnen.

Kapitel 12

Der Wecker klingelte schrill, und es fühlte sich für Lena so an, als hätte sie kaum die Augen geschlossen. Es war 4 Uhr morgens, und der Tag, auf den sie und das Team seit Tagen hingearbeitet hatten, war endlich gekommen. Sie war müde, aber die Aufregung, dass heute der entscheidende Zugriff stattfinden würde, ließ sie schnell wach werden. Im Polizeipräsidium von Aurich herrschte um diese Uhrzeit bereits reges Treiben. SEK-Beamte überprüften ihre Ausrüstung, Einsatzwagen wurden beladen, und überall herrschte konzentrierte Hektik. Lena, die in der Nacht kaum geschlafen hatte, fühlte sich etwas benommen, aber die Anspannung hielt sie wach. Sie wusste, dass heute alles auf dem Spiel stand.

Im Besprechungsraum warteten Jan, Bodo und Robin bereits, als Lena eintrat. Sie hatten bis Mitternacht alles für den Einsatz vorbereitet und waren genauso erschöpft wie sie, doch der Ernst der Lage war ihnen ins Gesicht geschrieben. „Guten Morgen", murmelte Lena, während sie sich neben Jan an den Tisch setzte. Ihre Stimme klang rauer, als sie beabsichtigt hatte. „Wenn man das so nennen kann", erwiderte Jan und blätterte durch die letzten Unterlagen. „Hoffentlich endet der Morgen besser, als er angefangen hat." Bodo warf einen prüfenden Blick auf die Uhr. „Wir haben noch drei Stunden bis zum Zugriff. Zeit, die wir nutzen sollten, um sicherzustellen, dass alles reibungslos läuft."

Robin, der vor seinem Laptop saß, war bereits tief in die Überwachungsdaten vertieft. „Die Bewegungen in der Werkstatt sind in den letzten Stunden minimal gewesen. Keine ungewöhnlichen Aktivitäten. Wenn alles nach Plan läuft, erwischen wir sie heute Morgen eiskalt." Lena nickte, doch sie konnte die Nervosität nicht völlig abschütteln. Es war erst ihr erster Fall in Emden, und obwohl sie ihre Arbeit beherrschte, lastete die Verantwortung schwer auf ihren Schultern. Der heutige Einsatz könnte weitreichende Konsequenzen haben. „Okay, Leute", sagte Lena schließlich und erhob sich. „Wir haben bis Mitternacht hart gearbeitet. Alles ist vorbereitet. Jetzt müssen wir nur noch ruhig bleiben und uns auf unsere Rollen konzentrieren. Sobald das SEK das Gelände gesichert hat, rücken wir vor und sammeln die Beweise. Keiner von uns darf Fehler machen. Wir haben nur diese eine Chance."

Jan, Bodo und Robin nickten. Alle wussten, wie wichtig dieser Tag war. Es war mittlerweile kurz nach 5 Uhr, und die Müdigkeit wich langsam der Konzentration auf das, was vor ihnen lag. Der Besprechungsraum füllte sich weiter, als das SEK-Team eintraf. Lena spürte, wie sich die Spannung im Raum verdichtete. Dr. Thomas Becker, der leitende Staatsanwalt, trat mit ernster Miene ein und legte die vorbereiteten Dokumente vor sich ab. Heute durfte nichts schiefgehen.

„Guten Morgen, alle zusammen," begann Dr. Becker und blickte in die Runde. „Wir haben den Plan mehrfach durchgesprochen. Jetzt geht es darum, alles exakt nach Protokoll ablaufen zu lassen. Der Zugriff auf die Werkstatt erfolgt um Punkt sieben Uhr. Das SEK wird das Gebäude sichern, und unser Team geht dann rein, um die Beweise zu sichern. Wir dürfen keine Zeit verlieren." Das SEK-Team, angeführt von Einsatzleiter Hauptkommissar Wagner, nickte. Er war ein erfahrener Mann mit einer ruhigen, autoritären Ausstrahlung, und Lena war froh, ihn an ihrer Seite zu haben.

„Das Gelände wurde in den letzten Stunden weiterhin überwacht," fügte Robin hinzu, der sich neben Lena über seinen Laptop beugte. „Keine auffälligen Bewegungen. Wenn sie drin sind, haben sie vermutlich keine Ahnung, dass wir sie gleich auf frischer Tat ertappen." Dr. Becker warf Robin einen zustimmenden Blick zu. „Das ist genau das, was wir wollen. Überraschung ist unser größter Vorteil heute Morgen. Die Beweise, die wir finden, könnten uns die Verbindungen liefern, die wir brauchen, um das gesamte Netzwerk aufzudecken. Sobald das SEK die Lage gesichert hat, konzentriert ihr euch auf die Beweissicherung – nichts darf übersehen werden." Lena atmete tief ein. Sie wusste, dass dieser Moment entscheidend war. Jan sah das ebenso und schaute konzentriert auf die Karte des Werkstattgeländes, die an die Wand projiziert war. „Hier gibt es nur einen Hauptzugang, den das SEK sichern wird," sagte er und zeigte auf den Eingang. „Unser Team wird sich auf die Büros im hinteren Teil des Gebäudes konzentrieren. Das ist vermutlich der Ort, an dem sie ihre Aufzeichnungen und Geräte lagern."

„Und was ist, wenn sie versuchen zu fliehen?" fragte Bodo, dessen Stimme ruhig, aber wachsam klang. „Dann fangen wir sie ab," antwortete Hauptkommissar Wagner. „Alle Ausgänge sind gedeckt, und wir haben die umliegenden Straßen abgesperrt. Niemand kommt hier raus, ohne dass wir es bemerken." Lena nickte. „Gut, dann haben wir alles geklärt. Wir halten uns an den Plan. Kein Risiko eingehen, keine unnötigen Heldenaktionen. Wir konzentrieren uns auf die Sicherung der Beweise und lassen das SEK den Rest erledigen."

Dr. Becker stand auf und sah das Team noch einmal ernst an. „Das ist eure Chance, das gesamte Netzwerk zu zerschlagen. Wir dürfen keinen Fehler machen. Seid pünktlich vor Ort, und vergesst nicht, dass wir nur ein einziges Mal zuschlagen können." Das Team erhob sich, und die Vorbereitungen für den Einsatz gingen weiter. Während Lena den Raum verließ, spürte sie die Last des bevorstehenden Morgens auf ihren Schultern. Sie wusste, dass dies nicht nur eine weitere Razzia war – es war ihre erste große Bewährungsprobe in Emden, und sie war entschlossen, zu liefern.

Um Punkt sieben Uhr waren alle in Position. Der Morgen hatte begonnen, die ersten Sonnenstrahlen durchdrangen den Nebel über den Feldern von Aurich, doch in den Köpfen des Teams

herrschte völlige Fokussierung. Lena saß mit Jan und Bodo in einem der Einsatzwagen, nur wenige hundert Meter von der Werkstatt entfernt, während das SEK-Team leise seine Positionen bezog. Die Stille wurde nur durch das leise Knacken im Funk unterbrochen, als der SEK-Einsatzleiter Hauptkommissar Wagner seine letzten Befehle erteilte. „Wir gehen in drei Minuten rein", kam es über das Headset. Lena atmete tief durch und warf Jan und Bodo einen schnellen Blick zu. Beide nickten ihr zu. Sie wussten, dass jetzt der Moment gekommen war. „Bereit?" fragte Jan, seine Stimme leise, aber angespannt. „Bereit", antwortete Lena und versuchte, die Nervosität zu unterdrücken, die sich in ihrem Magen breit machte.

In ihrem Funkgerät knackte es erneut. „Team eins, bereit. Team zwei, bereit. Zugriff in... fünf... vier... drei... zwei... eins. Los!" Die Stimme von Wagner klang ruhig und professionell, obwohl der Moment alles andere als das war. Mit einem lauten Krachen wurde die Eingangstür der Werkstatt aufgebrochen. Das SEK-Team stürmte das Gelände, und für einen Moment schien alles gleichzeitig zu passieren. Schreie, das Rufen von Befehlen, das Aufbrechen von Türen. Die Stille des Morgens wurde von der Dynamik des Zugriffs durchbrochen, und Lena konnte durch das ferne Geräusch des Funks hören, wie das SEK die Lage sicherte. „Gebäude gesichert", kam die kurze, knappe Meldung über Funk. Lena atmete erleichtert auf. Nun war es an ihrem Team, die nächsten Schritte zu gehen. „Los geht's", sagte sie und öffnete die Tür des Einsatzwagens. Jan und Bodo folgten ihr, während sie sich schnell in Richtung des Gebäudes bewegten. Robin war bereits auf dem Weg zu den Computern, um die digitalen Beweise zu sichern.

Die Werkstatt war kühler, als Lena erwartet hatte. Sie roch nach Öl und Metall, und die Betonwände waren feucht von der Morgenkälte. In der Halle standen vereinzelt Maschinen, doch das Hauptaugenmerk lag auf den Büros im hinteren Teil des Gebäudes, wo sie die wichtigsten Beweise vermuteten.

„Ich nehme die Computer", rief Robin und verschwand in einem der Räume. „Ich schließe mich direkt an die Server an und kopiere alles." Lena nickte ihm zu, während sie und Jan in den größten Raum gingen. Auf einem alten Schreibtisch lagen verstreut Papiere, und daneben stand ein alter Aktenschrank. Jan begann, die Schubladen des Schranks zu durchsuchen, während Lena die Papiere durchging. „Hier sind einige verdächtige Dokumente", murmelte Jan. „Aber nichts, was sofort ins Auge springt." „Alles mitnehmen", antwortete Lena. „Wir dürfen nichts übersehen." Während sie sich durch die Papiere arbeitete, bemerkte sie Bodo, der in einem anderen Raum etwas untersuchte. „Ich habe hier ein paar Kisten gefunden", rief er. „Die sehen aus, als wären sie für den Transport vorbereitet." Lena trat zu ihm und warf einen Blick auf die Kisten. „Was ist da drin?"

„Schwer zu sagen", sagte Bodo und öffnete vorsichtig eine der Kisten. Drinnen lagen ordentliche Stapel von Dokumenten, die sorgfältig verpackt waren. „Das sieht nach den Aufzeichnungen aus, die wir gesucht haben." „Gut", sagte Lena. „Dann haben wir, was wir brauchen." Während das Team weiter die Räume durchsuchte und Beweise sicherte, konnte Lena die Anspannung in ihrem Körper nicht ganz abschütteln. Es lief alles nach Plan, doch sie hatte das Gefühl, dass es noch nicht vorbei war.

Im Funkgerät hörte sie Hauptkommissar Wagner: „Das Gelände ist vollständig gesichert. Keine weiteren Personen vor Ort." Lena spürte eine Welle der Erleichterung. Der Zugriff war erfolgreich. Jetzt mussten sie nur noch die Beweise sorgfältig sichern und auswerten. Doch irgendetwas in ihr sagte, dass es noch mehr gab, das sie übersehen hatten. Die Beweissicherung in der Werkstatt war abgeschlossen, und das Team kehrte erschöpft ins Polizeipräsidium von Aurich zurück. Obwohl sie keine Festnahmen gemacht hatten, wussten sie, dass sie wichtige Informationen in den Händen hielten. Im Besprechungsraum legte Jan die ersten Beweismaterialien auf den Tisch, während Lena sich an Hartmut Baum wandte. „Wir haben wichtige Beweise sichergestellt, aber das ist erst der Anfang", sagte sie ernst. „Morgen früh besprechen wir alles in Emden und entscheiden, wie wir weiter vorgehen." Hartmut Baum nickte zustimmend. „Genau. Wir stehen in jedem Fall bereit, falls ihr weitere Unterstützung braucht." Jan streckte sich und warf Lena einen Blick zu. „Dann morgen früh im Präsidium. Es wird ein langer Tag." Das Team verabschiedete sich von Baum und seinem Team in Aurich, bevor sie in die Nacht hinausgingen. Die Dunkelheit begleitete sie auf dem Rückweg nach Emden – ein klarer Hinweis darauf, dass ihre Ermittlungen noch lange nicht vorbei waren.

Kapitel 13

Die Rückfahrt von Aurich nach Emden verlief in fast völliger Stille. Lena fuhr, während Jan neben ihr saß und aus dem Fenster in die Dunkelheit blickte. Die Straßen waren leer, und die Scheinwerfer des Wagens warfen lange, tanzende Schatten auf die Felder und Bäume am Straßenrand. Lena spürte die Erschöpfung tief in ihren Knochen, doch ihre Gedanken waren bereits bei der Besprechung, die noch heute Abend mit Lars und dem Team im Präsidium anstand. Sie hatten neue Hinweise zu verdächtigen Aktivitäten in einer Lagerhalle in Norden erhalten – es war klar, dass sie handeln mussten.

Jan, der normalerweise voller Energie war, hatte sich während der Fahrt zurückgelehnt, doch jetzt brach er die Stille. „Es war ein langer Tag", murmelte er schließlich. Seine Stimme klang rau, als hätte er zu lange geschwiegen. Lena nickte, hielt den Blick aber weiterhin auf die Straße gerichtet. „Ja, aber die neuen Hinweise über die Lagerhalle in Norden könnten uns den entscheidenden Vorteil verschaffen." Sie dachte an die Informationen, die sie kürzlich erhalten hatten. Es deutete alles darauf hin, dass sie den zentralen Umschlagplatz der Organisation gefunden hatten.

„Meinst du, wir sind bereit für den großen Schlag?", fragte Jan und verschränkte die Arme vor der Brust. „Wenn das wirklich der Hauptknotenpunkt ist, brauchen wir das SEK. Wir müssen das sorgfältig planen." „Das werden wir heute Abend mit Lars und den anderen besprechen", antwortete Lena ruhig. „Es muss alles gut durchdacht sein, sonst riskieren wir, dass sie uns durch die Finger schlüpfen." Sie wusste, dass sie keinen Raum für Fehler hatten. Diese Operation könnte die Organisation zerschlagen – oder ihnen entgleiten, wenn sie nicht sorgfältig vorgingen. Das leise Summen des Motors und das gleichmäßige Rauschen der Reifen auf dem Asphalt beruhigten sie ein wenig, aber der Gedanke an die bevorstehende Besprechung hielt ihre Gedanken wach. Als die Lichter von Emden am Horizont auftauchten, spürte sie, wie sich die Anspannung in ihren Schultern festsetzte. Der heutige Abend würde entscheidend sein.

Im Polizeipräsidium von Emden erwartete Lars sie bereits. „Da seid ihr ja", begrüßte er sie knapp, als sie den Besprechungsraum betraten. „Wir müssen uns noch über die Details der Aktion morgen in Norden abstimmen." Lena, Jan, Bodo und Corinna nahmen Platz, jeder von ihnen spürte die Müdigkeit, die der lange Tag hinterlassen hatte. Corinna wirkte ruhig und konzentriert, während Bodo seine Kaffeetasse fest umklammerte. Lars breitete eine Karte auf dem Tisch aus und deutete auf einen markierten Punkt in der Nähe von Norden.

„Die örtliche Polizei hat uns Berichte über verdächtige Bewegungen in dieser Lagerhalle geschickt", begann Lars. „Lieferwagen, die zu ungewöhnlichen Zeiten ankommen, und Leute, die sich nachts dort herumtreiben. Es könnte sich um den zentralen Umschlagplatz der Organisation handeln." Lena beugte sich vor und betrachtete die Karte genauer. Die Lage war strategisch günstig, weit genug entfernt von großen Straßen und dennoch leicht erreichbar. „Wenn das wirklich ihr Hauptlager ist, müssen wir es schnell und effizient angehen", sagte sie. „Wir sollten mit dem SEK zuschlagen, sobald die Planung steht."

Jan nickte. „Wenn wir die Lagerhalle in Norden gezielt angreifen, könnte das der finale Schlag gegen die Organisation sein Lars lehnte sich zurück und verschränkte die Arme. „Die Aktion morgen früh wird entscheidend sein. Wir haben alles vorbereitet, das SEK ist informiert. Wir treffen uns morgen früh um fünf hier im Präsidium und fahren dann gemeinsam nach Norden." Bodo, der bisher still gewesen war, hob seine Tasse und sagte ruhig: „Es klingt, als hätten wir eine echte Chance, diese Leute zu erwischen. Aber wir müssen vorbereitet sein. Ein Fehler, und sie sind weg." Lena nickte zustimmend. „Wir dürfen nichts dem Zufall überlassen. Morgen wird es ernst." Die Spannung im Raum war greifbar, doch es lag auch eine stille Entschlossenheit in der Luft. Jeder wusste, was auf dem Spiel stand.

Doch Jan hatte eine Idee, die die Stimmung ein wenig auflockerte. „Wie wäre es, wenn wir den Abend mit etwas Leichtem ausklingen lassen?", schlug er vor und stand auf. „Es gibt ein Bowlingcenter, das noch offen hat. Ich denke, wir könnten alle ein bisschen Ablenkung gebrauchen." Lena zögerte, warf einen Blick auf Corinna, die zustimmend nickte. „Warum nicht?", sagte Corinna schließlich. „Es wird uns guttun, mal den Kopf freizubekommen."

Eine halbe Stunde später betraten sie das Freizeitcenter Emden. Die Neonlichter vor dem Gebäude flackerten leicht, und das Geräusch fallender Bowlingpins war schon von außen zu hören. Drinnen herrschte eine lockere, entspannte Atmosphäre, und die Müdigkeit des Tages schien allmählich von ihnen abzufallen. Jan schnappte sich als Erster eine Kugel und stellte sich auf die Bahn. „Bereit?", fragte er mit einem Grinsen und ließ die Kugel über die Bahn rollen – nur um sie knapp an den Pins vorbeizuschieben. „Na toll", murmelte er und verdrehte die Augen. Bodo lachte leise und griff nach einer Kugel. „Lass mich dir zeigen, wie es geht." Mit einem kräftigen Wurf traf er die Pins und erzielte einen Strike. „So wird das gemacht." Corinna, die den Abend über eher ruhig geblieben war, trat nun selbstbewusst vor und nahm eine Kugel. Ihre Wurftechnik war ein wenig unbeholfen, aber sie traf einige Pins und lächelte zufrieden, als Jan ihr anerkennend zunickte. Auch Lena warf einige Bälle und fühlte, wie sich ihre Anspannung allmählich löste.

Während sie spielten, sprachen sie über die anstehenden Ermittlungen, aber auch über alltäglichere Dinge. Jan erzählte von seiner Tochter, die bald Geburtstag hatte, und Bodo sprach über seine Kindheit in Hannover. Corinna erwähnte, dass sie sich nach dem Einsatz eine Auszeit nehmen wolle, um ihre Eltern zu besuchen. Es war ein Moment der Entspannung, eine kleine Pause von der schweren Verantwortung, die auf ihnen lastete.

Doch als Lena sich für einen Moment zurückzog und mit einem Glas Wasser am Rand des Raumes stand, holten sie die Gedanken an Hannover wieder ein. Der Fall, der sie fast zerstört hatte, lag wie ein Schatten über ihr. Sie hatte sich damals nach Emden versetzen lassen, in der Hoffnung, einen Neuanfang zu finden, doch immer wieder kamen diese Momente, in denen sie sich fragte, ob sie nur vor ihrer Vergangenheit flüchtete.

Bodo bemerkte ihre Abwesenheit und setzte sich neben sie. „Alles okay?", fragte er leise. „Ja", sagte sie und nahm einen Schluck Wasser. „Ich denke nur nach. Manchmal frage ich mich, ob ich wirklich einen Neuanfang wollte, oder ob ich einfach nur weggelaufen bin." Bodo nickte langsam.

„Manchmal ist ein Neuanfang genau das, was man braucht, um die Dinge anders zu sehen. Vielleicht ist das hier deine Chance, es anders zu machen." Lena lächelte schwach. „Vielleicht hast du recht." Als der Abend zu Ende ging und sich das Team auf den Heimweg machte, bot Bodo an, sie nach Hause zu fahren, doch Lena lehnte ab. „Ich brauche die frische Luft. Ich gehe zu Fuß", sagte sie.

Der Wind trug den salzigen Geruch der Nordsee heran, als Lena durch die stillen Straßen von Emden ging. Der Hafen war in Dunkelheit gehüllt, und die Stadt schien zu schlafen, während in ihrem Kopf die Gedanken an die Razzia kreisten, die morgen auf sie wartete. Jeder Schritt brachte sie tiefer in ihre Überlegungen, wie sie die Operation planen und umsetzen würden, ohne dass etwas schiefging. Als sie schließlich ihre Haus im Gatjebogen erreichte und die Tür aufschloss, fiel die Stille der Nacht über sie. Sie ließ sich auf das Sofa sinken und starrte in die Dunkelheit. Der morgige Tag würde entscheidend sein, und sie musste bereit sein, egal was kommen würde.

Mit einem tiefen Atemzug schloss sie die Augen und ließ den Tag hinter sich

Kapitel 14

Die Sonne war noch nicht aufgegangen, als sich das Team um Lena und Jan auf den Weg nach Norden machte. Der Himmel war in ein tiefes Blau getaucht, als sie das Polizeikommissariat in Norden erreichten. Am Markt 10, im Herzen der Stadt, lag das Kommissariat, ein altes, aber gut erhaltenes Gebäude, das dem Ort eine gewisse historische Würde verlieh. Dies war der Treffpunkt für den geplanten Einsatz gegen die kriminelle Organisation, die in einer abgelegenen Lagerhalle am Stadtrand operierte.

Im Kommissariat wartete bereits das angeforderte SEK. Die Stimmung war ernst, die Vorbereitungen liefen präzise ab. Hauptkommissarin Ann Kramer, eine erfahrene Ermittlerin der örtlichen Polizei, begrüßte Lena und Jan. Sie war bekannt für ihre detaillierte Kenntnis der kriminellen Strukturen in der Region und war jetzt eine unverzichtbare Partnerin für diesen entscheidenden Schlag.

„Guten Morgen, Lena", sagte Ann und reichte ihr die Hand. „Ich habe von eurer Lage gehört und bin bereit, euch zu unterstützen. Was habt ihr bisher herausgefunden?" Lena erklärte die Ergebnisse der bisherigen Ermittlungen, während Jan die Karte des geplanten Einsatzortes auf dem Tisch ausbreitete. Die beiden Kommissarinnen gingen die Route und die Fluchtwege der Verdächtigen durch. Ann ergänzte Lenas Ausführungen mit lokalen Erkenntnissen, die sich als äußerst wertvoll erwiesen. „Diese Lagerhalle ist uns schon länger ein Dorn im Auge", sagte Ann und wies auf die Karte. „Es ist gut möglich, dass dies der zentrale Umschlagplatz der Organisation ist."

Nachdem der Plan finalisiert war, machte sich das gesamte Team auf den Weg zur Lagerhalle. Das SEK war in Position und würde den Zugriff übernehmen. Die Straßen von Norden lagen ruhig, doch die Anspannung war in jedem von ihnen spürbar. Jeder wusste, dass dieser Einsatz entscheidend war. Vor der Halle herrschte gespannte Stille. Das SEK wartete auf das Signal. Lena, Jan und Ann standen etwas abseits und beobachteten, wie die Spezialkräfte sich formierten. Lena spürte, wie ihre Nervosität wuchs, aber sie zwang sich, ruhig zu bleiben. Sie dachte an Bodo und das Team – sie mussten erfolgreich sein. Dann kam das Zeichen. Mit einem lauten Knall wurden die Türen der Lagerhalle aufgebrochen, und das SEK stürmte hinein. Sofort erfüllten Schreie und das stampfende Rauschen von Stiefeln die Lagerhalle. Die Mitglieder des SEK bewegten sich taktisch geschickt vorwärts, ihre Waffen im Anschlag, bereit für jede mögliche Reaktion.

Plötzlich flackerten Lichtblitze durch die Halle, als das Feuergefecht begann. Schüsse hallten durch den Raum, und der scharfe Geruch von Schießpulver breitete sich aus. Lena blieb abseits des direkten Geschehens, ließ das SEK seine Arbeit tun, doch ihre Augen scannten unaufhörlich die Umgebung, immer wachsam. Jeder Moment fühlte sich an, als könnte er das Blatt wenden. Dann hörte sie einen Aufschrei. Ein stechender Schmerz zog durch ihren Brustkorb, als sie realisierte, dass es Bodo war, der schwer getroffen zu Boden gegangen war. Die Zeit schien für einen Moment stillzustehen, bevor sie losrannte. Ihr Herz hämmerte in ihrer Brust, während sie sich durch die hektische Menge der Einsatzkräfte kämpfte.

Ann Kramer, die die Lage sofort erfasste, übernahm blitzschnell die Koordination und stellte sicher, dass die Operation ohne Verzögerung fortgesetzt wurde. Ihre ruhige und bestimmte Art brachte die nötige Sicherheit, um den Zugriff abzuschließen. Lena kniete sich neben Bodo, dessen Blut bereits durch seine Kleidung sickerte. „Bleib bei mir, Bodo", flüsterte Lena, während sie seinen Kopf hielt und versuchte, ihre aufsteigende Panik zu unterdrücken. Die Sanitäter, die das Team begleitet hatten, eilten herbei und begannen sofort mit der Erstversorgung. Lena wich nicht von seiner Seite, ihre Hände zitterten leicht, als sie sein Gesicht streichelte. Jeder Atemzug, den er nahm, schien ein Kampf zu sein, und Lenas Augen füllten sich mit Tränen, als sie die Angst spürte, die sich wie eine eiserne Faust um ihr Herz legte. Während die Sanitäter hektisch arbeiteten, um Bodos Leben zu retten, liefen die Operationen in der Halle weiter. Trotz des schrecklichen Moments wurden mehrere Verdächtige festgenommen, und die Lagerhalle offenbarte ihre düsteren Geheimnisse: Eine große Menge an illegalen Waren, versteckt in unauffälligen Kisten, sowie Dokumente, die wichtige Hinweise auf weitere Verbindungen der Organisation lieferten.

Doch all diese Erfolge traten für Lena in den Hintergrund. Ihre Gedanken waren allein bei Bodo, der schnellstmöglich in die Ubbo-Emmius-Klinik gebracht wurde, während sie selbst zwischen Pflichtbewusstsein und persönlichen Gefühlen hin- und hergerissen war. Die Razzia war letztlich erfolgreich: Mehrere Verdächtige wurden festgenommen, und in der Halle fanden die Ermittler eine große Menge an illegalen Waren sowie Dokumente, die wichtige Hinweise auf weitere Verbindungen der Organisation lieferten. Nachdem der Einsatz beendet war, fuhr Lena direkt zur Klinik.

Die Stille des Krankenhausflurs stand in scharfem Kontrast zu dem Lärm und der Aufregung des Einsatzes. Im Wartebereich nahm sie auf einem der harten Plastikstühle Platz, unfähig, sich zu beruhigen. Jan setzte sich schweigend neben sie und legte eine Hand auf ihre Schulter. Sein Gesicht war ernst, die Sorgen in seinen Augen sprachen Bände. Auch er fühlte die Schwere des Moments, aber er sagte nichts. Sie warteten gemeinsam auf Nachricht.

Nach einer gefühlten Ewigkeit kam ein Arzt heraus und informierte sie, dass Bodo stabil, aber schwer verletzt sei. „Er wird die nächsten Stunden auf der Intensivstation verbringen", erklärte er. „Es ist zu früh, um etwas Definitives zu sagen, aber wir tun unser Bestes."

Lena atmete tief durch und ließ die Worte sacken. Stabil – aber noch lange nicht außer Gefahr. Sie fühlte, wie die Anspannung kurz nachließ, doch die Sorge um Bodo blieb tief in ihr verwurzelt. „Danke", sagte sie leise. Die Erleichterung war da, aber nur oberflächlich. „Wir müssen weitermachen", murmelte Jan neben ihr, und sie spürte, dass er die gleiche innere Unruhe empfand wie sie. „Es gibt noch mehr zu tun. Wir haben diese Leute jetzt, aber wir müssen uns darum kümmern, dass sie uns keine weiteren Probleme machen."

Lena nickte, ihre Gedanken wirbelten zwischen der Sorge um Bodo und der Notwendigkeit, das Team zu führen. „Ich weiß", sagte sie schließlich, ihre Stimme leise, aber fest. „Aber ich bleibe bei ihm. Du musst das vorerst übernehmen, Jan. Ich vertraue dir." Jan sah sie an und nickte. „Ich halte dich auf dem Laufenden." Er stand auf und ging zur

Tür. Bevor er den Raum verließ, drehte er sich noch einmal um. „Er wird es schaffen, Lena. Das weiß ich." Lena sah ihm nach, als er den Raum verließ. Sie wollte ihm glauben. Sie musste. Der Krankenhausflur war wieder still, das monotone Piepen der Maschinen im Hintergrund gab ihr ein trügerisches Gefühl der Kontrolle. Lena setzte sich an Bodos Bett, nahm seine Hand und flüsterte ihm zu, dass alles wieder gut werden würde. Die Sorge drückte schwer auf sie, doch sie würde hierbleiben, bis er aufwachte. Die Maschinen piepten gleichmäßig, und der Raum war erfüllt von der leisen, beruhigenden Routine des Krankenhausbetriebs. Sie spürte, wie die Müdigkeit über sie hereinzubrechen drohte, doch sie zwang sich wach zu bleiben. Für Bodo. Für das Team. Für sich selbst.

Kapitel 15

Die Nacht verging quälend langsam. Das monotone Piepen der Maschinen ließ Lenas Gedanken nicht zur Ruhe kommen. Die Ereignisse der letzten Tage wogten in ihrem Kopf hin und her, und die ungewisse Zukunft lastete schwer auf ihr. Bodo lag immer noch im künstlichen Koma, und sie wusste nicht, wann er aufwachen würde. Sie hatte die ganze Nacht an seinem Bett gesessen, seine Hand gehalten und leise mit ihm gesprochen, in der Hoffnung, dass er sie irgendwie hören konnte. Das ständige Piepen der Geräte war beruhigend und beunruhigend zugleich.

Es klopfte leise an der Tür. Ann Kramer trat ein, mit ihrem ruhigen, aber entschlossenen Blick. Lena hob den Kopf und blinzelte den Schlaf aus ihren Augen. Sie hatte die ganze Nacht bei ihm verbracht. „Lena," begann Ann leise, „du hast die ganze Nacht hier gesessen. Aber du musst auch auf dich achten. Es gibt neue Entwicklungen, und wir brauchen deine Hilfe."

Lena nickte, ohne sich von Bodo zu lösen. „Was gibt es Neues?" fragte sie leise, während sie vorsichtig seine Hand losließ und sich langsam erhob. Ihre Glieder fühlten sich schwer von der Müdigkeit an, doch sie wusste, dass die Ermittlungen nicht warten konnten. „Die niederländischen Kollegen haben weitere Festnahmen gemacht," erklärte Ann, als sie Lena aus dem Krankenzimmer führte. Der Wechsel von der bedrückenden Atmosphäre des Krankenhauses hin zu den sachlichen Ermittlungen half Lena, sich wieder zu fokussieren. Ann führte Lena in einen ruhigen Besprechungsraum. „Die Informationen, die wir in der Lagerhalle sichergestellt haben, haben uns geholfen, zentrale

Schlüsselpersonen der Organisation zu identifizieren," fuhr Ann fort. „Wir müssen schnell handeln, bevor weitere Verdächtige untertauchen." Lena blinzelte den Schlaf aus ihren Augen und nickte langsam. „Das ist ein großer Erfolg," sagte sie nachdenklich. „Aber es bedeutet auch, dass die Bedrohung noch nicht vorbei ist. Wir müssen die restlichen Mitglieder der Organisation aufspüren." Ann nickte ernst. „Genau das. Mein Team arbeitet bereits mit den niederländischen Behörden zusammen, um alle Spuren zu verfolgen. Es gibt Hinweise, dass einige von ihnen in die Region zurückkehren könnten, vielleicht sogar ins Umfeld unserer bisherigen Ermittlungen." Lenas Magen zog sich zusammen bei der Vorstellung, dass der Fall noch nicht abgeschlossen war. Sie dachte an die Gefahr, die von den verbliebenen Mitgliedern der Organisation ausging. „Wir müssen sicherstellen, dass niemand untertaucht," sagte sie entschlossen. „Es darf keine Lücken in unserer Überwachung geben."

„Wir bereiten bereits alles vor," antwortete Ann ruhig. „Aber bevor du weiterarbeitest, Lena, solltest du eine Pause machen. Du hast die ganze Nacht hier gesessen und brauchst neue Kraft." Lena wollte erst widersprechen, doch die Müdigkeit in ihrem Körper sprach für sich. „Vielleicht hast du recht," murmelte sie. „Komm mit," schlug Ann vor. „Wir machen einen Spaziergang und klären unsere Köpfe. Es wird dir guttun." Gemeinsam verließen sie das Krankenhaus und gingen hinaus in die frische Morgenluft. Der Wind trug den salzigen Duft des Meeres mit sich, und sie folgten dem schmalen Pfad entlang des Wattenmeeres. Die Ebbe hatte das Watt freigelegt, und in der Ferne flogen Möwen über das Wasser.

„Das hier ist mein Rückzugsort," erklärte Ann nach einer Weile des Schweigens. „Immer wenn mir alles über den Kopf wächst, komme ich hierher, um meine Gedanken zu ordnen. Es gibt mir die Klarheit, die ich brauche, um weiterzumachen." Lena spürte, wie die frische Luft ihr half, ihre Gedanken zu sortieren. „Es ist schön hier," sagte sie leise. „Ich kann verstehen, warum du diesen Ort liebst." Sie ließ die Stille auf sich wirken, während der Wind über das Watt zog. Doch trotz der Ruhe in der Umgebung konnte sie ihre innere Unruhe nicht abschütteln. „Ich weiß, wie schwer es ist, sich um jemanden zu sorgen, den man liebt, und gleichzeitig die Verantwortung für ein Team zu tragen," sagte Ann schließlich. „Aber du musst lernen, dir Pausen zu gönnen. Sonst brichst du irgendwann zusammen." Lena nickte langsam, während sie die Wahrheit dieser Worte an sich heranließ. „Du hast recht. Ich kann nicht alles alleine schaffen." Sie spürte, wie eine Last von ihren Schultern fiel, als sie dies zugab. „Das ist alles, was ich von dir verlange," sagte Ann mit einem leichten Lächeln. „Wir schaffen das zusammen, Lena. Und Bodo wird wieder gesund. Aber du musst stark bleiben – für ihn, für das Team und für dich selbst."

Nach einer Weile schlug Ann vor, in ein nahegelegenes Café zu gehen. „Komm, wir gönnen uns eine kleine Pause. Es gibt das Café ten Cate in der Osterstraße – Jörg, der Besitzer, ist ein alter Freund von mir. Der Kaffee ist fantastisch, und ein bisschen Zucker hilft immer." Lena stimmte zu, und bald darauf saßen sie im Café ten Cate, einem gemütlichen, familiären Ort, der von Jörg Tapper geführt wurde. Der Duft von frischem Kaffee und hausgemachten Torten lag in der Luft. Es war ein Ort, der für seine freundliche Atmosphäre bekannt war, und Lena spürte, wie sie langsam zur Ruhe kam. „Zwei Kaffee und etwas Süßes," bestellte Ann mit einem freundlichen Nicken zu Jörg, der die Tassen und Tortenstücke mit einem Lächeln an den Tisch brachte. „Schwerer Tag?" fragte er mitfühlend. „Das kann man wohl sagen," murmelte Lena, während sie gedankenverloren in ihren Kaffee starrte. Doch die Wärme der Tasse in ihren Händen und der vertraute Geruch von frisch gebrühtem Kaffee halfen ihr, sich zu sammeln. „Weißt du, Lena," begann Ann nach einer Weile, „ich habe auch mal jemanden verloren, der mir sehr nahestand. Es wird nie leicht, aber du darfst dich nicht von der Schuld überwältigen lassen. Bodo braucht dich – als Kollegin und als Freundin."

Lena nickte, während ihre Augen sich mit Tränen füllten. „Ich danke dir, Ann," flüsterte sie. „Ich weiß nicht, was ich ohne dich und das Team tun würde." Ann lächelte ermutigend. „Du wirst es schaffen, Lena. Du bist stark, und das Team braucht dich." Nachdem sie ihren Kaffee getrunken und die Tortenstücke verzehrt hatten, machten sie sich wieder auf den Weg zur Klinik. Bodo lag immer noch im künstlichen Koma, doch sein Zustand war stabil. Lena setzte sich erneut an sein Bett, nahm seine Hand und sprach ihm leise Mut zu.

Die Sorgen um Bodo waren noch da, aber der Spaziergang und das Gespräch mit Ann hatten ihr geholfen, neue Kraft zu schöpfen. Sie fühlte sich bereit, die kommenden Herausforderungen anzunehmen – für Bodo, das Team und für sich selbst.

Kapitel 16

Ann setzte sich an ihren Schreibtisch und ließ die neuesten Berichte vor sich auf den Tisch fallen. Die Gedanken schwirrten in ihrem Kopf, aber sie zwang sich, fokussiert zu bleiben. Sie bewunderte Lena für ihre Entschlossenheit und Stärke. Doch Ann wusste, dass sie vorsichtig sein mussten. Dieser Fall war gefährlicher, als es auf den ersten Blick schien. Es war früher Nachmittag, und Ann traf sich mit Lena, Jan und Robin im Besprechungsraum des Polizeikommissariats in Norden. Die Atmosphäre war ernst und konzentriert. Die Razzia in Norden war erfolgreich gewesen, aber das Team wusste, dass dies nur ein kleiner Teilschlag war. Die Verbrecherorganisation, mit der sie es zu tun hatten, war gut vernetzt, und jede Verzögerung bedeutete, dass sie die Spur verlieren könnten.

„Wir müssen uns jetzt auf die Verhöre der Verdächtigen in den Niederlanden konzentrieren," begann Ann und legte einige Dokumente auf den Tisch. „Die Festgenommenen könnten wertvolle Informationen über die Struktur der Organisation liefern. Unsere niederländischen Kollegen sind bereit, eng mit uns zusammenzuarbeiten, aber wir müssen sicherstellen, dass wir die richtigen Fragen stellen." Lena nickte und studierte die Dokumente. „Die Verhöre müssen so schnell wie möglich stattfinden, bevor sich die Verdächtigen absprechen können. Jede Minute zählt."

„Genau," stimmte Ann zu. „Ich schlage vor, dass wir ein Team zusammenstellen, das sich ausschließlich auf die Verhöre konzentriert. Meine Kollegen übernehmen die Verhöre, und ich unterstütze euch dabei." „Wir wissen, dass diese Organisation keine Zeit verliert, sobald sie merkt, dass wir ihnen näherkommen. Sie sind darauf trainiert, jede Schwachstelle sofort zu erkennen und sich neu zu organisieren." Ann nickte zustimmend. „Wenn wir nicht sofort handeln, verschwinden sie, und wir verlieren unsere einzige Chance." Robin, der bisher still zugehört hatte, meldete sich nun zu Wort. „Und was ist mit den verbleibenden Verdächtigen hier in Ostfriesland? Wenn wir in den Niederlanden Erfolg haben, könnten sie versuchen, unterzutauchen." „Deshalb müssen wir auch hier die Überwachung verstärken," antwortete Lena. „Wir werden keine Lücke in unserem Netz lassen." Nachdem sie die Aufgaben verteilt hatten, machte sich das Team an die Arbeit. Lena fühlte sich gestärkt durch die Unterstützung von Ann und die Entschlossenheit ihres Teams. Auch wenn die letzten Tage hart gewesen waren, wusste sie, dass sie auf dem richtigen Weg waren.

Robin deutete auf die Karte des Hafengebiets in Emden. „Die Informationen, die wir in Norden gesichert haben, deuten darauf hin, dass der nächste große Umschlag im Hafen von Emden stattfindet. Sie sind ständig in Bewegung, und das macht es uns so schwer." Jan, der das Ganze still beobachtet hatte, ergriff nun das Wort. „Die Verhöre müssen schnell stattfinden, bevor sich die Verdächtigen absprechen können. Sie wissen, dass sie in Gefahr sind. Wir brauchen klare Aussagen, die uns helfen, den nächsten Schritt zu planen." Lena nickte, spürte aber den Druck, der auf ihnen lastete. Diese Organisation ist darauf ausgelegt, immer einen Schritt voraus zu sein. Später am Nachmittag, als die ersten Ergebnisse der Verhöre aus den Niederlanden eintrafen, zog Lena sich in ein Büro zurück, um die Berichte durchzugehen. Die Informationen waren vielversprechend, doch sie wussten auch, dass noch ein weiter Weg vor ihnen lag. Die Organisation war gefährlich und gut vernetzt, doch Lena war fest entschlossen, sie zu zerschlagen. Bevor sie sich auf den Weg machte, um erneut bei Bodo vorbeizuschauen, traf Lena auf dem Flur Ann, die sie mit einem aufmunternden Lächeln begrüßte. „Du machst das gut, Lena," sagte Ann sanft. „Bleib auf Kurs. Du wirst das schaffen." Lena erwiderte das Lächeln und spürte, wie sich ein Teil ihrer Anspannung löste. „Danke, Ann. Es tut gut zu wissen, dass du an meiner Seite bist." „Ich bin froh, dass ich helfen kann," antwortete Ann. „Jetzt geh zu Bodo. Er braucht dich." Lena nickte und machte sich auf den Weg zurück zur Intensivstation. Als sie das Krankenzimmer betrat, setzte sie sich wie gewohnt an Bodos Seite und nahm seine Hand. Die Maschinen piepten gleichmäßig, und der vertraute Klang brachte ihr eine unerwartete Ruhe. Sie drückte sanft seine Hand. „Wir schaffen das, Bodo," flüsterte sie, während sie seinen Gesichtsausdruck studierte. „Ich bin hier, und wir werden das gemeinsam zu Ende bringen."

Nachdem sie das Krankenhaus verlassen hatte, sammelte Lena ihr Team zusammen, und gemeinsam machten sie sich auf den Weg nach Emden. Nach einem anstrengenden Tag stieg das Team in die Fahrzeuge, um nach Emden zurückzufahren. Während die Landschaft an ihnen vorbeizog, herrschte im Auto eine gespannte Stille. Lena saß auf dem Beifahrersitz und dachte über die nächsten Schritte nach. Sie wusste, dass die Zeit gegen sie arbeitete. Die kriminelle Organisation war gefährlich und hoch organisiert. Jeder Fehler könnte fatale Folgen haben. Jan, der das Fahrzeug fuhr, blickte kurz zu Lena hinüber. „Wir müssen alles perfekt machen," dachte Lena und ließ ihren Blick aus dem Fenster schweifen. Robin, der auf dem Rücksitz saß, brach die Stille. „Ich habe ein ungutes Gefühl, als ob sie bereits wissen, dass wir ihnen auf den Fersen sind." Lena drehte sich zu ihm um und nickte. „Das dürfen wir nicht zulassen. Wir müssen schneller und besser sein. Sie sind clever, aber wir müssen noch cleverer sein." Jan, der das Fahrzeug lenkte, warf Lena einen kurzen Blick zu. „Eigentlich verrückt, oder? Diese friedliche Landschaft... und wir jagen eine der gefährlichsten Organisationen, die es gibt." „Genau deshalb nutzen sie solche Orte," antwortete Lena ruhig. „Sie wissen, dass niemand hier etwas vermutet. Das ist ihre Stärke – die Abgeschiedenheit und das Unsichtbare." Robin lehnte sich in seinem Sitz zurück. „Was, wenn sie uns bereits im Visier haben?"

„Das ändert nichts," antwortete Lena entschlossen. „Wir dürfen keine Angst haben. Wir müssen nur schneller handeln. "Der Wind wehte stark über die Küstenstraße, als sie endlich die Silhouette von Emden erblickten. Die Windräder am Horizont drehten sich stetig, während das Wasser der Kanäle still in der Ferne lag. Lena spürte, wie ihre Anspannung wieder zunahm. Es war nicht mehr lange bis zum nächsten Einsatz, und sie wusste, dass viel auf dem Spiel stand.

Als sie in Emden ankamen, tauschten sie die Dienstfahrzeuge gegen ihre eigenen, und jeder machte sich auf den Weg nach Hause. Doch die Gedanken an den Fall ließen sie nicht los. Lena wusste, dass sie keine Fehler machen durften. Es würde bald ernst werden.

Kapitel 17

Der neue Tag begann früh in Emden. Das Team war erschöpft, doch die Ereignisse des gestrigen Tages ließen ihnen keine Zeit zur Erholung. Der Hafen von Emden würde das nächste Schlachtfeld sein – und es könnte die letzte Chance sein, die Verbrecherorganisation zu stoppen. Lena betrat das Polizeipräsidium und ging direkt zum Besprechungsraum. Robin, Jan und Corinna warteten bereits, vertieft in die Details des bevorstehenden Einsatzes. Die Luft war dicht vor Anspannung, als Lena die Tür öffnete. Robin grinste schief. „Na klar, Jan. Aber ich hab' da so'n Gefühl, dass uns noch was Überraschendes erwartet. Ist doch immer so."

„Wenn's nur Überraschungen wären, die wir kontrollieren können," erwiderte Lena und griff nach der Klinke zum Besprechungsraum. Drinnen wartete Lars Lammerts bereits mit verschränkten Armen auf das Team. Seine Miene war ernst, wie immer, wenn es um große Einsätze ging. „Gut, dass ihr da seid. Wir haben nicht viel Zeit. Setzt euch." Lena und die anderen setzten sich an den großen Besprechungstisch. Lars schlug einige Dokumente auf, während Corinna eine Karte von Emden an die Wand projizierte.

„Wir müssen uns auf den Hafen konzentrieren," begann Lars ohne Umschweife. „Unsere Informationen deuten darauf hin, dass die nächste große Lieferung über den Hafen kommt. Sie haben dort mehrere Container in Bewegung." Lena beugte sich über die Karte. „Das ist unser einziger Angriffspunkt. Wenn wir das jetzt versemmeln, verschwinden die." Jan nickte. „Wir haben den Hafen und die Zufahrtsstraßen im Blick. Aber die sind nicht blöd. Wenn die auch nur den kleinsten Verdacht haben, verlagern sie den ganzen Kram woanders hin." Corinna zeigte auf einen Punkt auf der Karte. „Hier, direkt an der Hafeneinfahrt, haben wir Überwachungsbilder von verdächtigen Fahrzeugen. Die haben keinen offiziellen Auftrag, aber sie sind seit ein paar Tagen in Bewegung. Das könnte es sein." „Verdammt," murmelte Robin. „Die sind schneller als ich dachte."

„Wir müssen sofort handeln," sagte Lena entschlossen, während sie die Karte fixierte. „Das ist unsere beste Chance." Lars lehnte sich in seinem Stuhl zurück, die Anspannung auf seinem Gesicht war nicht zu übersehen. „Wir haben alle Vorbereitungen getroffen. Aber wir dürfen keinen Fehler machen. Sobald die Verdächtigen merken, dass wir kommen, ist alles vorbei." Lena nickte, dann stand sie auf. „Wir müssen uns beeilen," sagte sie mit fester Stimme. „Wenn sie ahnen, dass wir kommen, ist alles verloren." Jan erhob sich ebenfalls und bereitete das Team auf die operative Umsetzung vor. „Ich koordiniere das SEK. Wir müssen sicherstellen, dass alle Zugänge blockiert sind und keiner entkommt."

Lars trat vor die Karte und deutete auf die markierten Punkte. „Der Haupteingang ist unser primäres Ziel. Corinna, du überwachst den Hafen aus der Zentrale. Alle Kameras und Drohnenaufnahmen laufen über deinen Schreibtisch. Jede Bewegung wird aufgezeichnet." Corinna tippte bereits auf ihrem Laptop. „Ich habe die Daten der letzten Stunden überprüft. Es gibt verdächtige Aktivitäten, aber nichts Konkretes. Sobald sie die Container bewegen, sehen wir es." Robin, der sich neben Lena gestellt hatte, wirkte angespannt. „Wir müssen auf alles vorbereitet sein. Die haben sich sicher nicht ohne Grund so lange unsichtbar gemacht."

„Das stimmt," antwortete Lena nachdenklich. „Aber wir haben auch einen Vorteil: Sie denken, dass sie in Emden sicher sind. Diese Gegend scheint ihnen vertraut, ruhig. Sie rechnen nicht damit, dass wir so schnell zuschlagen." Die Spannung im Raum war spürbar. Jeder im Team wusste, dass sie eine einmalige Chance hatten. Es durfte keine Fehler geben. Wenig später versammelte sich das gesamte Team erneut im Besprechungsraum. Auf dem großen Bildschirm war eine detaillierte Karte des Emder Hafens zu sehen, die verschiedenen Zugänge und kritischen Punkte waren markiert. Lena stand vor dem Team und führte das Briefing an, während Corinna die entscheidenden Punkte aus den entschlüsselten Daten präsentierte.

„Die Informationen, die Corinna entschlüsselt hat, geben uns eine klare Vorstellung davon, was in den nächsten Stunden im Hafen passieren wird," erklärte Lena. „Es handelt sich um eine Lieferung, die für die Organisation von zentraler Bedeutung ist. Wenn wir diese Operation vereiteln, können wir ihnen einen entscheidenden Schlag versetzen." Corinna trat nach vorne und deutete auf die markierten Stellen auf der Karte. „Wir haben Hinweise darauf, dass mehrere Container in den frühen Morgenstunden eintreffen werden. Die Fahrzeuge, die für den Transport genutzt werden sollen, sind bereits identifiziert. Diese Informationen ermöglichen es uns, die Verdächtigen genau zu überwachen und zum richtigen Zeitpunkt zuzuschlagen."

Jan, der die operative Leitung übernehmen würde, zeigte auf die verschiedenen Zugangswege zum Hafen. „Wir müssen alle Zufahrten im Auge behalten und sicherstellen, dass niemand entkommt. Die Unterstützung durch das SEK ist unerlässlich. Sie werden in den entscheidenden Momenten zugreifen." Lena ließ ihren Blick über das Team schweifen. „Wir müssen absolut sicher sein, dass wir jede Eventualität bedacht haben. Dieser Einsatz muss reibungslos ablaufen. Wir haben nur eine Chance."

Das Team nickte einstimmig. Die Entschlossenheit war in den Gesichtern deutlich zu erkennen. Es war nicht nur ein weiterer Einsatz – es war die Möglichkeit, die Organisation endgültig zu zerschlagen. Nach dem Briefing versammelten sich Lena, Jan und Robin zu einer intensiven Planungssitzung. Der Raum war erfüllt von Karten, Notizen und Computermonitoren, die alle Aspekte des bevorstehenden Einsatzes abdeckten. „Robin, du wirst die technische Überwachung leiten," sagte Lena und zeigte auf die Bildschirme. „Stelle sicher, dass wir jederzeit wissen, was dort vor sich geht. Jede Bewegung muss aufgezeichnet werden, und wir brauchen eine klare Kommunikation zwischen allen Teams." Robin nickte entschlossen. „Ich werde dafür sorgen, dass wir die Lage unter Kontrolle haben. Nichts wird unbemerkt bleiben." Jan, der neben Robin stand, ging die möglichen Szenarien durch. „Wir müssen auf alles vorbereitet sein. Was ist, wenn sie ihre Pläne kurzfristig ändern oder die Lieferung anders abwickeln als erwartet? Wir müssen flexibel bleiben."

„Genau deshalb werden wir mehrere Teams an strategischen Punkten positionieren," sagte Lena. „Das SEK wird bereitstehen, um sofort einzugreifen, wenn die Verdächtigen beginnen, die Ware zu entladen. Unsere oberste Priorität ist es, sicherzustellen, dass alle Fluchtwege abgeriegelt sind." Jan nahm einen tiefen Atemzug. „Dieser Einsatz könnte der Wendepunkt sein. Wir haben die

Informationen, wir haben die Teams – jetzt müssen wir es nur noch umsetzen."

„Wir dürfen nichts dem Zufall überlassen," sagte Lena abschließend. „Das ist unsere beste Chance, diese Organisation ernsthaft zu schwächen. Lasst uns sicherstellen, dass wir bereit sind." Während die Einsatzplanung in vollem Gange war, betrat Staatsanwalt Dr. Michael Becker den Raum. Er hatte von den neuesten Entwicklungen erfahren und war gekommen, um die rechtlichen Rahmenbedingungen für den bevorstehenden Einsatz zu besprechen. „Ich habe die Informationen erhalten, die Sie mir zukommen ließen," sagte Dr. Becker, als er die Anwesenden mit einem knappen Nicken begrüßte. „Die Beweislage ist stark genug, um Haftbefehle zu beantragen, aber wir müssen sicherstellen, dass wir während des Einsatzes keine Fehler machen. Die Verdächtigen müssen eindeutig mit den gefundenen Beweisen in Verbindung gebracht werden."

Lena zeigte auf die Karte des Hafens, die immer noch auf dem Bildschirm zu sehen war. „Wir planen einen verdeckten Einsatz, bei dem wir die Verdächtigen auf frischer Tat ertappen werden. Das SEK wird den Hafen absichern, und wir werden jeden Schritt überwachen." Dr. Becker betrachtete die Karte aufmerksam und nickte. „Das ist genau das, was wir brauchen. Aber denken Sie daran, dass wir Beweise brauchen, die vor Gericht Bestand haben. Es ist entscheidend, dass diese Leute nicht nur festgenommen, sondern auch verurteilt werden." Jan trat vor und zeigte auf die markierten Fluchtwege. „Wir haben alle Zugangswege identifiziert und werden sicherstellen, dass niemand entkommt. Die logistischen Details sind durchgeplant."

„Gut," antwortete Dr. Becker. „Ich werde die notwendigen Haftbefehle vorbereiten und sicherstellen, dass wir juristisch auf der sicheren Seite sind. Der Erfolg dieses Einsatzes hängt davon ab, dass wir alles richtig machen." „Das ist genau unser Ziel," sagte Jan mit Nachdruck. „Dieser Einsatz muss ein Erfolg werden." Dr. Becker sah das Team noch einmal an, bevor er sich abwandte. „Ich verlasse mich auf Sie. Machen Sie weiter so, und seien Sie vorsichtig."

Nachdem die Planung des Einsatzes abgeschlossen war und das Team sich an die Umsetzung machte, zog sich Lena für einen Moment in ihr Büro zurück. Die letzten Tage hatten ihren Tribut gefordert, und sie spürte die Last der Verantwortung, die auf ihren Schultern lag. Doch sie wusste, dass dieser Einsatz entscheidend war – nicht nur für die Ermittlungen, sondern auch für sie persönlich. Sie nahm sich einen Moment Zeit, um durchzuatmen und ihre Gedanken zu ordnen. In diesen stillen Momenten wurde ihr klar, wie sehr sie sich auf ihr Team verlassen konnte. Jeder von ihnen spielte eine unverzichtbare Rolle in diesem komplexen Geflecht aus Planung und Durchführung. Später am Tag besuchte Lena Bodo in der Klinik. Sein Zustand hatte sich stabilisiert, doch er lag immer noch im künstlichen Koma. Die Sorge um ihn lastete schwer auf ihr, obwohl der Arzt ihr versichert hatte, dass seine Genesung gut voranschreite. Lena trat leise in das Zimmer, in dem das gleichmäßige Piepen der Maschinen die einzige Geräuschquelle war. Sie setzte sich neben ihn und nahm seine Hand, die warm, aber regungslos in ihrer lag. „Er sieht gut aus, stabil," dachte sie bei sich, doch die Stille war schwer zu ertragen. Nach einem Moment stand sie auf und trat vor die Tür, um den Arzt zu finden. „Herr Doktor, wie geht es ihm wirklich?" fragte sie, als der Arzt auf sie zukam. „Herr Zimmermann ist stabil," antwortete er ruhig. „Seine Werte sind vielversprechend, aber er braucht noch Zeit. Wir halten ihn im künstlichen Koma, um seinen Körper nicht zu überfordern. Doch wenn alles weiter so gut läuft, könnten wir ihn in den nächsten Tagen langsam aufwecken."

Lena nickte, spürte eine Mischung aus Erleichterung und Unruhe. Sie kehrte zurück an Bodos Bett und setzte sich erneut. „Wir haben eine echte Chance," flüsterte sie, während sie seine Hand fester umschloss. „Eine Chance, das hier zu beenden." Auch wenn Bodo nicht antworten konnte, sprach sie weiter. Sie erzählte ihm von den Fortschritten, die sie gemacht hatten, von den Verhaftungen in Norden und den Beweisen, die sie gesichert hatten. Seine Gegenwart, selbst in diesem stillen Zustand, gab ihr Kraft. „Wir brauchen dich, Bodo," sagte sie leise. „Ich werde hier sein, wenn du aufwachst."

Mit diesen Worten lehnte sie sich zurück, spürte die Last auf ihren Schultern, aber auch die Entschlossenheit, diesen Fall zu Ende zu bringen – für sich, für das Team und vor allem für Bodo.

Kapitel 18

Die dunklen Wolken, die sich über den Emder Hafen zogen, verstärkten die Spannung, die in der Luft lag. Das Team war in höchster Alarmbereitschaft. Die Überwachungsaktion war bis ins kleinste Detail vorbereitet worden. Die Einsatzkräfte hatten sich an strategischen Punkten im Hafen positioniert, ihre Fahrzeuge waren gut versteckt, um die Schmuggler nicht vorzeitig zu alarmieren. Die Zusammenarbeit mit den niederländischen Behörden und der Hafenpolizei war intensiviert worden, um sicherzustellen, dass kein Mitglied der kriminellen Organisation entkommen konnte.

Lena stand mit ihrem Fernglas auf einem erhöhten Punkt des Containerterminals und überblickte das Gelände. Die Weite des Hafens, mit seinen endlosen Reihen von Containern und den hoch aufragenden Kränen, bot sowohl Schutz als auch Herausforderung. Jeder Winkel des Geländes war potenziell gefährlich, und jede Bewegung konnte der Beginn des Einsatzes sein, auf den sie alle warteten. „Alle Einheiten, gebt mir ein Status-Update," forderte Lena über das Funkgerät. „Südwestlicher Zugang gesichert," meldete Jan, der zusammen mit einer Einheit in einem unauffälligen Van positioniert war, der von außen, wie ein normaler Lieferwagen aussah. „Keine auffälligen Bewegungen bisher."

„Nordostterminal ebenfalls unter Kontrolle," fügte Robin hinzu, der zusammen mit einer kleineren Gruppe in einem stillgelegten Bürogebäude hockte, das einen perfekten Blick auf die Hauptzufahrtsstraße bot. Lena nickte, obwohl keiner ihrer Kollegen es sehen konnte. Die Stunden zogen sich endlos hin, während das Team geduldig wartete. Der Erfolg dieser Operation hing von ihrer Fähigkeit ab, sich zu beherrschen und im richtigen Moment zuzuschlagen. Plötzlich fiel ihr Blick auf die Scheinwerfer eines herannahenden Lastwagens, der sich langsam durch das dichte Containerlabyrinth des Hafens bewegte. „Ziel gesichtet," flüsterte Lena in ihr Funkgerät, ihre Stimme ruhig, aber entschlossen. „Alle Einheiten bereit machen." Der Lastwagen hielt schließlich vor einem der großen Frachtschiffe, das an einem der abgelegeneren Kais festgemacht hatte. Mehrere Männer in dunkler Kleidung sprangen aus dem Führerhaus und begannen, die Container zu entladen. Die Männer arbeiteten routiniert und schnell, was darauf hindeutete, dass dies nicht das erste Mal war, dass sie eine solche Operation durchführten. Lena beobachtete jede ihrer Bewegungen mit scharfem Auge. „Wir warten auf das Signal," erinnerte sie das Team leise.

Die Männer öffneten einen der Container und begannen, Kisten herauszutragen, die sie in den Laderaum des Lastwagens verluden. Das Signal kam schließlich, als einer der Männer ein Zeichen an einen Kollegen gab, der daraufhin einen weiteren Container öffnete, der besonders gesichert war. Lena wusste, dass dies der Moment war, auf den sie gewartet hatten. „Jetzt zugreifen!" rief sie ins Mikrofon. In einem koordinierten Blitzangriff stürmten die SEK-Einheiten aus ihren Verstecken und umzingelten die Verdächtigen. Es war ein präziser und gut geplanter Zugriff, der die Schmuggler völlig überraschte. Die Polizisten bewegten sich schnell und entschlossen, überwältigten die Männer und sicherten den Lastwagen sowie die Container. Ein kurzer Schusswechsel brach aus, als einige der Schmuggler versuchten, Widerstand zu leisten. Doch die SEK-Beamten waren vorbereitet und hatten das Gebiet bereits unter

Kontrolle. Innerhalb weniger Minuten waren alle Verdächtigen entwaffnet und festgenommen. „Sichert die Verdächtigen und überprüft die Umgebung!" befahl Lena, während sie sich zu einem der Container begab, der besonders gesichert worden war. Ihre Hände zitterten leicht vor Adrenalin, doch sie konzentrierte sich voll auf die Aufgabe. Als sie den Container öffnete, sah sie, dass er voller Kisten mit illegalen Waren war – Waffen, Drogen und Dokumente, die auf den ersten Blick wie eine Goldgrube für die Ermittlungen aussahen. „Das ist es," sagte sie leise zu sich selbst, während Corinna Stein sich bereits daran machte, die Beweise zu sichern. „Das ist unser Durchbruch." Die Operation verlief wie geplant, und während der Verdächtigen abgeführt wurden, konnte Lena endlich einen Moment der Erleichterung spüren. Doch sie wusste, dass dies nur der Anfang war. Der wahre Kampf würde erst beginnen, wenn sie die Beweise durchgingen und herausfanden, wer wirklich hinter der Organisation steckte.

Nachdem die Verdächtigen überwältigt und in Gewahrsam genommen worden waren, konzentrierte sich das Team auf die Sicherung der Beweise. Die Container, die von den Schmugglern entladen worden waren, standen nun unter der Kontrolle der Polizei. Lena hatte bereits die ersten Blicke in den speziell gesicherten Container geworfen, aber es war Corinna Stein, die nun die detaillierte Arbeit übernehmen musste. „Corinna, dieser Container ist deine Priorität," sagte Lena und zeigte auf den großen Metallbehälter, der im Zentrum der Operation stand. „Sichere alles, was wir hier finden. Wir dürfen keine Fehler machen." Corinna nickte und machte sich sofort an die Arbeit. Sie war ausgestattet mit einem Forensik Koffer, der alles enthielt, was sie für die Analyse vor Ort benötigte. Mit geübten Handgriffen öffnete sie die Kisten, die im Container verstaut waren, und begann, den Inhalt zu katalogisieren. „Hier ist alles," murmelte Corinna, während sie die erste Kiste öffnete und das Innere begutachtete. „Waffen, Drogen… und das hier." Sie zog eine kleine Metallbox heraus, die mit einem Zahlenschloss gesichert war. „Das könnte interessant sein." Lena beobachtete die Szene mit angespanntem Interesse. „Kannst du das hier knacken?" fragte sie. Corinna nickte und zog ein kleines Gerät aus ihrem Koffer, dass sie an das Zahlenschloss anlegte. Es dauerte nur wenige Sekunden, bis das Schloss aufsprang. In der Box lagen mehrere USB-Sticks und eine Handvoll Dokumente, die sofort ihre Aufmerksamkeit erregten. „Das ist genau das, was wir brauchen," sagte Corinna, als sie die USB-Sticks in Beweismittelbeutel steckte und die Dokumente durchblätterte. „Diese Informationen könnten uns direkt zum Kopf der Organisation führen." „Lass uns nichts überstürzen," warnte Lena. „Alles muss genau dokumentiert und gesichert werden. Wir dürfen keine Lücken in der Beweiskette lassen." Während Corinna mit der Sicherung der Beweise fortfuhr, wandte sich Lena an Jan und Robin, die sich ebenfalls um die anderen Container kümmerten. „Habt ihr schon etwas gefunden?" fragte sie.

„Nichts, was so brisant ist wie das, was Corinna gerade entdeckt hat," antwortete Jan, der eine Kiste mit Waffen überprüfte. „Aber es ist klar, dass diese Lieferung nicht nur für den lokalen Markt gedacht war. Das hier ist international." „Das bedeutet, dass wir es mit einem größeren Netzwerk zu tun haben, als wir dachten," sagte Robin, der gerade eine weitere Kiste öffnete. „Diese Organisation ist gut vernetzt und scheint in mehreren Ländern gleichzeitig aktiv zu sein." „Wir müssen alles tun, um diese Fäden zu entwirren," fügte Lena hinzu. Corinna beendete ihre Arbeit an der Metallbox und sah zu Lena auf. „Ich werde die USB-Sticks und die Dokumente ins Labor bringen und sie so schnell wie möglich analysieren," sagte sie. „Wenn wir Glück haben, finden wir darauf die Informationen, die wir brauchen, um die gesamte Organisation zu zerschlagen." Lena nickte und spürte, wie sich eine Mischung aus Erleichterung und Anspannung in ihr ausbreitete. „Gut, mach das. Und informiere mich, sobald du etwas findest." Mit den gesicherten Beweisen im Schlepptau verließ Corinna den Container und machte sich auf den Weg zum Polizeipräsidium, wo sie die Auswertung beginnen würde. Lena blieb noch einen Moment länger stehen und ließ ihren Blick über den Hafen schweifen. Der Erfolg der Operation war greifbar, doch sie wusste, dass dies nur ein kleiner Teil des Gesamtbildes war.

Die Organisation war weitverzweigt und mächtig, und sie mussten jeden Schritt sorgfältig planen, um das Netz endgültig zu zerschlagen. „Wir haben heute einen großen Schritt gemacht," sagte Lena schließlich zu Jan und Robin, die bei ihr standen. „Aber der Kampf ist noch lange nicht vorbei." „Das wissen wir," antwortete Jan, während er einen letzten Blick auf den Container warf. „Aber wir sind bereit für das, was kommt." „Genau," fügte Robin hinzu, ein entschlossener Ausdruck in seinen Augen. „Wir werden nicht nachlassen." Nachdem das Team den Einsatz im Hafen erfolgreich abgeschlossen hatte, machten sie sich in zwei Dienstwagen auf den Rückweg nach Emden. Die Spannung des Tages begann allmählich abzuklingen, doch die Erschöpfung war deutlich zu spüren. Lena, Jan und Robin tauschten kaum Worte aus, jeder war in Gedanken bei den Ereignissen und den Herausforderungen, die noch vor ihnen lagen.

Kapitel 19

Im Präsidium angekommen, parkten sie die Dienstwagen und stiegen aus. Die Müdigkeit lag schwer auf ihnen, doch das Gefühl, einen großen Schritt vorangekommen zu sein, gab ihnen eine gewisse Erleichterung. Jan und Robin verabschiedeten sich, um nach Hause zu gehen und etwas Ruhe zu finden. „Gute Arbeit heute," sagte Jan und klopfte Lena leicht auf die Schulter. „Wir haben viel erreicht. Ruh dich aus, wir machen morgen weiter." Lena nickte abwesend, doch anstatt wie die anderen nach Hause zu gehen, machte sie sich auf den Weg zu ihrem privaten Auto. Sie hatte noch einen wichtigen Termin vor sich: den Besuch bei Bodo in der Klinik in Norden.

Die Fahrt dorthin war ruhig, die Straßen waren leer und nur gelegentlich von den Lichtern der Straßenlaternen erhellt. Lena war in Gedanken versunken, dachte an den erfolgreichen Einsatz, die gesicherten Beweise und daran, wie es wohl sein würde, Bodo endlich wieder sprechen zu können. Er war aus dem Koma erwacht, schwach, aber stabil genug, um ein kurzes Gespräch mit ihr führen zu können, hatten sie vom Arzt erfahren. Die Anspannung, die sie seit Tagen begleitet hatte, löste sich langsam auf.

Als sie die Ubbo-Emmius-Klinik in Norden erreichte, parkte sie ihren Wagen und ging schnellen Schrittes durch die leeren Flure der Klinik zu Bodos Zimmer. Dort angekommen, öffnete sie die Tür und trat leise ein. Bodo lag aufrecht im Bett, seine Augen waren geschlossen, aber als Lena näherkam, öffnete er sie langsam und ein schwaches Lächeln legte sich auf sein Gesicht. „Lena," sagte er leise, seine Stimme schwach, aber deutlich. „Ich hab dich erwartet."

„Bodo," antwortete Lena und setzte sich an seine Seite, nahm seine Hand in ihre und fühlte die vertraute Wärme, die sie so sehr vermisst hatte. „Ich bin so froh, dass du wieder bei uns bist." „Es geht langsam besser," murmelte er, seine Augen auf sie gerichtet. „Aber ich kann noch nicht glauben, dass du ohne mich den Hafen geräumt hast." Lena lachte leise. „Wir haben es geschafft, aber es war hart. Es ist gut zu wissen, dass du bald wieder bei uns bist." Sie erzählte ihm von der Operation im Hafen, von den Verhaftungen und den Beweisen, die sie sichergestellt hatten. Bodo hörte aufmerksam zu, nickte gelegentlich und drückte ihre Hand leicht. „Das ist gut, sehr gut," sagte er. „Aber pass auf dich auf, Lena. Wir sind noch nicht am Ende."

„Ich weiß," antwortete sie. „Aber mit dir an meiner Seite wird es leichter." Sie unterhielten sich noch eine Weile, sprachen über die kommenden Schritte und darüber, wie wichtig es war, jetzt keine Fehler zu machen. Doch als Lena merkte, dass Bodo müde wurde, stand sie auf, beugte sich vor und küsste ihn sanft auf die Stirn. „Ruh dich aus, Bodo. Wir brauchen dich." „Ich werde," murmelte er, und seine Augen schlossen sich langsam, während er in einen leichten Schlaf fiel.

Lena verließ leise das Zimmer und machte sich auf den Weg zurück nach Emden. Die Fahrt zum Gatjebogen war still und dunkel, die Nacht tief und beruhigend. Als sie schließlich zu Hause ankam, spürte sie die Erschöpfung des Tages in jeder Faser ihres Körpers. Doch bevor sie ins Bett ging, nahm sie sich einen Moment Zeit, um über alles nachzudenken. Der Fall war noch lange nicht abgeschlossen, doch sie fühlte sich gestärkt und bereit, die nächsten Schritte zu gehen – für Bodo, für das Team und für all diejenigen, die auf sie zählten. Mit diesen Gedanken legte sie sich ins Bett und fiel bald darauf in einen tiefen Schlaf, wissend, dass der kommende Tag neue Herausforderungen bringen würde, aber auch die Chance, den Fall endgültig zu lösen.

Kapitel 20

Die Sonne war gerade über Emden aufgegangen, als sich das Team der Kripo Emden im großen Besprechungsraum des Präsidiums versammelte. Die Ereignisse der letzten Tage lagen wie eine schwere Decke über ihnen. Doch neben der Müdigkeit, die in den Augen einiger Teammitglieder stand, war da auch eine spürbare Anspannung. Der gestrige Einsatz im Hafen hatte große Fortschritte gebracht, aber das Wissen, dass sie noch mitten in einer gefährlichen Operation steckten, hielt die Erleichterung im Zaum.

Lars Lammerts, der Leiter der Kripo Emden, betrat als Letzter den Raum, gefolgt von Dr. Michael Becker, dem Leiter der Staatsanwaltschaft. Beide Männer strahlten die Entschlossenheit aus, die notwendig war, um die nächsten Schritte zu planen. Lars ließ seinen Blick über die versammelte Runde schweifen, das leichte Murmeln verstummte, als er das Wort ergriff. „Guten Morgen zusammen," begann Lars mit fester Stimme. „Der gestrige Einsatz war ein großer Erfolg, und das haben wir jedem einzelnen von euch zu verdanken. Aber," fügte er mit ernstem Tonfall hinzu, „das ist erst der Anfang. Die Organisation, mit der wir es zu tun haben, ist groß und gefährlich. Wir müssen sicherstellen, dass wir sie komplett zerschlagen, bevor sie uns entgleitet."

Die Worte hingen schwer im Raum. Jeder wusste, dass der wahre Kampf erst jetzt beginnen würde. Dr. Becker trat vor und nahm das Wort auf, seine Miene kühl und kontrolliert. „Auch von meiner Seite ein großes Dankeschön. Die Beweise, die Sie gestern sichergestellt haben, geben uns die Möglichkeit, rechtlich vorzugehen. Aber das Netz dieser Organisation reicht weiter, als wir dachten. Wir müssen schnell und präzise handeln, um sicherzustellen, dass niemand entkommt." Seine Stimme war sachlich, doch die unterschwellige Dringlichkeit war nicht zu überhören. Lars nickte zustimmend und wandte sich zu Lena und Jan, die am anderen Ende des Tisches saßen. „Lena, Jan, ich möchte, dass ihr heute die Verhöre der festgenommenen Verdächtigen durchführt. Diese Leute haben wichtige Informationen, und wir müssen alles aus ihnen herausholen." Lena, die still mit ihren Gedanken spielte, nickte. Sie wusste, wie entscheidend dieser Moment war. Ihre innere Anspannung war unübersehbar, doch sie sammelte ihre Gedanken und begann, in ihrem Kopf die Fragen zu formulieren, die sie stellen musste. Sie durfte jetzt keine Fehler machen. „Verstanden," antwortete sie knapp und hielt dabei kurz Blickkontakt mit Jan, der leicht nickte.

Lars fuhr fort: „Corinna," sagte er, „du und dein Team arbeitet weiter an der Analyse der Beweise. Alles, was ihr findet, könnte der Schlüssel sein, um den Kopf dieser Organisation zu identifizieren." Corinna, die schon mit ihrem Laptop vor sich saß, warf einen schnellen Blick auf ihre Unterlagen. „Ich bin schon dabei," sagte sie ruhig. „Die ersten Analysen zeigen, dass die Organisation sehr gut vernetzt ist. Wir haben Hinweise auf Offshore-Konten gefunden, die sie zur Geldwäsche nutzen. Das könnte uns helfen, die Führungsebene zu enttarnen." Lars nickte. „Diese Spuren sind entscheidend." „Was genau haben wir über diese Konten?" fragte Lena, die sich neugierig vorbeugte.

Corinna zeigte auf den Bildschirm, wo eine Reihe von Transaktionen zu sehen war. „Diese Transaktionen," begann sie, „führen uns zu einem Netzwerk von Offshore-Konten, die über mehrere Länder verteilt sind. Aber das

Interessante ist, dass wir alle diese Konten zu einer einzigen Quelle zurückverfolgen konnten." Lena runzelte die Stirn. „Welche Quelle?" „Ein Konto bei einem kleinen, kaum bekannten Bankinstitut auf den Cayman-Inseln," antwortete Corinna. „Es wird von einer Firma namens 'Atlantis Holdings' geführt – eine Tarn-firma. Wenn wir dieses Konto knacken, könnten wir einen direkten Hinweis auf den Kopf der Organisation erhalten." Eine Schwere legte sich über den Raum. Die Bedeutung dieser Informationen war allen klar. Der Kopf der Organisation, der bis jetzt im Schatten agierte, war nun greifbar – aber nur, wenn sie schnell und präzise vorgingen. „Das ist unser Schlüssel," sagte Lena entschlossen. „Wenn wir dieses Konto einfrieren und die Spuren verfolgen, könnten wir die gesamte Organisation lahmlegen." Lars ließ die Worte einen Moment wirken, bevor er den nächsten Schritt plante. „Jan," sagte er, „ich möchte, dass du dich um die Kommunikation zwischen den Verdächtigen und ihren Kontaktpersonen kümmerst. Wir dürfen keine versteckten Botschaften übersehen." „Wird gemacht," bestätigte Jan und begann sich Notizen zu machen.

„Und Robin," fügte Lars hinzu, „du bleibst in engem Kontakt mit unseren internationalen Kollegen. Das LKA, BKA und die Abteilungen für Organisierte Kriminalität arbeiten bereits mit unseren Informationen. Es ist entscheidend, dass wir jetzt alle an einem Strang ziehen." Robin, der bis jetzt konzentriert zugehört hatte, nickte. „Ich habe bereits mit den niederländischen Behörden gesprochen. Sie sind bereit, uns weiter zu unterstützen, sobald wir weitere Informationen haben."

„Gut," sagte Lars, als er in die Runde schaute. „Das ist unser Moment. Wir haben sie in die Enge getrieben, aber wir dürfen keine Fehler machen. Jeder von euch weiß, was auf dem Spiel steht." Die Spannung war greifbar. Die Besprechung endete, und das Team verteilte sich auf seine Aufgaben. Lena blieb einen Moment länger sitzen und ließ die letzten Worte von Lars in ihrem Kopf widerhallen. Sie konnte den Druck auf ihren Schultern spüren – den Druck, jetzt alles richtig zu machen.

Sie stand auf, und als sie die Tür zum Besprechungsraum hinter sich schloss, wusste sie, dass die nächsten Stunden entscheidend sein würden.

Kapitel 21

Nach der Besprechung im Präsidium gingen Lars und Lena schweigend den langen Flur entlang. Das Summen der Neonlichter und das leise Echo ihrer Schritte verstärkten die drückende Atmosphäre. Jeder Schritt fühlte sich schwer an, als ob die Luft selbst die bevorstehenden Verhöre erschweren würde. Dies war ihr Moment – einer, der über Erfolg oder Misserfolg entscheiden konnte. Beide spürten das Gewicht der Verantwortung, das sie auf ihren Schultern trugen. Im Verhörraum saß der erste Verdächtige – ein Mann mittleren Alters. Seine Hände waren auf den Tisch gefesselt, und er wischte sich den Schweiß von der Stirn. Obwohl der Raum kühl war, perlten ihm Schweißperlen die Schläfen hinab. Die Neonbeleuchtung tauchte den Raum in ein grelles, unbarmherziges Licht, das jede Unsicherheit sichtbar machte. Der Mann wich Lenas Blick aus, sein Kiefer war angespannt.

Lars setzte sich ihm gegenüber, seine Augen durchdrangen die Nervosität des Mannes. „Sie wissen, warum Sie hier sind. Wir haben Sie auf frischer Tat beim Schmuggel erwischt. Es liegt in Ihrem besten Interesse, jetzt zu kooperieren." Seine Stimme war ruhig, fast gelassen, doch die Schärfe dahinter war unüberhörbar.

Der Mann schwieg. Seine Finger spielten nervös mit den Handschellen, als ob sie eine Fluchtmöglichkeit bieten könnten, obwohl er wusste, dass es keinen Ausweg gab. Lenas Blick blieb hart und fokussiert. Sie lehnte sich vor, ihre Stimme war ruhig, aber schneidend: „Sie haben zwei Optionen. Entweder Sie reden jetzt und sichern sich eine mildere Strafe, oder Sie schweigen und verbringen den Rest

Ihres Lebens hinter Gittern." Ein Zittern durchlief den Mann, seine Lippen zitterten, als er versuchte, die richtigen Worte zu finden. „Ich... ich hatte keine Wahl," sagte er schließlich, seine Stimme kaum mehr als ein Flüstern. „Wenn ich nicht mitgemacht hätte, hätten sie mich umgebracht." Lena ließ die Stille einige Sekunden wirken, bevor sie weitersprach. „Wer genau hätte Sie umgebracht?" „Die Organisation," flüsterte der Mann, seine Augen zuckten nervös zur Tür. „Ich habe nie direkt mit dem Chef gesprochen, aber jeder weiß, dass er die Fäden zieht. Niemand stellt Fragen, weil wir wissen, was passiert, wenn wir es tun." Der Raum schien plötzlich kleiner zu werden. Lars, der bisher schweigend zugehört hatte, trat einen Schritt näher. Seine Augen verengten sich. „Wer war Ihr Kontakt? Wer hat Ihnen die Befehle erteilt?"

Der Mann zögerte, als ob er überlegte, ob er das Risiko eingehen sollte, weiterzusprechen. „Ein Mann namens Varela," sagte er schließlich, seine Stimme kaum hörbar. „Aber auch er hat den Chef nie getroffen." Lena nickte. Sie wusste, dass sie mehr aus ihm herausholen konnte. „Was wissen Sie über die Operationen außerhalb von Deutschland?" Der Mann schluckte schwer, sein Gesicht verkrampfte sich, als ob jede Antwort eine Qual war. „Ich weiß nur, dass es Zellen in anderen Ländern gibt. Niemand stellt Fragen, niemand spricht darüber. Wir tun einfach, was uns gesagt wird. Wer das nicht tut, wird bestraft." Seine Stimme war kaum noch zu hören, doch das Zittern in seinen Händen sprach Bände.

„Wie bestraft?" fragte Lena, ihre Stimme war nun kälter, drängender. „Man verschwindet," flüsterte der Mann, seine Augen starrten auf die Handschellen, als seien sie das letzte, was ihn in dieser Welt hielt. „Es gibt kein Zurück." Lars trat näher, seine Stimme fest und drohend. „Wir werden das überprüfen. Wenn wir herausfinden, dass Sie uns anlügen, werden die Konsequenzen verheerend sein." Der Mann nickte schwach, als ob er unter der Last seiner eigenen Worte zusammenbrechen würde. Lars und Lena verließen den Raum. Draußen im Flur atmete Lena tief ein, die kalte Luft schien sie etwas zu beruhigen. „Er hat Angst," sagte sie leise zu Lars. „Und das nicht ohne Grund."

„Varela ist unser Schlüssel," sagte Lars, seine Stimme kühl und pragmatisch. „Wir müssen ihn finden, bevor uns die Zeit davonläuft." Im nächsten Verhörraum wartete ein junger Mann, kaum Mitte zwanzig, sichtlich verängstigt. Seine Hände zitterten, und als Lena den Raum betrat und die Tür hinter sich schloss, zuckte er zusammen. Der Raum fühlte sich plötzlich noch kälter an, die Neonlichter warfen scharfe Schatten auf das Gesicht des Jungen. Lena setzte sich ihm gegenüber, ihre Stimme sanft, aber bestimmt. „Du bist jung. Du hast noch eine Chance, das Richtige zu tun. Hilf uns, und wir können dir helfen."

Der Junge hob den Kopf, seine Augen weit vor Angst. „Ich... ich habe nur Befehle befolgt," stotterte er, seine Hände krallten sich an die Tischkante, als wäre sie das einzige, was ihn noch in der Realität hielt. Jan setzte sich neben Lena, seine Stimme war ruhig, aber eindringlich. „Von wem hast du die Befehle bekommen?" „Von Varela," kam die schnelle Antwort, fast als wollte er sich selbst von der Last befreien. „Aber ich habe ihn nie persönlich getroffen. Alles lief über Mittelsmänner." Lena nickte leicht. „Was war deine Aufgabe in der Organisation?"

„Ich… ich habe die Lieferungen überwacht," antwortete er, seine Stimme war brüchig, und seine Hände zitterten so stark, dass sie kaum stillhalten konnten. „Ich weiß nicht, was in den Kisten war. Ich habe nur getan, was mir gesagt wurde." Jan lehnte sich leicht vor. „Was weißt du über den Chef?" „Nichts," rief der Junge fast panisch, seine Augen flehten Lena an. „Es gibt nur Gerüchte. Man sagt, er kann überall gleichzeitig sein, aber… ich weiß nicht, wer er ist." Lena beobachtete ihn genau, jede Regung in seinem Gesicht, jedes Zittern seiner Finger. Sie wusste, dass er nicht mehr wusste – oder zu viel Angst hatte, um weiterzusprechen. Sie stellte ihm noch einige Fragen zu den Abläufen innerhalb der Organisation, doch seine Antworten blieben unbefriedigend.

Als sie den Raum verließen, wartete Lars bereits auf sie. „Und?" fragte er knapp. Lena blätterte durch ihre Notizen, ihre Stirn in Falten gelegt. „Varela ist der Schlüssel. Aber niemand hat ihn jemals getroffen. Er bleibt unsichtbar." „Das bedeutet, wir müssen tiefer graben," fügte Jan hinzu. „Wenn wir Varela finden, haben wir vielleicht endlich eine Chance, den Chef zu erwischen." Lars nickte, seine Augen blieben auf Lena gerichtet. „Das ist größer, als wir dachten. Das Netzwerk reicht weit über Deutschland hinaus. Wir brauchen mehr Ressourcen."

Lena atmete tief durch, als sie aus dem Fenster des Besprechungsraums schaute. Die untergehende Sonne warf ein warmes, orangefarbenes Licht über die Stadt, doch in ihrem Inneren spürte sie nur Kälte. „Es gibt noch zu viele Unbekannte," murmelte sie leise. Lars setzte sich und sah auf die Uhr. „Die Zeit drängt. Wenn wir Varela nicht finden, bevor sie den nächsten Schritt machen, verlieren wir diese Chance." Die Worte hingen schwer im Raum, als sich jeder auf seine nächste Aufgabe konzentrierte. Die Unruhe in Lenas Brustwuchs, doch sie ließ es sich nicht anmerken.

Kapitel 22

Der Tag begann mit einer Lagebesprechung im Emder Polizeipräsidium. Der Raum war erfüllt von angespannter Konzentration, als Lars Lammerts, der erfahrene und besonnene Leiter der Kripo Emden, das Team durch die bisherigen Ergebnisse der Ermittlungen führte. Die Beamten saßen im Halbkreis um den großen Tisch: Lena, Jan, Robin und Corinna. Jeder hing an Lars' Worten, die Luft war schwer von unausgesprochener Spannung. „Wir wissen nun, dass Wrede, Friedrich Albers umgebracht hat," begann Lena, ihre Stimme fest, aber leise. „Doch die Frage bleibt: Warum? Es sieht so aus, als hätte Wrede die Organisation erpressen wollen – und das hat ihn sein Leben gekostet." Lars nickte bedächtig und wandte sich an Jan. „Was haben wir zu Wredes Tod? Irgendwelche neuen Erkenntnisse?"

Jan zögerte kurz, seine Stirn in Falten gelegt. „Noch nichts Handfestes. Es ist gut möglich, dass die Organisation dahintersteckt, aber direkte Beweise fehlen uns bisher." Das leise Summen eines Handys durchbrach die angespannte Stille. Lena zog ihr Telefon aus der Tasche und warf einen kurzen Blick auf das Display. „Entschuldigung, ich muss das kurz nehmen." Sie stand auf und verließ den Raum, das Klicken ihrer Absätze hallte im Flur wider, bevor die Tür ins Schloss fiel. „Lena Berg," meldete sie sich draußen knapp. Am anderen Ende der Leitung war Paul – ein nervöser Kleinkrimineller, der ihr hin und wieder Informationen zukommen ließ. Seine Stimme klang unruhig, fast zitternd. „Berg, ich hab was für dich. Aber ich will was dafür."

Lena seufzte leise und schaute sich flüchtig um, bevor sie antwortete: „Paul, ich habe keine Zeit für Spielchen. Was hast du?" „Lea Weber ," kam es schnell. „Sie ist in einem abgelegenen Haus am Großen Meer. Kein Scherz, Berg. Die Info kommt aus einer verlässlichen Quelle." Lenas Herz setzte für einen Moment aus. Ihre Stimme wurde ernst. „Bist du sicher?" „Ja," erwiderte Paul hastig. „Aber pass auf, die Leute, die sie bewachen, sind gefährlich. Das hier ist kein Spiel." „Verstanden," sagte Lena knapp. „Danke für den Tipp, Paul. Und pass auf dich auf." Sie legte auf und atmete tief durch, während sich ein Gefühl der Dringlichkeit in ihrer Brust festsetzte. Lea – eine der Schlüsselfiguren des Falls – war endlich gefunden. Sie wusste, dass sie schnell handeln mussten.

Zurück im Besprechungsraum, setzte sie sich wieder an den Tisch, alle Blicke waren auf sie gerichtet. Lars musterte sie fragend. „Was war das?" „Ein Informant," antwortete Lena ruhig, aber innerlich angespannt. „Er sagt, Lea hält sich in einem abgelegenen Haus am Großen Meer auf. Wir sollten sofort handeln." Lars reagierte, ohne zu zögern. „Wir müssen schnell und unauffällig vorgehen. Jan, Robin – ihr kommt mit. Lena, du führst das Kommando." Das Team bereitete sich vor. Jan und Robin machten sich bereit, während eine kleinere Einheit im Hintergrund das Gebiet absichern sollte. Lars blieb im Präsidium, um den Einsatz zu koordinieren und den Überblick zu behalten. Die Spannung im Raum war förmlich greifbar, als Lena und die anderen sich mit mehreren Fahrzeugen auf den Weg machten.

Das abgelegene Haus lag inmitten einer einsamen, bewaldeten Gegend am Ufer des Großen Meeres. Dichte Bäume umgaben das Anwesen, das schwer einsehbar war und einen direkten Zugang zum Wasser hatte. Es war der perfekte Rückzugsort – isoliert, unsichtbar, gefährlich. Die

Dämmerung setzte langsam ein, und die Schatten der Bäume schienen bedrohlich über dem Gelände zu hängen. Lena positionierte die Einheiten strategisch um das Haus. Die Luft war klar und frisch, die Stille des Morgens nur durch das leise Rascheln der Blätter unterbrochen. Das Team bewegte sich geräuschlos durch das Gelände, die Sonne stand tief am Horizont und tauchte den Ort in ein sanftes, goldenes Licht. Jeder Schritt war präzise, jeder Atemzug kontrolliert – in dieser angespannten Ruhe konnte jedes unerwartete Geräusch Gefahr bedeuten.. Mit einem kurzen Handzeichen gab Lena das Signal. Ihre Hände zitterten kaum merklich – die Anspannung war fast überwältigend. Der Moment der Wahrheit war gekommen. Mit gezogenen Waffen stürmten sie das Haus. Die Tür krachte auf, und das Team drang in das Gebäude ein, das von der Dunkelheit verschluckt schien. Die Stille war ohrenbetäubend, nur das Knarren des Holzbodens und das Atmen des Teams durchbrachen die drückende Atmosphäre.

Doch das Haus war leer.

Ein umgestürzter Stuhl, hastig gepackte Koffer, verstreute Kleidung – es war offensichtlich, dass die Bewohner in Eile geflohen waren. Lena stand in der Mitte des Raumes, ihre Augen musterten die Beweise einer fluchtartigen Abreise. Ihre Fäuste ballten sich, als die Erkenntnis über sie hereinbrach: Sie waren zu spät. „Verdammt," murmelte sie leise und biss sich auf die Lippe. Das Gefühl des Scheiterns breitete sich in ihr aus, und für einen Moment schien die ganze Welt stillzustehen. Jan trat neben sie, seine Stimme war gedämpft, aber entschlossen. „Es muss ein Leck geben. Sie wussten, dass wir kommen. Anders hätten sie nicht so schnell verschwinden können."

Lena nickte stumm, während sich in ihrem Hinterkopf eine unbehagliche Idee festsetzte: Ein Maulwurf. Jemand innerhalb der Polizei spielte ihnen falsche Informationen zu. Ein kalter Schauer lief ihr über den Rücken. „Wir müssen zurück ins Präsidium und alles durchgehen," sagte sie entschlossen, während sie die letzten Spuren im Haus betrachtete. „Jemand spielt uns gegeneinander aus – und wir müssen herausfinden, wer."

Zurück im Präsidium gab es eine kurze, aber angespannte Besprechung mit Lars. Die Anspannung lag schwer in der Luft, als Lena und Jan von dem misslungenen Einsatz berichteten. Lars' Frustration war spürbar, seine Kiefer mahlten, als er zuhörte. „Dieser verdammte Maulwurf bringt uns ständig in Schwierigkeiten," knurrte er und ballte die Fäuste. „Wir müssen ihn finden, bevor er noch mehr Schaden anrichtet." Lena sah ihn an, ihre Augen fest und entschlossen. „Wir werden ihn finden. Aber wir müssen vorsichtig vorgehen. Jeder Fehler könnte uns alles kosten."

Lars nickte, doch die Spannung in seinem Körper ließ nicht nach. Die Erkenntnis, dass sie einen Verräter in ihren eigenen Reihen hatten, lastete schwer auf allen. Der Druck wuchs – und die Uhr tickte unaufhörlich.

Kapitel 23

Es war mittlerweile 18 Uhr, und die Müdigkeit lag schwer in der Luft des Polizeipräsidiums. Lars Lammerts, der erfahrene Leiter der Kripo Emden, musterte die erschöpften Gesichter seines Teams. Nach den intensiven Ermittlungen der letzten Tage, die den Einsatz am Großen Meer einschlossen, spürte er, dass jeder eine Pause brauchte – auch er selbst. „Das reicht für heute," sagte Lars schließlich, seine Stimme durchdrungen von einer müden Entschlossenheit. „Wir machen Feierabend. Morgen sehen wir mit frischem Kopf weiter."

Das Team nahm die Entscheidung mit stiller Erleichterung auf. Trotz der Anspannung und dem anhaltenden Druck, den Fall um Lea und die Organisation zu lösen, wussten alle, dass sie nicht endlos so weitermachen konnten. Lars beobachtete, wie seine Kollegen langsam ihre Sachen packten, und spürte den gleichen Drang, die Bürde des Tages abzuschütteln.

Als er schließlich selbst nach Hause fuhr, hing der Abend wie eine schwere Decke über der Stadt. Das schwindende Tageslicht warf lange Schatten auf die Straßen, und Lars konnte nicht anders, als sich von der Stille der hereinbrechenden Nacht einlullen zu lassen. Doch die Ruhe brachte ihm keine Erleichterung – nur das vertraute Geräusch der Haustür, die sich hinter ihm schloss, löste die Anspannung ein wenig.

Im Flur hörte er die leisen Schritte seiner Frau, und als sie mit einem warmen Lächeln und einer dampfenden Tasse Tee auf ihn zukam, spürte er zum ersten Mal an diesem Tag eine Welle der Erleichterung. „Schwerer Tag?" fragte sie sanft, obwohl sie die Antwort bereits kannte. „Ja," antwortete Lars knapp und nahm einen Schluck des Tees. „Es scheint, als wären wir immer einen Schritt hinterher. Aber das Team gibt sein Bestes."

Sie setzte sich neben ihn, und sie beide schauten schweigend in den gepflegten Garten hinaus, der sich langsam in die Dämmerung hüllte. Der leichte Duft des frisch gemähten Grases und das Rascheln der Blätter im sanften Wind gaben Lars einen Hauch der Normalität zurück, nach der er sich den ganzen Tag gesehnt hatte. „Du machst das gut, Lars," sagte seine Frau schließlich. „Du bist immer für dein Team da." Lars lächelte schwach und lehnte sich zurück. Er wusste, dass sie recht hatte, aber die Last der Verantwortung, die wachsende Spannung und die Enttäuschungen der letzten Tage lasteten schwer auf seinen Schultern.

Er spürte, dass er eine Pause brauchte – ein Moment der Flucht vor der Unbarmherzigkeit seines Jobs. „Ich werde am Wochenende angeln gehen," sagte er leise, mehr zu sich selbst als zu seiner Frau. „Mit den Jungs. Es ist schon lange her." „Das wird dir guttun," antwortete sie, legte ihre Hand beruhigend auf seine, und für einen Moment schienen die Sorgen des Tages in den Hintergrund zu treten. Während Lars zu Hause zur Ruhe kam, machte sich Lena auf den Weg zum Krankenhaus, um Bodo zu besuchen. Nach dem ergebnislosen Einsatz am Großen Meer und den bedrückenden Geschehnissen, die auf den Schultern des Teams lasteten, verspürte sie ein Verlangen nach etwas Vertrautem – und Bodo war in den letzten Wochen zu einem festen Ankerpunkt in ihrem Leben geworden.

Als sie das Krankenhaus betrat, durchzog sie ein Gefühl von Nervosität und Müdigkeit. Doch als sie Bodos Zimmer erreichte und ihn lächelnd aufrecht im Bett sitzen sah, erhellte sich ihr Inneres für einen kurzen Moment. „Du siehst müde aus," bemerkte Bodo sofort, als sie sich an seine Seite setzte und ihre Hand in seine legte. „Es war ein harter Tag," gestand Lena, während sie versuchte, die Enttäuschung aus ihrer Stimme zu verbannen. „Wir waren so nah dran, aber wieder sind wir zu spät gekommen." Bodo sah sie ruhig an, seine Augen funkelten warm und verständnisvoll. Er drückte sanft ihre Hand. „Das gehört dazu, Lena. Du wirst Lea finden, da bin ich sicher. Du hast diese unerschütterliche Entschlossenheit, die dich schon immer ausgezeichnet hat." Seine Worte berührten sie, und für einen Moment fühlte sie sich von einer angenehmen Ruhe umhüllt. Doch tief in ihrem Inneren nagten die Zweifel weiter. Sie konnte das Gefühl nicht abschütteln, dass sie selbst die größte Hürde in ihrem Leben war. Ihre Vergangenheit verfolgte sie, schlich sich in die ruhigsten Momente und brachte die Zweifel mit, die sie ständig begleiteten.

„Ich weiß nicht, ob ich jemals bereit sein werde, alles hinter mir zu lassen," flüsterte sie leise, mehr zu sich selbst als zu Bodo. Die Gedanken an die Vergangenheit – Hannover, die Fehler, die Verluste – machten es schwer, nach vorne zu blicken. Bodo ließ sich nicht aus der Ruhe bringen. „Du musst nichts überstürzen, Lena," sagte er sanft. „Wir haben Zeit. Du hast Zeit. Ich bin hier, und ich werde bleiben, egal, wie lange du brauchst."

Seine Worte berührten sie tiefer, als sie erwartet hatte. Für einen Moment war sie einfach nur glücklich, ihn bei sich zu haben – jemanden, der ihre Last teilte, ohne etwas im

Gegenzug zu fordern. Doch die Schatten ihrer Vergangenheit waren noch immer präsent, und sie wusste, dass sie diese alten Wunden irgendwann schließen musste. Nachdem Lena das Krankenhaus verlassen hatte, machte sie sich auf den Weg nach Hause, doch ihre Gedanken kreisten weiterhin um den Besuch bei Bodo und den enttäuschenden Ausgang des Tages. Die Nacht war inzwischen hereingebrochen, und die Straßen waren ruhig, nur das leise Summen der Straßenlaternen begleitete sie auf ihrem Weg. In ihrem Inneren tobten jedoch Wellen von Emotionen, die sie zu unterdrücken versuchte.

Als sie den Gatjebogen erreichte und die Tür zu ihrem Zuhause öffnete, spürte sie die vertraute Kühle des Hauses, die sie in eine seltsame Mischung aus Trost und Unsicherheit hüllte. Ohne lange nachzudenken, schnappte sie sich eine Flasche Wein aus der Küche und ging auf die Terrasse. Dort setzte sie sich mit einem Glas in der Hand und ließ den Abend langsam auf sich wirken. Der Garten vor ihr lag still und friedlich, das Mondlicht spiegelte sich auf den Wassertropfen der Blätter. Doch in ihrem Inneren herrschte Unruhe. Die Nähe zu Bodo hatte sie glücklich gemacht, doch wie immer, wenn sie Glück verspürte, kamen auch die alten Zweifel hoch – Erinnerungen an Hannover, an die Fehler, die sie nicht vergessen konnte.

Die Gespräche mit Bodo hatten ihr gezeigt, dass sie sich mehr nach einem normalen Leben sehnte, als sie es sich selbst eingestehen wollte. Und doch war da immer noch diese Stimme in ihrem Kopf, die sie zurückhielt, die sie warnte, dass die Vergangenheit irgendwann wieder auf sie zukommen würde.

Sie dachte an die Ereignisse des Tages zurück – an den Einsatz, der ins Leere gelaufen war, an die verpasste Chance, Lea zu retten, und vor allem an den verdammten Maulwurf, der ihre Arbeit stetig sabotierte. Es war nicht nur der Druck des Falls, der auf ihr lastete, sondern auch das Gefühl, dass jemand aus ihren eigenen Reihen sie betrog. Jemand, der Informationen weitergab und ihr damit jede Chance nahm, einen Schritt voraus zu sein. Lena nahm einen tiefen Schluck Wein und ließ den Kopf nach hinten sinken, die Sterne über ihr betrachtend. Der Wein half, die Gedanken für einen Moment zu dämpfen, aber die Last des Tages blieb bestehen. Sie wusste, dass sie in den nächsten Tagen Antworten finden musste – nicht nur, um den Fall zu lösen, sondern auch um Klarheit über ihr eigenes Leben zu gewinnen.

Bodo hatte ihr angeboten, Zeit zu lassen, und das war genau das, was sie brauchte. Aber wie lange konnte sie sich diese Zeit wirklich nehmen? Und wie lange würde Bodo an ihrer Seite bleiben, wenn sie die Schatten ihrer Vergangenheit nicht losließ? Während Lena in der Stille des Gartens saß, ließ sie die vergangenen Tage an sich vorbeiziehen. Seit sie in Emden angekommen war, hatte sich so vieles verändert. Der Fall hatte sie in seinen Bann gezogen, und sie war gezwungen, sich nicht nur mit den Verbrechen, sondern auch mit sich selbst auseinanderzusetzen. Die ständigen Rückschläge, das Gefühl, immer nur knapp zu spät zu kommen, nagten an ihrem Selbstbewusstsein. Aber es war mehr als das – es war die Angst, dass die Fehler der Vergangenheit sie wieder einholen könnten. Das Licht des Gartens wurde weicher, und der Wind brachte den Duft des Meeres mit sich. Sie schloss die Augen und versuchte, ihre Gedanken zu ordnen. In den nächsten Tagen musste sie sich auf die

Ermittlungen konzentrieren, und doch wusste sie, dass es nicht nur der Fall war, der sie beschäftigte. Es ging um mehr – um Entscheidungen, die sie in ihrem Leben treffen musste, und um die Frage, ob sie bereit war, Bodo wirklich in ihr Herz zu lassen. Die Erinnerungen an Hannover waren allgegenwärtig. Die Fehler, die sie dort gemacht hatte, die Entscheidungen, die sie getroffen hatte – all das hatte sie zu der Person gemacht, die sie heute war. Und obwohl sie stärker war als damals, fühlte sie sich immer noch gefangen in den Schatten dieser Stadt. Es war, als ob sie nicht vollständig vorwärts gehen konnte, solange sie diese Last mit sich trug. Aber jetzt, mit Bodo in ihrem Leben, stand sie an einem Scheideweg. Würde sie es schaffen, die Vergangenheit hinter sich zu lassen? Oder würde sie sich von den Fehlern weiterhin zurückhalten lassen?

Lena öffnete die Augen und blickte in den sternenübersäten Nachthimmel. Die Stille des Gartens schien ihr eine kurze Verschnaufpause zu gönnen. Sie wusste, dass sie nicht ewig so verweilen konnte. Die Antworten, die sie suchte – sowohl im Fall als auch in ihrem Leben – lagen noch vor ihr. Aber für diesen einen Moment erlaubte sie sich, in der Stille zu verharren und Kraft zu sammeln. Denn schon bald würde sie sich den Herausforderungen stellen müssen.

Kapitel 24

Der Morgen im Emder Polizeipräsidium begann mit einer spürbaren Anspannung, die in der Luft lag wie ein schweres Gewitter. Die Atmosphäre im Besprechungsraum war drückend. Jeder im Raum wusste, dass die Suche nach dem Maulwurf, der ihre Ermittlungen sabotierte, eine Frage von Leben und Tod war. Lars Lammerts trat ein, sein Gesicht ernst und seine Schultern von den letzten Tagen gebeugt, doch seine Entschlossenheit war ungebrochen. Die Gesichter am Tisch – Lena, Jan, Robin und Corinna – spiegelten die gleiche Anspannung wider. Es gab keine lockeren morgendlichen Begrüßungen wie sonst, kein leichtes Murmeln. Alle wussten, dass sie jetzt einem Gegner gegenüberstanden, der möglicherweise mitten unter ihnen saß.

Lars stellte sich an das Kopfende des Tisches und sprach ohne Vorrede, seine Stimme scharf und entschlossen. „Wir haben ein Problem, das wir nicht länger ignorieren können. Jemand aus unserer Dienststelle gibt unsere Informationen an die Organisation weiter." Seine Augen blitzten über die Gesichter seiner Kollegen, während seine Worte wie ein schneidender Wind durch den Raum fuhren. „Dieser Maulwurf gefährdet nicht nur die Ermittlungen – er spielt mit unserem Leben. Jedes Detail, das nach außen dringt, bringt uns einen Schritt näher an den Abgrund." Das Schweigen, das folgte, war ohrenbetäubend. Jeder von ihnen spürte das Gewicht dieser Worte. Das Vertrauen, das sie in den letzten Wochen zueinander aufgebaut hatten, war brüchig geworden. Die Frage, wer der Verräter war, hing wie eine unsichtbare Bedrohung über ihnen.

„Jan, Robin," sagte Lars mit scharfem Blick, „ihr werdet alles durchleuchten – jede Datei, jedes Gespräch, jede Bewegung. Nichts darf unbemerkt bleiben. Wir müssen herausfinden, wie die Informationen weitergegeben werden." Die beiden Männer nickten, ihre Entschlossenheit in den Augen deutlich zu erkennen. Sie wussten, dass dies nicht nur um die Ermittlungen ging – es ging um das Vertrauen, das innerhalb des Teams aufgebaut worden war. „Corinna," fuhr Lars fort, „du analysierst alle Kommunikationswege. Jede Nachricht, jede Anomalie – nichts ist zu klein, um es zu übersehen. Ich will wissen, wie der Verräter kommuniziert." Corinna öffnete ihren Laptop und zeigte einige Daten, die sie bereits gesammelt hatte. „Ich habe bereits begonnen, die Kommunikationsdaten durchzugehen. Es gibt eine Reihe von Prepaid-Nummern, die immer kurz vor unseren Einsätzen aktiv sind. Sie wechseln häufig die SIM-Karten, aber das Muster ist zu auffällig, um zufällig zu sein."

Lars runzelte die Stirn, als er sich neben Corinna stellte und auf den Bildschirm blickte. „Können wir herausfinden, wer diese Nummern nutzt?" Corinna schüttelte leicht den Kopf, während ihre Finger über die Tastatur flogen. „Das ist schwer zu sagen. Diese Handys sind verschlüsselt, und die SIM-Karten werden häufig gewechselt. Aber wenn wir genug Daten sammeln, können wir möglicherweise ein Muster entdecken." Lars seufzte leise, das Gewicht der Situation lastete auf ihm. „Das ist unser bester Ansatz. Mach weiter." Er wandte sich nun zu Lena, die stumm zugehört hatte, ihre Gedanken bereits bei den nächsten Schritten. „Lena, du koordinierst alles. Du hältst das Team zusammen. Ich weiß, dass der Druck groß ist, aber wir dürfen uns nicht spalten lassen. Der Verräter will genau das – Chaos."

Lena nickte, das Gewicht der Verantwortung schwer auf ihren Schultern. „Verstanden," antwortete sie knapp. Sie wusste, dass diese Aufgabe ihre größte Herausforderung war – nicht nur, den Verräter zu entlarven, sondern das Team trotz des wachsenden Misstrauens zusammenzuhalten. Jan ergriff das Wort. „Robin und ich können uns hier im Präsidium umsehen. Vielleicht finden wir Hinweise auf verdächtige Bewegungen. Jeder weiß, dass wir nach einem Maulwurf suchen, aber niemand weiß, wer es ist. Das macht die Leute nervös." Lars nickte zustimmend. „Geht diskret vor. Keiner darf Verdacht schöpfen." Mit diesen Worten endete die Besprechung, und die Beamten verließen den Raum, um sich an die Arbeit zu machen. Lars blieb einen Moment allein zurück, sein Blick starr auf die leere Wand gerichtet. Der Druck, den Verräter zu finden, lastete schwer auf ihm. Jeder weitere Rückschlag nagte an seiner Entschlossenheit, aber er durfte sich keine Schwäche erlauben.

Der Vormittag verging in drückender Stille. Jan und Robin durchforsteten alte Akten und befragten unauffällig ihre Kollegen. Sie hatten eine Liste von Personen zusammengestellt, die Zugang zu sensiblen Informationen hatten, und sie beobachteten sorgfältig jede Bewegung. „Es geht nicht nur darum, was gesagt wurde," sagte Jan leise, als sie durch den Flur des Präsidiums gingen. „Wir müssen auf das Verhalten der Leute achten. Wer wird nervös, wenn das Thema Maulwurf zur Sprache kommt?" Robin nickte. „Misstrauen kann das Team zerstören. Wir müssen vorsichtig sein. Falsche Anschuldigungen könnten alles zunichtemachen."

Als sie mehrere ihrer Kollegen befragten, fiel ihnen besonders einer auf, der sonst im Hintergrund geblieben war. Als sie das Thema der Lecks zur Sprache brachten, schien er sichtlich unruhig zu werden. Seine Stirn glänzte vor Schweiß, und seine Antworten waren ausweichend. „Hast du das gesehen?" flüsterte Robin Jan zu, als der Kollege den Raum verließ. Jan nickte kaum merklich. „Wir müssen ihn im Auge behalten." Währenddessen saß Corinna in einem abgedunkelten Raum und durchsuchte alte Kommunikations-muster. Stunden vergingen, während sie sich konzentriert durch die Daten arbeitete. Schließlich stieß sie auf eine Anomalie, die sie innehalten ließ.

„Hier ist etwas," murmelte sie, bevor sie Lena rief. „Ich habe eine Nummer gefunden, die immer wieder kurz vor unseren Einsätzen aktiv wird. Die Nummer wechselt oft, aber das Muster ist zu auffällig, um zufällig zu sein." Lena trat näher und betrachtete den Bildschirm. „Wohin gehen die Anrufe?" „Ich arbeite daran," sagte Corinna, ihre Finger flogen über die Tastatur. „Aber das wird Zeit brauchen. Diese Nummern sind gut verschleiert." Lena nickte, die Anspannung in ihrem Körper wuchs. Sie befanden sich in einem Wettlauf gegen die Zeit. Jede Sekunde, die verstrich, könnte der Verräter nutzen, um erneut zuzuschlagen.

Zurück in seinem Büro ging Lars unruhig auf und ab, seine Gedanken rasten. Die ständigen Rückschläge und der Verrat aus den eigenen Reihen nagten an ihm. „Dieser verdammte Maulwurf," murmelte er, während er in den Raum starrte. Die Frustration drohte, ihn zu überwältigen, doch er wusste, dass er sich keine Schwäche erlauben durfte. Am Abend, als er nach Hause kam, versuchte er, bei seiner Familie etwas Ruhe zu finden. Doch selbst das Lächeln seiner Frau konnte ihn nicht von den Sorgen ablenken, die ihn innerlich auffraßen. „Was ist los, Lars?" fragte sie sanft beim Abendessen.

„Es ist dieser Fall," antwortete er schwer. „Jemand in meinem Team spielt ein doppeltes Spiel. Ich weiß nicht, wem ich noch trauen kann." „Du bist immer für dein Team da gewesen," sagte sie beruhigend. „Du wirst den Maulwurf finden." Lena fuhr währenddessen durch die ruhigen Straßen von Emden. Ihre Gedanken kreisten um den Tag, den Verräter und die wachsende Bedrohung. Doch immer wieder schweiften ihre Gedanken zu Bodo ab. Die Nähe zu ihm, die Gespräche, die Gefühle, die in ihr wuchsen – all das brachte sie dazu, ihre Entscheidungen und ihre Vergangenheit in Hannover erneut zu hinterfragen. Als sie schließlich zu Hause ankam und sich mit einem Glas Wein auf die Terrasse setzte, spürte sie den kühlen Wind der Abenddämmerung auf ihrer Haut. Sie starrte in die Dunkelheit des Gartens, und ihre Gedanken kreisten unaufhörlich.

„Ich darf das nicht vermasseln," murmelte sie leise. „Nicht jetzt."

Kapitel 25

Der Morgen brach ruhig über Emden herein, und Jan Müller war bereits auf den Beinen. Die düstere Stimmung im Polizeipräsidium lag noch schwer auf seinen Schultern. Die Erkenntnis, dass jemand im Team sie verraten hatte, lastete auf ihnen allen. Der gestrige Abend hatte keine Klarheit gebracht – nur weitere Fragen. Aber bevor er sich wieder in den Strudel der Ermittlungen stürzte, brauchte Jan einen Moment der Ruhe. Sein Zuhause, schlicht und unauffällig, war einer der wenigen Orte, an denen er Frieden finden konnte. Nach einem schnellen Kaffee ging Jan in seine Garage. Dort stand sein ganzer Stolz – eine alte BMW R90/6, die er eigenhändig restauriert hatte. Das Schrauben und Tunen war für Jan mehr als nur ein Hobby, es war seine Flucht, seine Möglichkeit, die Kontrolle zurückzugewinnen, die ihm die Arbeit oft entzog.

Er zog seine schwarze Lederjacke an, die im Laufe der Jahre genauso viel Charakter entwickelt hatte wie das Motorrad selbst. Als er den Motor startete, erfüllte das tiefe Dröhnen die Garage und drang beruhigend in seine Gedanken. Die Fahrt durch das noch verschlafene Emden gab ihm die Freiheit, für einen Augenblick alles andere zu vergessen. Die Straßen waren leer, als er die Große Straße entlangfuhr, und der Anblick des ruhigen Wassers des Delfts beruhigte ihn. Der Wind strich durch sein Haar, und für einen Moment war die Welt einfach. Keine Ermittlungen, keine Bedrohung, kein Verrat. Nur das Rauschen des Motors und die Stille der Stadt.

Als Jan schließlich das Polizeipräsidium erreichte, stellte er das Motorrad auf dem Parkplatz ab und nahm den Helm ab.

In der Ferne sah er Lena aus ihrem Auto steigen. Ein schwaches Lächeln stahl sich auf sein Gesicht, als sie näher kam. „Schönes Motorrad," sagte sie anerkennend. „Seit wann fährst du?"
„Schon seit Jahren," antwortete Jan, während er den Helm unter den Arm klemmte. „Es hilft mir, den Kopf freizubekommen, vor allem jetzt, in Zeiten wie diesen." Lena nickte und schaute ihn verständnisvoll an. „Wir alle brauchen solche Momente." Der Vormittag zog sich hin, und die Atmosphäre im Präsidium blieb angespannt. Jan tauchte tief in seine Arbeit ein, versuchte, die verdächtigen Muster in den Kommunikationsdaten zu analysieren, die Corinna gefunden hatte. Doch immer wieder schlichen sich Gedanken an seine Tochter in seinen Kopf. Sie war zwölf, ein aufgewecktes, neugieriges Mädchen, das seine Welt bedeutete. Auch wenn er sie nur jedes zweite Wochenende sah, machte er jede Minute, die er mit ihr verbrachte, zu etwas Besonderem.

Nach einer kurzen Besprechung entschied sich Jan für eine Pause und rief seine Tochter an. Das Gespräch war kurz, aber es gab ihm neue Energie. Sie sprachen über das bevorstehende Wochenende – vielleicht ein Ausflug mit dem Motorrad oder ein Tag in der Stadt. Der Gedanke an ihre gemeinsamen Pläne erinnerte Jan daran, warum er diese Arbeit tat. Nicht nur, um Verbrechen aufzuklären, sondern um die Welt für seine Tochter ein Stück sicherer zu machen. Zurück an seinem Schreibtisch, vertiefte er sich wieder in die Daten. Es gab einige Muster, die darauf hindeuteten, dass Personen in der Nähe des Präsidiums in Kontakt mit der kriminellen Organisation standen. Die Hinweise waren vage, aber sie reichten aus, um weitere Nachforschungen zu rechtfertigen.

Die drückende Stimmung im Präsidium machte es nicht einfacher. Jan beobachtete seine Kollegen genau. Einige verhielten sich ungewöhnlich. Einer, normalerweise ruhig und fokussiert, hatte heute Morgen seine Kaffeetasse fallen lassen, als Jan ihn angesprochen hatte. Ein anderer, sonst immer freundlich, wirkte angespannt und vermied den Blickkontakt. Die Unsicherheit und das Misstrauen durchzogen das Team wie ein giftiger Nebel. Er sah zu Lena hinüber, die an ihrem Schreibtisch saß und in Gedanken versunken schien. Auch sie trug die Last der Situation, auch wenn sie es gut verbarg. Jan wusste, dass die Situation sie alle zermürbte. „Wir dürfen jetzt keine Fehler machen," murmelte er zu sich selbst. „Nicht jetzt." Der Nachmittag verging, und Jan war weiterhin tief in die Analyse der Daten vertieft. Es fühlte sich an, als würden die Puzzleteile langsam zusammenpassen, doch das Misstrauen im Team machte ihn unruhig. Die Anspannung war greifbar, als er bemerkte, dass jeder verdächtigt wurde. Der Maulwurf war noch immer unter ihnen, und jeder Fehler könnte verheerende Folgen haben.

Später, als die Sonne begann unterzugehen und die Besprechungen des Tages vorbei waren, zog sich Jan in sein Büro zurück. Er dachte an die bevorstehenden Tage, die endlose Arbeit, die vor ihnen lag, und die Gefahr, die immer noch in den Schatten lauerte. Doch der Gedanke an seine Tochter gab ihm die Kraft, weiterzumachen. Für sie musste er stark bleiben. Als Jan das Präsidium verließ, tauchte die Stadt in das warme Licht der Abenddämmerung. Die frische Luft und das Gefühl des Windes auf seinem Gesicht, als er wieder auf sein Motorrad stieg, halfen ihm, den Kopf freizubekommen. Die kühle Abendluft und das Geräusch des

Motors waren die perfekte Ablenkung von den dunklen Gedanken, die ihn den ganzen Tag verfolgt hatten. Zuhause angekommen, machte er sich wieder an sein Motorrad. Jede Schraube, die er drehte, jede Kleinigkeit, die er reparierte, half ihm, den Stress des Tages zu verarbeiten. Das Motorrad war mehr als nur eine Maschine – es war seine Art, die Kontrolle zu behalten in einer Welt, die ihm oft das Gefühl gab, sie zu verlieren.

Kapitel 26

Der Tag begann früh im großen Besprechungsraum des Polizeipräsidiums von Emden. Die morgendliche Stille wurde nur durch das leise Knistern von Papier unterbrochen, als das Team sich versammelte. Jeder wusste, dass heute ein entscheidender Tag bevorstand. Die Bedrohung durch die Organisation und die allgegenwärtige Gefahr, die der Maulwurf in ihren Reihen darstellte, lasteten schwer auf ihnen. Der Erfolg im Hafen hatte neue Erkenntnisse gebracht, aber jeder spürte, dass sie dem Gegner noch immer einen Schritt hinterherhinkten.

Corinna Stein betrat den Raum mit festem Blick und brachte eine Mappe voller Dokumente mit sich. Ihr Gesichtsausdruck war konzentriert und ernst, als sie auf den Tisch in der Mitte des Raumes zusteuerte. Sie hatte eine neue Entdeckung gemacht, und jeder wartete gespannt auf das, was sie zu sagen hatte. „Ich habe die Daten aus dem Hafen noch einmal durchgesehen," begann sie, während sie die Mappe auf den Tisch legte. „Dabei bin ich auf eine verschlüsselte Nachricht gestoßen, die uns vorher entgangen ist. Sie war gut versteckt und schwer zu knacken."

Lena lehnte sich nach vorne, ihre Augen fixierten Corinna. „Was sagt die Nachricht?" Corinna zog ein Blatt Papier heraus, auf dem eine Reihe scheinbar zufälliger Zeichenfolgen abgedruckt war. „Es handelt sich um eine Verschlüsselung, die ich entschlüsseln konnte. Die Nachricht führt uns zu einem abgelegenen Ort in Ostfriesland – dem Wangermeer in Dorf Wangerland." Ein leises Raunen ging durch den Raum. Das Wangermeer, bekannt für seine Abgeschiedenheit und die weitläufigen Felder, war der perfekte Ort für illegale Aktivitäten. Sofort ratterten die Gedanken im Kopf jedes Teammitglieds. Was konnte dort versteckt sein? War dies der Ort, an dem Lea gefangen gehalten wurde? Jan beugte sich über die Karte, die auf dem Tisch ausgebreitet war. „Wie sicher können wir sein, dass dies der richtige Ort ist?" Corinna zögerte. „Hundertprozentige Sicherheit haben wir nicht. Aber die Art der Verschlüsselung und die Tatsache, dass die Nachricht so gut versteckt war, lassen darauf schließen, dass der Ort von großer Bedeutung ist. Die Koordinaten führen uns zu einem alten Gebäude am Rande des Sees." Lars, der bisher ruhig zugehört hatte, richtete sich nun auf. „Wir müssen davon ausgehen, dass wir richtig liegen. Wenn Lea dort ist, haben wir keine Zeit zu verlieren. Aber wir müssen diesmal sicherstellen, dass der Maulwurf uns nicht erneut einen Schritt voraus ist."

Lena nickte, aber ihr Kopf war bereits voller Gedanken. „Wir dürfen nichts dem Zufall überlassen. Jeder Schritt muss genau geplant werden. Robin, du bist für die technische Überwachung zuständig. Es darf keine Pannen geben." Robin, der bereits in Gedanken bei der Überwachungstechnik war, nickte bestimmt. „Ich stelle sicher, dass alles reibungslos läuft." Lena atmete tief ein, bevor sie weitersprach. „Das könnte unsere beste Chance sein, die Organisation zu zerschlagen und Lea zu finden. Wir müssen alles geben."

Die Spannung im Raum stieg weiter an. Jeder verstand, dass die kommenden Stunden alles entscheiden könnten. Sie hatten keine zweite Chance. Um zu verhindern, dass der Maulwurf Wind von der Operation bekam, entschied Lars, Hartmut Baum aus Aurich um Hilfe zu bitten. „Hartmut ist der Einzige, dem ich in dieser Situation vollkommen vertraue. Er wird uns helfen, diesen Einsatz ohne Lecks durchzuführen." Lena und Jan nickten zustimmend. Hartmut war bekannt für seine Präzision und seine Fähigkeit, auch in den gefährlichsten Situationen einen kühlen Kopf zu bewahren. Noch bevor der Einsatz vollständig durchgeplant war, machte sich Hartmut mit seinem Team auf den Weg nach Emden. Die Planung des Einsatzes war von entscheidender Bedeutung. Jeder Schritt musste akribisch durchdacht sein. Das Wangermeer war etwa 60 Kilometer von Emden entfernt, und der Einsatz musste im Schutz der frühen Morgenstunden stattfinden. Lena ging die Karte durch. „Wir fahren um 5:00 Uhr los. Das bedeutet, wir treffen uns um 04:30 Uhr hier im Präsidium. Von dort aus geht es durch das Stadtzentrum, vorbei am Bahnhofsplatz und der Neutorstraße, dann weiter auf die Auricher Straße und schließlich auf die B210, die uns in die Abgeschiedenheit Ostfrieslands führt."

„Wir müssen sicherstellen, dass wir unauffällig bleiben," fügte Lena hinzu. „Die Organisation darf keinen Verdacht schöpfen. Wenn sie uns bemerken, bevor wir ankommen, werden sie fliehen." Die Fahrzeuge wurden sorgfältig ausgewählt, um sich unauffällig in den ländlichen Verkehr einfügen zu können. Zusätzliche Einsatzkräfte wurden aus Aurich angefordert und strategisch entlang der Route positioniert, um sicherzustellen, dass kein Verdacht aufkam. Robin verbrachte die Stunden vor dem Einsatz damit, die Kommunikations- und Überwachungsgeräte zu überprüfen. „Alles muss perfekt funktionieren," murmelte er, während er Drohnen und spezielle Überwachungsgeräte für das Gelände vorbereitete. „Wir brauchen eine lückenlose Überwachung, besonders auf mögliche Fluchtwege."

Jan, der sich um die taktische Planung kümmerte, studierte die Karte des Zielgebiets. „Es gibt nur einen Hauptzugang zum Gebäude," sagte er und deutete auf den Punkt auf der Karte. „Wir müssen diesen Zugang sichern und sicherstellen, dass niemand entkommen kann." „Wir werden zwei Teams einsetzen," schlug Jan vor. „Ein Team sichert den Hauptzugang, das andere deckt die Fluchtwege ab. Hartmut und seine Leute übernehmen die äußere Sicherung, während wir den Zugriff durchführen." „Bereitet euch auf Widerstand vor," warnte Jan. „Wenn Lea tatsächlich dort ist, werden sie alles tun, um sie zu schützen – oder sie zu beseitigen, bevor wir sie retten können." Lena stimmte zu. „Das Risiko ist hoch, aber wir haben keine Wahl. Lea ist der Schlüssel. Wir müssen alles riskieren, um sie zu finden." Parallel zu den Vorbereitungen in Emden wurden die Auricher Kollegen unter Hartmuts Leitung in den Einsatzplan eingewiesen. Lars stimmte sich direkt mit Hartmut ab. „Ich zähle auf dich," sagte Lars bei der abschließenden Rücksprache. „Wir können uns keine Fehler erlauben." Hartmut nickte fest. „Wir sind bereit. Mein Team weiß, was auf dem Spiel steht, und wir werden alles tun, um diesen Einsatz erfolgreich durchzuführen."

Mit den letzten Vorbereitungen abgeschlossen, versammelten sich die Teams. „Wir treffen uns morgen früh um 04:30 Uhr im Präsidium," erklärte Lena. „Der Einsatz beginnt um 05:00 Uhr. Seid bereit."

Als das Team schließlich aufbrach, hing die Spannung wie ein dichter Nebel über ihnen. Jeder wusste, dass der morgige Tag alles verändern könnte – im Guten wie im Schlechten.

Kapitel 27

Die Fahrt zum Wangermeer, das etwa 60 Kilometer entfernt lag, war bis ins kleinste Detail geplant. Lars hatte die Wichtigkeit von Diskretion und präziser Ausführung noch einmal eindringlich betont. „Jeder im Team muss genau wissen, was seine Rolle ist. Der morgige Einsatz könnte der Durchbruch sein, den wir brauchen," sagte er und sah jedem Teammitglied in die Augen. Seine Worte waren ruhig, doch in ihnen schwang der Druck und die Dringlichkeit des bevorstehenden Einsatzes mit. Nachdem alle wesentlichen Punkte besprochen und die Vorbereitungen getroffen worden waren, lehnte sich Lars zurück und musterte das Team. Die Anspannung, die den Raum bis dahin erfüllt hatte, war spürbar, doch er wusste, dass jeder Einzelne seine Aufgabe kannte.

Dennoch war die Belastung der letzten Tage allen anzumerken. Lars wusste, dass sie Erholung brauchten – mehr als nur den kurzen Schlaf, den sie sich sonst gönnten. „Ich will, dass ihr heute früher Feierabend macht," sagte er schließlich. „Ihr müsst morgen ausgeruht und bereit sein." Ein seltenes Lächeln erschien auf seinen Lippen, als er sah, wie sich die Gesichter seiner Kollegen leicht entspannten. Lena, Jan und Robin tauschten Blicke aus und nickten. Jeder von ihnen wusste, dass diese Ruhephase nur von kurzer Dauer sein würde, doch sie akzeptierten den Moment der Erleichterung, bevor der Sturm sie morgen wieder einholen würde.

Die Mitglieder des Teams packten ihre Sachen zusammen. Die Luft im Raum war erfüllt von einer Mischung aus Erleichterung und unterschwelliger Anspannung. Einige nutzten die Gelegenheit, sich kurz privat auszutauschen, bevor sie das Präsidium verließen. Es waren solche Momente, in denen die Menschlichkeit inmitten der Ermittlungen ihren Raum fand. „Endlich mal ein Abend ohne Einsatz," sagte Robin grinsend zu ein paar Kollegen, als er den Raum verließ. Obwohl er es leicht klingen ließ, war jedem bewusst, dass seine Gedanken bereits beim morgigen Einsatz waren. Robin konnte gut verbergen, wie sehr ihn die letzten Wochen mitgenommen hatten, doch heute spürte selbst er die Erschöpfung. Er wusste, dass diese Pause notwendig war, auch wenn sie nur kurz sein würde.

Jan zog sich für einen Moment zurück, um eine Nachricht an seine Tochter zu schicken. „Ich bin bald wieder bei dir," schrieb er. „Wir werden ein tolles Wochenende haben." Er lehnte sich gegen die Wand und schloss die Augen, während er an sie dachte. Der Gedanke an sie war es, der ihn durch diese schweren Tage trug. Die Last der Verantwortung fühlte sich manchmal erdrückend an, doch seine Tochter gab ihm die Ruhe und Entschlossenheit, die er brauchte.

Lena hingegen machte sich auf den Weg zur Ubbo-Emmius-Klinik in Norden, um Bodo zu besuchen. Seine Genesung machte weiter Fortschritte, und als Lena das Krankenzimmer betrat, wurde Bodos Gesicht von einem warmen Lächeln erhellt. Es war eine willkommene Abwechslung für beide, inmitten der Anspannung des Falls einen Moment der Normalität zu finden. „Du siehst aus, als hättest du endlich mal richtig geschlafen," bemerkte Lena, als sie sich auf den Stuhl neben seinem Bett setzte. Bodo lachte leise. „Ich würde lieber draußen auf den Beinen sein, aber ja, es geht mir besser." Er schaute sie mit wachsamen Augen an. „Und du? Wie läuft es mit dem Fall?" Seine

Stimme klang kräftiger, aber auch besorgt. Er kannte Lenas inneren Druck, den sie zu verbergen versuchte. Lena zögerte einen Moment, bevor sie antwortete. „Es ist hart. Wir machen Fortschritte, aber jedes Mal, wenn wir glauben, einen Durchbruch zu haben, entgleitet uns etwas. Es fühlt sich an, als würde uns die Zeit davonlaufen."

Bodo nickte verständnisvoll. „Das ist Teil des Jobs, oder? Zwei Schritte vor, einen zurück. Aber ich weiß, dass du es schaffen wirst, Lena. Du bist unermüdlich. Das bewundere ich an dir." Lenas Blick ruhte einen Moment auf ihm. Seine Worte wärmten sie, obwohl die Zweifel, die in ihr nagten, nicht ganz verschwanden. „Ich hoffe, du hast recht," flüsterte sie sanft, als sie seine Hand nahm. Sie spürte die Stärke seines Griffes und die Entschlossenheit, die in seiner Unterstützung lag. „Aber ich frage mich oft, was passieren wird, wenn wir Lea endlich finden. Was wird das für uns beide bedeuten?"

Bodo schaute sie mit einem sanften Lächeln an. „Was auch immer passiert, wir finden einen Weg. Du und ich, wir sind ein gutes Team – auch außerhalb des Dienstes." Lena lächelte zurück, doch die Unsicherheit blieb. Ihre Gefühle für Bodo wuchsen, doch die ständige Bedrohung, die über ihnen hing, ließ sie immer wieder zweifeln. Was würde passieren, wenn der Fall abgeschlossen war? Doch das war eine Frage für später. Jetzt, in diesem Moment, zählte nur die Verbindung, die sie miteinander teilten.

Schließlich stand sie auf. „Ich sollte mich auf den morgigen Einsatz vorbereiten," sagte sie, auch wenn es ihr schwerfiel, den Raum zu verlassen. „Aber ich komme bald wieder. Ruh dich aus, okay?"

„Ich warte auf dich," antwortete Bodo, bevor er ihre Hand ein letztes Mal drückte und sie mit einem leisen Lächeln aus dem Zimmer entließ

Kapitel 28

Der frühe Morgen war in eine kühle, beinahe unheimliche Stille gehüllt, als sich das Team um 04:30 Uhr im Polizeipräsidium von Emden versammelte. Die Dämmerung hatte gerade erst begonnen, den Horizont in zartem Blau zu färben, und die Straßen der Stadt lagen still und verlassen. Doch im Besprechungsraum des Präsidiums herrschte eine spürbare Anspannung, als die Teammitglieder nach und nach eintrafen, noch leicht verschlafen, aber hochkonzentriert. Es war der Moment, auf den sie seit Tagen hingearbeitet hatten – ein Einsatz, der alles verändern konnte.

Auf dem großen Bildschirm an der Wand leuchteten detaillierte Karten und Satellitenbilder des Wangermeers auf. Jede Route, jeder Winkel des Geländes war akribisch vorbereitet. Die jüngsten Berichte von den niederländischen Kollegen und die verschlüsselten Daten, die Robin entschlüsselt hatte, deuteten darauf hin, dass das Wangermeer das Versteck war, nach dem sie gesucht hatten. Doch es war auch ein gefährlicher Ort. Die Dunkelheit, die Stille – alles schien auf ein unerwartetes Risiko hinzudeuten.

Lena erhob sich, ihre Augen durchdrangen die angespannte Stille im Raum. „Wir haben heute Morgen keinen Spielraum für Fehler," sagte sie mit fester Stimme. „Der Treffpunkt am Wangermeer ist unsere beste Spur. Wir müssen sicherstellen, dass wir Lea und die Mitglieder der Organisation dort erwischen, bevor sie erneut untertauchen. Wenn wir sie verpassen, haben wir vielleicht keine zweite Chance." Sie hielt inne und musterte die Gesichter der Teammitglieder. Ihre eigene Anspannung war hinter einem professionellen Ausdruck verborgen, doch in ihrem Inneren tobten die Gedanken. Der heutige Einsatz könnte ein Wendepunkt sein – oder ein Fiasko. „Wir müssen davon ausgehen, dass das Haus am Wangermeer noch bewohnt ist," fuhr sie fort. „Unsere oberste Priorität ist es, das Gelände abzusichern und die Verdächtigen zu fassen. Kein Raum für Fehler – wir dürfen ihnen keine Gelegenheit zur Flucht geben." Lars trat vor und übernahm die strategische Einteilung der Teams. „Team A," begann er mit ernster Stimme, „bestehend aus Lena, Jan und drei weiteren Kollegen, sichert den Haupteingang und führt den ersten Zugriff durch. Team B, unter meiner Leitung, übernimmt die Rückseite und die Fluchtwege. Hartmut Baum und sein Team aus Aurich werden die südliche Flanke abdecken. Sie haben klare Anweisungen, jede Fluchtmöglichkeit zu blockieren."

Lars' Stimme war ruhig, doch in ihr schwang die Erfahrung eines Mannes mit, der schon viele riskante Einsätze erlebt hatte. Jeder im Raum wusste, dass sie sich auf ihn verlassen konnten – und mussten. Robin trat nach vorne und stellte die Kommunikationsstrategie vor. „Wir bleiben in ständiger Verbindung. Alle Kanäle sind verschlüsselt, und die Überwachungsgeräte sind bereit. Ich gebe das Signal, sobald wir bereit sind, den Zugriff zu starten. Sollte etwas Unvorhergesehenes passieren, müssen wir sofort reagieren." Sein Blick war scharf, seine Stimme ruhig, doch auch er konnte die Anspannung in seinem Inneren kaum verbergen. Der Druck lastete schwer auf ihm – jeder technische Fehler könnte den ganzen Einsatz gefährden.

Lena trat wieder vor. Ihre Augen wanderten über das Team, das aufmerksam ihren Worten folgte. „Das Gelände ist tückisch, und wir haben nur einen Versuch. Die Dunkelheit spielt uns in die Karten, aber das bedeutet auch, dass wir uns keine Verzögerungen erlauben können. Denkt daran: Jede Sekunde zählt." Dann wandte sie sich an Hartmut, der per Video zugeschaltet war. „Hartmut, wie sieht es bei euch aus? Seid ihr bereit?" Hartmut nickte. „Wir sind startklar. Mein Team hat die Route zum Wangermeer überprüft. Wir sind in fünfzehn Minuten in Position und warten auf euren Signal."

„Perfekt," erwiderte Lena. „Sichert alle Fluchtwege ab. Wenn Lea tatsächlich dort ist, könnte sie versuchen, zu entkommen, und wir dürfen ihr keine Gelegenheit dazu geben." Lars schloss die Besprechung mit einem entschlossenen Aufruf: „Wir haben eine reale Chance, diese Operation erfolgreich abzuschließen. Jeder von uns weiß, was auf dem Spiel steht. Haltet euch strikt an den Plan, und wir werden Lea und die Organisation dort erwischen, wo sie am verwundbarsten sind." Die Besprechung endete, und sofort begannen die Teammitglieder, ihre Ausrüstung zu überprüfen. Jeder Handgriff war präzise und routiniert. Schutzwesten wurden festgezurrt, Funkgeräte eingestellt, Waffen überprüft – das leise Klicken der Mechanismen erfüllte den Raum wie das Ticken einer Uhr, die unaufhaltsam auf den Einsatz zusteuerte.

Lena blickte über ihr Team, ihre Augen musterten jeden Einzelnen. Sie spürte die Entschlossenheit, aber auch die unterschwellige Nervosität. Dies war nicht irgendein Einsatz – dies war möglicherweise ihre letzte Chance, Lea zu finden. „Alles klar bei euch?" fragte sie, ihre Stimme fest, doch mit einem Hauch von Weichheit. Ein kollektives Nicken ging durch die Reihen. Jeder wusste, was auf dem Spiel stand. Die Ernsthaftigkeit des Moments hing wie eine

Wolke über ihnen, doch sie alle hatten sich bereits auf diesen Moment vorbereitet. Nun gab es kein Zurück mehr. Die Straßen von Emden waren noch immer menschenleer, als die Fahrzeuge des Teams in die Dunkelheit hinausfuhren. Die Lichter der Stadt verblassten schnell, als sie die einsamen Landstraßen in Richtung Wangermeer entlangfuhren. Das leise Brummen der Motoren und das Knistern der Funkgeräte waren die einzigen Geräusche, die die Stille des Morgens durchbrachen.

Kapitel 29

Um Punkt 05:00 Uhr verließen die Teams das Polizeipräsidium in Emden. Die Stadt lag noch im Dunkeln, und die morgendliche Ruhe wurde nur durch das leise Brummen der Motoren gestört, als die Einsatzfahrzeuge den Hof des Präsidiums verließen. Die Fahrzeuge waren unauffällig gewählt, um nicht unnötige Aufmerksamkeit auf sich zu ziehen. Jedes Detail war sorgfältig geplant worden, um sicherzustellen, dass der Überraschungsmoment auf ihrer Seite war. Die Route führte vom Bahnhofsplatz 3 in Emden in Richtung Süden. Die Straßen waren nahezu leer, als die Kolonne auf die Neutorstraße abbog. Lena, die im ersten Fahrzeug neben Jan saß, überprüfte erneut die Karte auf ihrem Tablet. Sie konnte die Spannung in der Luft spüren, die nur durch das leise Surren des Motors durchbrochen wurde.

„Wir bleiben bei der geplanten Route," sagte Jan, während er das Steuer festhielt. „Neutorstraße, dann die Auricher Straße entlang, bis wir die B210 erreichen. Das gibt uns genügend Deckung und erlaubt uns, schnell zum Ziel zu gelangen." Lena nickte, ihre Gedanken ganz bei der bevorstehenden Operation. Die Route führte das Team weiter über die B210, eine lange, gerade Straße, die Emden mit dem Hinterland verband. Die Dunkelheit der ländlichen Gegend umgab sie, nur gelegentlich unterbrochen von den Scheinwerfern entgegenkommender Fahrzeuge. Jeder Kilometer brachte sie näher an das Wangermeer und das potenzielle Versteck, wo sie auf Lea und möglicherweise weitere Mitglieder der Organisation hofften.

Kurz vor dem Ziel bogen sie von der B210 auf die L808 ab, die in Richtung Wiefels und Carolinensiel führte. Diese

Straße war schmaler und kurviger, was die Fahrt verlangsamte, aber gleichzeitig die Annäherung unauffälliger machte.

„Noch zehn Minuten bis zum Ziel," informierte Robin, der im zweiten Fahrzeug die Kommunikation koordinierte, seine Kollegen über Funk. Als sie schließlich in die Dorfstraße einbogen, die direkt zum Wangermeer führte, wurde die Anspannung im Fahrzeug noch greifbarer. „Licht aus," wies Lena die Fahrer an, um sicherzustellen, dass sie im Schutze der Dunkelheit unbemerkt blieben. Nach einer etwa einstündigen Fahrt erreichte das Team das Wangermeer. Die Dunkelheit des frühen Morgens hing noch über der Landschaft, nur vereinzelt brachen die ersten schwachen Strahlen der Morgendämmerung durch die dichten Wolken. Der Ort lag abgeschieden und ruhig, umgeben von dichtem Gehölz und einer weiten, stillen Wasserfläche. Die natürliche Abgeschiedenheit machte das Wangermeer zu einem idealen Versteck, aber auch zu einem potenziell gefährlichen Einsatzort.

Die Fahrzeuge wurden in sicherer Entfernung abgestellt, verborgen hinter einer Baumreihe und außerhalb der Sichtlinie des Gebäudes. Die Motoren wurden abgestellt, und die plötzliche Stille wirkte fast bedrohlich, als das Team leise ausstieg und sich sammelte. Jeder Handgriff saß, als die Polizisten ihre Ausrüstung überprüften und sich auf den bevorstehenden Einsatz vorbereiteten. Lena gab leise Anweisungen über das Funkgerät: „Wir nähern uns dem Ziel vorsichtig. Keine plötzlichen Bewegungen. Jeder bleibt in seiner zugewiesenen Position." Ihre Stimme war ruhig, aber entschlossen, während sie die Umgebung absuchte. Das dichte Gehölz bot sowohl Schutz als auch Deckung für potenzielle Feinde, was die Situation noch gefährlicher machte. Das Team begann, sich in Position zu bringen. Jan führte die erste Gruppe, die sich dem Haupteingang des Hauses näherte. Die Gruppe bewegte sich langsam und geduckt durch das Unterholz, immer darauf bedacht, keinen Lärm zu machen, der die Verdächtigen im Haus warnen könnte. Jan überprüfte regelmäßig die Umgebung, seine Sinne auf höchste Alarmbereitschaft eingestellt. Jeder Schatten, jedes Geräusch konnte ein Hinweis auf eine potenzielle Gefahr sein. Lars und das zweite Team sicherten die Rückseite des Gebäudes. Sie hatten sich für eine Route entschieden, die sie durch ein sumpfiges Gebiet führte, das vom Haus aus schwer einsehbar war. Der Boden war weich und tückisch, aber die Polizisten bewegten sich mit äußerster Vorsicht, um keine Spuren zu hinterlassen. Lars hielt immer wieder inne, um die Lage zu überprüfen, bevor er das Team weiterführte. Robin und die technischen Experten positionierten sich an einer strategischen Stelle, von der aus sie das gesamte Gebiet überwachen konnten. Sie hatten eine mobile Überwachungsstation eingerichtet, die es ihnen ermöglichte, jede Bewegung rund um das Gebäude zu verfolgen und sicherzustellen, dass die Kommunikation zwischen den Teams reibungslos funktionierte. „Ich habe alle Zugänge im Blick," meldete Robin über Funk. „Bis jetzt keine Auffälligkeiten."

Das Haus selbst lag ruhig und unauffällig am Rande des Wangermeers. Es war ein kleines, einstöckiges Gebäude mit verblichenen Wänden und einem schiefen Dach, das kaum darauf hinwies, dass es möglicherweise das Versteck für eine gesuchte Person sein könnte. Doch die Stille, die das Haus umgab, war trügerisch, und das Team wusste, dass sie jederzeit auf Widerstand stoßen konnten. Lena gab das Signal zum weiteren Vorrücken. „Jeder bleibt wachsam. Wir wissen nicht, was uns drinnen erwartet," flüsterte sie ins Funkgerät, während sie ihre Position überprüfte. Sie spürte das Adrenalin in ihren Adern, als sie das Haus mit ihren Augen fixierte. Die letzten Schritte wurden fast lautlos zurückgelegt, als die Teams ihre endgültigen Positionen einnahmen. Team A bereitete sich darauf vor, durch den Haupteingang einzudringen, während Team B bereitstand, um mögliche Fluchtversuche abzufangen. Alles war bereit für den Zugriff.

Lena nahm einen letzten tiefen Atemzug und überprüfte die Lage ein letztes Mal. Der gesamte Einsatz hing nun von den nächsten Sekunden ab, und sie wusste, dass jeder im Team seine Rolle perfekt spielen musste. „Bereitmachen," flüsterte sie ins Funkgerät. Das Signal zum Zugriff stand unmittelbar bevor. Als das Team in ihre Positionen kam, legte sich eine nahezu greifbare Spannung über die gesamte Umgebung. Jeder wusste, dass dieser Moment entscheidend war – ein Moment, der über den Erfolg oder das Scheitern ihrer gesamten Operation bestimmen würde. Das leise Rascheln der Blätter und das entfernte Plätschern des Wangermeers waren die einzigen Geräusche, die die drückende Stille durchbrachen. Lena, Jan und die anderen Mitglieder von Team A näherten sich vorsichtig dem Haupteingang des Hauses. Ihre Schritte waren leise, die Muskeln angespannt, als sie sich darauf vorbereiteten, in das Innere vorzudringen.

Lena erreichte als Erste die Tür und bemerkte sofort etwas Ungewöhnliches: Die Tür war nicht verschlossen. Sie runzelte die Stirn, hielt inne und legte vorsichtig eine Hand auf den Türgriff. Der Griff gab nach, als sie sanft drückte, und die Tür schwang lautlos auf. Es war ein überraschender, fast beunruhigender Moment – eine offene Tür konnte bedeuten, dass die Bewohner nur kurz weg waren, oder schlimmer noch, dass sie eine Falle vorbereitet hatten. „Tür ist offen," flüsterte Lena ins Funkgerät. „Achtung, wir könnten auf Widerstand stoßen. Seid bereit." Das Team verhielt sich äußerst vorsichtig, als sie die Schwelle überschritten und in das dunkle Innere des Hauses traten. Das schwache Licht ihrer Taschenlampen tanzte über die Wände und enthüllte ein Bild, das sowohl Ordnung als auch Unruhe ausstrahlte. Überall im Raum lagen Gegenstände verstreut – persönliche Dinge, die darauf hindeuteten, dass das Haus kürzlich bewohnt war. Die Hundefutterschüsseln in der Ecke und die Kleidung auf einem Stuhl wirkten wie stille Zeugen des Lebens, das hier stattgefunden hatte.

Während das Team das Haus durchkämmte, bewegten sie sich leise und methodisch durch die Räume. Die Stille des Hauses wurde nur durch das leise Knarzen der Dielen unter ihren Schritten unterbrochen. Jedes Geräusch ließ die Anspannung steigen. Sie überprüften jeden Raum, jede Ecke, doch es gab keine Anzeichen einer hastigen Flucht oder eines gewaltsamen Eindringens. Alles schien darauf hinzudeuten, dass die Bewohner bald zurückkehren würden. In einem der hinteren Räume fand Robin einen Schreibtisch, auf dem mehrere Dokumente ordentlich gestapelt waren. Er beugte sich über die Papiere und begann, sie sorgfältig zu studieren. „Das hier könnte wichtig sein," murmelte er, während er eine Kamera zückte und die Dokumente abfotografierte. „Wir sollten nichts mitnehmen, um keinen Verdacht zu erwecken, wenn sie zurückkommen." Seine Augen wanderten über die Zeilen, während die Kamera leise klickte. Es war wichtig, dass die Verdächtigen keinen Hinweis darauf fanden, dass die Polizei bereits hier war.Nachdem er die Dokumente fotografiert hatte, begann Robin damit, unauffällige Überwachungsgeräte im Haus zu installieren. Er platzierte eine kleine Wanze zwischen den Sofakissen und verbarg sie so geschickt, dass sie praktisch unsichtbar war. „Damit werden wir jedes Gespräch mitbekommen," erklärte er leise, während er weiterarbeitete. Außerdem installierte er winzige Überwachungskameras an den Eingängen des Hauses und eine Mikrocam im Inneren, die alles aufzeichnen würde, was in dem Raum geschah.

Als die Vorbereitungen abgeschlossen waren, gab Lena das Signal zum Rückzug. „Wir haben alles erledigt," flüsterte sie ins Funkgerät. „Lasst uns zurückfahren und den nächsten Schritt planen." Das Team verließ das Haus genauso leise, wie es gekommen war, ohne Spuren ihrer Anwesenheit zu hinterlassen. Sie waren sich bewusst, dass der wahre Einsatz erst beginnen würde, sobald die Verdächtigen zurückkehrten. Der Rückzug verlief ebenso reibungslos wie der Zugriff. Das Team wusste, dass sie zwar nicht die erwarteten Verhaftungen durchführen konnten, aber sie hatten sich einen entscheidenden Vorteil verschafft. Die Überwachungsgeräte, die Robin installiert hatte, würden ihnen wertvolle Informationen liefern, sobald die Verdächtigen zurückkehrten. Das Gefühl, dass das Haus noch immer ein zentraler Punkt der Aktivitäten war, ließ die Anspannung im Team jedoch nicht nach. Zurück bei den Fahrzeugen, war die Atmosphäre noch immer geladen. Die Mitglieder des Teams sprachen kaum ein Wort, während sie ihre Ausrüstung verstaute und sich auf die Rückfahrt vorbereitete. „Wir waren heute vielleicht nicht erfolgreich, was die Festnahme betrifft," sagte Jan leise, während er den Motor startete, „aber wir haben etwas viel Wichtigeres erreicht. Wir sind ihnen jetzt einen Schritt voraus."

Kapitel 30

Während der Fahrt zurück ins Präsidium in Emden, war die Konzentration im Team spürbar. Jeder war sich bewusst, dass die nächsten Stunden entscheidend sein würden. Die Überwachung der installierten Geräte begann sofort, als sie im Präsidium ankamen. Die Bildschirme flimmerten leise, als die Kameras ihre Live-Aufnahmen übertrugen, und die Audioüber-wachung wurde aktiviert, um jedes Geräusch, jedes Gespräch im Haus aufzufangen. „Es ist nur eine Frage der Zeit," sagte Robin, während er die Monitore beobachtete. „Sie werden zurückkommen, und wenn sie das tun, werden wir bereit sein." Die Spannung im Raum war fast greifbar, während das Team sich auf den nächsten Schritt vorbereitete. In einem letzten Briefing besprach das Team die weitere Vorgehensweise. „Wir müssen bereit sein, sobald sich die Gelegenheit bietet," erklärte Lena entschlossen. „Wenn sie zurückkommen, müssen wir sofort reagieren können." Die Planung für die nächste Phase begann sofort.

Der Morgen dämmerte langsam über Wangermeer, und ein feiner Nebel lag schwer auf den Feldern, als die Sonne zaghaft begann, ihre Strahlen durch die dichte Wolkendecke zu schicken. Im Haus, das von der Polizei bereits vor zwei Tagen unter strengster Überwachung gestellt worden war, blieb es still. Doch in der Überwachungszentrale in Emden herrschte keine Ruhe. Robin saß vor den Monitoren, seine Augen wanderten unablässig von einem Bildschirm zum nächsten, auf denen die Live-Bilder aus dem Haus und der Umgebung zu sehen waren. „Wie sieht es aus, Robin?" fragte Lena, die gerade die Zentrale betrat. Sie war nach einer weiteren schlaflosen Nacht sichtbar angespannt, aber fokussiert. „Alles läuft nach Plan," antwortete Robin knapp, ohne den Blick von den Bildschirmen zu nehmen. „Die Kameras und Wanzen funktionieren einwandfrei. Wenn sie etwas vorhat, werden wir es mitbekommen." Lena nickte und trat näher an einen der Monitore heran, auf dem die Eingangstür des Hauses zu sehen war. Sie wusste, dass es nur eine Frage der Zeit war, bis Lea zurückkehren würde. In den letzten beiden Tagen hatten sie jedes kleine Detail beobachtet, jede noch so unbedeutende Bewegung in und um das Haus dokumentiert. Doch bis jetzt hatte sich nichts Verdächtiges gezeigt. „Hartmut und das Auricher Team sind in Position," fügte Robin hinzu, während er eine Karte der Umgebung auf einem der Bildschirme aufrief. „Sie haben sich gut in die Baustelle eingefügt. Niemand würde vermuten, dass sie eigentlich hier sind, um zuzugreifen."

„Gut," sagte Lena, ohne den Blick vom Monitor abzuwenden. „Wir müssen bereit sein, sofort zu handeln, sobald sich etwas tut." Die letzten Tage waren eine Geduldsprobe gewesen, doch Lena wusste, dass dieser Einsatz akribische Planung und sorgfältiges Timing erforderte. Sie konnte es sich nicht leisten, jetzt einen Fehler zu machen. Jeder im Team spürte den Druck, doch sie alle wussten, was auf dem Spiel stand. Die Verhaftung von Lea Weber könnte der Schlüssel sein, um die Organisation endgültig zu zerschlagen. „Ich habe die Tonüberwachung in jedem Raum geprüft," fuhr Robin fort. „Falls sie telefoniert oder jemand anderes im Haus ist, hören wir jedes Wort."

„Perfekt," antwortete Lena, während sie sich an den Tisch setzte und eine Tasse Kaffee vor sich stellte. Die langen Stunden des Wartens hatten ihre Spuren hinterlassen, aber sie wusste, dass die kommenden Stunden entscheidend sein würden. Der Morgen Schritt weiter voran, und die

Überwachungszentrale in Emden war in stiller Anspannung versunken. Die Monitore zeigten weiterhin das Bild des ruhig daliegenden Hauses in Wangermeer, doch jeder im Raum wusste, dass die Ruhe trügerisch war. Lena trank einen Schluck von ihrem inzwischen lauwarmen Kaffee, während Robin weiterhin aufmerksam die Bildschirme im Auge behielt. „Da! Bewegung am Eingang," rief Robin plötzlich, und die Atmosphäre im Raum änderte sich schlagartig. Auf dem Hauptmonitor erschien das Bild eines schwarzen Wagens, der langsam die Auffahrt des Hauses hinaufrollte. Lena stellte ihre Tasse ab und trat sofort näher an den Monitor heran. „Das ist sie," sagte sie leise, während sie beobachtete, wie der Wagen zum Stehen kam und die Fahrertür sich öffnete. Eine Frau stieg aus – und obwohl sie auf den ersten Blick schwer zu erkennen war, gab es keinen Zweifel. Es war Lea Weber. Doch etwas an ihr war anders. Ihr Haar war kurz geschnitten und in einem hellen Blond gefärbt. Sie trug große Sonnenbrillen, die den größten Teil ihres Gesichts verdeckten, und ihre Bewegungen waren nervös, fast gehetzt.

„Sie hat sich stark verändert," bemerkte Robin, während er das Bild vergrößerte. „Das ist keine zufällige Veränderung – sie hat definitiv vor, zu verschwinden." Lea öffnete die hintere Tür des Wagens, und da sprang Dusty, ihr schwarzweißer Australian Shepherd, heraus. Der Hund wedelte freudig mit dem Schwanz, als er neben ihr herlief, doch Lea schenkte ihm nur einen kurzen Blick, bevor sie schnell das Haus betrat. Die Kameras im Inneren des Gebäudes fingen jede ihrer Bewegungen ein. Sie ließ die Tür hinter sich ins Schloss fallen, und ohne einen Moment zu zögern, begann sie, hastig in den Räumen umherzulaufen. Die Monitore zeigten, wie sie Schränke durchsuchte und persönliche

Gegenstände in eine Reisetasche packte. Dusty folgte ihr, blieb aber immer wieder stehen, als ob er die Nervosität seiner Besitzerin spürte. „Sie packt," sagte Lena, ihre Stimme angespannt. „Robin, stell die Tonüberwachung lauter. Ich will jedes Wort hören." Robin stellte die Mikrofone schärfer ein, und die Lautsprecher im Raum übertrugen Leas hektisches Atmen und das Rascheln von Kleidung, das ihre Bewegungen begleitete. Dann ertönte das Klingeln eines Telefons. Lena und Robin hörten aufmerksam zu, als Lea das Gespräch entgegennahm.

„Das ist es," murmelte Lena, als sie die ersten Worte hörte. „Jetzt wird es interessant." Lea sprach schnell und mit gedämpfter Stimme. Zunächst schien es ein gewöhnliches Gespräch zu sein, doch dann wechselte sie plötzlich ins Spanische. Robin runzelte die Stirn und konzentrierte sich, während Lena mit scharfem Gehör jedes Wort aufnahm. Es dauerte nicht lange, bis ein Name fiel, der ihre Aufmerksamkeit sofort fesselte: „Varela." Lena drehte sich zu Robin um, ihre Augen blitzten entschlossen. „Das bestätigt alles. Sie ist immer noch in Kontakt mit ihm. Wir dürfen sie jetzt nicht aus den Augen lassen." Robin begann sofort, das Gespräch zu transkribieren und die wichtigsten Informationen zu notieren. „Was schlagen Sie vor?" fragte er, ohne den Blick von den Bildschirmen abzuwenden.

Lena dachte einen Moment nach, ihre Gedanken rasten. „Wir warten noch ab. Lassen wir sie weiterreden. Wenn wir Glück haben, bringt sie uns direkt zu ihm. Hartmut und sein Team sollen in Position bleiben, aber noch nicht zugreifen." Robin nickte und gab die Anweisungen an das Team in Aurich weiter, das weiterhin verdeckt auf der Baustelle wartete. Im Haus in Wangermeer setzte sich Lea erschöpft auf die

Kante eines Bettes, ihr Handy lag noch immer in ihrer zitternden Hand. Dusty legte seinen Kopf auf ihren Schoß, als ob er die Anspannung seiner Besitzerin spürte. Sie wusste, dass die Zeit gegen sie arbeitete, doch auch die Ermittler wussten, dass sie jetzt keinen Fehler machen durften. Die kommenden Stunden würden entscheidend sein – für Lea, für Varela und für das gesamte Team in Emden. Lena stand weiterhin angespannt vor den Monitoren, die jedes Detail aus dem Haus in Wangermeer in Echtzeit übertrugen. Robin hatte bereits damit begonnen, die Telefongespräche von Lea genau zu analysieren und die entscheidenden Informationen zu extrahieren. Der Name Varela hallte immer noch in Lenas Gedanken wider.

Er war das fehlende Puzzlestück, das sie gebraucht hatten, um die Verbindung zwischen Lea und der kriminellen Organisation endgültig zu bestätigen. „Robin, gib mir ein Update," sagte Lena, während sie sich einen der leeren Stühle heranzog und sich an den Überwachungstisch setzte.

Robin tippte schnell auf der Tastatur und rief eine Übersicht auf, die die bisherigen Erkenntnisse zusammenfasste. „Lea hat während des Gesprächs eindeutig über Fluchtpläne gesprochen. Die Erwähnung von Varela deutet darauf hin, dass er entweder ihre Flucht koordiniert oder zumindest darüber informiert ist. Sie hat auch Papiere und Flugtickets erwähnt, was bestätigt, dass sie das Land verlassen will." Lena nickte, während sie die Informationen auf dem Bildschirm überflog. „Das passt zu dem, was wir befürchtet haben. Sie hat alles vorbereitet, und sie ist bereit, zu verschwinden."

„Sie ist sehr nervös," fügte Robin hinzu. „Ihre Bewegungen, die Art, wie sie mit Dusty umgeht – das alles deutet darauf hin, dass sie unter extremem Druck steht. Wenn wir sie zu sehr in die Enge treiben, könnte sie unvorhersehbar reagieren." Lena dachte kurz nach und schaute dann wieder auf den Monitor, der Leas Schlafzimmer zeigte. Lea ging immer wieder zum Fenster und schaute hinaus, als würde sie jemanden oder etwas erwarten. Dusty saß still neben der Tür, seine Ohren aufgestellt, als ob auch er die angespannte Atmosphäre spüren würde. „Was denkst du, worauf sie wartet?" fragte Robin, als er Leas Verhalten ebenfalls beobachtete.

„Vielleicht auf eine letzte Bestätigung," mutmaßte Lena. „Oder auf jemanden, der sie abholt. Es könnte auch sein, dass sie unsicher ist, ob sie alles bereit hat. Diese Unentschlossenheit könnte unsere Chance sein." Robin nickte. „Sollen wir das Team in Aurich alarmieren?" Lena zögerte kurz, dann schüttelte sie den Kopf. „Noch nicht. Wenn wir jetzt zuschlagen, könnten wir zu viel riskieren. Wir müssen sicherstellen, dass sie uns zu weiteren Schlüsselfiguren führt. Ich will, dass wir so viel wie möglich aus dieser Situation herausholen." In diesem Moment ertönte ein weiteres Klingeln. Lea griff erneut nach ihrem Handy, und Robin stellte die Lautstärke der Übertragung höher. Diesmal war ihre Stimme noch leiser, fast flüsternd. Sie sprach wieder in Spanisch, und diesmal klang ihre Stimme nervöser, fast panisch.

„Das klingt nicht gut," sagte Robin, während er den Inhalt des Gesprächs aufzeichnete. „Es scheint, als hätte sich etwas geändert." Lena lauschte aufmerksam. Lea sprach über geänderte Pläne und schien ihre Flucht beschleunigen zu wollen. „Sie könnte ihren Plan ändern und früher als erwartet aufbrechen," sagte Lena ernst. „Wir müssen bereit sein, schnell zu reagieren."

„Sollen wir das Auricher Team in Bereitschaft versetzen?" fragte Robin erneut.

„Ja," entschied Lena schließlich. „Sage Hartmut, er soll sich bereithalten. Wir greifen ein, sobald sie das Haus verlässt oder sobald wir sicher sind, dass sie uns nichts mehr liefern kann."

Kapitel 31

Robin gab die Anweisungen weiter, während Lena weiterhin die Übertragung beobachtete. Die Situation spitzte sich zu, und die kommenden Minuten könnten alles entscheiden. Im Haus packte Lea weiter ihre Sachen, während Dusty ihr treu folgte, seine Augen wachsam und aufmerksam. Die Anspannung in der Überwachungszentrale in Emden war beinahe greifbar, während Lena und Robin jedes Detail der Übertragung aus Wangermeer aufmerksam verfolgten. Leas hektische Bewegungen im Haus ließen keinen Zweifel daran, dass sie kurz davor war, ihren Fluchtplan in die Tat umzusetzen. Die Zeit drängte, und das gesamte Team wusste, dass sie nur eine Chance hatten, dies richtig zu machen.

„Hartmut meldet, dass sie in Position sind," informierte Robin, ohne den Blick von den Bildschirmen zu nehmen. „Sie warten auf unser Signal." Lena stand von ihrem Stuhl auf und trat an den großen Monitor, der das Geschehen im Haus in Echtzeit zeigte. Lea war nun im Wohnzimmer und legte die letzten Gegenstände in ihre Tasche. Dusty saß neben ihr und beobachtete sie aufmerksam, seine Ohren zuckten bei jedem ihrer Schritte.

„Wir müssen sicherstellen, dass sie das Haus verlässt, bevor wir zugreifen," sagte Lena, während sie die Szene sorgfältig analysierte. „Ich will keine Konfrontation im Haus, wenn es sich vermeiden lässt. Das Risiko ist zu groß – sowohl für sie als auch für das Team." Robin nickte zustimmend. „Wir könnten sie dazu bringen, das Haus zu verlassen, indem wir eine kontrollierte Bewegung draußen initiieren. Vielleicht sieht sie das als ihren Moment zur Flucht." Lena überlegte einen Moment und ging dann zum Funkgerät, um Hartmut direkt zu kontaktieren. „Hartmut, hier ist Lena. Wir müssen Lea aus dem Haus locken, bevor wir zugreifen. Kannst du eine Ablenkung auf der Baustelle inszenieren, die ihre Aufmerksamkeit erregt?" Hartmuts Stimme kam ruhig und professionell über den Funk zurück. „Verstanden, Lena. Wir können ein kleines Manöver durchführen, das so aussieht, als würde es unsicher werden, hier zu bleiben. Das könnte sie nervös machen und zum Aufbruch drängen." „Perfekt," antwortete Lena. „Aber macht es vorsichtig. Wir wollen sie nur verunsichern, nicht in Panik versetzen." Während Hartmut die Anweisungen an sein Team weitergab, beobachteten Lena und Robin weiterhin jede Bewegung von Lea. Sie packte ihre Tasche zu Ende und stand dann zögernd mitten im Raum, als ob sie nachdachte. Ihre Hand streichelte automatisch über Dustys Kopf, der jetzt unruhig neben ihr stand.

„Sie ist sich noch nicht sicher," sagte Robin, als er Leas unsichere Körpersprache beobachtete. „Das ist unsere Chance." Kurz darauf meldete sich Hartmut erneut über Funk. „Wir sind bereit. Auf dein Zeichen, Lena." „Mach es jetzt," befahl Lena entschlossen. Auf den Monitoren war zu sehen, wie auf der Baustelle in der Nähe des Hauses plötzlich Bewegung entstand. Zwei der verdeckten Ermittler, als Bauarbeiter getarnt, begannen, ein kleines Equipment zu verlegen, während ein Dritter lautstark über Funk eine vermeintliche Anweisung zur Evakuierung der Baustelle gab. Der Lärm war deutlich zu hören, auch im Haus.

Lea zuckte zusammen, als sie die Geräusche vernahm. Sie griff instinktiv nach ihrer Tasche und schaute nervös aus dem Fenster. Ihre Augen weiteten sich leicht, als sie die Bewegung draußen wahrnahm. Dusty hob den Kopf und bellte leise, als ob er die Unruhe seiner Besitzerin spürte. „Sie reagiert," stellte Robin fest, während er die Überwachung intensivierte. Lena nickte und bereitete sich mental auf den Zugriff vor. „Jetzt müssen wir bereit sein. Wenn sie rauskommt, greifen wir sofort zu." Sekunden vergingen wie in Zeitlupe, bis Lea schließlich eine Entscheidung traf. Sie nahm die Leine von der Garderobe, befestigte sie an Dustys Halsband und schwang sich ihre Tasche über die Schulter. Ihre Schritte waren eilig, fast panisch, als sie zur Tür ging und sie öffnete. Die Kamera in der Diele zeigte, wie sie noch einmal kurz innehielt, dann aber die Schwelle überschritt und nach draußen trat. „Jetzt!" rief Lena ins Funkgerät. „Hartmut, Zugriff!" Hartmut und sein Team waren sofort zur Stelle. Als Lea den ersten Schritt in die Auffahrt machte, tauchten die verdeckten Ermittler blitzschnell auf. Binnen Sekunden war sie umstellt. Dusty bellte aufgeregt, doch Lena wusste, dass sie den richtigen Moment gewählt hatten. „Lea Weber, stehen bleiben! Polizei!" rief Hartmut mit klarer Stimme.

Lea erstarrte, ihre Augen weit aufgerissen. Für einen Moment schien es, als würde sie über einen Fluchtversuch nachdenken, aber die Aussichtslosigkeit ihrer Lage war offensichtlich. Sie ließ die Tasche fallen und hob langsam die Hände, während Dusty unruhig an der Leine zog. „Sichern!" befahl Hartmut, und die Polizisten legten ihr zügig Handschellen an. Lena beobachtete alles über die Monitore und atmete tief durch. „Gut gemacht," sagte sie leise zu Robin. „Jetzt bringen wir sie rein." Der Zugriff verlief reibungslos und ohne Zwischenfälle. Lea Weber war gefasst, und das Team in Emden beobachtete aufmerksam jede Sekunde der Festnahme über die Monitore. Lena stand immer noch vor den Bildschirmen, die Anspannung in ihren Schultern begann sich langsam zu lösen, doch die innere Unruhe blieb. Dies war nur ein kleiner Sieg in einem viel größeren Spiel. „Hartmut, was ist der Status?" fragte Lena über Funk, während sie beobachtete, wie Lea in das Einsatzfahrzeug geführt wurde. „Wir haben sie, Lena. Sie ist ruhig und kooperativ. Keine Widerstände. Wir bringen sie sofort nach Aurich," antwortete Hartmut, dessen Stimme durch das Funkgerät deutlich zu hören war. „Gut," erwiderte Lena und wandte sich an Robin. „Leite alle Überwachungsdaten und die Aufzeichnungen der letzten Stunden an das Team in Aurich weiter. Wir müssen sicherstellen, dass nichts übersehen wird."

Robin nickte und machte sich sofort an die Arbeit. Die Monitore zeigten, wie das Einsatzfahrzeug mit Lea und Dusty an Bord langsam die Baustelle verließ und in Richtung Aurich fuhr. Der Tag hatte gerade erst begonnen, doch für das Team in Emden war dies bereits der Höhepunkt intensiver Arbeit. Lena wusste jedoch, dass die wirkliche Arbeit jetzt erst anfing. „Robin, setz dich mit Aurich in Verbindung, sobald Lea dort ankommt," sagte Lena, ihre Stimme ruhig, aber bestimmt. „Ich will, dass wir sofort mit der Befragung beginnen. Wenn sie tatsächlich in Kontakt mit Varela steht, dann könnte sie der Schlüssel sein, um die ganze Organisation zu zerschlagen."

„Wird gemacht," antwortete Robin, während er die letzten Protokolle überprüfte und die Datenübertragung vorbereitete. „Soll ich die Überwachung auf dem Haus in Wangermeer weiterlaufen lassen?" Lena überlegte kurz, bevor sie den Kopf schüttelte. „Nein, wir haben dort alles, was wir brauchen. Jetzt konzentrieren wir uns voll auf Lea. Jede Information, die sie uns gibt, könnte entscheidend sein." Für einen Moment herrschte Stille im Raum. Nur das leise Surren der Monitore war zu hören, als Lena tief durchatmete und ihre Gedanken sammelte. Die Verhaftung von Lea Weber war ein großer Schritt, aber die wirkliche Herausforderung lag noch vor ihnen. Sie wusste, dass sie methodisch und mit Bedacht vorgehen mussten. „Lena," unterbrach Robin die Stille, „wir sollten darauf vorbereitet sein, dass Lea nicht sofort alles preisgibt. Sie wird wissen, was auf dem Spiel steht."

Lena nickte langsam. „Das ist mir klar. Aber diesmal haben wir die Oberhand. Wir werden sie unter Druck setzen – Schritt für Schritt." Sie griff nach ihrer Jacke und wandte sich zum Gehen. „Ich fahre nach Aurich. Ich will bei der ersten Befragung dabei sein. Ruf mich an, sobald du hier alles im Griff hast." „Verstanden, Lena," sagte Robin und sah ihr nach, als sie den Raum verließ. Als Lena die Zentrale verließ, warf sie einen letzten Blick auf die Überwachungsmonitore, die das verlassene Haus in Wangermeer zeigten. Die Ruhe dort war trügerisch, sie wusste, dass unter der Oberfläche noch Geheimnisse lauerten, die ans Licht gebracht werden mussten. Mit dieser Entschlossenheit im Herzen machte sie sich auf den Weg nach Aurich. Die kommenden Stunden würden entscheidend sein. Sie konnte nur hoffen, dass Lea Weber bereit war, alles zu erzählen, was sie über Varela und seine Organisation wusste.

Kapitel 32

Die Fahrt nach Aurich verlief in angespanntem Schweigen. Vor den Fenstern des Einsatzfahrzeugs zog die Landschaft in einem grauen, nebligen Schleier vorbei. Auf dem Rücksitz saß Lea Weber, die Hände fest in Handschellen gelegt, während sie stumm aus dem Fenster starrte. Die Polizisten neben ihr schwiegen, doch die Spannung im Fahrzeug war fast greifbar. In ihrem Kopf wirbelten die Gedanken. Jeder Plan, den sie sorgfältig vorbereitet hatte, war in Trümmern. Ihr Versuch, unbemerkt zu fliehen, war gescheitert, und nun wusste sie nicht, was auf sie zukommen würde. Als das Fahrzeug schließlich die Einfahrt des Polizeipräsidiums in Aurich hinauffuhr, verstummte der Motor. Einer der Polizisten öffnete die Tür, und Lea wurde hinausgeführt. Ihre Beine fühlten sich schwer an, als ob der Boden sie festhalten wollte, doch sie zwang sich, stark zu bleiben. Sie durfte sich keine Schwäche leisten – nicht jetzt.

Im Präsidium führten sie die Beamten durch die hell erleuchteten Flure, bis sie schließlich in einem schmucklosen Verhörraum ankam. Der Raum war schlicht, mit einem Tisch, zwei Stühlen und einem großen Spiegel an der Wand. Lea wusste, dass sie beobachtet wurde, auch wenn sie niemanden sehen konnte. Sie setzte sich langsam auf den Stuhl, ließ ihren Blick durch den Raum schweifen und spürte, wie die Enge des Raumes sie zu erdrücken drohte. Doch sie durfte sich keine Blöße geben. Nicht jetzt.

Für einen Moment fühlte sich Lea losgelöst von der Situation – als würde sie das Geschehen von außen beobachten. Ihre Gedanken kreisten, während sie versuchte, einen klaren Plan zu fassen, doch jeder Gedanke endete in einer

Sackgasse. Sie war gefangen – ohne eine klare Richtung. Das Klicken der Tür ließ sie zusammenzucken. Ein Mann in Zivil trat ein, einer der Ermittler, die sie hergebracht hatten. Sein Gesichtsausdruck war professionell, aber wachsam. Er sagte nichts, blieb nur am Eingang stehen und beobachtete sie. Lea wusste, dass die Zeit der Entscheidungen gekommen war. Es gab kein Zurück mehr. In der Zwischenzeit versammelten sich Lena und Robin mit dem Auricher Team in einem angrenzenden Besprechungsraum. Die Atmosphäre war angespannt, doch auch von Erleichterung geprägt, dass der Zugriff ohne Zwischenfälle verlaufen war. Hartmut Baum, der Leiter des Auricher Teams, stand am Tischende und begann, seine Kollegen auf das bevorstehende Verhör einzustimmen.

„Der Zugriff verlief reibungslos," begann Hartmut, während er einen kurzen Blick auf Lena und Robin warf. „Lea hat sich widerstandslos festnehmen lassen. Sie war überrascht, dass wir sie so schnell gefunden haben." Er aktivierte den Bildschirm, auf dem Bilder von Lea und Beweismaterial aus der Überwachung des Hauses in Wangermeer zu sehen waren. „Wir haben gefälschte Papiere und Flugtickets nach Thailand in ihrer Tasche gefunden. Sie war kurz davor, zu fliehen."

Lena nickte und überprüfte die Aufzeichnungen. „Gut, das bestätigt unsere Annahmen. Jetzt müssen wir herausfinden, was sie noch weiß – und wie viel sie bereit ist, mit uns zu teilen." „Hat sie während des Transports oder bei der Festnahme irgendetwas gesagt?" fragte Robin. Hartmut schüttelte den Kopf. „Nein, sie war ruhig, fast zu ruhig. Sie denkt bereits darüber nach, wie sie sich aus dieser Situation retten kann." Lena lächelte knapp. „Und genau das müssen wir ausnutzen. Sie weiß, dass ihre Flucht gescheitert ist und sie keine Verbündeten mehr hat. Wir dürfen ihr keinen

Ausweg lassen." Hartmut nickte. „Sie sitzt in der Falle. Jetzt ist unsere Chance, sie zum Reden zu bringen." Lena lehnte sich im Stuhl zurück und überlegte kurz. „Wir werden das Verhör hier in Aurich beginnen. Es ist wichtig, dass sie erkennt, dass ihre Optionen begrenzt sind. Robin, sorge dafür, dass alles nach Emden übertragen wird, damit wir jede ihrer Aussagen aufzeichnen können."Robin nickte und machte sich Notizen. „Ich kümmere mich darum." „Ich werde das erste Verhör persönlich leiten," fügte Lena hinzu. „Wir dürfen sie nicht unter zu großen Druck setzen, aber wir müssen ihr klar machen, dass sie keine andere Wahl hat, als zu kooperieren." Hartmut stand auf und schaltete den Bildschirm aus. „Wir sind bereit. Wenn du so weit bist, können wir loslegen."

Lena erhob sich und sah noch einmal auf die gesammelten Informationen. „Es ist an der Zeit, herauszufinden, was Lea Weber wirklich weiß." Mit diesen Worten verließ das Team den Besprechungsraum und bereitete sich auf das Verhör vor. Während sie durch die Flure des Präsidiums gingen, wusste Lena, dass die kommenden Stunden entscheidend sein würden. Es war eine heikle Situation, und sie musste sicherstellen, dass sie jeden Schritt sorgfältig plante – denn von diesen Verhören hing mehr ab als nur Leas Zukunft.

Kapitel 33

Mit einem entschlossenen Schritt verließ das Team den Besprechungsraum und bereitete sich auf das bevorstehende Verhör vor. Lenas Gedanken rasten, während sie durch die sterilen Flure des Präsidiums ging. Sie wusste, dass die nächsten Stunden entscheidend sein würden. Die Atmosphäre um sie herum war greifbar dicht – jeder Atemzug schien von der Schwere der Situation belastet. Dies war mehr als nur ein Verhör. Es war ein Schlüsselmoment, der über das Schicksal von Lea Weber und der gesamten Operation entscheiden könnte. Lea saß allein im Verhörraum, die Zeit schien sich endlos zu dehnen. Die grellen Leuchtstoffröhren summten leise, während die Stille um sie herum schwer auf ihren Schultern lastete. Die Enge des Raumes schien sie zu erdrücken, doch Lea wusste, dass dies nur der Anfang war. Ihre Gedanken rasten – eine endlose Kette von Möglichkeiten, Auswegen und Sackgassen. Sie versuchte, sich einen Plan zurechtzulegen, doch jeder Gedanke schien im Nebel ihrer Verzweiflung zu verschwinden.

Die Tür öffnete sich leise. Lena Berg trat ein, mit einem kühlen, unerschütterlichen Blick, der keine Schwäche verriet. Robin folgte ihr, lehnte sich mit einem Tablet in der Hand an die Wand. Lena setzte sich langsam, ihre Bewegungen ruhig, fast kontrolliert. Die Tür ließ sie absichtlich einen Moment lang offen, ein subtiles Zeichen, dass sie hier die Kontrolle hatte.

„Guten Tag, Frau Weber," begann Lena mit einer Stimme, die sowohl ruhig als auch fest war. Jede Silbe war bedacht gewählt, um die Machtverhältnisse klarzumachen. „Ich denke, Sie wissen, warum wir hier sind." Lea hob langsam den Kopf und begegnete Lenas Blick. Trotz lag in ihren Augen, aber auch eine Spur von Resignation, als ob sie wusste, dass ihre Zeit ablief. „Wollen wir das wirklich durchspielen?" fragte sie, ihre Stimme leise, aber scharf. Lena ließ sich nicht aus der Ruhe bringen. „Es gibt nichts zu spielen, Frau Weber. Sie wissen, dass Sie in einer Situation sind, aus der es keinen einfachen Ausweg gibt. Aber es gibt Wege, wie Sie es für sich besser machen können." Lea schwieg, musterte Lena mit einem Ausdruck, der schwer zu deuten war. Ihre Gedanken arbeiteten fieberhaft. „Sie wollen, dass ich rede," stellte sie schließlich fest. „Ja, das will ich," antwortete Lena ruhig. „Und das sollten Sie auch wollen. Ihre Flucht ist gescheitert. Sie haben keine Verbündeten mehr. Wenn Sie uns nicht helfen, wird niemand Ihnen helfen." Ein leises Zittern durchlief Leas Hand, als sie sich auf die Lippe biss, ihre Gedanken wirbelten wie ein Sturm. „Und was passiert, wenn ich rede? Was habe ich davon?"

Lena lehnte sich leicht nach vorne, ihre Stimme fast sanft. „Das hängt davon ab, was Sie uns sagen. Je mehr Sie kooperieren, desto besser können wir Sie schützen. Aber zuerst müssen Sie uns zeigen, dass Sie bereit sind zu reden." Robin, der bisher schweigend zugehört hatte, tippte auf seinem Tablet. Auf dem Bildschirm vor ihnen erschienen die Bilder von Leas Verhaftung und die sichergestellten Beweise. „Wir haben Ihre Flugtickets nach Thailand gefunden, zusammen mit den falschen Papieren. Es ist offensichtlich, dass Sie das Land verlassen wollten. Was uns interessiert, ist: Vor wem laufen Sie weg?" Lea starrte auf die Bilder. Ihre Fassade begann zu bröckeln, als sie die Augen kurzschloss und einen tiefen Atemzug nahm. „Ich hatte keine Wahl," sagte sie leise, ihre Stimme zitternd. „Ich musste weg. Es war nicht sicher." Lena beobachtete sie aufmerksam. „Nicht sicher wegen Varela?" fragte sie direkt, ohne Umschweife. Lea zuckte unmerklich zusammen, der Name schien wie ein unsichtbarer Schlag auf sie zu wirken. „Ja," gab sie schließlich zu, ihre Stimme kaum hörbar. „Er weiß, dass ich zu viel weiß. Er würde mich nicht am Leben lassen."

Lenas Blick wurde weicher, aber ihre Entschlossenheit war ungebrochen. „Verstehen Sie, dass dies Ihre Chance ist, sich zu retten. Wir können Sie schützen, aber nur, wenn Sie uns alles sagen, was Sie wissen." Lea senkte den Blick, starrte auf den Tisch vor sich. Es war offensichtlich, dass sie mit sich rang, dass die Angst vor Varela tief saß. Doch ebenso klar war die Hoffnung, die in ihr wuchs – die Hoffnung, dass eine Zusammenarbeit mit der Polizei der Schlüssel zu einem neuen Leben sein könnte. Nach einem langen Moment des Schweigens hob sie den Kopf und sah Lena direkt in die Augen. „Was wollen Sie wissen?" fragte sie, ihre Stimme nun fester, entschlossener. Lena unterdrückte das Triumphgefühl, das in ihr aufstieg. „Alles, Lea. Ich will alles wissen, was Sie über Varela und seine Organisation wissen. Und ich will, dass Sie uns helfen, ihn zu fassen."

Lea atmete tief durch, ihre Schultern sanken leicht, als sie begann zu sprechen. Langsam und vorsichtig legte sie die Details offen – von den Treffen mit Varela, den Aufträgen, die sie übernommen hatte, und den Verbindungen, die er zu anderen Netzwerken pflegte. Robin machte eifrig Notizen, markierte wichtige Punkte, die später überprüft werden sollten. Lena wusste jedoch, dass dies nur der Anfang war. Lea war vorsichtig, sagte nur das, was sie für sicher hielt. Doch es war genug, um zu wissen, dass sie bereit war, zu kooperieren – und das war alles, was Lena in diesem Moment brauchte. Nachdem das erste Verhör beendet war, erhob sich Lena langsam, ihre Bewegungen ruhig und kontrolliert. „Das war ein guter Anfang, Frau Weber. Aber das ist nur der Anfang. Wir werden diese Gespräche fortsetzen, und ich hoffe, dass Sie weiterhin so kooperativ bleiben." Lea nickte stumm, als sie Lena und Robin dabei zusah, wie sie den Raum verließen. Die Tür schloss sich leise hinter ihnen, und für einen Moment blieb Lea allein mit ihren Gedanken zurück. Sie hatte den ersten Schritt getan, doch sie wusste, dass der Weg vor ihr lang und unsicher war. Im Besprechungsraum versammelten sich Lena, Robin und Hartmut erneut. Die Atmosphäre war nun von Erleichterung, aber auch fokussierter Vorbereitung geprägt. Es war ein Erfolg, doch sie wussten, dass noch viel Arbeit vor ihnen lag. „Das war ein guter Anfang," sagte Lena, als sie sich an den Tisch setzte. „Lea hat begonnen zu reden, aber sie hält noch vieles zurück. Wir müssen geduldig sein." Hartmut nickte. „Sie hat Angst vor Varela, das ist offensichtlich. Aber wir haben sie zum Sprechen gebracht, und das ist der entscheidende Schritt." Robin überprüfte seine Notizen. „Sie hat Namen und Orte erwähnt, die wir sofort überprüfen sollten. Wenn wir diese Informationen bestätigen, gewinnen wir ihr Vertrauen."

Lena lehnte sich zurück, die Erleichterung in ihren Augen verriet, dass sie wusste, dass sie auf dem richtigen Weg waren. Doch tief in ihrem Inneren war ihr bewusst, dass dies nur der Anfang war. Der Weg vor ihnen war gefährlich – aber sie waren bereit, ihn zu gehen.

Kapitel 34

Lena dachte einen Moment nach, bevor sie entschlossen den nächsten Schritt plante. „Wir müssen Lea nach Aurich bringen. Dort befindet sich die Justizvollzugsanstalt, in der wir sie sicher unterbringen können. Die JVA in Aurich ist klein, mit rund 29 Haftplätzen, aber sie ist für Untersuchungshäftlinge ausgelegt und bietet ausreichende Sicherheit. Da die JVA in Emden bereits seit einiger Zeit geschlossen ist, bleibt uns keine andere Wahl." Hartmut warf einen kurzen Blick zu Robin, der bereits mit der Logistik der Verlegung beschäftigt war. „Ich stimme zu," sagte Hartmut. „Es ist sicherer, sie nach Aurich zu bringen. Aber wir sollten den Transport mit äußerster Vorsicht und Diskretion planen. Wir dürfen keine Aufmerksamkeit erregen." „Wir machen es so unauffällig wie möglich," erwiderte Robin und tippte schnell auf sein Tablet, um die notwendigen Anweisungen an das Einsatzteam weiterzuleiten.

„Wir verwenden ein neutrales Fahrzeug und legen die Route so fest, dass sie möglichst wenig Risiko birgt. Ich werde alles überwachen." Währenddessen hatte Dr. Roland Becker, der leitende Staatsanwalt, einen Haftbefehl gegen Lea beim zuständigen Richter erwirkt. „Der Haftbefehl ist bereits in Kraft," informierte Dr. Becker das Team. „Frau Weber wird nach Aurich überstellt, wo sie in Untersuchungshaft verbleiben wird. Von dort aus können wir sie nach Bedarf für die Verhöre nach Emden bringen." Lena erhob sich langsam, als alle Details geklärt waren. Ihre Augen glitten prüfend über das Team, jeder schien konzentriert und bereit für die kommenden Aufgaben. „Gut, bereiten Sie alles vor. Wir müssen sicherstellen, dass die Verhöre nahtlos fortgesetzt werden, bevor Lea ihre Meinung ändert oder andere Gedanken aufkommen." Der Plan wurde effizient und präzise umgesetzt. Ein neutraler Transporter, diskret und ohne jegliche polizeiliche Kennzeichnung, wartete bereits vor dem Präsidium. Mehrere Fahrzeuge des Einsatzteams folgten in sicherem Abstand, um eine unauffällige, aber dennoch wirkungsvolle Eskorte zu gewährleisten. Lea wurde von zwei Beamten aus dem Verhörraum geführt. Ihre Haltung war ruhig, aber Lena konnte die subtile Anspannung in ihren Augen erkennen. Lena trat an sie heran, bevor sie in den Transporter einstieg. „Wir bringen Sie jetzt nach Aurich," sagte sie mit ruhiger, kontrollierter Stimme. „Dort werden wir sicherstellen, dass Sie in Sicherheit sind. Ihre Zusammenarbeit ist entscheidend, um dies aufrechtzuerhalten."

Lea hob den Kopf und sah Lena für einen Moment direkt an, bevor sie stumm nickte. Ihre Augen, leer und müde, verrieten die inneren Kämpfe, die in ihr tobten. Lena wusste, dass dies ein kritischer Moment war – sie hatten den ersten Schritt getan, doch der Weg war noch lang. Der Konvoi setzte sich schließlich in Bewegung, und Lena stieg in eines der begleitenden Fahrzeuge. Während der Fahrt überprüfte sie erneut ihre Notizen und dachte über die nächsten Schritte nach. Lea hatte bereits wertvolle Informationen geliefert, aber Lena wusste, dass sie mehr wusste. Sie war sich sicher, dass Lea die Schlüsselinformationen besaß, um Varela und seine Organisation endgültig zu Fall zu bringen.

Die Dunkelheit, die das Land wie ein dichter Schleier bedeckte, verstärkte die Spannung, die in der Luft hing. Die Scheinwerfer der Fahrzeuge schnitten durch die stille, nächtliche Landschaft. Das monotone Brummen des Motors und das Rauschen der Reifen auf dem Asphalt schienen die angespannte Stimmung im Fahrzeug zu verstärken. Neben Lena saß Jan, der schweigend aus dem Fenster starrte. Sein Gesicht lag im Schatten, aber die Müdigkeit war in seinen Augen klar zu erkennen. „Ein langer Tag," sagte Jan schließlich, seine Stimme war leise, als wolle er die nächtliche Stille nicht stören. Lena nickte leicht, ihre Augen weiterhin konzentriert auf die Straße gerichtet. „Ja, aber wir haben es geschafft. Lea ist in Aurich, und das gibt uns einen kleinen Vorsprung." Jan seufzte tief. „Meinst du, sie wird noch mehr preisgeben?" „ Sie weiß mehr," antwortete Lena nachdenklich. „Aber sie ist vorsichtig. Wir müssen sie dazu bringen, uns zu vertrauen oder zumindest zu glauben, dass es in ihrem besten Interesse ist, mit uns zusammenzuarbeiten." Die Dunkelheit um sie herum fühlte sich fast greifbar an, als sie die B210 entlangfuhren. Jeder Kilometer brachte sie der Entscheidung näher, wie sie mit den Informationen umgehen sollten, die Lea ihnen bisher gegeben hatte. Als die Lichter von der JVA schließlich in der Ferne auftauchten, durchzog eine Welle der Erleichterung das Fahrzeug. Der Transport verlief reibungslos, und sie hatten es geschafft, Lea sicher zur JVA zu bringen. Doch das war nur ein kleiner Sieg in einem viel größeren Kampf.

Im Gefängnis angekommen, wurde Lea in die Justizvollzugsanstalt am Schlossplatz gebracht, wo bereits alles für ihre Ankunft vorbereitet war. Lena beobachtete jeden ihrer Schritte, bevor sie sich wieder an Robin wandte. „Wir müssen sicherstellen, dass die Verhöre planmäßig weitergeführt werden. Wir dürfen ihr keine Zeit zum Nachdenken geben." „Alles unter Kontrolle," erwiderte Robin fest. „Ich werde alles überwachen." Der späte Abend hatte sich bereits über Ostfriesland gelegt, als das Team den Rückweg nach Emden antrat. Die nächtliche Fahrt war still und nachdenklich, jeder im Team war mit seinen eigenen Gedanken beschäftigt. Sie alle wussten, dass der wahre Kampf jetzt erst begann. Zurück im Präsidium sammelte sich das Team im Besprechungsraum, wo Lars bereits auf sie wartete. Die Müdigkeit stand jedem ins Gesicht geschrieben, doch der Erfolg des Tages war spürbar. „Es war ein langer Tag," begann Lars, seine tiefe Stimme durchbrach die Stille. „Aber wir haben großartige Arbeit geleistet. Lea ist sicher in Aurich untergebracht, und wir können uns nun auf die nächsten Schritte konzentrieren." Robin, der seine Notizen akribisch sortierte, blickte auf. „Die nächsten Verhöre werden am Montag stattfinden. Wir haben genug Zeit, um uns gründlich vorzubereiten und sicherzustellen, dass der Transport von Aurich nach Emden reibungslos abläuft." Lars nickte zustimmend. „Robin, du kümmerst dich um die Planung und die Koordination.

Es darf absolut nichts schiefgehen." „Wird erledigt," antwortete Robin und tippte Details in sein Tablet ein. Dr. Becker, der ruhig in der Ecke saß, meldete sich ebenfalls zu Wort. „Ich werde morgen mit den Richtern sprechen, um alle rechtlichen Formalitäten zu klären. Wir müssen sicherstellen, dass wir in jeder Hinsicht abgesichert sind." Lars lehnte sich zurück und ließ seinen Blick über das Team schweifen. „Ich denke, wir haben für heute genug erreicht. Morgen können wir uns eine kleine Pause gönnen. Ich lade euch alle zu meiner Geburtstags-Grillparty ein. Ihr habt es euch verdient."

Ein Lächeln breitete sich auf den Gesichtern des Teams aus. Die Aussicht auf eine kurze Auszeit war ein willkommenes Geschenk nach einem so langen und anstrengenden Tag. Bevor die Besprechung endete, erinnerte Lena das Team an eine letzte Sache. „Was ist eigentlich mit Dusty?" fragte sie. „Leas Hund wurde bisher von uns versorgt, aber wir brauchen eine dauerhafte Lösung, solange Lea in Haft ist." Lars nickte ernst. „Wir können Dusty nicht sich selbst überlassen. Ich denke, es ist am besten, ihn vorübergehend ins Tierheim in Emden zu bringen." Einer der Beamten meldete sich freiwillig. „Ich kümmere mich darum," sagte er. „Ich kenne das Team im Tierheim gut. Dusty wird dort sicher gut versorgt."

Mit dieser letzten Aufgabe gelöst, löste sich die Anspannung im Raum merklich. Die Teammitglieder bereiteten sich auf den Feierabend vor, wohlwissend, dass der morgige Tag eine wohlverdiente Pause bieten würde, bevor sie am Montag in die nächste Runde gingen.

Kapitel 35

Nachdem das Teamtreffen beendet war, entschieden sich Lena und Robin, noch ein wenig länger im Präsidium zu bleiben. Der späte Freitagabend bedeutete für sie beide nicht Feierabend, sondern die Gelegenheit, die Vorbereitungen für die entscheidenden Verhöre am Montag minutiös zu planen. Beide waren sich bewusst, wie wichtig es war, dass dieser nächste Schritt perfekt lief – und dass die Gelegenheit, die sich ihnen bot, nicht ungenutzt verstreichen durfte. Robins Büro war dunkel, nur das sanfte Licht des Bildschirms erhellte den Raum. Auf dem großen Monitor flimmerten die Aufzeichnungen und bisherigen Aussagen von Lea Weber. Lenas Augen wanderten konzentriert über die Zeilen, während Robin in seinen Notizen blätterte.

„Wir müssen einen Weg finden, sie zum Reden zu bringen", begann Robin mit nachdenklicher Stimme. „Bis jetzt war sie extrem vorsichtig. Aber wenn wir sie unter den richtigen Druck setzen, könnten wir die entscheidenden Informationen erhalten." Lena nickte und legte ihre Unterlagen beiseite. „Ich stimme zu. Am Montag haben wir eine Chance, die wir nicht verpassen dürfen. Sie muss verstehen, dass es in ihrem besten Interesse liegt, mit uns zusammenzuarbeiten."Robin sah Lena kurz an, dann wanderte sein Blick wieder zu den Notizen. „Vielleicht sollten wir ihr eine Perspektive bieten. Ein Angebot, das sie überzeugt, uns die letzten Puzzleteile zu geben. Wenn sie merkt, dass ihre Kooperation ihr persönlich etwas bringt, könnte sie ihre Zurückhaltung aufgeben."

„Das könnte funktionieren", sagte Lena, während sie ihre Gedanken ordnete. „Wir müssen uns auch absichern, dass alles, was sie sagt, festgehalten wird. Ich will, dass jedes Wort, jeder Blick dokumentiert ist. Wir dürfen nichts übersehen." Gemeinsam gingen sie die technischen Anforderungen durch: Kameras, Mikrofone, Überwachungstechnik – jedes Detail musste passen. Robin machte sich sofort daran, die Geräte zu überprüfen und sicherzustellen, dass es am Montag keinerlei technische Pannen geben würde. Während er damit beschäftigt war, beschloss Lena, Lars aufzusuchen, um die Sicherheitsvorkehrungen für den bevorstehenden Transport zu besprechen. „Der Transport von Aurich nach Emden muss absolut reibungslos und unauffällig ablaufen", sagte Lars, als Lena in sein Büro trat. Seine Stimme war ruhig, doch die Ernsthaftigkeit in seinem Tonfall war unüberhörbar. „Wir können uns keinen Zwischenfall leisten."

„Ganz genau", bestätigte Lena. „Wir müssen sicherstellen, dass Lea während des gesamten Transports unter strenger Beobachtung steht, ohne dabei unnötige Aufmerksamkeit zu erregen." Lars nickte und griff nach seinem Telefon, um die zuständigen Beamten zu instruieren. Ein detaillierter Plan für den sicheren Transport wurde besprochen, der die Eskortierung durch unauffällige Fahrzeuge und ständige Überwachung auf der Route beinhaltete. Alles war durchdacht, kein Schritt wurde dem Zufall überlassen. „Damit haben wir alles Nötige vorbereitet", sagte Lars schließlich und lehnte sich in seinem Stuhl zurück. „Lasst uns am Wochenende Kraft tanken, damit wir am Montag bereit sind."

Nachdem Lena und Robin alles Organisatorische abgeschlossen hatten, machten sie sich auf den Heimweg. Es war bereits spät, die Straßen von Emden lagen still und dunkel unter dem Nachthimmel. Die wenigen Autos, die sie passierten, waren wie geisterhafte Schatten in der nächtlichen Stille. Obwohl der Tag lang und anstrengend war, entschied Lena sich spontan, nach Norden zu fahren, um Bodo im Krankenhaus zu besuchen. Es war eine impulsive Entscheidung, aber der Gedanke, mit ihm zu reden, gab ihr ein Gefühl von Ruhe. Die nächtliche Fahrt auf der B210 hatte etwas Beruhigendes. Die dunklen Felder Ostfrieslands zogen wie ein endloses Band an ihr vorbei, während der monotone Rhythmus des Motors ihre Gedanken ordnete. Die Lichter des Ubbo-Emmius-Klinikums erschienen schließlich am Horizont, und Lena atmete tief durch, als sie den Parkplatz ansteuerte. Im Krankenhaus fand sie Bodo in einem kleinen, schlichten Zimmer vor. Sein Lächeln, als er sie sah, wirkte wie ein Lichtstrahl in der Dunkelheit.

Trotz seiner offensichtlichen Erschöpfung war seine Präsenz beruhigend. „Ich habe dich nicht so spät erwartet", sagte er leise, als Lena sich neben sein Bett setzte. „Ich wollte dir von dem Tag erzählen", antwortete Lena, während sie seine Hand nahm. „Es war lang und anstrengend, aber alles ist nach Plan gelaufen. Lea ist in Aurich, und wir sind gut auf die Verhöre vorbereitet." Bodo nickte langsam. „Ich habe mir Sorgen gemacht, dass du zu viel arbeitest", sagte er sanft. „Du musst auch auf dich selbst achten."

„Das tue ich", erwiderte Lena mit einem schwachen Lächeln. „Aber es hilft, mit dir darüber zu sprechen. Es beruhigt mich." Ein Funkeln trat in Bodos Augen, als er sich ein wenig aufrichtete. „Ich habe gute Nachrichten. Die Ärzte haben mir gesagt, dass ich morgen entlassen werde. Endlich raus aus diesem Krankenhaus." Lenas Gesicht hellte sich auf. „Das ist großartig! Wie wäre es, wenn du bei mir im Gästezimmer bleibst? Es ist gemütlicher als das Hotel, und ich kann ein Auge auf dich haben." Bodo lachte leise. „Das klingt gut. Ich nehme dein Angebot gerne an." Für einen Moment saßen sie schweigend da, ihre Hände ineinander verschlungen. Die Anspannung des Tages schien sich aufzulösen, während die Dunkelheit der Nacht sie umgab. In diesem Moment gab es nur die Stille und die unausgesprochenen Versprechen, die in der Luft lagen. Spät in der Nacht, nachdem sie das Krankenhaus verlassen hatte, fuhr Lena durch die leeren Straßen von Emden zurück nach Hause. Die kühle Nachtluft drang durch das offene Fenster ihres Wagens, und sie genoss die Stille der Stadt, die um diese Zeit fast menschenleer wirkte.

Zu Hause angekommen, setzte sie sich für einen Moment auf ihr Sofa, ließ den Tag Revue passieren und schrieb Bodo noch eine kurze Nachricht: „Ich freue mich auf morgen. Ruh dich gut aus."

Dann legte sie das Handy beiseite, atmete tief durch und bereitete sich auf die wohlverdiente Ruhe vor. In der Dunkelheit ihres Zuhauses fühlte sie sich sicher, bereit für die kommenden Herausforderungen – sowohl im Beruf als auch im Privaten.

.

Kapitel 36

Der Samstagmorgen brach über Emden herein, als die ersten Sonnenstrahlen zaghaft durch die Vorhänge in Lenas Schlafzimmer drangen. Ein sanfter Wind bewegte die Blätter der Bäume im Garten, und das Zwitschern der Vögel vermischte sich mit den leisen Geräuschen der Stadt. Lena wachte langsam auf, ihre Gedanken noch umnebelt von den Ereignissen des Vortages. Sie streckte sich ausgiebig, genoss die Ruhe des Morgens und blieb einen Moment im Bett, bevor sie sich schließlich erhob. Nach einer schnellen Dusche zog sie sich bequeme Kleidung an und ging in die Küche. Der vertraute Duft von frisch gebrühtem Kaffee erfüllte bald den Raum, als sie die Maschine startete. Lena nahm ihre Tasse, trat hinaus auf die Terrasse und ließ sich in einem der gemütlichen Stühle nieder. Die Luft war kühl und frisch, ein willkommener Kontrast zur Wärme des Kaffees, den sie in kleinen Schlucken genoss.

Sie blickte auf die ruhige Straße des Gatjebogens und dachte über den bevorstehenden Tag nach. Einerseits freute sie sich darauf, Bodo aus dem Krankenhaus abzuholen, andererseits mischten sich diese neuen, intensiven Gefühle, die sie in letzter Zeit immer häufiger empfand, unter ihre Gedanken. Die Nähe zu Bodo war angenehm, doch sie wusste nicht genau, wie sie damit umgehen sollte. Nach dem letzten Schluck Kaffee griff sie zu ihrem Handy und schrieb Bodo eine Nachricht: „Guten Morgen! Ich hole dich in einer Stunde ab. Freue mich schon." Sie legte das Handy zur Seite und genoss die letzten Minuten der Ruhe, bevor der Tag richtig begann.

Eine Stunde später saß Lena im Auto und fuhr die B210 entlang. Die Straßen waren um diese Zeit ruhig, und die Fahrt verlief entspannt. Die Felder Ostfrieslands zogen im gleichmäßigen Rhythmus an ihr vorbei, und Lena ließ ihre Gedanken schweifen. Die bevorstehenden Verhöre am Montag und die immer stärker werdenden Gefühle für Bodo beschäftigten sie. Als das Ubbo-Emmius-Klinikum in Sicht kam, verspürte sie eine Mischung aus Erleichterung und Vorfreude. Sie parkte ihr Auto und machte sich auf den Weg ins Krankenhaus. Bodos Zimmer lag in einer der oberen Etagen, und als sie die Tür öffnete, wurde sie von seinem warmen Lächeln empfangen. „Ich habe dich nicht so früh erwartet," sagte Bodo, als Lena den Raum betrat. „Ich wollte dich so schnell wie möglich hier rausholen," antwortete Lena mit einem Lächeln. „Bist du bereit?" Bodo nickte, aber bevor er antworten konnte, öffnete sich die Tür und der Arzt trat mit seinem Team ein. „Guten Morgen, Herr Zimmermann," begrüßte der Arzt ihn freundlich. „Wie fühlen Sie sich heute?" „Schon viel besser," antwortete Bodo.

Der Arzt überprüfte die Akten, sprach kurz mit Bodo über die letzten Tests und Untersuchungen und übergab ihm schließlich die Entlassungspapiere. „Sie sind entlassen, aber schonen Sie sich noch. Ihre Genesung ist noch nicht abgeschlossen." „Vielen Dank, Doktor," sagte Bodo und schüttelte die Hand des Arztes. Nachdem der Arzt das Zimmer verlassen hatte, half Lena ihm, seine Sachen zu packen. Es dauerte nicht lange, bis sie das Krankenhaus verlassen konnten. Gemeinsam gingen sie durch die Gänge des Krankenhauses hinaus in die frische Vormittagsluft. Bodo atmete tief durch, sichtlich erleichtert, das Krankenhaus hinter sich zu lassen. Auf dem Rückweg nach Emden schlug Lena vor, beim Bäcker Buchholz anzuhalten, um frische Brötchen für das Frühstück zu holen. „Buchholz hat die besten Brötchen in ganz Emden," sagte sie lächelnd. „Nach der Zeit im Krankenhaus kannst du bestimmt ein richtiges Frühstück gebrauchen."

„Das klingt nach einem Plan," stimmte Bodo zu. Sie fuhren durch die vertrauten Straßen Emdens, bis sie schließlich den Bäcker Buchholz, liebevoll „Lieblingsplatz" genannt, erreichten. Der Duft von frisch gebackenem Brot und Gebäck strömte ihnen entgegen, als Lena den Laden betrat. Die Bäckerei war bereits gut besucht, aber als Stammkundin wurde Lena herzlich begrüßt. Während Bodo im Auto wartete, wählte Lena eine Auswahl an Brötchen und süßem Gebäck aus. Mit dem vollgepackten Brotkorb kehrte sie zum Auto zurück, und die beiden setzten ihre Fahrt fort. Zurück in Lenas Haus am Gatjebogen machten sie sich daran, das Frühstück auf der Terrasse herzurichten. Die frische Morgenluft und die Ruhe des Gartens bildeten die perfekte Kulisse für einen entspannten Start in den Tag. Sie breiteten die Brötchen, Butter, Marmelade und frischen Kaffee auf dem kleinen Tisch aus und ließen sich nieder.

Während sie frühstückten, glitt das Gespräch allmählich von alltäglichen Themen zu persönlichen Gedanken. Bodo erzählte von seiner Zeit im Krankenhaus, wie er die Tage verbracht hatte und wie sehr er sich darauf freute, wieder in die Normalität zurückzukehren. „Es ist seltsam," sagte er nachdenklich. „Nach all den Jahren im Dienst habe ich nie darüber nachgedacht, wie es wäre, für eine Weile aus dem Verkehr gezogen zu werden. Aber jetzt, wo es passiert ist, merke ich, wie viel ich von diesem Leben brauche – die Arbeit, das Team, die Fälle." Lena nickte. „Ich verstehe das. Man gewöhnt sich an das Adrenalin, an das Gefühl, gebraucht zu werden. Aber es ist auch wichtig, dass wir uns Zeit nehmen, um durchzuatmen."

„Stimmt," sagte Bodo lächelnd. „Und dafür ist dieser Ort hier perfekt. Ich bin froh, dass ich bei dir bleiben kann, anstatt wieder ins Hotel zu ziehen." Lena lächelte zurück. „Ich freue mich auch, dass du hier bist. Aber das heißt nicht, dass du dich jetzt entspannen kannst – ich werde sicherstellen, dass du dich auch wirklich erholst." „Verstanden, Chefin," sagte Bodo mit einem breiten Grinsen. Nach dem Frühstück räumten sie gemeinsam auf und genossen die ruhige Atmosphäre auf der Terrasse. Es fühlte sich fast so an, als wäre der Rest der Welt weit entfernt, als hätten sie einen kleinen Zufluchtsort geschaffen, in dem sie sich frei und unbeschwert fühlen konnten.

Am frühen Nachmittag machten sich Lena und Bodo auf den Weg zu Lars' Gartenparty. Die Fahrt durch die stillen Straßen Emdens war angenehm, die Sonne schien warm, und es lag ein Hauch von Vorfreude in der Luft. Lars wohnte in einem charmanten Einfamilienhaus in einem ruhigen Wohnviertel „An den Schanzwerken", umgeben von gepflegten Vorgärten und alten Bäumen. Der Garten war perfekt für eine sommerliche Grillparty hergerichtet. Als sie ankamen, bemerkten sie die liebevolle Vorbereitung: Ein großer Grill stand am Rand des Rasens, bunte Blumenbeete umrahmten den Garten, und ein langer Tisch, gedeckt mit einer farbenfrohen Tischdecke, war bereit für das Festmahl. Lars' Frau begrüßte sie an der Haustür mit einem herzlichen Lächeln. „Willkommen! Kommt rein und fühlt euch wie zu Hause."

Lars selbst kam vom Grill herüber, wo er gerade das Fleisch überwachte. „Lena, Bodo, schön, dass ihr da seid!" Er umarmte sie beide herzlich. „Das Fleisch ist fast fertig, ich hoffe, ihr habt Hunger!" „Wir haben sogar noch etwas mitgebracht," sagte Lena und überreichte ihm die Flasche Wein und den Kuchen. „Ein kleines Dankeschön für die Einladung." „Perfekt! Setzt euch, es geht gleich los," antwortete Lars und stellte den Wein auf den Tisch. Die anderen Teammitglieder waren bereits da. Jan Müller stand am anderen Ende des Gartens und unterhielt sich angeregt mit Robin Ahlers. Corinna Stein saß auf einer Bank in der Nähe der Blumenbeete, vertieft in ein Gespräch mit Lars' Tochter, während Hartmut Baum sich gerade ein kühles Bier einschenkte. Lena und Bodo gesellten sich zu Jan und Robin. „Wie läuft es bei euch?" fragte Lena und ließ sich auf einen der Gartenstühle fallen.

„Ganz gut," antwortete Jan. „Ich habe endlich die Restauration meiner alten BMW-Maschine abgeschlossen. Die fährt wieder wie neu." Das Gespräch glitt von technischen Details über berufliche Themen bis hin zu den bevorstehenden Verhören am Montag. „Wie fühlst du dich?" fragte Lena Robin. „Es wird dein erstes großes Verhör, das du leitest."

Robin sah nervös, aber entschlossen aus. „Ich bin ein wenig nervös, aber bereit. Ihr habt mir viel beigebracht." „Das wirst du großartig machen," ermutigte ihn Bodo. „Bleib ruhig und konzentriere dich auf die Fakten." „Und denk daran, wir alle stehen hinter dir," fügte Lena hinzu. Die Gespräche wurden leichter, als das Essen begann. Lars brachte schließlich eine Flasche Whiskey heraus, und die Gruppe stieß auf den gelungenen Tag und das Team an. „Ich bin stolz auf uns," sagte Lars. „Wir haben viel erreicht. Auf das beste Team, das man sich wünschen kann!" „Auf uns," riefen alle im Chor und stießen an. Nachdem sie auf das Team angestoßen hatten, ließ sich die Gruppe entspannt auf den Stühlen nieder. Die warme Sommernacht bot den perfekten Rahmen, und die Gespräche flossen weiter, während die Sterne am Himmel langsam heller wurden. Lars, der nun die Flasche Whiskey in der Hand hielt, schenkte nach und fragte in die Runde: „Gibt es noch jemanden, der eine Geschichte erzählen möchte? Vielleicht etwas, das wir noch nicht von euch wissen?" Corinna, die normalerweise nicht viel von sich preisgab, lächelte leicht und meinte: „Nun, es gibt da etwas, was die meisten von euch wahrscheinlich nicht wissen. Bevor ich zur Forensik gekommen bin, habe ich ernsthaft darüber nachgedacht, Tierärztin zu werden." Die anderen sahen sie überrascht an. „Wirklich? Das hätte ich nicht erwartet," sagte Jan. „Was hat dich dann zur Forensik geführt?"

„Ich habe während meines Studiums in einer Tierklinik gearbeitet," erklärte Corinna. „Es war eine tolle Zeit, aber mir fehlte der analytische Aspekt. Die Wissenschaft der Forensik hat mich letztlich mehr gereizt, und als sich die Gelegenheit bot, in ein forensisches Labor zu wechseln, habe ich sie ergriffen." „Und das war definitiv die richtige Entscheidung," meinte Lena. „Deine Arbeit hat uns schon oft weitergebracht."

Corinna nickte dankbar, und das Gespräch driftete zu den alten Zeiten bei der Kripo Hannover. Bodo erzählte eine Anekdote über einen besonders kniffligen Fall, bei dem Lena in einer entscheidenden Situation ein Detail bemerkte, das das gesamte Team übersehen hatte. „Das war einer der Momente, in denen ich wusste, dass ich mit einer außergewöhnlichen Ermittlerin arbeite," sagte Bodo und sah Lena dabei an. Lena lächelte verlegen. „Das war Teamarbeit. Ohne euch wäre das nicht möglich gewesen." „Teamarbeit ist das A und O," meinte Jan. „Aber es braucht auch jemanden, der in kritischen Momenten die richtigen Entscheidungen trifft." Die Gespräche vertieften sich, und bald drehte sich das Thema um gemeinsame Pläne für die Zukunft. Hartmut erzählte von einer seiner Angeltouren, und als er vorschlug, eine Team-Angeltour zu organisieren, stimmten alle begeistert zu.

„Das wäre perfekt," sagte Bodo. „Ich habe schon lange nicht mehr geangelt, und es wäre schön, das mal wieder zu tun." Die Nacht verging in angenehmer Gesellschaft, und die entspannte Atmosphäre ließ die Strapazen der letzten Wochen verblassen. Lars' Frau brachte schließlich Schälchen mit Desserts heraus, und der Abend klang mit leichter Kost und persönlichen Geschichten aus.

Lena bemerkte, wie Bodos Hand ihre auf dem Tisch streifte. Es war eine kleine, aber bedeutungsvolle Geste, die ihr zeigte, dass sich zwischen ihnen mehr entwickelte, als sie sich vielleicht eingestehen wollte. Die leise Verbindung, die sich den ganzen Abend über aufgebaut hatte, war jetzt spürbar – eine Wärme, die über die berufliche Zusammenarbeit hinausging. Als die Party langsam zu Ende ging, verabschiedeten sich alle herzlich voneinander. Lena und Bodo waren die Letzten, die sich auf den Weg machten. Sie traten gemeinsam in die kühle Nacht hinaus, und für einen Moment schien die Welt stillzustehen. „Das war ein schöner Abend," sagte Bodo leise, als sie den Garten verließen. „Ja, das war es," antwortete Lena und lächelte. „Und ich denke, es wird nicht der letzte sein."

Kapitel 37

Der Montagmorgen brachte eine frische Brise nach Emden, die über den belebten Marktplatz wehte und die Stadt in einem klaren, frischen Licht erstrahlen ließ. Die Sonne brach langsam durch die Wolken, als Lena, mit einer großen Tüte duftender Croissants in der Hand, die Eingangshalle des Präsidiums betrat. Es war früh, doch das Treiben im Gebäude war bereits in vollem Gange. Das Summen der Telefone, das Klappern von Tastaturen und die gedämpften Gespräche der Kollegen erzeugten eine Geschäftigkeit, die Lena mit einem Anflug von Zufriedenheit erfüllte. Es war Tradition, dass sie montags Gebäck mitbrachte – eine kleine Geste, um die Woche freundlicher zu beginnen, besonders nach den intensiven Wochen, die das Team durchlebt hatte. Heute fühlte sich diese Geste jedoch besonders passend an, nach der entspannten Gartenparty bei Lars, die die Gemüter erhellt und die Teamdynamik gestärkt hatte.

Als sie den Besprechungsraum im ersten Stock betrat, lag die morgendliche Sonne wie ein sanfter Schleier auf den Gesichtern ihrer Kollegen. Jan saß bereits an seinem Platz, die Stirn leicht gerunzelt, während er durch seine Notizen scrollte. Lars, mit dem Rücken zur Tür, blickte gedankenverloren aus dem Fenster auf die erwachende Stadt. Das Licht zeichnete sanfte Schatten auf den Boden, und die friedliche Stille in diesem Raum stand im scharfen Kontrast zu dem, was ihnen bevorstand. Lena stellte die Tüte auf den Tisch und schüttelte sanft den Kopf, um den Fokus auf die bevorstehenden Aufgaben zu lenken. „Guten Morgen, Lena," sagte Lars schließlich, als er sich von der Straße abwandte und sie mit einem warmen Lächeln begrüßte. „Wie war das Wochenende?" Lena erwiderte sein Lächeln, während sie den dampfenden Kaffee in die Becher goss. „Ganz gut, danke. Es war schön, alle mal außerhalb der Arbeit zu sehen." Sie ließ ihren Blick über die Anwesenden schweifen, spürte die Leichtigkeit, die die gestrige Party mit sich gebracht hatte. „Ich muss sagen, es hat uns allen gutgetan," fügte Jan hinzu und nahm sich eines der Croissants. „Nach den letzten Wochen war es genau das Richtige." Corinna, die auf ihrem Stuhl zurückgelehnt saß und ebenfalls nach einem Croissant griff, nickte. „Aber jetzt heißt es, wieder Vollgas zu geben. Heute steht eine Menge auf dem Programm." Ihre Stimme trug einen Hauch von Ernsthaftigkeit, der die nahende Anspannung unterstrich.

Lars, der sich nun auf seinen Platz am Kopf des Tisches gesetzt hatte, ließ seine Augen durch den Raum wandern. „Das stimmt," sagte er. „Wir haben heute einiges vor. Zuerst die Verhöre mit Lea, und dann gibt es noch einige offene Spuren, die wir verfolgen müssen." Er hielt kurz inne, um den Moment zu fassen. „Aber ich habe volles Vertrauen in dieses Team. Wir sind bereit, das durchzuziehen." Die Stimmung im Raum veränderte sich spürbar. Die Entspannung der Party war verflogen, und eine konzentrierte Ernsthaftigkeit nahm ihren Platz ein. Jeder wusste, was auf dem Spiel stand. Unterdessen, während die Besprechung im Präsidium ihren Lauf nahm, war ein weiteres Team bereits in Aurich dabei, die nächste Phase des Plans in die Tat umzusetzen. Lea Weber sollte aus der Justizvollzugsanstalt in Aurich nach Emden überführt werden. Die Verhöre mussten in einer besser überwachten Umgebung fortgesetzt werden – und es durfte nichts schiefgehen.

Robin, der die Leitung des Transports übernommen hatte, stand draußen vor dem Gefängnis. Die kühle Morgenluft vermischte sich mit der Spannung, die in der Luft lag. Seine Augen blieben wachsam, als er die Vorbereitungen überwachte. Zwei unscheinbare Fahrzeuge standen bereit, perfekt getarnt. Keine Polizeimarkierungen, keine Sirenen – nichts, was Aufmerksamkeit erregen könnte. Robin hielt das Funkgerät an seine Lippen. „Alles bereit?" fragte er ruhig. „Bestätigt, alles läuft wie geplant," kam die knappe Antwort aus dem anderen Fahrzeug. Sein Herz schlug einen Moment schneller, aber er bewahrte seine Fassung. Es war nicht der erste schwierige Einsatz, aber die Bedeutung dieses Transports lastete auf ihm. Jede Kleinigkeit musste perfekt sein. Keine Fehler. Keine Zwischenfälle. Schließlich wurde Lea aus ihrer Zelle geholt, von zwei Beamten flankiert. Sie bewegte sich langsam, die Fesseln an ihren Handgelenken leise klirrend, doch ihr Gesicht blieb ausdruckslos. Keine Spur von Panik. Kein Widerstand. Es war, als hätte sie sich ihrem Schicksal gefügt. „Sie wird ins erste Fahrzeug gebracht," informierte Robin leise das Team in Emden über das Funkgerät. „Wir machen uns jetzt auf den Weg." Die Kolonne setzte sich in Bewegung. Die Route war sorgfältig ausgewählt worden, um jede mögliche Gefahr zu minimieren. Robin saß im hinteren Fahrzeug und überwachte jede Sekunde der Fahrt über sein Tablet. Die Bilder der Überwachungskameras flimmerten über den Bildschirm, der GPS-Tracker zeigte jede Kurve und jede Abzweigung.

Die Minuten zogen sich in die Länge, und mit jedem Kilometer, den sie zurücklegten, stieg die Spannung. Doch die Fahrt verlief ohne Zwischenfälle. Nach knapp einer Stunde erreichten sie das Präsidium in Emden. Der Transporter fuhr langsam in die Tiefgarage ein, wo bereits weitere Beamte warteten. Lena und Lars standen am Eingang der Tiefgarage, als Lea aus dem Fahrzeug stieg. Die Atmosphäre war plötzlich schwerer, die Luft schien dicker, als die beiden Frauen sich gegenüberstanden. „Willkommen in Emden," sagte Lena, ihre Stimme kühl, aber beherrscht. Ihr Blick traf Leas, doch die ehemalige Verdächtige blieb stumm, ihr Gesicht versteinert.

Die Beamten führten sie schweigend in den Verhörraum. Das Spiel hatte begonnen. Lars trat an Robins Seite und klopfte ihm kurz auf die Schulter. „Gute Arbeit, Robin. Jetzt fängt der schwierige Teil an." Robin nickte, die Anspannung wich nur langsam aus seinen Schultern. „Ich bin bereit, wenn es losgeht." „Das werden wir alle sein," antwortete Lena und warf einen letzten Blick in den Flur, bevor sie gemeinsam mit Lars und Robin den Verhörraum betrat. Dort würden sich die Dinge nun entfalten – und es durfte kein Fehler passieren. Nachdem Lea sicher in den Verhörraum gebracht worden war, nahm das Team seine Positionen ein. Der Raum war schlicht und funktional eingerichtet: ein stabiler Tisch in der Mitte, ein paar Stühle und eine Kamera, die an der Decke montiert war, um das Gespräch aufzuzeichnen. Die Luft war schwer, nur das monotone Summen der Klimaanlage durchbrach die Stille. Lena fühlte die Anspannung, die den Raum durchzog, während sie ihre Gedanken ordnete. Lars, Lena und Robin betraten den Raum nacheinander, wobei Lars das Gespräch anführte. Lea saß bereits am Tisch, ihre Hände lagen auf der Tischplatte, die Finger fest ineinander verkrampft. Sie war sichtbar angespannt, aber äußerlich gefasst. Lena bemerkte, wie sich ihre Augen unruhig bewegten, doch Lea sprach nicht. Lars setzte sich direkt gegenüber von ihr und warf ihr einen prüfenden Blick zu.

Die Spannung zwischen den beiden war fast greifbar. „Frau Weber," begann Lars mit ruhiger, aber bestimmter Stimme, „Sie wissen, warum Sie hier sind. Heute haben Sie die Möglichkeit, zu helfen. Helfen Sie uns, und Sie können auch sich selbst helfen." Lea starrte stumm auf die Tischplatte. Lena spürte die Anspannung in ihrer Miene, und in ihrem Kopf schwirrten Zweifel. War Lea wirklich bereit, alles zu offenbaren, oder spielte sie nur mit ihnen? Es war schwer, diese Frau einzuschätzen. Lena wollte den Moment nutzen, um eine Beziehung aufzubauen – Vertrauen war der Schlüssel, aber auch das Misstrauen nagte an ihr.

„Lea," begann Lena in sanftem Ton, „wir wissen, dass Sie nicht freiwillig in diese Organisation geraten sind. Wir verstehen, dass Sie in eine schwierige Lage gebracht wurden. Aber jetzt haben Sie die Chance, etwas richtig zu machen. Sie können uns helfen, und wir können Ihnen helfen." Lenas Stimme schwang ruhig, doch sie fühlte, dass Lea sich innerlich wehrte, als ob sie eine Mauer um sich aufgebaut hatte. Lea hob den Blick und sah Lena an, ihre Augen schienen auf der Suche nach etwas – vielleicht einer Möglichkeit, sich herauszureden, vielleicht nach einem Zeichen, dem sie vertrauen konnte. Robin, der das Gespräch beobachtete, ergriff diesen Moment, um den Druck leicht zu erhöhen. „Frau Weber, Sie wissen, was diese Menschen tun können. Sie haben es gesehen. Wir können Sie beschützen, aber nur, wenn Sie uns vertrauen. Wenn Sie weiter schweigen, gefährden Sie nicht nur sich, sondern auch Ihre Familie." Seine Worte hallten im Raum wider, während sich die Stille weiter ausbreitete. Es war das leise Klicken von Robins Stift, das die drückende Spannung für einen Moment durchbrach.

Lea atmete schwer, die Last der Entscheidung schien auf ihren Schultern zu liegen. „Ich wollte das alles nicht. Ich war an einem Punkt, an dem ich dachte, es gäbe keinen Ausweg mehr. Aber ich weiß, dass ich Fehler gemacht habe." Ihre Stimme war leise, fast brüchig, als ob die Worte sie selbst überraschten. Sie schwieg wieder und sah Lena an, als würde sie auf etwas warten. Lena lehnte sich leicht nach vorne. „Es ist nie zu spät, diese Fehler zu korrigieren. Sie kennen die Struktur dieser Organisation, Sie wissen, wer die Fäden zieht. Helfen Sie uns, Lea, und wir können Ihnen helfen. Aber Sie müssen uns vertrauen."

Die Stille kehrte zurück, das Summen der Klimaanlage war das einzige Geräusch. Lars und Lena tauschten einen schnellen Blick. Das Gefühl, kurz vor einem Durchbruch zu stehen, lag in der Luft. Lars entschied, dass es Zeit war, den Druck zu erhöhen. „Frau Weber," sagte er, diesmal schärfer, „Ihre Situation ist ernst. Sehr ernst. Aber Sie haben die Möglichkeit, das Blatt zu wenden. Jedes Detail, das Sie uns geben können, bringt Sie einen Schritt näher an eine zweite Chance." Lea senkte den Kopf und schloss für einen Moment die Augen, als ob sie sich sammeln musste, bevor sie antwortete. „Es gibt jemanden... jemanden, den sie alle fürchten. Jemanden, den niemand direkt anspricht, aber jeder weiß, dass er das Sagen hat. Sie nennen ihn nur ‚den Mann'."

Lars und Lena tauschten erneut einen schnellen Blick, diesmal war es mehr als nur ein stilles Verständnis – es war die Erkenntnis, dass sie endlich an einen wichtigen Punkt gelangt waren. Die Erwähnung dieses Mannes war neu. Gerüchte hatten sie immer wieder gehört, doch jetzt klang es so, als hätten sie eine konkrete Spur. „Wer ist dieser Mann?"

fragte Lars sofort, seine Stimme klang ruhig, aber die Dringlichkeit war nicht zu überhören. Lea schüttelte langsam den Kopf. „Ich habe ihn nie gesehen. Niemand, den ich kenne, hat ihn je gesehen. Aber er gibt die Befehle, und jeder gehorcht ihm ohne Frage. Er ist der Grund, warum Varela so mächtig ist."

Robin spürte, dass sie näher an der Wahrheit waren. „Und wo ist Varela jetzt?" Lea zögerte, bevor sie antwortete, ihre Stimme war leise und zögernd. „Er versteckt sich... irgendwo in den Niederlanden. Aber das ist nicht der Punkt. Selbst wenn ihr Varela findet, wird der Mann im Hintergrund weitermachen. Er ist der Kopf des Ganzen." Lena spürte eine Welle der Entschlossenheit durch sich fließen. „Lea, das ist eine wichtige Information. Aber wir brauchen mehr. Helfen Sie uns, diesen Mann zu finden. Alles, was Sie wissen, könnte der entscheidende Hinweis sein."

Lea blickte erneut in die Runde, und Lena spürte, dass sie abwog, wie viel sie wirklich preisgeben sollte. Zweifel nagten an Lena – war Lea wirklich bereit, alles zu erzählen, oder hielt sie noch entscheidende Informationen zurück? „Ich werde euch sagen, was ich weiß," sagte Lea schließlich, ihre Stimme fest, aber leise. „Aber ich brauche die Garantie, dass ihr mich schützt. Nicht nur mich, sondern auch meine Familie." Lars nickte langsam. „Das können wir arrangieren. Aber dafür müssen Sie alles erzählen. Halten Sie nichts zurück." Lea schluckte schwer, dann begann sie zu reden. Doch während sie sprach, merkte Lena, dass Lea vorsichtig war, nur oberflächlich Informationen preisgab und sich in Details zurückhielt. Sie erzählte von Strukturen und Decknamen, erwähnte Treffen, aber ging nicht zu tief darauf ein. Es war, als würde sie einen Tanz um die Wahrheit aufführen, immer darauf bedacht, nicht zu viel zu offenbaren. Die Stunden zogen sich hin, und je länger das Verhör dauerte, desto deutlicher wurde es Lena, dass Lea etwas zurückhielt. Ihre Aussagen waren nützlich, aber unvollständig. Das Verhör dauerte Stunden, und Lea schien zunehmend erschöpfter zu werden. Doch sie gab nicht auf, und das Team blieb beharrlich. Als das Gespräch schließlich zu Ende ging, hatten sie eine Fülle neuer Informationen, die sie weiterverfolgen konnten. Aber es war auch klar, dass dies nur der Anfang eines langen und gefährlichen Weges war. „Das war gut," sagte Lars, als sie den Raum verließen. „Aber ich habe das Gefühl, dass sie uns nicht alles gesagt hat."

Lena nickte nachdenklich. „Sie spielt auf Zeit. Sie weiß, dass sie noch mehr in der Hinterhand hat. Ich bin mir sicher, dass sie einen Deal mit uns aushandeln will." Robin blätterte durch seine Notizen. „Wir sollten die neuen Informationen so schnell wie möglich auswerten. Ich glaube, sie wird noch mehr reden – aber nur, wenn sie weiß, dass es sich für sie lohnt." Lena blickte zurück zum Verhörraum. „Ja, aber die Frage ist: Wie viel ist sie bereit, preiszugeben, bevor es zu spät ist?" Lena nickte. „Wir sollten sofort mit der Analyse beginnen und die nächsten Schritte planen. Es gibt keine Zeit zu verlieren."

„Ich stimme zu," sagte Robin, der sich die letzten Notizen durchsah. „Wir müssen uns auf alles vorbereiten. Dieser Mann im Hintergrund – er könnte gefährlicher sein, als wir uns bisher vorstellen konnten." „Das wird er sein," antwortete Lena ernst. „Aber wir haben jetzt einen Vorteil. Und den werden wir nutzen."

Kapitel 38

Während Lena, Lars und Robin im Präsidium mit dem Verhör von Lea beschäftigt waren, setzte der Rest des Teams die Ermittlungen in der ostfriesischen Region fort. Jan Müller und Bodo Zimmermann machten sich schon früh auf den Weg, um einige Orte zu überprüfen, die in Leas Aussagen aufgetaucht waren. Jan fuhr den unscheinbaren, zivilen Wagen durch die engen Straßen einer kleinen Ortschaft nahe Aurich. Die Dörfer hier waren friedlich, fast zu perfekt, aber Jan und Bodo wussten, dass dieser Schein oft trügt. Die erste Station war ein kleines Café, das in letzter Zeit vermehrt von Verdächtigen besucht worden war.

„Also hier trifft sich Varelas Bande?" Jan parkte den Wagen und stieg aus. Die kühle Morgenluft wehte ihm entgegen. Bodo blätterte in seinen Notizen. „Jo, zumindest laut den Infos unserer Beobachter. Ist 'ne kleine Ecke hier, also fällt jeder Fremde sofort auf. Wir sollten keine Welle machen." Sie betraten das Café. Die Besitzerin begrüßte sie freundlich. Das Interieur war typisch für so ein Dorf – warme Farben, der Duft von frisch gemahlenem Kaffee lag in der Luft, und die wenigen Gäste saßen an ihren Tischen, lasen Zeitungen oder unterhielten sich leise. Jan und Bodo setzten sich an einen Tisch in der Ecke, bestellten zwei Kaffee und schauten sich unauffällig um.

„Siehst du die zwei da hinten?" Bodo deutete kaum merklich in die hintere Ecke des Cafés, wo zwei Männer gedämpft miteinander sprachen. „Die kommen mir verdächtig vor. Glaube, das sind unsere Leute." Jan nippte an seinem Kaffee und musterte die Männer aus den Augenwinkeln. „Lass uns erst mal abwarten. Keine Hektik. Mal sehen, ob sie was rausrücken." Nachdem sie ihre Zeit im Café ausgesessen hatten, führte die nächste Spur sie zu einem abgelegenen Hof am Rande des Dorfes. Der Hof sah heruntergekommen und verlassen aus, aber genau das machte ihn verdächtig. „Der Typ, der hier wohnt, steht bei uns auf der Liste," sagte Bodo, während sie das Tor öffneten. „Hat ein paar krumme Geschäfte laufen, aber bisher nix Handfestes." Jan schaute sich aufmerksam um. „Vielleicht finden wir heute was. Pass auf, wo du hintrittst."

Der Hof wirkte still und verlassen, bis auf das gelegentliche Krächzen eines Vogels in der Ferne. Sie durchsuchten systematisch das Gelände. Im Inneren eines der Gebäude stießen sie schließlich auf eine versteckte Kammer. Die Einrichtung war spartanisch, aber professionell: Überwachungsgeräte, falsche Papiere und eine kleine Menge Bargeld lagen offen herum. „Na super," sagte Jan leise, während er die Ausrüstung fotografierte. „Das sieht ziemlich professionell aus."

Bodo durchsuchte die Papiere und entdeckte einige Dokumente, die direkt zu bekannten Mitgliedern der Organisation führten. „Das ist der Jackpot. Die koordinieren hier ihre ganze Operation. Wir sollten alles sichern und dem Team Bescheid geben." Gerade als sie die Beweise sammelten, hörten sie Schritte hinter sich. Ein älterer Mann stand plötzlich im Türrahmen. Sein Blick war misstrauisch und seine Lippen schmal.

„Was macht ihr hier?" fragte er scharf.

Jan drehte sich ruhig um und hob die Hände leicht, um die Situation zu entschärfen. „Guten Tag. Wir sind von der Polizei. Wir ermitteln hier in einem Fall. Haben Sie hier in der Gegend irgendwas Verdächtiges bemerkt?" Der Mann sah sie lange an, als würde er abwägen, was er sagen sollte. Schließlich zuckte er mit den Schultern. „Hier passiert nicht viel. Ein paar Jugendliche treiben manchmal Unfug. Mehr nicht." Bodo trat einen Schritt vor. „Und was ist mit den Autos, die hier ab und zu vorfahren? Wir haben Hinweise, dass hier nicht alles mit rechten Dingen zugeht." Der Mann zögerte kurz, dann sagte er leise: „Naja, ab und zu kommen teure Wagen hierher. Aber wer das ist? Keine Ahnung."

„Danke für die Info," sagte Jan freundlich, aber bestimmt. „Wir kümmern uns darum." Der Mann nickte kurz, warf ihnen einen letzten misstrauischen Blick zu und verschwand dann Richtung Dorf. Jan und Bodo tauschten einen Blick.

„Der weiß mehr, als er zugeben will," murmelte Bodo.

„Wahrscheinlich. Aber wir haben genug, um weiterzumachen. Lass uns zurückfahren und alles zusammenstellen," antwortete Jan, während er das letzte Foto schoss.

Kapitel 39

Zurück im Präsidium trafen Jan und Bodo auf Lena, die gerade das Verhör mit Lea beendet hatte. Die Müdigkeit stand ihr ins Gesicht geschrieben, aber ein entschlossener Ausdruck verriet, dass sie fest entschlossen war, die gewonnenen Informationen schnell zu nutzen. Jan reichte ihr die Beweise, die sie auf dem Hof gefunden hatten. „Das passt alles zusammen," sagte Lena, als sie die Dokumente durchsah. Sie ließ den Blick über die Papiere gleiten, während ihre Stirn sich in konzentrierte Falten legte. „Die Verhöre mit Lea und eure Funde bestätigen, dass wir auf dem richtigen Weg sind. Wir müssen schnell handeln. Die Uhr tickt."

Robin, der ebenfalls dazugekommen war, lehnte sich an den Türrahmen und fügte nachdenklich hinzu: „Wir sollten die Infos sofort analysieren. Wenn wir Glück haben, finden wir einen direkten Weg, um an diesen ‚Mann' zu kommen, den Lea erwähnt hat. Es ist unser Schlüssel, das ganze Netzwerk zu knacken." Lars, der die Diskussion von seinem Schreibtisch aus verfolgt hatte, trat hinzu, seine Augen funkelten vor Anerkennung. „Gut gemacht, ihr beiden. Das könnte der Durchbruch sein, den wir brauchen." Er klopfte Jan und Bodo auf die Schultern und fuhr dann energisch fort: „Ich werde zusätzliche Ressourcen für die Analyse besorgen. Wir dürfen uns jetzt keinen Fehler erlauben."

Das Team setzte sich im Besprechungsraum zusammen. Der Tisch war übersät mit Dokumenten, Beweisen und Notizen. Die Atmosphäre war angespannt, aber voller Tatendrang. Jeder wusste, dass die nächsten Schritte entscheidend waren. „Die parallelen Ermittlungen haben uns wichtige Bausteine geliefert," sagte Jan, während er ein paar Karten auf dem Tisch ordnete. „Jetzt müssen wir das alles zusammensetzen und den nächsten Zug der Organisation vorhersehen." „Und wir dürfen nicht vergessen," fügte Bodo hinzu, „dass wir diese Leute nicht unterschätzen dürfen. Sie sind clever, aber wir haben jetzt die Oberhand." Die Sonne war mittlerweile tiefer gesunken und tauchte das Büro in ein goldenes Licht. Es war, als ob die Stadt selbst den bevorstehenden Moment der Entscheidung spürte. Die Gespräche im Raum wurden leiser, als jeder für sich die Bedeutung des Moments erkannte. Die kommenden Tage würden alles verändern.

Nachdem die intensiven Verhöre mit Lea und die Ermittlungen in der Region abgeschlossen waren, zog sich Lena in ihr Büro zurück. Es war bereits später Nachmittag, und die Sonnenstrahlen fielen weich durch die großen Fenster, tauchten den Raum in ein warmes, friedliches Licht – ein Kontrast zu den Gedanken, die sie beschäftigten. Sie ließ sich in ihren Stuhl fallen, der Stoff unter ihr gab leicht nach, und für einen Moment schloss sie die Augen. Der Tag war anstrengend gewesen, doch tief in ihr spürte sie eine leise Zufriedenheit. Sie und ihr Team hatten bedeutende Fortschritte gemacht, und das Wissen darüber gab ihr einen Funken Hoffnung, dass sie das Richtige taten.

Ihre Augen wanderten über die Berichte und Notizen, die sich wie ein chaotisches Puzzle auf ihrem Schreibtisch türmten. Doch ihre Gedanken wanderten anderswo hin – zu den letzten Tagen, zu den stillen Morgenstunden mit Bodo. Seit er aus dem Krankenhaus entlassen worden war und vorübergehend in ihrem Gästezimmer wohnte, hatten sie viel Zeit miteinander verbracht. Mehr Zeit, als sie es erwartet hatte – beruflich und privat. Lena erinnerte sich an die

Gartenparty bei Lars. Ein warmes Lächeln huschte über ihr Gesicht, als sie daran dachte, wie sie und Bodo dort miteinander harmoniert hatten – nicht nur als Kollegen, sondern als Freunde, vielleicht sogar mehr. Sie dachte an die stillen Momente am Morgen, wenn sie gemeinsam auf der Terrasse saßen, den ersten Kaffee des Tages teilten und in die Stille des Gartens blickten. Es war ungewohnt für sie, jemanden so nah an sich heranzulassen. Sie rieb sich die Stirn, als die Erinnerungen an Hannover, an die Narben ihrer Vergangenheit, in ihr aufstiegen. Sie hatte so hohe Mauern um ihr Herz gebaut, doch Bodo schien langsam, fast unbemerkt, einen Weg gefunden zu haben, diese Mauern zu durchbrechen. Er war nicht nur ein Kollege – er war ein Anker, jemand, auf den sie sich verlassen konnte, ohne dass sie viele Worte brauchte. Es war etwas Tieferes zwischen ihnen, etwas, das sie nicht mehr ignorieren konnte.

Aber mit dieser Nähe kam auch Angst. Lena hatte gelernt, dass emotionale Verbindungen in ihrem Beruf gefährlich sein konnten. Sie war nicht nur Ermittlerin, sondern eine Frau, die viel durchgemacht hatte. Ihre Furcht, sich zu öffnen und verletzt zu werden, kämpfte mit dem Verlangen, Bodo noch näher an sich heranzulassen. Ihr Blick fiel auf ihr Handy. Sie überlegte kurz, dann tippte sie eine Nachricht: „Ich bin noch im Büro, aber ich denke an dich. Wir sehen uns später." Sie legte das Handy zur Seite und stand auf, um ans Fenster zu treten.

Die Stadt lag ruhig unter ihr, die Straßen füllten sich langsam mit den ersten Lichtern der Dämmerung. Sie lehnte die Stirn gegen die kühle Scheibe und atmete tief durch. „Was wird die Zukunft bringen?" fragte sie sich leise. Sie drehte sich um, ließ den Blick auf die chaotischen Unterlagen auf ihrem Schreibtisch ruhen. Die Ermittlungen forderten ihre volle Aufmerksamkeit, das wusste sie. Aber Bodo würde in ihrem Hinterkopf bleiben – wie ein Gedanke, der nicht einfach verschwand. Sie war bereit, sich dieser neuen Realität zu stellen, auch wenn sie nicht wusste, wohin sie führen würde. Mit einem letzten tiefen Atemzug setzte sie sich wieder an ihren Schreibtisch. Die kommenden Tage würden herausfordernd werden – beruflich und privat. Aber Lena war bereit, sich diesen Herausforderungen zu stellen, was auch immer sie bringen würden

Kapitel 40

Der Dienstagmorgen brachte eine klare Kälte mit sich, als Lena und Bodo in den Wagen stiegen und durch die erwachenden Straßen von Emden fuhren. Der Nebel des frühen Morgens hatte sich gerade erst verzogen, und die ersten Sonnenstrahlen tauchten die Stadt in ein zartes, goldenes Licht. Die Ereignisse des gestrigen Tages schwebten noch schwer über ihnen, doch der neue Tag versprach wichtige Fortschritte. „Heute müssen wir sicherstellen, dass wir alle Informationen aus Lea herausholen," sagte Lena, während sie die schmale Straße entlangfuhr. Ihre Stimme war ruhig, doch in ihr lag eine Entschlossenheit, die Bodo gut kannte. „Was sie uns gestern gesagt hat, ist wertvoll, aber es reicht noch nicht."

Bodo nickte nachdenklich. „Wir haben genug, um anzusetzen, aber der ‚Mann', von dem sie gesprochen hat, ist noch zu nebulös. Wir müssen tiefer graben. Ich bin sicher, sie weiß mehr." Lena fuhr den Wagen in die Einfahrt des Polizeipräsidiums, parkte und stellte den Motor ab. „Dann sollten wir uns beeilen. Der heutige Tag wird entscheidend sein." Gemeinsam betraten sie das Gebäude, in dem bereits reger Betrieb herrschte. Die kühle Luft draußen hatte die letzten Reste von Müdigkeit aus ihren Köpfen verbannt, und sie gingen zielstrebig zu ihrem Büro. Lars erwartete sie bereits, vertieft in einen Stapel Dokumente.

„Morgen," grüßte er knapp, während er die Papiere durchblätterte. „Wir haben einiges vor heute. Robin und Jan sind schon an der Arbeit, die Namen, die Lea uns gegeben hat, zu überprüfen. Wir sollten das Verhör fortsetzen, solange sie kooperativ ist." Lena nickte und bereitete sich innerlich auf die bevorstehenden Stunden vor. „Ich will heute keine Lücken in ihren Aussagen lassen. Wir müssen alles aus ihr herausholen, was sie weiß." „Dann sollten wir keine Zeit verlieren," sagte Lars und führte die beiden zum Verhörraum. Im Verhörraum saß Lea bereits am Tisch, ihre Hände auf der Tischplatte, das Gesicht ernst. Die Erschöpfung der letzten Tage hatte ihre Spuren hinterlassen, doch in ihren Augen lag eine Entschlossenheit, die Lena nicht entging. Lars setzte sich Lena gegenüber und eröffnete das Gespräch. „Frau Weber, gestern haben Sie uns wertvolle Informationen gegeben. Doch es gibt noch vieles, das wir klären müssen. Jeder weitere Hinweis, den Sie uns geben, könnte entscheidend sein."

Lea nickte, ihre Hände leicht zitternd. „Ich weiß. Ich will Ihnen helfen, aber Sie müssen verstehen, dass ich auch Angst habe. Der Mann, von dem ich sprach... Er ist mächtiger, als Sie sich vorstellen können. Wenn ich Ihnen alles erzähle, muss ich sicher sein, dass Sie mich und meine Familie schützen." Lena lehnte sich vor, ihre Stimme sanft, aber fest. „Lea, wir können Ihnen diesen Schutz bieten, aber wir brauchen Ihre vollständige Kooperation. Sie wissen, wer mit diesem Mann in Kontakt steht. Helfen Sie uns, ihn zu finden."

Lea atmete tief ein und begann zu sprechen. Zunächst zögerlich, dann immer flüssiger, als ob das Sprechen ihr eine Last abnahm. Sie beschrieb die Struktur der Organisation, die Treffen, an denen sie teilgenommen hatte, und die Decknamen, die verwendet wurden. Der „Mann" blieb jedoch ein ungreifbares Phantom – mächtig, gefürchtet, aber immer im Schatten. „Es gibt Leute in der Organisation, die direkt mit ihm in Kontakt stehen," sagte Lea schließlich.

„Sie sind seine Augen und Ohren. Wenn Sie diesen Leuten folgen, werden Sie ihn finden." Lena machte sich sorgfältige Notizen, während sie sprach. Jeder Hinweis, jede kleine Information könnte entscheidend sein. Bodo beobachtete sie aufmerksam und schaltete sich gelegentlich ein, um gezielte Fragen zu stellen, die weitere Details ans Licht brachten. Das Verhör dauerte Stunden. Lea schien von der Last der Geheimnisse, die sie trug, zunehmend erschöpft zu werden, doch sie sprach weiter, getrieben von der Angst und der Hoffnung auf eine bessere Zukunft. Als das Gespräch schließlich zu einem Ende kam, war der Tisch vor Lena mit Notizen und Informationen bedeckt. Lars nickte zufrieden, während er aufstand. „Das war hilfreich, Lea. Aber wir werden diese Informationen so schnell wie möglich überprüfen müssen." „Und wir müssen vorbereitet sein," fügte Bodo hinzu. „Der Mann, von dem sie gesprochen hat, wird nicht untätig bleiben. Er weiß, dass wir ihm auf der Spur sind."

Lena stand auf und legte Lea eine Hand auf die Schulter. „Lea, Sie haben den ersten Schritt getan. Wir werden tun, was wir können, um Sie und Ihre Familie zu schützen. Aber wir müssen jetzt handeln." Lea nickte stumm, zu erschöpft, um mehr zu sagen. Die Beamten brachten sie zurück in ihre Zelle, während Lena, Bodo und Lars den Raum verließen, um die nächsten Schritte zu planen. Zurück im Büro analysierten sie die neuen Informationen und arbeiteten an einem Plan, wie sie die Verbindungen zu dem ominösen „Mann" verfolgen konnten. Robin und Jan lieferten weitere Ergebnisse ihrer Ermittlungen, die die Aussagen von Lea untermauerten.

„Wir haben einige Namen, die wir jetzt verfolgen können," sagte Robin, als er seine Notizen durchging. „Es gibt

Verbindungen in die Niederlande, die wir unbedingt beobachten müssen." „Das deckt sich mit dem, was Lea gesagt hat," stellte Lars fest. „Wir müssen ein Team entsenden, um diese Orte zu überwachen. Diskret und präzise." Lena nickte, spürte jedoch die Erschöpfung des Tages in sich aufsteigen. „Wir haben heute viel erreicht, aber es wird noch härter werden. Wir müssen uns morgen früh zusammensetzen und die nächsten Schritte planen." Der Abend brach herein, und langsam leerte sich das Präsidium. Die Kollegen gingen nach und nach, einige noch in Gedanken versunken, andere bereits auf dem Weg nach Hause, um Kraft für den nächsten Tag zu tanken. Lena und Bodo blieben als Letzte im Büro zurück.

Die Stille des Raumes war eine angenehme Abwechslung nach den intensiven Stunden. „Es war ein guter Tag," sagte Bodo schließlich, seine Stimme ruhig. „Wir sind einen Schritt weiter." Lena nickte, fühlte jedoch, wie die Anspannung in ihr nachließ. „Ja, aber wir müssen wachsam bleiben. Dieser ‚Mann'… Er ist gefährlicher, als wir gedacht haben." „Und du bist stark, Lena," antwortete Bodo sanft. „Wir alle wissen das." Lena lächelte müde. „Danke, Bodo. Deine Unterstützung bedeutet mir viel." „Und mir bedeutet es viel, dass ich hier bin," sagte er, seine Augen warm und beruhigend. Lena spürte, wie ein Teil der Last von ihren Schultern glitt. „Lass uns nach Hause gehen. Wir haben morgen einen langen Tag vor uns."

Gemeinsam verließen sie das Präsidium und traten in die kühle Abendluft hinaus. Die Straßen von Emden waren ruhig, doch Lena wusste, dass die Ruhe trügerisch war. In den Schatten dieser Stadt verbarg sich eine Gefahr, die sie nicht unterschätzen durften. Als sie sich auf den Heimweg machten, blieb Lena nachdenklich. Der Tag war voller Herausforderungen gewesen, aber sie wusste, dass es nur der Anfang war. Die nächsten Schritte würden entscheidend sein – für den Fall, für das Team, und vielleicht auch für sie und Bodo. Doch als sie Seite an Seite durch die stillen Straßen gingen, fühlte Lena eine Art Frieden in sich. Was auch immer kommen mochte, sie würde es nicht allein bewältigen müssen. Und das gab ihr die Kraft, weiterzumachen. Als sie schließlich ihr Zuhause erreichten, ließ Lena die Ereignisse des Tages hinter sich. Die Welt mochte kompliziert sein, aber in diesem Augenblick war sie genau dort, wo sie sein wollte.

Kapitel 41

Der Mittwochmorgen begann kühl und klar in Emden, als Lena das Polizeipräsidium betrat. Die Ereignisse des gestrigen Tages hatten Spuren hinterlassen – das Team war angespannt, und das Misstrauen war greifbar. Lena wusste, dass dieser Tag entscheidend sein würde, sowohl für die Enttarnung des Maulwurfs als auch für die bevorstehende Operation in den Niederlanden. Im Besprechungsraum hatten sich bereits Lars, Robin, Jan und Bodo versammelt. Die übliche morgendliche Routine war einer konzentrierten, fast angespannten Atmosphäre gewichen. Lars eröffnete die Besprechung direkt: „Wir haben heute viel vor. Zunächst werden wir die falschen Informationen streuen, um den Maulwurf zu enttarnen. Danach müssen wir uns auf die Zusammenarbeit mit den niederländischen Behörden vorbereiten."

Lena nickte, während sie die Karten auf dem Tisch studierte. „Jeder von uns erhält spezifische Aufgaben, die sicherstellen, dass wir sowohl den Maulwurf als auch Varela im Blick behalten. Jan und Bodo, ihr werdet dabei eine wichtige Rolle spielen." Im Laufe des Vormittags setzte das Team den Plan in die Tat um. Jeder von ihnen erhielt gezielt falsche Hinweise über Varelas Aufenthaltsort, die über verschiedene Kanäle weitergegeben wurden. Jan und Bodo wurden mit der Überwachung dieser Informationen betraut, um mögliche Reaktionen des Maulwurfs aufzuspüren. Lena überwachte den Prozess mit einem wachsamen Auge.

Die Atmosphäre im Team war angespannt, jeder wusste, dass ein Fehler fatale Konsequenzen haben könnte. Während die falschen Informationen ihren Weg durch das

Netzwerk fanden, beobachtete Lena sorgfältig die Reaktionen ihrer Kollegen. Sie spürte das wachsende Misstrauen und den Druck, der auf jedem von ihnen lastete. Zwischen den Aufgaben fand Bodo immer wieder kleine Momente, um Lena zu unterstützen. „Wir machen Fortschritte," sagte er leise, als sie sich kurz im Flur begegneten. „Bleib stark." Lena nickte dankbar. Bodos stille Unterstützung war ein Anker inmitten des Chaos. Sie wusste, dass sie sich auf ihn verlassen konnte, auch wenn die Situation immer komplizierter wurde. Am späten Vormittag trafen die erwarteten Informationen aus den Niederlanden ein. Die niederländische Polizei hatte bestätigt, dass sie konkrete Hinweise auf Varelas Versteck in Groningen erhalten hatten. Die Nachricht war sowohl eine Erleichterung als auch eine weitere Quelle der Anspannung – ein internationaler Zugriff war nun unvermeidlich.

„Die Niederländer haben alles vorbereitet," berichtete Lars, als er die neuesten Informationen vortrug. „Wir müssen sicherstellen, dass wir bereit sind, wenn der Zugriff erfolgt. Lena und ich werden nach Groningen fahren, um die Operation vor Ort zu unterstützen." Lena spürte, wie sich die Spannung in ihr aufbaute. „Das ist unsere Chance. Wir müssen dafür sorgen, dass alles reibungslos abläuft." Bevor sie aufbrachen, zog Lena Bodo zur Seite. „Pass auf hier auf. Halte mich über alles auf dem Laufenden, was sich entwickelt. Und… danke, dass du immer hinter mir stehst." Bodo lächelte leicht. „Du weißt, dass ich das tue. Sei vorsichtig da draußen." Lena nickte und spürte, wie seine Worte sie stärkten. Sie wusste, dass sie sich auf Bodo verlassen konnte, und das gab ihr die nötige Ruhe für die bevorstehenden Aufgaben.

Während der Fahrt nach Groningen versank Lena in Gedanken. Die Verantwortung lastete schwer auf ihr – nicht nur der Maulwurf, den sie enttarnen mussten, sondern auch die Koordination mit den niederländischen Kollegen und die bevorstehende Operation. Sie wusste, dass jeder Fehler gravierende Konsequenzen haben könnte. „Lena, wir haben alle Vorbereitungen getroffen," sagte Lars, der Lenas Anspannung bemerkte. „Jetzt müssen wir darauf vertrauen, dass unser Plan funktioniert." Lena nickte, ihre Gedanken immer noch bei den bevorstehenden Herausforderungen. „Ich weiß, Lars. Aber ich kann nicht aufhören, an die möglichen Risiken zu denken." „Das ist verständlich," antwortete Lars ruhig. „Aber wir haben ein starkes Team, sowohl hier als auch in Groningen. Wir werden das schaffen." Die Gedanken an Bodo und seine Worte vor ihrer Abreise gaben Lena zusätzliche Kraft. Sie wusste, dass sie diesen Einsatz erfolgreich bewältigen musste, nicht nur für sich selbst, sondern für das gesamte Team. Die bevorstehenden Stunden würden entscheidend sein, und sie bereitete sich mental auf jede Eventualität vor.

Als Lena und Lars im Polizeihauptquartier von Groningen ankamen, war die Atmosphäre angespannt. Kommissar De Vries und sein Team hatten bereits alle Vorbereitungen getroffen, und es blieb wenig Zeit für lange Besprechungen. Die Karten waren ausgebreitet, und die letzten Details wurden schnell durchgegangen. „Wir haben das Zielgebiet abgeriegelt," erklärte De Vries. „Der Zugriff wird in den frühen Morgenstunden erfolgen. Wir müssen schnell und präzise handeln." Lars und Lena brachten ihre Erfahrung und ihr Wissen ein, um sicherzustellen, dass die Operation reibungslos ablief. Lena warf immer wieder einen Blick auf die Karte, überprüfte die Positionen der Einsatzkräfte und stellte sicher, dass alle Eventualitäten berücksichtigt wurden. „Es darf nichts schiefgehen," sagte Lena entschlossen. „Wir müssen sicherstellen, dass Varela keine Chance zur Flucht hat."

„Das Team ist bereit," fügte Lars hinzu. „Wir werden den Zugriff so koordinieren, dass er keinen Ausweg hat." Während der Besprechung dachte Lena erneut an Bodo und das Gespräch, das sie vor ihrer Abreise geführt hatten. Es gab ihr die nötige Ruhe und Entschlossenheit, sich voll auf die Aufgabe zu konzentrieren. Die internationale Zusammenarbeit verlief reibungslos, und Lena wusste, dass alles vorbereitet war. Nach der Besprechung begaben sich Lars und Lena zusammen mit dem niederländischen Team in die Nähe des Einsatzortes. Die Anspannung war greifbar, und jeder war sich der Bedeutung dieses Moments bewusst. Während die Teams ihre Positionen einnahmen und die letzte Ausrüstung überprüften, konnte Lena die Nervosität kaum verbergen.

„Wir haben alles getan, was wir konnten," sagte Lars leise zu Lena. „Jetzt liegt es an uns, diesen Einsatz erfolgreich zu beenden."

Lena nickte und atmete tief durch. Sie wusste, dass dieser Zugriff eine große Chance war, die Organisation zu zerschlagen, und dass sie keine Fehler machen durfte. Die Gedanken an Bodo und das Vertrauen, das ihr Team in sie setzte, gaben ihr die notwendige Entschlossenheit, um diesen Einsatz mit Klarheit und Fokus anzugehen.

Kapitel 42

Lars und Lena hatten die Nacht in Groningen verbracht. Die Spannung des bevorstehenden Einsatzes lastete schwer auf ihnen, und der Schlaf war nur kurz und unruhig. Als der Morgen dämmerte, war die Stimmung im niederländischen Polizeihauptquartier angespannt. Die letzten Vorbereitungen wurden getroffen, und die Einsatzkräfte nahmen ihre Positionen ein. Lena und Lars waren früh auf den Beinen und kehrten ins Hauptquartier zurück, um sicherzustellen, dass alles wie geplant ablief. Die Luft war kalt, und die Stille draußen stand im Kontrast zur hektischen Aktivität im Inneren. „Alles ist bereit," sagte Kommissar De Vries, als er die beiden begrüßte. „Wir beginnen in wenigen Minuten." Lena nickte, während sie die Pläne erneut überprüfte. Lars war neben ihr, ruhig und fokussiert, doch Lena spürte die Anspannung in ihm. Es war der Moment, auf den sie alle hingearbeitet hatten – die Möglichkeit, Varela endlich zu fassen.

„Lars, bist du bereit?" fragte Lena leise, während sie einen letzten Blick auf die Monitore warf, die die Live-Übertragung vom Einsatzort zeigten. „Ja, aber ich habe ein ungutes Gefühl," antwortete Lars. „Irgendetwas fühlt sich… falsch an." Lena wollte gerade antworten, als plötzlich ein hektischer Funkspruch die Stille durchbrach. „Bewegung im Zielgebäude!" Die Monitore zeigten, wie sich die Einsatzkräfte leise und konzentriert auf ihre Positionen zubewegten. Die Teams hatten das Gebäude umstellt, und das Signal für den Zugriff wurde gegeben. Die Türen wurden aufgebrochen, und die Beamten stürmten hinein. Doch was sie im Inneren vorfanden, war unerwartet. Die Räume waren leer. Keine Spur von Varela oder seinen Leuten, nur

Anzeichen dafür, dass das Versteck erst kürzlich verlassen worden war. „Wie kann das sein?" flüsterte Lena, während sie die leeren Räume auf den Monitoren betrachtete. Plötzlich kam ein weiterer Funkspruch. „Wir haben hier einen versteckten Zugang gefunden, führt zu einem unterirdischen Tunnel!" Lena und Lars tauschten einen schnellen Blick, bevor sie sich zu den niederländischen Kollegen drehten. „Verfolgen Sie den Tunnel! Wir müssen wissen, wo er hinführt!" Die niederländischen Einsatzkräfte bewegten sich schnell durch den schmalen, dunklen Tunnel. Der Fluchtweg führte unter der Erde entlang und mündete in einem anderen Gebäude, das in einer benachbarten Straße lag – ein unscheinbares Haus, das bisher nicht im Fokus der Ermittlungen gestanden hatte. Doch als die Einsatzkräfte das Gebäude erreichten, war es erneut zu spät. Spuren deuteten darauf hin, dass Varela und seine Leute den Ort vor wenigen Minuten verlassen hatten.

Zurück im Hauptquartier herrschte eine bedrückende Stille. Die Beamten waren erschüttert, die Frustration stand allen ins Gesicht geschrieben. Der Zugriff, auf den sie so lange hingearbeitet hatten, war fehlgeschlagen. Varela war durch den Tunnel entkommen, und mit ihm eine wertvolle Chance, die Organisation zu zerschlagen. Lena stand am Rand des Raumes, ihre Hände fest um eine Tasse Kaffee geklammert, die sie nicht trank. Sie fühlte sich erschöpft, nicht nur körperlich, sondern auch emotional. Ihre Gedanken kreisten um die Frage, wie der Maulwurf immer noch unentdeckt operieren konnte. Die Tatsache, dass jemand aus ihrem eigenen Team diese Informationen weitergegeben hatte, nagte an ihr.

Lars trat neben sie. „Wir müssen schnell handeln, Lena. Der Maulwurf ist immer noch aktiv, und das Team wird anfangen, sich gegenseitig zu verdächtigen, wenn wir nicht bald eine Lösung finden."Lena nickte langsam. „Ich weiß, aber wir müssen vorsichtig vorgehen. Wenn wir die falsche Person verdächtigen, könnten wir das Vertrauen im Team endgültig zerstören." Die Rückfahrt nach Emden war von einer schweren Stille geprägt. Lena und Lars sprachen kaum ein Wort, beide in ihren eigenen Gedanken versunken. Lena spürte die Last der Verantwortung auf ihren Schultern. Der gescheiterte Einsatz, der immer noch aktive Maulwurf – all das ließ Zweifel in ihr aufkeimen. „Lena, ich weiß, dass das ein harter Schlag war," sagte Lars schließlich, als sie die Grenze nach Deutschland überquerten.

„Aber wir dürfen jetzt nicht aufgeben. Wir sind nah dran, das weiß ich." Lena nickte, doch ihre Gedanken waren woanders. Ihre Intuition sagte ihr, dass sie auf dem richtigen Weg waren, doch die protokollarischen Vorgaben, die sie als Teamleiterin einhalten musste, machten die Situation noch komplizierter. Sollte sie auf ihre Instinkte hören und vielleicht unkonventionelle Schritte wagen, oder sollte sie sich streng an die Regeln halten?

Und dann war da noch Bodo. Ihre Beziehung zu ihm war in den letzten Tagen eine wichtige Stütze gewesen, doch Lena spürte, dass die Belastungen der Ermittlungen auch auf ihrer persönlichen Verbindung lasteten. Sie fragte sich, wie lange sie noch in der Lage sein würde, Berufliches und Privates zu trennen, bevor eines davon zu Bruch ging. Als sie schließlich in Emden ankamen, war die Dunkelheit bereits hereingebrochen. Lena parkte den Wagen vor dem Präsidium, blieb aber noch einen Moment sitzen, während Lars ausstieg. Sie starrte in die Nacht hinaus, die Stille lastete schwer auf ihr.

„Lena?" Bodo trat aus dem Gebäude, offensichtlich besorgt, als er sie allein im Auto sitzen sah. „Alles in Ordnung?" Lena sah ihn an und zwang sich zu einem Lächeln, obwohl sie innerlich zerrissen war. „Ja, alles in Ordnung. Es war nur ein langer Tag." Bodo setzte sich zu ihr ins Auto und legte eine Hand auf ihre Schulter. „Du musst das nicht allein durchstehen. Wir sind ein Team, beruflich und... auch persönlich."

Lena atmete tief durch und spürte, wie die Tränen hinter ihren Augen brannten. Sie lehnte sich gegen Bodo und ließ die Anspannung für einen Moment nach. „Ich weiß," flüsterte sie. „Ich weiß." Als sie schließlich das Präsidium betraten, fühlte Lena sich ein wenig erleichtert, aber die Zweifel waren noch immer da. Das Team wartete bereits, und sie wusste, dass sie die Führung übernehmen musste, um die Moral wieder aufzubauen und einen neuen Plan zu entwickeln. „Morgen früh werden wir uns zusammensetzen und alles durchgehen," sagte sie entschlossen. „Wir sind noch nicht am Ende. Varela wird uns nicht noch einmal entkommen."

Das Team nickte, doch die Erschöpfung war allen anzusehen. Lena wusste, dass sie alle dringend eine Pause brauchten, aber die Arbeit musste weitergehen. Sie verabschiedete sich von den Kollegen und ging schließlich mit Bodo nach Hause.

In dieser Nacht schlief Lena unruhig. Die Ereignisse des Tages hatten tiefe Spuren hinterlassen, doch sie wusste, dass sie stark bleiben musste – für das Team, für den Fall, und für sich selbst. Die Herausforderungen, die vor ihr lagen, würden nicht einfach zu bewältigen sein, aber Lena war entschlossen, nicht aufzugeben. Als der Morgen dämmerte, fühlte Lena eine erneute Entschlossenheit in sich aufsteigen. Sie würde den Maulwurf finden und Varela zur Strecke bringen. Und sie würde dafür sorgen, dass das Team wieder zu alter Stärke zurückfindet, egal wie groß die Rückschläge auch sein mochten.

Kapitel 43

Der Morgen in Emden begann düster. Dichte Wolken hingen schwer über der Stadt, und die kühle Brise, die über den Bahnhofsplatz wehte, trug die Müdigkeit des gescheiterten Zugriffs in Groningen mit sich. Lena fuhr langsam zum Präsidium, ihre Gedanken wirr und angespannt. Der Fehlschlag lastete schwer auf ihr, und das Wissen, dass der Maulwurf noch immer unentdeckt war, ließ sie keinen Moment der Ruhe finden. Als sie das Polizeipräsidium betrat, spürte sie sofort die gedrückte Stimmung. Die Kollegen gingen wortlos an ihr vorbei, jeder tief in seinen eigenen Gedanken versunken. Die Leere des Flurs verstärkte die Einsamkeit, die Lena in sich trug, doch sie durfte sich dem nicht hingeben. Heute musste sie handeln.

Sie atmete tief durch, straffte die Schultern und ging in den Besprechungsraum, wo Lars, Robin und Jan bereits auf sie warteten. Keiner von ihnen sprach. Die Spannung im Raum war fast greifbar, und Lena wusste, dass die Ereignisse des gestrigen Tages tiefe Wunden hinterlassen hatten. „Wir müssen heute handeln," sagte sie entschlossen, um die Stille zu durchbrechen. „Es gibt zu viele offene Fragen und zu viel Misstrauen. Wir müssen den Maulwurf finden, bevor unser Team daran zerbricht." Lars hob den Blick und nickte langsam. „Robin und Jan haben bereits begonnen, die gestreuten Informationen zu analysieren. Wir sollten bald Ergebnisse haben."

Lena fühlte, wie die Schwere der Verantwortung auf ihren Schultern lastete. Jeder im Team war sich des drohenden Misstrauens bewusst, und sie wusste, dass sie keine Zeit verlieren durfte. Die Stunden schleppten sich dahin, während das Team fieberhaft an der Analyse der gestreuten Falschinformationen arbeitete. Robin und Jan hatten sich in ihr Büro zurückgezogen, konzentriert auf ihre Aufgabe, die Fäden des Netzwerks zu entwirren. Lena hielt sich im Besprechungsraum auf, die Hände fest um eine Tasse Kaffee geklammert, während Lars in kurzen Abständen die Fortschritte überprüfte. Jeder wusste, dass der heutige Tag entscheidend sein würde. „Wir kommen voran," sagte Lars schließlich, als er die aktuellen Updates von Robin und Jan durchsah. „Sie haben verdächtige Aktivitäten gefunden. Es gibt eine Spur." Lena stellte ihre Tasse zur Seite und richtete ihren Blick auf Lars. „Was für eine Spur?" „Es scheint, dass einer unserer erweiterten Mitarbeiter Informationen weitergegeben hat. Jemand aus Corinnas Team, der bisher nicht im Fokus unserer Ermittlungen stand." Lena fühlte, wie sich ihre Nerven anspannten.

„Jemand aus Corinnas Team?" Die Neuigkeit traf sie wie ein Schlag. Sie hatte Corinna und ihr Team immer als verlässliche Stütze gesehen. Der Gedanke, dass der Verräter so nah war, ließ sie innehalten. Doch sie durfte sich jetzt nicht von Emotionen leiten lassen. Es ging darum, die Kontrolle zu behalten und den Verrat zu stoppen. „Robin und Jan haben die Daten zusammengeführt," fuhr Lars fort. „Sie sind sich sicher. Der Mitarbeiter hatte Zugang zu den gestreuten Informationen, und die Beweise deuten klar auf ihn hin."

„Dann sollten wir ihn sofort zur Rede stellen," entschied Lena. „Corinna muss es wissen. Sie wird ihn zu uns bringen." Mit diesen Worten stand sie auf, entschlossen, die Situation zu kontrollieren, bevor das Misstrauen im Team weiterwuchs. Lena ging entschlossen in Richtung Corinnas Büro. Die Anspannung in ihren Schritten war deutlich zu spüren, doch sie wusste, dass sie sich zusammenreißen musste. Corinna hatte bis jetzt stets ihre Loyalität bewiesen, und der Gedanke, dass jemand aus ihrem Team Verrat begangen hatte, würde sie erschüttern. Als Lena das Büro betrat, sah Corinna sie sofort an, eine leichte Besorgnis in ihren Augen. „Lena? Was ist los?" Lena holte tief Luft, bevor sie sprach. „Wir müssen reden, Corinna. Es geht um jemanden aus deinem Team."

Corinnas Stirn legte sich in Falten, als sie näher an Lena herantrat. „Was ist passiert?" „Es gibt Hinweise darauf, dass einer deiner Mitarbeiter Informationen weitergegeben hat. Jemand, der Zugang zu den gestreuten Daten hatte. Die Spur ist eindeutig," erklärte Lena ruhig, aber bestimmt. Corinna blieb einen Moment lang stumm, und die Worte schienen nur langsam zu ihr durchzudringen. „Das... das kann nicht sein. Wer?" „Ein Mitarbeiter, der erst vor Kurzem zu deinem Team gestoßen ist. Wir müssen ihn zur Rede stellen," sagte Lena fest. Corinna nickte, obwohl der Schock tief saß. „Ich werde ihn sofort holen."

Lena und Lars warteten angespannt im Besprechungsraum, während Corinna ihren Kollegen ins Büro brachte. Der Mann betrat den Raum mit einer nervösen Haltung, sichtlich verunsichert, was die plötzliche Konfrontation bedeutete. „Setz dich," sagte Lena ruhig, ihre Augen fest auf ihn gerichtet. Lars lehnte an der Wand, die Arme verschränkt, bereit für die bevorstehende Auseinandersetzung. Der Raum schien von der Spannung förmlich zu vibrieren. Der Mitarbeiter setzte sich zögerlich auf den Stuhl vor ihnen. „Was... was ist das hier?"

Lena legte die Beweise vor sich hin, ohne den Blick von ihm abzuwenden. „Du weißt genau, was das ist. Wir haben die Informationen verfolgt. Alles deutet auf dich hin." Der Mann blinzelte nervös, seine Hände zitterten leicht. „Das ist ein Missverständnis… Ich habe nichts getan." Doch Lena ließ sich nicht beirren. „Die Beweise sind eindeutig. Du hast Informationen an Varela weitergegeben. Warum hast du das getan?" Der Raum schien plötzlich kleiner zu werden, als der Mitarbeiter nervös auf seinem Stuhl hin und her rutschte. Schweißperlen traten auf seine Stirn, während Lenas Frage in der Luft hing. Lars ließ keinen Blick von ihm, und Corinna, die im Hintergrund stand, sah aus, als würde sie jeden Moment zusammenbrechen. „Ich… ich hatte keine Wahl," begann der Mann schließlich, seine Stimme kaum mehr als ein Flüstern. Seine Augen flackerten zwischen Lena, Lars und Corinna hin und her, als suchte er nach einem Ausweg.

„Sie haben mir gedroht. Sie haben gesagt, sie würden meiner Familie etwas antun, wenn ich nicht kooperiere." Lena lehnte sich zurück, ihre Augen noch immer fest auf ihn gerichtet. „Wer hat dir gedroht? War es Varela direkt?" Der Mann schüttelte hektisch den Kopf. „Nicht Varela selbst. Einer seiner Leute… sie kamen zu mir, sagten, sie wüssten alles über mich. Über meine Frau. Meine Kinder." Seine Stimme brach, und er schloss kurz die Augen, als müsse er sich sammeln. „Ich hatte Angst. Ich wusste nicht, was ich tun sollte."

Lena verspürte einen Hauch von Mitgefühl, doch sie durfte sich nicht von seinen Emotionen beeinflussen lassen. „Und trotzdem hast du Informationen weitergegeben. Du hast uns verraten, unser Team, deine Kollegen. Hast du dir jemals Gedanken darüber gemacht, was das für uns bedeutet?" Der Mann senkte den Kopf, unfähig, Lenas Blick zu erwidern. „Es tut mir leid. Ich wusste nicht, wie ich da rauskommen sollte." Lars trat einen Schritt vor, seine Stimme ruhig, aber fest. „Du hättest zu uns kommen können. Wir hätten dir geholfen. Stattdessen hast du uns in Gefahr gebracht."

„Es tut mir leid," flüsterte der Mann erneut, die Tränen in seinen Augen schwer. „Es war ein Fehler. Ich habe Angst um meine Familie." Lena nickte langsam. „Wir werden sicherstellen, dass deine Familie geschützt wird, aber du wirst zur Rechenschaft gezogen. Du hast das Vertrauen deines Teams gebrochen." Sie warf Lars einen Blick zu, der den Mann daraufhin ohne ein weiteres Wort in Handschellen legte. Corinna, die alles still beobachtet hatte, trat zögernd vor. „Wie konnte das passieren...?" Ihre Stimme war leise, als hätte sie die Situation noch immer nicht ganz begriffen. Lena drehte sich zu ihr um und legte eine Hand auf ihre Schulter. „Es war nicht deine Schuld, Corinna. Aber jetzt müssen wir nach vorne schauen und das Vertrauen im Team wiederherstellen." Corinna nickte, obwohl der Schock und die Enttäuschung tief in ihr saßen.

Die Festnahme des Maulwurfs verlief diskret, doch die Nachricht verbreitete sich schneller, als Lena erwartet hatte. Bereits wenige Minuten nach der Verhaftung spürte sie, wie sich die Atmosphäre im Präsidium veränderte. Flüsternde Stimmen, nervöse Blicke und eine Mischung aus Erleichterung und Unsicherheit machten die Runde. Der Verräter war enttarnt, doch das Vertrauen im Team war noch lange nicht wiederhergestellt. Lena stand am Fenster ihres Büros und beobachtete, wie der Verdächtige von Lars abgeführt wurde. Der Mann, der soeben gestanden hatte, war nicht der kaltblütige Verräter, den sie sich vorgestellt hatte. Angst hatte ihn getrieben – Angst um seine Familie. Doch diese Tatsache änderte nichts daran, dass er das Team verraten hatte. Er hatte ihre Ermittlungen gefährdet, ihre Kollegen in Gefahr gebracht.

Lena wusste, dass dies nur der erste Schritt war. Der Maulwurf war gefasst, aber das Misstrauen im Team konnte nicht einfach mit seiner Festnahme verschwinden. Sie spürte die Fragilität, die in der Luft lag, und wusste, dass sie jetzt handeln musste, um das Team wieder zusammenzuführen. Sie atmete tief durch und verließ ihr Büro, um sich dem gesamten Team zu stellen. Als sie den Besprechungsraum betrat, herrschte eine angespannte Stille. Alle Augen waren auf sie gerichtet – fragend, unsicher, aber auch hoffnungsvoll.

Lena trat vor und ließ ihren Blick durch die Reihen wandern. „Ich weiß, dass die letzten Tage eine schwere Belastung für uns alle waren," begann sie mit fester Stimme. „Wir haben Verrat in unseren eigenen Reihen erlebt, und das Vertrauen, das uns als Team stark gemacht hat, wurde erschüttert." Die Augen der Kollegen waren auf sie gerichtet, und sie spürte das Bedürfnis nach Antworten. „Aber jetzt, da wir wissen, wer der Verräter war, dürfen wir uns nicht von Misstrauen überwältigen lassen. Wir sind ein starkes Team, und nur zusammen können wir die bevorstehenden Herausforderungen meistern." Lenas Stimme klang entschlossen, doch sie wusste, dass es mehr brauchte als Worte, um das Vertrauen wieder aufzubauen.

Sie wandte sich zu Robin und Jan. „Ihr beide habt in den letzten Tagen hervorragende Arbeit geleistet. Eure Analyse hat uns zu dieser wichtigen Enttarnung geführt, und dafür danke ich euch. Wir müssen uns jetzt gegenseitig stärken, um weiterzukommen." Robin und Jan nickten, sichtbar erleichtert, dass ihre Arbeit gewürdigt wurde. Doch die Unsicherheit in den Augen der anderen Teammitglieder blieb bestehen. Nach der Besprechung entschied sich Lena, die Dinge auf einer persönlicheren Ebene anzugehen. Sie wusste, dass es nicht ausreichte, vor dem gesamten Team zu sprechen – sie musste den Kern des Teams, jene, die die Ermittlungen getragen hatten, direkt ansprechen. Deshalb rief sie Robin und Jan in ihr Büro.

„Setzt euch," sagte sie mit einem kleinen Lächeln, um die Anspannung zu mildern, die in der Luft hing. Robin und Jan wirkten erschöpft, aber ihre Erleichterung war spürbar. „Ihr habt in den letzten Tagen Großartiges geleistet," begann Lena und sah beide ernst an. „Es war nicht leicht, mit so viel Misstrauen umzugehen, und doch habt ihr es geschafft, den entscheidenden Hinweis zu finden. Das ist nicht nur eine großartige Ermittlungsarbeit, sondern auch ein Beweis für euer Durchhaltevermögen und eure Loyalität." Robin neigte leicht den Kopf, während Jan lächelte, dankbar für die Anerkennung. Lena fuhr fort: „Ich möchte, dass ihr beide noch mehr Verantwortung übernehmt. Es gibt viel zu tun, und ich brauche euch an meiner Seite, um das Team zusammenzuhalten. Was jetzt zählt, ist, dass wir das Vertrauen wieder aufbauen – und dabei werdet ihr eine wichtige Rolle spielen."

„Wir sind bereit," sagte Robin fest. Jan nickte zustimmend, entschlossen, das Team wieder in die Spur zu bringen. Nachdem die beiden das Büro verlassen hatten, rief Lena Corinna zu sich. Corinna betrat den Raum mit einem gesenkten Kopf, die Ereignisse des Tages schienen schwer auf ihr zu lasten. Die Entdeckung, dass der Maulwurf aus ihrem Team kam, hatte sie tief getroffen. „Corinna, setz dich," sagte Lena sanft, als sie merkte, wie sehr ihre Kollegin mit Schuldgefühlen zu kämpfen hatte.

Corinna ließ sich auf den Stuhl fallen und vermied es, Lena direkt anzusehen. „Ich weiß nicht, wie das passieren konnte. Ich habe immer gedacht, mein Team wäre sicher…" Lena lehnte sich vor und legte eine Hand auf Corinnas Arm. „Das war nicht deine Schuld. Niemand konnte das vorhersehen. Wir arbeiten mit einem extrem gefährlichen Gegner, und er wusste genau, wie er jemanden unter Druck setzen kann. Du konntest nichts tun." Corinna atmete tief ein, und für einen Moment sah es so aus, als würde sie in Tränen ausbrechen, doch sie hielt sich zurück. „Danke, Lena. Ich werde alles tun, um den Schaden wieder gutzumachen."

„Ich weiß, dass du das kannst," sagte Lena ruhig. „Aber jetzt ist es wichtig, dass wir als Team stark bleiben. Das Vertrauen ist angekratzt, aber nicht zerstört. Gemeinsam bringen wir das wieder in Ordnung." Corinna nickte schließlich und erhob sich langsam. „Danke, Lena. Ich werde mein Bestes geben." Lena lächelte aufmunternd. „Das weiß ich." Mit diesen Worten verabschiedete sich Corinna, und Lena blieb allein in ihrem Büro zurück, reflektierte über den Tag und die schwierigen Entscheidungen, die sie hatte treffen müssen. Als die Büros sich langsam leerten und die ersten Kollegen das Präsidium verließen, blieb Lena allein in ihrem Büro zurück. Die Ereignisse des Tages hatten tiefe Spuren hinterlassen – nicht nur bei ihren Kollegen, sondern auch bei ihr selbst. Sie setzte sich an ihren Schreibtisch und ließ die letzten Stunden Revue passieren.

Der Verräter war gefasst, aber die Enttäuschung und das Misstrauen blieben wie eine unsichtbare Last in der Luft hängen. Lena wusste, dass dies nicht das Ende war. Der Feind hatte sich tiefer ins Team hineingeschlichen, als sie gedacht hatten, und es würde Zeit brauchen, das Vertrauen wiederherzustellen. Lena fuhr sich mit der Hand durch die Haare und lehnte sich im Stuhl zurück. Ihr Blick fiel auf die Akten, die vor ihr lagen, und ihre Gedanken schweiften zurück zu den vielen Momenten des Tages, in denen sie sich gefragt hatte, ob sie mehr hätte tun können. Aber sie durfte sich nicht von diesen Zweifeln überwältigen lassen – nicht jetzt.

Die Verantwortung, das Team zu führen, lag bei ihr. Sie hatte es heute bewiesen, indem sie stark geblieben war, auch als der Maulwurf aus einem unerwarteten Teil des Teams kam. Es war schwer, aber sie hatte es geschafft, und das musste sie sich selbst zugestehen. In ihrem Inneren fühlte Lena jedoch auch etwas, das sie schon seit Tagen begleitete – die Erschöpfung. Die psychische Last, die sie trug, und die Verantwortung für jeden Einzelnen in ihrem Team zerrten an ihren Kräften. Sie sehnte sich nach einem Moment des Friedens, nach einer Pause, um klarer zu denken. Doch eine Pause konnte sie sich nicht leisten, nicht jetzt, da der Druck von allen Seiten zunahm.

Sie stand auf und ging zum Fenster, sah hinaus in die kühle Abenddämmerung. Die Straßen von Emden waren ruhig, doch in ihrem Inneren war es alles andere als still. Der bevorstehende Kampf gegen Varela und seine Organisation ließ sie keine Ruhe finden. Aber Lena wusste eines sicher: Aufgeben war keine Option. Nicht für sie, nicht für das Team. „Wir sind noch nicht am Ende," murmelte sie leise, als hätte sie diese Worte bereits tausend Mal gedacht. „Varela wird uns nicht entkommen, und das Vertrauen im Team werden wir wieder aufbauen." In diesem Moment spürte sie eine neue Welle von Entschlossenheit in sich aufsteigen. Trotz der Niederlagen, trotz des Verrats – sie war bereit, weiterzukämpfen. Lena drehte sich um und sah auf die Akten auf ihrem Schreibtisch. Es gab noch viel zu tun, und sie wusste, dass sie dafür bereit war. Sie setzte sich zurück an den Schreibtisch und begann, die Unterlagen für die morgige Besprechung zu sortieren. Jeder kleine Schritt, jede kleine Entscheidung war nun entscheidend. Lena wusste, dass sie stark bleiben musste – für das Team, für die Ermittlungen, und für sich selbst.

Kapitel 44

Der Morgen im Polizeipräsidium war düster. Die Wolken über Emden hingen tief und drückend, als Lena das Gebäude betrat. Der Schlaf hatte sie in der Nacht kaum gefunden, doch das Gewicht der bevorstehenden Herausforderungen hatte in ihr eine unerschütterliche Entschlossenheit geweckt. Jetzt, da der Maulwurf enttarnt war, lag der Fokus auf den Ermittlungen gegen Varela – und Lena wusste, dass sie alles geben musste, um die Kontrolle zu behalten. Als sie den Besprechungsraum betrat, war das Team bereits versammelt: Robin, Jan, Bodo und Corinna saßen still da, während Lars mit verschränkten Armen an der Wand lehnte und die Situation schweigend beobachtete. Die Anspannung war deutlich zu spüren, doch es war nicht die gleiche Unruhe wie zuvor. Eine andere, positivere Energie lag in der Luft – die Entschlossenheit, die Kontrolle nach dem Verrat wiederzuerlangen und als Team gestärkt daraus hervorzugehen.

Lena trat an den Kopf des Tisches und ließ ihren Blick durch den Raum schweifen. In den Augen ihrer Kollegen konnte sie Erleichterung erkennen, dass der Verräter gefunden worden war, doch zugleich sah sie den klaren Ernst der bevorstehenden Aufgaben. Die Last, die sie alle trugen, war schwer, aber sie spürte auch einen Funken Hoffnung. Es war an ihr, dieses Vertrauen zu festigen und eine Richtung vorzugeben. „Gestern haben wir einen wichtigen Schritt gemacht," begann sie mit ruhiger, aber bestimmter Stimme. „Der Verräter ist gefasst. Doch das bedeutet nicht, dass unsere Arbeit jetzt leichter wird. Im Gegenteil – die

Herausforderungen vor uns sind größer denn je. Varela ist weiterhin aktiv, und wir dürfen uns keine Fehler erlauben." Die Köpfe ihrer Kollegen nickten, Zustimmung lag in der Luft, doch gleichzeitig schwebte auch eine leise Erwartung, wie es nun weitergehen würde. Lena fühlte die Verantwortung, die auf ihr lastete, doch sie war bereit, diese Last zu tragen. Sie durfte keinen Zweifel aufkommen lassen. „Aber," fuhr sie fort, „wir sind nicht mehr im Dunkeln. Wir wissen jetzt, wo unsere Schwächen lagen, und wir haben sie behoben. Ab heute arbeiten wir nicht nur daran, Varela zur Strecke zu bringen, sondern auch daran, das Vertrauen in unserem Team wiederherzustellen. Das ist genauso wichtig wie die Ermittlungen selbst."

Lena spürte, wie sich die Stimmung im Raum langsam veränderte. Robin und Jan tauschten einen Blick, und sie konnte in ihren Augen den Funken der Ermutigung sehen, der langsam Gestalt annahm. Sie wussten, dass sie einen großen Schritt gemacht hatten, aber ebenso, dass der Weg noch lang und beschwerlich sein würde. „Wir sind ein starkes Team," fuhr Lena fort, ihre Stimme fester werdend. „Und wir werden das gemeinsam durchstehen. Aber jeder von uns muss jetzt Verantwortung übernehmen – nicht nur für die Ermittlungen, sondern auch für das, was hier drinnen passiert." Sie legte ihre Hand auf ihr Herz und sah jeden im Raum direkt an. „Nur wenn wir uns gegenseitig vertrauen, können wir diese Herausforderung meistern."

Die Stille, die auf ihre Worte folgte, war schwer, aber nicht erdrückend. Sie war durchzogen von einer neuen Entschlossenheit, die den Raum füllte. Schließlich ergriff Robin das Wort, seine Stimme ruhig, aber bestimmt: „Du hast recht,

Lena. Wir wissen, was auf dem Spiel steht, und wir sind bereit, weiterzumachen." Lena nickte dankbar. Das Team hatte einen entscheidenden Schritt gemacht, doch sie wusste, dass der Weg vor ihnen noch lang und hart sein würde. Dennoch spürte sie, dass das Schlimmste überstanden war. Jetzt ging es darum, zusammenzuwachsen und stärker daraus hervorzugehen. „Dann lasst uns anfangen," sagte sie schließlich, entschlossen, die nächste Phase der Ermittlungen anzugehen. „Wir haben noch viel zu tun." Nachdem die Besprechung beendet war und die Aufgaben verteilt waren, machte sich Lena auf den Weg zu ihrem Büro. Die Verantwortung für die nächsten Schritte lastete schwer auf ihren Schultern, doch sie spürte die Entschlossenheit ihres Teams. Jeder wusste, dass der Fall Varela nicht nur eine Frage der Ermittlungen war – es ging um ihr Vertrauen ineinander, um ihre Fähigkeit, als Einheit zu agieren.

Lena setzte sich kurz an ihren Schreibtisch, um die nächste Besprechung vorzubereiten. Es war klar, dass sie jetzt schnell handeln mussten. Nur wenige Minuten später kehrte sie in den Besprechungsraum zurück, um mit Lars, Jan, Robin und Corinna die neuesten Informationen zu besprechen. „Varela ist nicht nur im Drogenhandel aktiv, sondern auch tief im Menschenhandel verstrickt," begann Lars, während er die Informationen vor sich auf dem Tisch verteilte. „Das bedeutet, dass wir unsere Strategie anpassen müssen. Wir müssen uns gleichzeitig auf mehrere Bereiche konzentrieren, um sein Netzwerk zu durchbrechen."

Lena nickte zustimmend und übernahm das Wort. „Genau. Deshalb werden wir die Ermittlungen aufteilen. Jan und Robin, ihr übernehmt die Führung bei der nächsten Phase.

Bodo, du arbeitest eng mit mir zusammen, um die Koordination zu gewährleisten. Wir brauchen alle verfügbaren Informationen, um schnell und gezielt zu reagieren." Jan warf Lena einen entschlossenen Blick zu. „Verstanden, Lena. Wir geben alles." Robin, der in den letzten Wochen immer mehr Verantwortung übernommen hatte, fügte hinzu: „Varela wird uns nicht entkommen." Lena lächelte leicht und legte die Pläne auf den Tisch. „Gut. Wir müssen wachsam bleiben. Jeder kleine Hinweis könnte entscheidend sein." Sie wusste, dass das Team bereit war. Sie waren durch die Schwierigkeiten gewachsen und bereit, die nächste Herausforderung anzugehen.

Als die Besprechung beendet war, machte sich Lena auf den Weg nach Aurich, um sich mit Hartmut Baum, dem Leiter der Kripo Aurich, zu treffen. Der Wind wehte kühl durch die Straßen, während Lena in Gedanken versunken fuhr. Die Ermittlungen gegen Varela hatten eine neue Dimension angenommen. Es ging nicht mehr nur um Drogenhandel – der Menschenhandel war eine weitreichende, komplexe Angelegenheit, die nur durch eine intensive Zusammenarbeit der Behörden gelöst werden konnte. Hartmut Baum war ein erfahrener Ermittler, und Lena wusste, dass sie seine Unterstützung brauchen würde, um die Netzwerke, die Varela aufgebaut hatte, zu zerschlagen. Als sie in Aurich ankam, empfing Hartmut Baum sie mit einem festen Händedruck und einem kurzen Lächeln. „Lena, ich habe gehört, dass ihr in Emden große Fortschritte gemacht habt," sagte er, während er sie in sein Büro führte.

Lena nickte dankbar. „Ja, aber Varela hat ein weitreichendes Netzwerk. Wir haben den Maulwurf gefunden, aber seine

Verbindungen sind noch lange nicht gekappt. Deshalb bin ich hier – wir müssen unsere Kräfte bündeln." Hartmut setzte sich und schob eine Mappe über den Tisch. „Ich stimme dir zu. Wir haben Informationen gesammelt, die auf eine Aktivität von Varelas Leuten in unserer Region hinweisen. Es gibt mehrere verdächtige Orte, die wir gemeinsam überwachen sollten." Lena blätterte durch die Mappe und sah die potenziellen Verstecke. „Das sieht nach einem größeren Operationsbereich aus als gedacht. Hast du genug Leute, um diese Orte gleichzeitig zu überwachen?" Hartmut runzelte die Stirn. „Nicht allein. Aber wenn wir unsere Teams zusammenlegen, könnten wir mit verdeckten Ermittlern arbeiten. Wir teilen die Beobachtungsschichten auf und tauschen Informationen in Echtzeit aus." Lena nickte zustimmend. „Das klingt nach einem Plan. Wir müssen alles tun, um Varela keine Lücke zu lassen."

Die beiden besprachen die Details der Zusammenarbeit weiter und vereinbarten, dass die Kripo Aurich und Emden ab sofort eng kooperieren würden. Gemeinsame Einsätze und tägliche Lagebesprechungen sollten dafür sorgen, dass keine Informationen verloren gingen. Auf der Rückfahrt nach Emden spürte Lena, wie sich die Anspannung in ihrem Nacken löste. Das Treffen mit Baum war produktiv gewesen, und die Zusammenarbeit zwischen Aurich und Emden würde entscheidend für die nächsten Schritte sein. Doch sie wusste auch, dass es noch viele Hindernisse geben würde. Varelas Netzwerk war komplex und gut versteckt – aber jetzt waren sie ihm dichter auf den Fersen.

Als sie wieder in Emden ankam und in ihr Büro zurückkehrte, ließ sich Lena erschöpft in ihren Stuhl sinken. Die

Last auf ihren Schultern war groß, doch sie vertraute ihrem Team. Jan, Robin und Bodo hatten sich in den letzten Tagen als wertvolle Stützen erwiesen, und Lena wusste, dass sie mit ihrer Unterstützung die Herausforderung meistern konnten. Ein leises Klopfen an der Tür riss sie aus ihren Gedanken. Jan trat ein, ein Stapel neuer Unterlagen in der Hand. „Lena, wir haben neue Informationen über Varela."

Sie sah ihn an und spürte, wie sich die Spannung in ihrem Inneren weiter löste. „Gut, Jan. Die Jagd geht weiter."

Kapitel 45

Die Nacht hatte sich wie ein schwerer Mantel über Emden gelegt. Die Straßen waren leer, und das leise Summen der Straßenlaternen verstärkte nur die gespenstische Stille, die in der Luft hing. Als Lena den Besprechungsraum betrat, lag die Spannung fast greifbar in der Luft. Jan und Robin warteten bereits auf sie, beide mit ernsten Gesichtern, die den Ernst der Lage widerspiegelten. „Varela wurde gesichtet," sagte Jan, ohne zu zögern. Seine Stimme war ruhig, aber geladen mit der Dringlichkeit der Situation. „Er versteckt sich in einem abgelegenen Anwesen bei Leer.

Unsere Quelle ist verlässlich." Lena nickte, ihre Gedanken wirbelten, während sie die Information verarbeitete. Dies war der Moment, auf den sie und ihr Team so lange gewartet hatten. Doch die Schwere der Verantwortung drückte auf ihre Schultern. Ein einziger Fehltritt, und Varela würde ihnen wieder entkommen – das durfte nicht geschehen. Lars, der unauffällig in der Ecke gestanden hatte, trat vor und sprach in seiner üblichen, ruhigen Autorität.

„Wir müssen schnell und präzise handeln," sagte er. „Lena, du hast das Kommando." Lena atmete tief durch, ihre Gedanken sortierten sich. Es gab keinen Platz für Fehler. „Wir machen keine Fehler," sagte sie, ihre Stimme fest und klar. „Jeder von uns weiß, was auf dem Spiel steht. Jan und Robin, ihr führt das Zugriffsteam. Bodo und ich werden die Koordination vor Ort übernehmen. Corinna, du sicherst das Gelände und überprüfst die Ein- und Ausgänge."

Das Team nickte, jeder in seinem Fokus, und die Vorbereitung begann unverzüglich. Doch dann trat Robin, der gerade die Funkgeräte durchging, näher zu Lena, ein Stirnrunzeln auf seinem Gesicht. „Die Funkgeräte spinnen," murmelte er und warf Lena einen vielsagenden Blick zu. „Was genau ist das Problem?" fragte Lena, während sie einen Schritt auf ihn zutrat, ihre Stimme ruhig, aber bestimmt. „Interferenzen," erklärte Robin knapp. „Wir könnten Probleme haben, im Ernstfall zu kommunizieren." Lena hielt inne, überlegte nur einen Moment. Sie konnte keine Lücken in der Kommunikation riskieren, nicht jetzt. „Wir nehmen zusätzliche Funkgeräte mit," entschied sie schnell. „Sollten die Hauptgeräte ausfallen, nutzen wir die Backups. Außerdem geben wir Handsignale. Jeder muss die Protokolle kennen."

Robin nickte sofort und machte sich wieder an die Arbeit. Lena warf einen kurzen Blick auf ihn, bevor sie sich wieder zurücklehnte. Die Schwere der bevorstehenden Aufgabe drückte auf sie, doch sie konnte es sich nicht leisten, diese Last zu zeigen. Ihre Gedanken wanderten zu Bodo. In den letzten Wochen war er für sie weit mehr geworden als nur ein Kollege, doch in diesem Moment musste sie diese Gefühle beiseiteschieben. Es war nicht der Zeitpunkt, sich von Emotionen ablenken zu lassen. Als das Team schließlich bereit war, machten sie sich auf den Weg nach Leer. Die Stille im Fahrzeug war erdrückend, jeder war tief in seine eigenen Gedanken versunken. Lena saß neben Bodo, ihre Augen starrten in die Dunkelheit hinaus, während die Scheinwerfer des Wagens die Straße vor ihnen beleuchteten. „Es wird gut gehen," sagte Bodo leise, ohne sie anzusehen. Seine

Stimme war ruhig, eine verlässliche Stütze inmitten der Ungewissheit. Lena drehte den Kopf leicht zu ihm, seine Worte ließen ihre Anspannung für einen kurzen Moment nach. „Das muss es," antwortete sie, ihre Stimme leise und ernst. In diesem Moment schien die Last all der vergangenen Einsätze auf sie zu drücken – jede Fehlentscheidung, jeder Rückschlag war wie ein dunkler Schatten, der sie verfolgte.

Bodo legte sanft eine Hand auf ihren Arm. „Du bist nicht allein, Lena," sagte er leise. Lena drehte sich zu ihm, zwang sich zu einem Lächeln, auch wenn die Anspannung nicht ganz weichen wollte. „Danke, Bodo," murmelte sie, ihre Stimme ein wenig weicher. Sie wusste, dass er mehr für sie war als nur ein Kollege, doch die Grenze zwischen Beruf und Privatleben musste sie in dieser entscheidenden Phase wahren. Als sie schließlich das Anwesen bei Leer erreichten, spürte Lena, wie sich die Spannung im Fahrzeug verstärkte. Das große, düstere Gebäude erhob sich vor ihnen wie ein Schatten in der Nacht, umgeben von dichten Bäumen, deren Silhouetten im schwachen Licht bedrohlich wirkten. Jan und Robin machten sich sofort an die Beobachtung.

„Keine sichtbaren Bewegungen," flüsterte Robin ins Funkgerät, während er das Gelände absuchte. „Gut," antwortete Lena knapp, ihre Augen auf die dunklen Fenster des Hauses gerichtet. „Alle in Position. Wir warten auf das Zeichen." Während sich das Team um das Anwesen verteilte, fühlte Lena, wie sich ihre Nervosität steig. Ihre Augen huschten unablässig über das Gelände, jeden Schatten, jede Bewegung im Blick, als könnte der kleinste Fehler alles gefährden. Lena fühlte, wie ihr Herzschlag leicht schneller wurde, während sie den Blick über das düstere Anwesen schweifen ließ.

Das große, verlassene Gebäude wirkte noch unheimlicher im schwachen Licht der Nacht. Die Äste der Bäume wiegten sich sanft im Wind und warfen gespenstische Schatten auf den Boden.

Lena konnte die Spannung fast greifen, wie die Dunkelheit, die das Anwesen umgab. Jeder Schatten, jede Bewegung konnte ein Hinweis auf Gefahr sein. „Alles ruhig," meldete Jan schließlich. „Bereit für den Zugriff." Lena atmete tief durch, spürte, wie ihre Hände leicht zitterten, und ballte sie zu Fäusten, um die Anspannung loszuwerden. „Auf mein Zeichen," flüsterte sie ins Funkgerät, ihre Stimme ruhig, aber in ihrem Inneren tobte eine Flut von Gedanken. Sie wusste, dass dies der Moment war, in dem alles auf der Kippe stand. Kein Raum für Fehler. Sie trat einen Schritt zurück und versammelte das Team um sich. In den Augen ihrer Kollegen sah sie die gleiche Anspannung, die sie selbst spürte. Doch sie wusste, dass sie ihnen vertrauen konnte. „Das ist unsere Chance," begann sie leise. „Ihr kennt eure Aufgaben. Kein Risiko eingehen, keine Helden spielen. Jeder kommt hier lebend raus, verstanden?"

Die stummen, entschlossenen Blicke ihrer Kollegen gaben Lena das letzte Stück Sicherheit, das sie brauchte. Jan nickte mit einem knappen, fokussierten Blick, und Robin legte kurz eine Hand auf ihre Schulter. „Wir haben das," sagte er ruhig. Plötzlich wurde die Spannung von einem lauten Bellen zerrissen. Lena erstarrte. Ihr Herz setzte für einen Moment aus. Ein Hund? Es war nur ein Hund – aber das Geräusch hallte in der bedrückenden Stille wider wie ein Donnerschlag. Ihr Puls raste. Sie hob die Hand und gab dem Team ein Signal:

Ruhe bewahren. „Abwarten," flüsterte sie ins Funkgerät. „Nicht bewegen." Die Zeit schien stillzustehen. Jeder Atemzug war zu laut, jeder Muskel zu angespannt. Der Schweiß lief ihr über den Rücken, während sie auf das nächste Zeichen wartete, die Augen unablässig auf das dunkle Anwesen gerichtet. Doch die Stille kehrte zurück. Kein weiterer Laut, keine Bewegung. Alles blieb ruhig. „Wir bleiben dran," sagte sie leise, mehr zu sich selbst als zum Team, und trat einen Schritt zurück. Das Zeichen für den Zugriff würde bald kommen. Sie wusste, dass es keine zweite Chance geben würde. In dieser Nacht musste alles perfekt laufen. Plötzlich knackte es in der Leitung. „Verbindung gestört," flüsterte Robin, als sie durch einen schmalen Flur schlichen. Lenas Herz setzte erneut für einen Moment aus. Ihre Nerven waren bereits zum Zerreißen gespannt, und jetzt auch noch ein Kommunikationsausfall. Das war das Letzte, was sie jetzt gebrauchen konnte. „Zurück zu den Backup-Geräten," befahl Lena, ihre Stimme blieb ruhig, obwohl ihr Puls raste. Sie durfte sich jetzt keine Unsicherheit leisten, nicht in dieser Phase des Einsatzes. Das Team wechselte die Funkfrequenz. Einen Augenblick herrschte angespannte Stille, während sie auf die Wiederherstellung der Verbindung warteten. „Verbindung steht wieder," meldete Robin schließlich, die Erleichterung in seiner Stimme kaum hörbar, aber spürbar. „Weiter vorrücken," sagte Lena. Ihre Stimme blieb fest, doch sie fühlte, wie die Anspannung sich wie ein Knoten in ihrem Magen zusammenzog. Sie mussten das hier durchziehen, ohne dass weitere Störungen ihre Pläne gefährdeten. Jan übernahm die Führung, als sie an eine verschlossene Tür gelangten. Er zögerte nur einen Moment, bevor er sie leise mit einem leichten Druck öffnete.

Ein leises Klicken ertönte, als die Tür aufschwang. Lena spürte, wie sich ihre Nerven erneut anspannten. Die Alarmanlage. Sofort sprang Robin nach vorne, seine Hände bewegten sich blitzschnell über das kleine Panel neben der Tür. Lena beobachtete ihn, ihre Anspannung wuchs mit jeder Sekunde. „Alarm deaktiviert," flüsterte Robin, seine Stimme knapp. Jan nickte ihm kurz zu, und sie setzten sich wieder in Bewegung. Doch Lena spürte die subtile Spannung zwischen den beiden. Es war keine Zeit, darüber nachzudenken – sie mussten weiter. Das Team bewegte sich weiter durch die dunklen, kühlen Gänge des Anwesens. Jeder Schritt war bedächtig, präzise, jeder Blick aufmerksam auf potenzielle Gefahren gerichtet. Überall standen SEK-Einheiten bereit, um jede Bedrohung auszuschalten, die ihnen im Weg stand. Lena hielt ununterbrochen Kontakt zur Überwachungszentrale, die das Anwesen und seine Umgebung beobachtete. Jede Sekunde zählte. Doch dann hörte Lena das, was sie die ganze Zeit gefürchtet hatte – Schritte. Unverkennbare, schnelle Schritte, die aus dem Schatten des Korridors kamen.

Sie hielt inne, ihr Herzschlag beschleunigte sich. Aus den dunklen Ecken tauchten plötzlich mehrere bewaffnete Männer auf, ihre Gesichter im schwachen Licht kaum zu erkennen. Sie hatten den Zugriff bemerkt. „Deckung!" schrie Lena ins Funkgerät, gerade als die ersten Schüsse fielen. Das SEK-Team reagierte blitzschnell und erwiderte das Feuer. Lena spürte, wie sich ihr Körper instinktiv gegen die Wand presste, ihre Sinne geschärft auf die nächsten Schritte fokussiert. Die Situation war chaotisch, aber die Koordination zwischen den Einheiten und ihrem Team funktionierte einwandfrei. Jeder wusste genau, was zu tun war.

„Lagebericht!" verlangte Lena, ihre Stimme laut genug, um durch das Dröhnen der Schüsse hin durchzudringen. „Keine Verletzten," meldete Jan, seine Stimme ruhig, aber bestimmt. „Aber wir müssen uns beeilen." Lena nickte, auch wenn niemand es sehen konnte. Die Gefahr war noch lange nicht vorbei. Sie spürte, dass die Zeit gegen sie arbeitete. „Er versucht zu entkommen!" meldete der Einsatzleiter des SEK plötzlich über Funk. „Bewegung im Kellerbereich festgestellt – jemand flieht durch den Seiteneingang." Lena wusste sofort, dass es Varela sein musste. „Einheit Drei, sichern Sie die Ausgänge!"

rief sie ins Funkgerät, während sie selbst in Bewegung setzte. Ihre Beine trugen sie durch die engen Flure, ihre Gedanken konzentrierten sich nur auf eines: Varela durfte nicht entkommen. Mit einem schnellen Sprint erreichte sie den Kellergang und sah ihn – Varela, verzweifelt nach einem Ausweg suchend, seine Augen hektisch zwischen den Ausgängen hin und her wandernd. „Varela, keine Bewegung!" rief sie, als sie näherkam. Doch der Mann zögerte keine Sekunde. Er drehte sich um und rannte in einen der Gänge. Lena zögerte nicht, holte auf, und mit einem gezielten Takedown brachte sie ihn zu Boden.

„Es ist vorbei,"

sagte sie mit fester Stimme, ihre Atmung schwer, während sie ihn routiniert fesselte. Varela wehrte sich, seine Bewegungen panisch und unkontrolliert, doch Lena hielt ihn fest im Griff, bis das SEK-Team eintraf und ihn übernahm. Als sie aufstand, atmete sie tief durch. Die Anspannung der letzten Stunden entlud sich in einem kurzen Moment der Erleichterung, doch sie wusste, dass die Arbeit noch lange nicht vorbei war.

Kapitel 46

Lena spürte, wie die Erschöpfung allmählich nachließ und ihre Gedanken klarer wurden. Die vergangenen Stunden hatten Spuren hinterlassen, aber sie wusste, dass dies nur der Anfang einer viel größeren Operation war. Die Dokumente, die Corinna gefunden hatte, schienen der Schlüssel zu sein – vielleicht sogar der entscheidende Hinweis auf den „Boss". Lena musste sicherstellen, dass sie und ihr Team in Emden die nächsten Schritte schnell und ohne Fehler planten. Während das SEK-Team die letzten Räume sicherte, warf Lena einen letzten, langen Blick auf das Anwesen. Die düsteren Schatten in den Ecken schienen immer noch Geheimnisse zu verbergen, aber sie wusste, dass die wichtigste Aufgabe vor ihnen lag. Sie konnte es sich nicht leisten, jetzt nachzulassen.

Nachdem Varela in Gewahrsam war und das Gelände gesichert, erlaubte Lena sich einen Moment des Innehaltens. Sie atmete tief durch, spürte die Müdigkeit, die wie eine schwere Decke auf ihr lastete. Doch Ausruhen kam nicht in Frage. Die Geschehnisse der letzten Stunden liefen noch einmal vor ihrem inneren Auge ab – hatte sie die richtigen Entscheidungen getroffen? War das Team auf das vorbereitet gewesen, was sie erwartet hatte? Diese Fragen nagten an ihr, während sie versuchte, ihre Gedanken zu sortieren.

Da trat Corinna aus einem der hinteren Räume hervor, eine Mappe in der Hand und einen ernsten Ausdruck im Gesicht. „Lena, ich habe etwas gefunden. Das könnte wichtig sein," sagte sie und reichte Lena die Mappe. Lena nahm sie entgegen, ihre Finger glitten über die Seiten voller kryptischer Notizen und Diagramme. Auf den ersten Blick war es ein Durcheinander aus Zahlen und Zeichen, aber ihre Erfahrung sagte ihr sofort, dass diese Dokumente entscheidend sein könnten. „Chiffrierte Nachrichten," murmelte sie nachdenklich. „Und diese Unterlagen hier… sehen nach Finanztransaktionen aus. Das könnte unser Schlüssel zum ‚Boss' sein." Corinna nickte, ihre Augen voller Entschlossenheit. „Das war in einem versteckten Fach im Schrank. Es sieht so aus, als ob sie es absichtlich vor uns verbergen wollten." Eine Mischung aus Erleichterung und neuer Anspannung ergriff Lena. „Gute Arbeit, Corinna. Wir haben vielleicht genau das gefunden, was wir brauchen." Doch der Druck war damit nicht verschwunden, im Gegenteil – er wurde nur größer. Diese Dokumente mussten sicher und so schnell wie möglich nach Emden gebracht und entschlüsselt werden. Jeder Moment war entscheidend.

Lena griff nach dem Funkgerät, um Jan über den Fund zu informieren, doch die Verbindung knackte und brach erneut ab. Sie biss die Zähne zusammen und fluchte leise. Der Kommunikationsausfall, der sie schon während des Einsatzes begleitet hatte, stellte jetzt eine ernste Gefahr dar. Ohne funktionierende Kommunikationswege konnte sie die Dokumente nicht sicher übermitteln. Lena entschied sich sofort. „Wir können die Daten nicht hierlassen," sagte sie fest und wandte sich an Bodo. „Wir müssen sie persönlich nach Emden bringen." Bodo nickte ohne zu zögern. „Ich hole das Fahrzeug. Wir sollten sofort aufbrechen."

Während Bodo das Fahrzeug vorbereitete, rief Lena Jan und Robin zu sich. „Durchsucht das Anwesen weiterhin gründlich. Lasst nichts zurück. Alles, was ihr findet, könnte wichtig sein." Corinna begann, die Dokumente weiter durchzugehen. Jeder Satz, den sie laut vorlas, schien die Komplexität der Situation nur noch zu vertiefen. Lena beobachtete sie, während sich die Schwere ihrer Verantwortung auf ihre Schultern legte. Hätte sie den Einsatz anders planen sollen? War es klug, die Dokumente sofort nach Emden zu bringen, oder hätte sie vor Ort mehr sichern sollen? Zweifel nagten an ihr, aber sie wusste, dass sie auf ihr Team vertrauen musste. Ihre Entschlossenheit wuchs. „Lena," unterbrach Corinna ihre Gedanken. „Schau dir das an. Diese Nachrichten stammen offenbar direkt vom ‚Boss'. Wir müssen das sofort entschlüsseln." Lena nickte, ihre Müdigkeit war noch immer spürbar, doch sie verdrängte sie. „Wir machen das," sagte sie, ihre Stimme fest. „Wir bringen das nach Emden und entschlüsseln es." Sie überprüfte noch einmal, ob alles Wichtige sicher verstaut war, bevor sie ins Fahrzeug stieg. Ihr Blick wanderte zurück zum düsteren Anwesen, das nun hinter ihnen lag. Es fühlte sich an, als ob das Haus noch mehr Geheimnisse verbergen könnte, aber Lena wusste, dass der nächste Schritt in Emden auf sie wartete.

Die Fahrt zurück verlief schweigend. Lena konnte die Schwere der Verantwortung auf ihren Schultern förmlich spüren. Sie durfte keine Fehler machen – die Dokumente in ihrer Tasche könnten der Schlüssel zum „Boss" sein. Doch sie wusste auch, dass dies nur der Anfang war. Die Jagd hatte gerade erst begonnen. Als sie in Emden ankamen, versammelte sich das Team im Besprechungsraum des Präsidiums. Lars Lammerts und Staatsanwalt Dr. Roland Becker warteten bereits. Lena trat ohne Umschweife vor und berichtete: „Wir haben Varela in Gewahrsam und chiffrierte Dokumente gefunden, die möglicherweise Hinweise auf den ‚Boss' enthalten." Lars nickte, doch sein Blick war voller Erwartung.

Corinna trat vor und erklärte, was sie bisher herausgefunden hatte. „Die Entschlüsselung wird Zeit brauchen, aber die Dokumente enthalten Hinweise auf die Finanzen der Organisation – und möglicherweise auch auf ihren Anführer." Dr. Becker warf einen kurzen, ernsten Blick in die Runde. „Diese Informationen sind entscheidend. Wir müssen schnell handeln, bevor sie merken, dass wir ihnen auf der Spur sind." Lena spürte die Dringlichkeit in seinen Worten. „Bodo und ich kümmern uns sofort um die nächsten Schritte," sagte sie entschlossen. Als die Besprechung endete, war es bereits spät in der Nacht. Lena und Bodo verließen das Präsidium und fuhren gemeinsam zurück zum Gatjebogen. Die Stille der Straßen bot eine beruhigende Kulisse, und Lena spürte die Müdigkeit nun mit voller Wucht. „Wir haben heute viel erreicht," sagte Bodo, als sie aus dem Auto stiegen. „Du solltest dich ausruhen." Lena schenkte ihm ein müdes Lächeln. „Danke, Bodo. Du hast recht." Im Haus setzte Bodo Tee auf, während Lena sich gegen die Küchentheke lehnte. Die einfache Routine beruhigte ihre Nerven. „Wir machen Fortschritte," sagte Bodo, als er die Tassen füllte. „Aber du musst auch mal abschalten." Lena nahm einen Schluck Tee und nickte. „Manchmal vergesse ich, wie wichtig Pausen sind."

„Vergiss nicht, auf dich selbst zu achten," sagte Bodo leise. „Ich bin froh, dass wir das hier gemeinsam durchstehen."

Lena spürte Dankbarkeit. „Danke, Bodo. Es bedeutet mir viel, dass du hier bist."

Nachdem sie den Tee getrunken hatten, verabschiedeten sie sich für die Nacht. Lena lag in ihrem Bett und dachte über die Ereignisse des Tages nach. Die Herausforderungen des nächsten Tages waren groß, doch mit Bodo an ihrer Seite wusste sie, dass sie alles bewältigen konnte. Mit diesem beruhigenden Gedanken schlief sie ein, während das Haus am Gatjebogen in die nächtliche Stille eintauchte.

Kapitel 47

Der Morgen dämmerte langsam über Emden, und die ersten Sonnenstrahlen fielen durch die großen Fenster des Polizeipräsidiums. Lena betrat den Besprechungsraum, der von einem vertrauten, beruhigenden Duft erfüllt war – frische Croissants und Brötchen, die sie wie immer von ihrer Stamm-Bäckerei mitgebracht hatte. Der angenehme Geruch vermischte sich mit dem Duft von frisch gebrühtem Kaffee, doch die sonst so gemütliche Atmosphäre war heute von einer schweren Anspannung durchzogen.

Lena ließ ihren Blick durch den Raum schweifen. Die Mitglieder der Kripo Emden hatten sich bereits um den großen Konferenztisch versammelt. Alle schienen müde, doch jeder von ihnen war sich der Bedeutung dieses Tages bewusst. Lars Lammerts, der Leiter der Kripo, stand mit verschränkten Armen am Kopf des Tisches und sah seine Kollegen prüfend an. Schließlich eröffnete er die Besprechung mit ruhiger, aber fester Stimme: „Guten Morgen zusammen. Gestern haben wir wichtige Fortschritte gemacht, aber wir dürfen jetzt nicht nachlassen. Es liegt noch viel Arbeit vor uns."

Lena spürte die Müdigkeit in ihrem Körper. Die Ermittlungen gegen Varela und die Entschlüsselung der gesicherten Beweise aus dem Anwesen in Leer beanspruchten das gesamte Team bis an seine Grenzen. Doch sie wusste, dass sie sich keine Pause leisten konnten – nicht, solange der „Boss" noch irgendwo im Hintergrund agierte. Neben ihr saß Bodo, der ihr einen aufmunternden Blick zuwarf. Ihre

Beziehung hatte sich in den letzten Wochen auf natürliche Weise vertieft, aber jetzt galt es, den Fokus auf die Arbeit zu richten. „Robin," begann Lars und wandte sich dem Technikexperten zu, „du kümmerst dich um die Entschlüsselung der technischen Geräte. Wir müssen wissen, was über diese Kanäle lief und ob wir Hinweise auf den ‚Boss' finden." Robin nickte und machte sich sofort daran, seine Geräte für die Analyse der Laptops und Handys vorzubereiten, die im Anwesen sichergestellt worden waren. „Jan," fuhr Lars fort, „du übernimmst die schriftlichen Dokumente. Alles, was darin steckt, könnte entscheidend sein." Jan, der bereits voller Eifer auf seine Aufgabe wartete, griff sofort nach den Papieren und begann, sie systematisch durchzugehen. Jedes Detail könnte wertvoll sein – das wussten alle im Raum.

„Corinna," sagte Lars schließlich, „wir brauchen deinen forensischen Bericht bis Mittag. Alles, was wir vor Ort gefunden haben, könnte uns den entscheidenden Vorteil verschaffen." Corinna, die bereits an ihrem Laptop saß, nickte und begann, die gesicherten Beweise zu überprüfen. Ihre akribische Arbeitsweise war oft der Schlüssel zu den Ermittlungen, und auch diesmal war ihre Präzision gefragt. Lena beobachtete, wie das Team in konzentrierter Stille an die Arbeit ging. Die Uhr tickte, und die Anspannung war förmlich greifbar. Keiner durfte sich einen Fehler leisten. Jeder Moment zählte.

Während die Minuten verstrichen, wurde schnell klar, dass die Arbeit komplizierter war als gedacht. Robin saß stundenlang vor den technischen Geräten, das Stirnrunzeln auf seinem Gesicht sprach Bände. Er hatte Schwierigkeiten mit den Verschlüsselungen. „Das ist keine Standard-Verschlüsselung," murmelte er und jagte die Daten immer wieder durch seine Software. Lena trat näher, warf einen schnellen Blick auf den Bildschirm und sah nur endlose Reihen von Zahlen und Zeichen. „Wie lange wird das noch dauern?" fragte sie, ihre Stimme ungeduldig, aber ruhig.

Robin seufzte tief, als er sich kurz von seinem Monitor löste und zu ihr aufsah. „Das ist schwer zu sagen. Sie haben hier wirklich aufgerüstet. Vielleicht brauchen wir jemanden aus der Cyber-Abteilung in Hannover. Die haben da wohl mehrschichtige Verzögerungen eingebaut, um uns auszubremsen." Lena spürte, wie die Anspannung in ihr stieg. Zeit war ein Luxus, den sie sich nicht leisten konnten. „Wir müssen die Ergebnisse so schnell wie möglich an die Zentrale schicken," sagte sie entschlossen. „Wenn der Boss gewarnt wird, verlieren wir unsere Chance."

Kaum hatte sie das gesagt, trat Lars in den Raum und nickte knapp, offenbar hatte er alles mitgehört. „Ich habe mit Hannover gesprochen. Sie schicken jemanden, der uns bei den Verschlüsselungen hilft, aber es wird noch ein wenig dauern, bis sie hier sind." Das war nicht die Antwort, die Lena hören wollte. Die Verzögerung machte sie nervös, aber sie wusste, dass sie keine andere Wahl hatten. Ein weiteres Zögern konnte fatale Folgen haben. „Okay," sagte sie schließlich mit Nachdruck, „wir arbeiten weiter. Wir dürfen keine Zeit verlieren."

Robin nickte, wandte sich wieder seinem Monitor zu und konzentrierte sich darauf, wenigstens einige Daten voranzutreiben. „Vielleicht schaffen wir es, ein paar erste Informationen zu entschlüsseln, bevor Hannover eintrifft," sagte er leise. Lena trat einen Schritt zurück und ließ ihren Blick über das Team gleiten. Jeder wusste, was auf dem Spiel stand, und die Luft war schwer vor Spannung. Sie selbst versuchte, ihre Gedanken zu sortieren und ruhig zu bleiben, auch wenn die Frustration tief in ihr nagte. Nach einem langen Tag voller intensiver Arbeit und ständiger Unterbrechungen beendete das Team schließlich die Besprechung. Es war bereits Abend, und die Dämmerung legte sich sanft über Emden. Die Anspannung des Tages lag noch schwer in der Luft, doch es war klar, dass sie einen Plan hatten. Die gesicherten Dokumente mussten so schnell wie möglich entschlüsselt werden, und die Unterstützung aus Hannover war bereits auf dem Weg. Lena stand auf, streckte sich leicht und schnappte sich ihre Tasche. „Wir treffen uns morgen früh wieder," sagte sie mit müder, aber entschlossener Stimme. Auch Bodo, der neben ihr saß, wirkte erschöpft. Doch als er ihre Bewegungen beobachtete, schien ihm eine Idee zu kommen. „Lena," begann er leise, „wie wäre es, wenn wir heute Abend nicht direkt nach Hause fahren? Lass uns was essen gehen. Nur wir zwei. Du brauchst eine Pause."

Lena zögerte einen Moment. Ihre Gedanken waren noch bei den verschlüsselten Daten und der Sorge, dass sie zu viel Zeit verlieren könnten. Doch als sie Bodos sanften Blick auffing, nickte sie schließlich. „Das klingt gut," sagte sie und lächelte schwach. „Wir könnten ins ‚Hafenhaus' gehen. Ich war schon lange nicht mehr dort, und am Wasser zu sitzen tut sicher gut."

Das „Hafenhaus" war ein gemütliches Restaurant direkt am Emdener Hafen, ein idealer Rückzugsort, um den Stress des Tages hinter sich zu lassen. Als sie sich an einem der Tische mit Blick auf das ruhige Wasser niederließen, schien die Welt für einen Moment langsamer zu werden. Die sanften Wellen spiegelten das Licht der Laternen wider, und Lena fühlte, wie sich die Anspannung des Tages langsam von ihr löste. „Es ist wirklich schön hier," sagte sie leise, während sie die Speisekarte durchblätterte. „Ich habe ganz vergessen, wie beruhigend der Hafen sein kann." Bodo lächelte sie an, sein Gesicht entspannt im warmen Licht des Restaurants. „Ja, das ist es wirklich. Und weißt du," fügte er hinzu, als das Essen serviert wurde, „wir schaffen das, Lena. Aber du musst auch auf dich selbst achten. Du trägst so viel Verantwortung auf deinen Schultern. Vergiss nicht, dass du auch mal abschalten musst."

Lena nahm einen Bissen ihres Essens und nickte nachdenklich. „Es ist schwer, nicht ständig an die Arbeit zu denken," gab sie zu. „Aber du hast recht. Ich muss lernen, ab und zu loszulassen." Nachdem sie in angenehmer Stille gegessen hatten, blieben sie noch eine Weile sitzen und genossen die ruhige Atmosphäre des Hafens. Die Wellen plätscherten sanft gegen das Ufer, und für einen Moment schien die Last der Ermittlungen und die endlose Jagd nach dem „Boss" in den Hintergrund zu treten. Lena lehnte sich zurück und atmete tief durch. Zum ersten Mal seit Tagen spürte sie, wie sich ein kleines Stück ihrer inneren Ruhe zurückmeldete.

„Danke, dass du mich hierhergebracht hast," sagte sie schließlich und sah Bodo dankbar an. „Das war genau das, was ich gebraucht habe. Einfach mal abschalten." Bodo lächelte und erwiderte leise: „Es tut gut, zwischendurch einfach mal zu entspannen. Es gibt immer noch genug zu tun, aber wir schaffen das. Du musst nicht alles allein tragen." Im Auto, auf dem Weg zurück zum Gatjebogen, herrschte eine angenehme Stille. Die Straßen waren leer, und die Dunkelheit draußen bot die perfekte Kulisse, um den Tag hinter sich zu lassen. Lena starrte aus dem Fenster und beobachtete die Lichter, die an ihnen vorbeizogen. Sie war dankbar, diesen Moment der Ruhe mit Bodo teilen zu können. Es gab ihr Kraft für das, was noch vor ihnen lag.

Als sie schließlich vor Lenas Haus ankamen, parkte Bodo das Auto und sah sie an. „Wir haben heute viel geschafft," sagte er leise. „Du solltest dich jetzt ausruhen." Lena schenkte ihm ein müdes, aber aufrichtiges Lächeln. „Danke, Bodo. Ich weiß, dass du recht hast. Ich schätze das wirklich."

Im Haus angekommen, setzte Bodo wie gewohnt einen Tee auf, während Lena sich gegen die Küchentheke lehnte und ihn beobachtete. Es war eine stille, fast familiäre Routine, die ihnen beiden half, die hektischen Stunden des Tages hinter sich zu lassen. Die Tassen dampften, und die Wärme des Tees durchdrang ihre Müdigkeit.

Nachdem sie noch eine Weile gemeinsam in der Küche gesessen und Tee getrunken hatten, verabschiedeten sie sich für die Nacht. Bodo ging ins Gästezimmer, wo er seit einiger Zeit wohnte. Die Nähe zwischen ihnen war in den letzten Tagen gewachsen, und beide spürten, dass sich etwas verändert hatte. Doch für heute war es an der Zeit, zur Ruhe zu kommen. In ihrem Bett liegend dachte Lena über den Tag nach. Sie war erschöpft, aber auch erleichtert, dass sie Fortschritte gemacht hatten. Die Herausforderungen des nächsten Tages lagen bereits schwer auf ihren Schultern, aber sie wusste, dass sie mit Bodo an ihrer Seite alles bewältigen konnte. Mit diesem beruhigenden Gedanken schloss sie die Augen, und bald darauf fiel das Haus in die stille Umarmung der Nacht.

Kapitel 48

Der Morgen in Emden begann wie viele zuvor, doch heute lag eine spürbare Anspannung in der Luft. Lena und Bodo betraten gemeinsam das Polizeipräsidium, nachdem sie zusammen aus dem Gatjebogen aufgebrochen waren. Lena trug wie immer frische Brötchen und Croissants, eine kleine Geste, um die Moral des Teams hochzuhalten. Doch heute war alles anders. Die Ereignisse der letzten Tage hatten das Team zermürbt, und die Suche nach dem „Boss" der Organisation trieb sie alle an ihre Grenzen. Während das Team sich im Besprechungsraum versammelte, trafen Lenas und Bodos Blicke kurz aufeinander. Sie spürten beide, dass sich etwas zwischen ihnen verändert hatte, doch sie konnten es sich nicht leisten, diesem Gefühl nachzugehen. Die Arbeit stand im Vordergrund, und das war auch heute Morgen klar. Bodo setzte sich zu den anderen, während Lena noch einmal durchatmete, bevor sie Platz nahm. Sie hatten eine unausgesprochene Übereinkunft: Es war noch nicht der richtige Zeitpunkt, sich mit ihren Gefühlen auseinanderzusetzen.

Nachdem der Maulwurf im Team gefasst worden war, hatte sich die Stimmung zwar beruhigt, doch Misstrauen blieb bestehen. Jeder Schritt wurde nun doppelt überdacht, jede Entscheidung sorgsam abgewogen. Lars leitete die Morgenbesprechung, und Jan sowie Robin folgten aufmerksam seinen Ausführungen. „Wir haben endlich eine klare Spur", begann Lars, während er die neuesten Informationen auf den Tisch legte. „Die gesicherten Dokumente aus dem Anwesen in Leer deuten darauf hin, dass der ‚Boss' Verbindungen in die Finanzwelt hat. Es ist unsere Chance, ihn zu finden." Corinna hatte bereits in der Nacht an den

Dokumenten gearbeitet und nickte zustimmend. „Es gibt mehrere verschlüsselte Transaktionen, die wir jetzt weiterverfolgen. Ich werde heute mit Experten in Kontakt treten, um die restlichen Codes zu entschlüsseln." Lena wusste, dass sie sich auf ihr Team verlassen konnte. Doch das Misstrauen, das durch den Verrat entstanden war, hing immer noch wie ein Schatten über ihnen. Jeder versuchte, sich wieder zu konzentrieren und die alte Dynamik wiederherzustellen. Während Corinna und das Team sich an die Entschlüsselung der Dokumente machten, stieß Robin auf ein Problem.

„Die Kommunikationssysteme der Organisation sind komplexer als erwartet", erklärte er. „Es gibt Hinweise auf mehrfach verschlüsselte Netzwerke, die uns daran hindern, direkt auf die Daten zuzugreifen." Lena runzelte die Stirn. „Können wir das umgehen?" Robin zuckte mit den Schultern. „Es wird Zeit brauchen. Aber ich bin dran." Währenddessen arbeitete das Team gegen die Zeit. Jede Stunde, die verstrich, gab dem „Boss" die Möglichkeit, zu verschwinden. Der Druck lastete schwer auf allen, und die Bürokratie verlangsamte die Ermittlungen zusätzlich. „Wir werden Unterstützung anfordern müssen", sagte Lars schließlich. „Es wird dauern, aber wir brauchen Spezialisten, die sich mit den Finanzstrukturen auskennen."

Der Morgen ist kühl und neblig, doch in der Polizeidirektion Emden herrscht konzentrierte Erwartung. Lars Lammerts, der Leiter der Kripo, steht vor dem Whiteboard und geht mit seinem Team den Plan für den Tag durch. Lena, Bodo, Jan, Robin und Corinna sitzen aufmerksam am Tisch. Heute steht das Verhör von Lea Weber an, und es könnte der entscheidende Durchbruch sein, um den „Boss" der kriminellen Organisation zu fassen. „Ich habe heute Morgen mit Dr. Roland Becker, dem leitenden Staatsanwalt, gesprochen", beginnt Lars. „Lea Weber hat zugestimmt, umfassend auszusagen, aber nur unter der Bedingung, dass sie ins Zeugenschutzprogramm aufgenommen wird." Lena und Bodo tauschen einen schnellen Blick. Leas Aussagen könnten der Schlüssel sein, um den „Boss" zu fassen und die Organisation zu zerschlagen. Es hängt jedoch alles davon ab, ob sie die Wahrheit sagt.

„Dr. Becker hat zugestimmt", fährt Lars fort. „Aber nur, wenn ihre Informationen uns direkt zum ‚Boss' führen. Wir müssen sicherstellen, dass sie uns alles erzählt, was sie weiß." Jan, der das Verhör leiten wird, nickt ernst. „Lea hat bisher nur Fragmente geliefert. Heute muss sie tief in die Details gehen. Wenn wir diese Gelegenheit richtig nutzen, können wir den nächsten Schritt machen." Lena ergänzt: „Sobald wir konkrete Details haben, wird Bodo sich ins Milieu einschleusen. Aber ohne klare Informationen können wir nichts riskieren."

Am frühen Nachmittag wird Lea Weber von einem Gefangenentransporter aus der JVA Aurich zur Polizeidirektion Emden gebracht. Sie wirkt angespannt, doch entschlossen. Neben ihr sitzt ihr Anwalt, Dr. Jens Reuther, ein erfahrener Strafverteidiger, der das Verhör genau überwacht und darauf achtet, dass seine Mandantin keine rechtlichen Nachteile erleidet. Jan und Lena sitzen ihr gegenüber im Verhörraum. Bodo bleibt im Hintergrund, bereit, die Informationen später auszuwerten. Jan beginnt mit ruhiger, aber fester Stimme: „Lea, dies ist Ihre Chance. Der Staatsanwalt hat zugesichert, Sie ins Zeugenschutzprogramm aufzunehmen, aber nur, wenn Ihre Informationen uns helfen, den ‚Boss' zu fassen. Wir brauchen exakte Details über das bevorstehende Treffen." Lea blickt kurz zu ihrem Anwalt, der sie mit einem knappen Nicken ermutigt. Sie atmet tief durch, bevor sie zu sprechen beginnt. „In zwei Tagen wird es ein großes Treffen geben. Es findet in einem alten Lagerhaus in Oldenburg statt. Der ‚Boss' wird dort sein, zusammen mit seinen engsten Vertrauten." Lena lehnt sich vor. „Sind Sie sicher, dass er persönlich anwesend sein wird?" „Ja", sagt Lea, ihre Stimme zittert leicht. „Es geht um einen großen Deal. Nur seine engsten Leute sind dabei, und das Treffen ist streng geheim."

Dr. Reuther meldet sich zu Wort: „Meine Mandantin kooperiert vollständig. Sie hat sich entschieden, Ihnen alles mitzuteilen, was sie weiß, unter der Bedingung, dass ihre Sicherheit im Zeugenschutzprogramm gewährleistet wird." Jan nickt zustimmend, bevor er gezielt nachfragt: „Geben Sie uns den genauen Ort und die Uhrzeit." Lea nennt die Adresse des Lagerhauses und gibt an, dass das Treffen spät am Abend stattfinden soll. Die Informationen sind präzise, doch plötzlich zeigt Lea Anzeichen von Unbehagen. Ihre Hände zittern leicht, und sie scheint einen Moment unsicher. Lena bemerkt es sofort und fragt: „Lea, was ist los? Gibt es noch etwas, das wir wissen müssen?"

Lea blickt kurz zu ihrem Anwalt, bevor sie antwortet. „Es wird noch jemand da sein… jemand, der noch gefährlicher ist als der ‚Boss'. Er ist selten bei diesen Treffen, aber diesmal wird er dabei sein." Die Spannung im Raum steigt sofort an. Jan und Lena tauschen einen ernsten Blick. „Wer ist diese Person?" fragt Jan gezielt. Lea zögert und sieht ihren Anwalt an, der sie mit einem kurzen Nicken ermutigt. „Ich weiß nicht viel über ihn, aber er ist gefürchtet – sogar vom ‚Boss'.

Wenn er involviert ist, wird es viel gefährlicher, als ihr es euch vorstellt." Dr. Reuther unterbricht sanft: „Meine Mandantin hat Ihnen jetzt alles gesagt, was sie weiß. Sie ist bereit, weiter zu kooperieren, wenn ihre Sicherheit gewährleistet wird." Jan beendet das Verhör, doch die Spannung bleibt spürbar. Diese neue Information über einen gefährlichen Unbekannten wirft ein ganz neues Licht auf das bevorstehende Treffen. Nachdem Lea und ihr Anwalt zurück in die JVA gebracht wurden, versammelt sich das Team erneut im Besprechungsraum. Die Informationen, die Lea Weber geliefert hat, sind von entscheidender Bedeutung, aber die Enthüllung über den gefährlichen Unbekannten bringt eine zusätzliche Ebene der Gefahr in die Ermittlungen. „Jetzt, da wir wissen, wo und wann das Treffen stattfindet, müssen wir uns gut vorbereiten", sagt Lars. „Bodo, du wirst ins Milieu eintauchen, aber wir wissen jetzt, dass es noch gefährlicher wird. Du beginnst mit kleineren Arbeiten und versuchst, Informationen zu sammeln, ohne Aufmerksamkeit zu erregen."

Bodo nickt ernst. „Ich werde mich langsam hocharbeiten. Wenn dieser neue Spieler so gefährlich ist, wie Lea sagt, müssen wir extrem vorsichtig sein." Robin meldet sich: „Jetzt, wo wir die Adresse haben, kann ich die Überwachung des Lagerhauses organisieren. Jede Bewegung wird aufgezeichnet. Wir müssen sicherstellen, dass wir nichts übersehen." Jan fügt hinzu: „Wir müssen einen Plan haben, um Bodo rechtzeitig rauszuholen, falls etwas schiefgeht. Dieser Unbekannte könnte alles viel komplizierter machen."

Das Team arbeitet intensiv daran, den Einsatz zu planen. Bodo wird sich im kriminellen Milieu etablieren und über kleinere Arbeiten langsam Vertrauen gewinnen.

Gleichzeitig wird die Überwachung des Treffens im Lagerhaus eingerichtet, um sicherzustellen, dass jede Bewegung erfasst wird. Lena bleibt nach dem Meeting noch im Raum und schaut zu Bodo. „Bodo, sei besonders vorsichtig. Wenn selbst der ‚Boss' diesen Mann fürchtet, ist die Lage ernster, als wir dachten."

Bodo sieht sie ruhig an. „Ich weiß, Lena. Aber wir dürfen jetzt nicht zurückweichen. Wenn wir diese Chance verpassen, wird der ‚Boss' wieder untertauchen. Wir müssen das durchziehen." Die Spannung zwischen ihnen ist spürbar, doch beide wissen, dass sie professionell bleiben müssen. Lena nickt schließlich und flüstert: „Pass auf dich auf."

Kapitel 49

Der Besprechungsraum in der Polizeidirektion Emden war erfüllt von gespannter Erwartung. Lars Lammerts, der Leiter der Kripo, stand vor dem Whiteboard und überblickte die versammelten Teammitglieder – Lena, Bodo, Jan, Robin und Corinna. Heute war der Tag, an dem die letzten Vorbereitungen für den bevorstehenden Einsatz abgeschlossen werden mussten. Der Druck war greifbar, denn das bevorstehende Treffen in Oldenburg würde in weniger als 48 Stunden stattfinden.

„Die Informationen von Lea Weber sind verifiziert," begann Lars mit fester Stimme. „Das Treffen im Lagerhaus in Oldenburg wird unsere beste Chance sein, den ‚Boss' zu fassen. Es gibt kein Zurück." Bodo saß still, aber fokussiert. Er war sich der Risiken bewusst, die dieser Undercover-Einsatz mit sich brachte. Seit dem gestrigen Verhör mit Lea war klar, dass er sich ohne lange Vorbereitung in die Organisation schleichen musste. Es gab keine Zeit für detaillierte Planungen oder Erprobungen seiner Tarnung – er musste auf seinen Instinkt und seine Erfahrung vertrauen.

Lena beobachtete Bodo aus dem Augenwinkel. Die Sorge um ihn lastete schwer auf ihr, doch sie war entschlossen, ihre Gefühle nicht zu offenbaren. Sie wusste, dass sie stark bleiben musste – für das Team und für Bodo. Doch die Unsicherheit, wie tief Bodo in die Organisation eindringen könnte, ohne entdeckt zu werden, war allgegenwärtig. Jan, der konzentriert einige Akten durchging, hob den Kopf. „Das Lagerhaus in Oldenburg ist strategisch gut gelegen. Abgelegen und schwer einzusehen. Wenn der ‚Boss' wirklich dort sein wird, ist es unsere beste Gelegenheit, ihn zu schnappen." Lars nickte. „Bodo, du musst vorsichtig sein. Wir haben keine Zeit für wochenlange Vorbereitungen, also musst du dich schnell in die Gruppe integrieren. Kleine Arbeiten, keine großen Bewegungen. Das Vertrauen kommt schrittweise." Robin meldete sich zu Wort und sorgte für den ersten Moment der Anspannung im Raum: „Es gibt allerdings ein Problem." Alle Augen richteten sich auf ihn, und er fuhr fort: „Die Überwachungstechnik, die wir um das Lagerhaus installiert haben, läuft nicht einwandfrei. Es gibt immer wieder Aussetzer bei den Kameras, und die Verbindung zu den Drohnen ist instabil. Wir haben es mit technischen Problemen zu tun, die wir noch nicht ganz beheben konnten." Lena runzelte die Stirn. „Was heißt das für den Einsatz?"

„Es bedeutet, dass wir möglicherweise nicht durchgängig überwachen können", antwortete Robin. „Unsere Drohnen und Kameras könnten Lücken in der Überwachung haben, was bedeutet, dass wir nicht immer wissen, was auf dem Gelände vor sich geht." Lars nahm die Neuigkeit mit ernster Miene auf. „Wir müssen dennoch vorankommen. Robin, konzentriere dich darauf, diese Probleme zu lösen. Jan, du hilfst ihm dabei. Wir dürfen uns nicht auf die Technik verlassen, aber wir brauchen sie so funktionsfähig wie möglich."

Während die technische Situation besprochen wurde, zog sich eine weitere Schicht der Unruhe durch das Team. Die Informationen, die Lea am Vortag geliefert hatte, enthüllten mehr als nur das geplante Treffen. Ein Unbekannter, jemand, der selbst vom ‚Boss' gefürchtet wurde, sollte anwesend sein. Dies hatte die gesamte Operation auf eine neue

Ebene der Gefahr gehoben. Lena lehnte sich leicht vor. „Lea hat gesagt, dass dieser Unbekannte gefährlicher ist als der ‚Boss' selbst. Was wissen wir über ihn?"

Lars schüttelte den Kopf. „Bisher nichts Konkretes. Es gibt Gerüchte, aber niemand weiß genau, wer er ist oder wie weit sein Einfluss reicht. Doch wenn er beim Treffen anwesend ist, wird es noch riskanter für uns. Bodo, du musst vorsichtig sein. Wenn selbst der ‚Boss' diesen Mann fürchtet, darfst du keinen Fehler machen." Die Anspannung im Raum war spürbar. Bodo nickte langsam, seine Augen auf Lars gerichtet. „Ich werde vorsichtig sein. Aber wir müssen das durchziehen. Wenn wir diese Chance verpassen, verschwindet der ‚Boss' wieder."

Nach dem Meeting blieben Lena und Bodo noch im Raum zurück, als die anderen sich verstreuten, um ihre Aufgaben zu erledigen. Die Stille zwischen ihnen war schwer. Lena sah zu Bodo hinüber, ihre Augen voller Sorge. Sie wusste, dass sie jetzt offen mit ihm reden musste. „Bodo", begann sie leise, ihre Stimme zögerlich, „bist du dir sicher, dass du das tun willst? Es ist gefährlicher, als wir dachten. Der Unbekannte... das macht alles noch riskanter." Bodo drehte sich zu ihr um, seine Miene ernst. „Ich weiß, dass es gefährlich ist, Lena. Aber wir haben keine andere Wahl. Wenn wir jetzt aufgeben, verlieren wir die einzige Chance, die wir haben."

Lena trat näher und legte ihre Hand leicht auf seinen Arm. „Ich mache mir Sorgen", gab sie schließlich zu. „Ich kann es nicht kontrollieren. Du gehst da rein, und ich habe keine Möglichkeit, dir zu helfen, wenn etwas schiefläuft." Bodo sah ihr in die Augen, und für einen Moment vergaß er die bevorstehende Mission. „Ich werde vorsichtig sein. Aber du musst mir vertrauen. Ich weiß, dass es riskant ist, aber wir haben das Team hinter uns. Wir schaffen das." Ein Moment der Stille trat ein, in dem beide wussten, dass sie noch mehr zu sagen hatten, aber jetzt nicht der richtige Zeitpunkt war. Lena zog ihre Hand zurück und nickte langsam. „Pass auf dich auf, Bodo. Wir brauchen dich – ich brauche dich." In seinem Büro saß Lars allein, nachdem das Team sich auf die technischen Probleme und die Planung konzentriert hatte. Der Druck lastete schwer auf ihm. Er wusste, dass dieser Einsatz alles war, worauf sie seit Wochen hingearbeitet hatten. Doch die technischen Probleme und die neue Bedrohung durch den Unbekannten nagten an ihm.

Er dachte an frühere Einsätze, die schiefgegangen waren – die Fehlentscheidungen, die er getroffen hatte. Jetzt trug er die Verantwortung für das gesamte Team. Besonders Bodo war ein Risiko, das Lars schwer belastete. Einen Mann Undercover in eine kriminelle Organisation zu schicken, ohne die volle Kontrolle über die Situation zu haben, brachte Lars schlaflose Nächte.

Aber es gab keinen anderen Weg. Lars atmete tief durch und bereitete sich innerlich auf die bevorstehenden Ereignisse vor. Der Erfolg dieser Operation würde entweder den Fall lösen oder sie alle ins Verderben führen.

Kapitel 50

Die Nacht war kühl und feucht, ein leichter Nebel hing über den Straßen des Industriegebiets von Oldenburg. Bodo zog die Schultern hoch und zog den Reißverschluss seiner Jacke bis zum Kinn. Seine Füße führten ihn in Richtung Industriehafen, ein Gebiet, das für seine heruntergekommenen Ecken und die zwielichtigen Kneipen bekannt war. Hier tummelte sich die Unterwelt – genau der Ort, an dem er sich beweisen musste. Seine neue Identität war einfach: ein Ex-Sträfling, der gerade aus dem Knast gekommen war und dringend einen Job suchte. Es war eine Rolle, die ihm in den letzten Stunden aufgedrängt wurde, als sie sich schnell entschieden hatten, ihn ins Milieu zu schicken. Ohne lange Vorbereitung. Ohne große Strategie.

Nadorster Straße führte ihn tiefer ins Herz des Industriegebiets. Die Lichter der Stadt waren hier schwach, und nur vereinzelt sah man Menschen, die mit gesenkten Köpfen durch die Straßen huschten. Bodo hielt sich ruhig, versuchte nicht aufzufallen, während er sein Ziel ansteuerte: die „Hafenkneipe", eine berüchtigte Spelunke, von der man sagte, dass hier häufig kleinere Gauner und Mittelsmänner aus dem kriminellen Milieu verkehrten.

Bodo öffnete die knarzende Tür und trat in das schummrig beleuchtete Innere der Kneipe. Der Geruch von Bier, Rauch und etwas Unbekanntem schlug ihm entgegen. Der Lärm von gedämpften Gesprächen und Gläsern, die auf den Holztischen abgestellt wurden, füllte den Raum. Am Tresen saßen einige Gestalten, tief in ihre Gespräche vertieft, während in den Ecken Männer Karten spielten oder leise miteinander sprachen. Bodo warf einen kurzen Blick durch den Raum und ging dann in Richtung Tresen. Er setzte sich auf einen der abgenutzten Barhocker und bestellte ein Bier. „Neu hier?" fragte der Barkeeper, ein stämmiger Mann mit grauem Bart, ohne ihn direkt anzusehen. Bodo nickte nur knapp. „Gerade erst rausgekommen," murmelte er und spielte mit dem Glas in seiner Hand. „Suche nach einem Job, egal was." Der Barkeeper sah ihn nun doch an, seine Augen blitzten unter den buschigen Brauen hervor. „Jobs sind hier rar. Aber wenn du die richtigen Leute kennst, findest du vielleicht was." Bodo wusste, dass das der Moment war, auf den er warten musste. „Wen muss ich denn kennen?" fragte er leise und trank einen Schluck. „Das musst du selbst herausfinden," sagte der Barkeeper und wandte sich wieder anderen Gästen zu.

Bodo saß eine Weile still am Tresen, hörte den Gesprächen um sich herum zu. Es war klar, dass er sich beweisen musste, bevor jemand ihm vertrauen würde. Er lauschte auf jedes Wort, das möglicherweise auf kriminelle Aktivitäten hindeutete. Die Männer sprachen über gestohlene Ware, kleinere Schiebereien und Deals, die in der Stadt liefen. Aber es war noch nichts, das auf die größere Organisation hindeutete, die er suchte. Schließlich setzte sich ein Mann zu ihm, den Bodo im Augenwinkel bemerkt hatte, wie er ihn beobachtete. Der Mann war etwa Mitte vierzig, kahlköpfig, mit einem tätowierten Hals. „Du sagst, du suchst Arbeit?" fragte er ohne Umschweife.

Bodo nickte. „Bin gerade erst raus. Muss wieder auf die Beine kommen." Der Mann musterte ihn einen Moment, als würde er abschätzen, ob Bodo vertrauenswürdig war. „Hör zu, wir brauchen immer ein paar Männer, die bereit sind, sich die Hände schmutzig zu machen. Nichts Großes. Nur ein paar Botengänge. Wenn du dir beweisen willst, kannst du hier anfangen." Bodo hielt die Fassade aufrecht, obwohl sein Puls schneller wurde. Das war genau die Gelegenheit, die er brauchte. Er musste klein anfangen, um das Vertrauen zu gewinnen. „Was muss ich tun?" fragte er, als ob er es kaum erwarten konnte, loszulegen. Der Mann zog eine zerknitterte Visitenkarte aus seiner Tasche und schob sie über den Tresen. „Sei morgen Abend an der Adresse. Keine Fragen, keine Namen. Du machst, was dir gesagt wird, und du bekommst deinen Anteil." Bodo nahm die Karte an sich und nickte. „Bin da." Der Mann stand auf, nippte an seinem Glas und verschwand dann in der Menge. Bodo blieb noch einen Moment sitzen, bevor er ebenfalls aufstand und die Kneipe verließ. Er war drinnen. Aber er wusste, dass das nur der Anfang war. Bodo ging wieder hinaus in die kühle Nacht. Die Straßen des Industriehafens lagen verlassen vor ihm, und die Dunkelheit war nur von den schwachen Laternen gebrochen. Er zog den Kragen seiner Jacke höher und ließ die Kneipe hinter sich.

Er hatte keine direkte Verbindung zu seinem Team, kein Funkgerät, das ihn auf dem Laufenden halten konnte. Alles hing nun von seiner eigenen Vorsicht und seinen Entscheidungen ab. Er wusste, dass es gefährlich war, aber das Risiko war es wert. Wenn er tief genug in die Organisation eindringen konnte, würde er endlich herausfinden, wer der „Boss" war. Die kalte Nachtluft wehte Bodo ins Gesicht, als er die Hafenkneipe verließ und wieder in die dunklen Straßen des Industriehafens einbog. Es war ungewohnt, kein Funkgerät im Ohr zu haben, keine ständige Verbindung zu Lena und Robin, die ihn auf dem Laufenden hielten. Aber das war Teil des Plans – er musste auf sich allein gestellt sein, durfte keine Schwächen zeigen oder irgendetwas riskieren, was ihn enttarnen könnte. Bodo ging die Nadorster Straße entlang, vorbei an alten Lagerhäusern und stillgelegten Fabriken, deren Fassaden vom Alter gezeichnet waren. Die Straßen waren fast menschenleer, und die wenigen, die hier unterwegs waren, wirkten genauso heruntergekommen wie die Umgebung. Er wusste, dass die falsche Bewegung ihn sofort verdächtig machen könnte. Hier vertraute niemand Fremden, und das Milieu war misstrauisch gegenüber jedem, der nicht schon lange Teil der Unterwelt war. Bodo zog die Visitenkarte hervor, die ihm der Mann in der Kneipe zugesteckt hatte. Die Adresse war auf der Rückseite eines alten Autoteilehändlers in einer weniger belebten Ecke des Industriegebiets. Er musste improvisieren, um sich nicht zu verraten.

Es gab keinen Plan B. Niemand konnte ihm sofort helfen, wenn etwas schiefging – keine Lena, kein Robin, kein Jan. Er war vollkommen auf sich allein gestellt. „Sei morgen Abend dort", hatte der Mann gesagt. Das bedeutete, dass Bodo nicht viel Zeit hatte, um sich vorzubereiten. Die Aufgabe, die ihm angeboten wurde, mochte einfach erscheinen, aber in dieser Welt bedeutete das oft, dass es gefährlich war – vielleicht nur ein Test, um zu sehen, wie er unter Druck agierte. Doch wenn er diesen Job erledigte, konnte er sich das Vertrauen der Organisation verdienen. Ein falscher Schritt hingegen, und es wäre alles vorbei.

Bodo wusste, dass er jetzt besonders vorsichtig sein musste. Die nächsten Stunden würden entscheidend sein. Er konnte sich nur auf seine Instinkte verlassen und musste improvisieren, wenn die Situation es erforderte. Am nächsten Abend stand Bodo in der Nähe der angegebenen Adresse –

ein verlassenes, heruntergekommenes Lagerhaus im Industriegebiet von Oldenburg, direkt hinter einem alten Autoteilehändler an der Emsstraße. Der Regen hatte inzwischen eingesetzt, und die Straßen glänzten im fahlen Licht der wenigen Laternen, die noch funktionierten. Der Regen war schwer, und das rhythmische Tropfen, das von den Dächern der Lagerhäuser herunterfiel, vermischte sich mit dem leisen Rauschen der Stadt in der Ferne.

Bodo lehnte sich gegen eine alte Mauer, die Hände tief in die Taschen seiner Jacke vergraben. Er war früh dran. Es war wichtig, dass er nicht nervös wirkte. In dieser Welt bedeutete Nervosität Schwäche – und Schwäche konnte tödlich sein. Sein Atem war gleichmäßig, sein Blick schweifte über die Straße, ohne sich an einem bestimmten Punkt festzuhalten. Er wusste, dass dies ein Test war. Und er durfte nicht versagen. Ein schwarzer Wagen, dessen Lack von den Jahren und dem Rost gezeichnet war, fuhr langsam die Straße entlang und hielt schließlich direkt vor dem Lagerhaus. Der Mann, den Bodo bereits in der Kneipe gesehen hatte, stieg aus und ging auf ihn zu. Der Regen perlte von seiner dunklen Jacke ab, als er sich Bodo näherte. „Bist du der Typ aus der Kneipe?" fragte der Mann direkt, ohne große Begrüßung, die Stimme rau und unpersönlich. „Ja," antwortete Bodo knapp. Er hielt seine Stimme ruhig, fast gleichgültig. „Ich bin hier, um zu arbeiten." Der Mann musterte Bodo von oben bis unten, sein Blick blieb einen Moment länger auf seinem Gesicht haften, als wollte er tiefere Geheimnisse in seinen Augen lesen. Es war der prüfende Blick eines Mannes, der daran gewöhnt war, Menschen zu durchschauen. „Wir haben einen kleinen Job für dich," sagte der Mann schließlich. „Nichts Großes, aber du musst zuverlässig sein. Wenn du uns enttäuschst, gibt's keine zweite Chance." Bodo nickte. Sein Herzschlag hatte sich leicht beschleunigt, aber er blieb äußerlich unberührt. „Was ist es?" Der Mann zog eine Zigarette aus seiner Tasche, zündete sie an und inhalierte tief, bevor er sprach. „Ganz einfach: Du lieferst ein Paket ab. Diskret. Keine Fragen stellen, keine Aufmerksamkeit erregen." Er zog ein kleines, in braunes Papier gewickeltes Päckchen aus seiner Jacke und hielt es Bodo hin.

Der Regen prasselte leise auf das Papier, doch der Mann schien es nicht zu bemerken. „Bring das zu der Adresse auf der Rückseite. Der Empfänger weiß, dass du kommst. Verstanden?" Bodo nahm das Päckchen entgegen und steckte es in die Innentasche seiner Jacke. „Verstanden." Der Mann nahm einen letzten Zug von seiner Zigarette und warf sie achtlos auf den Boden. Der Rauch vermischte sich mit dem Nebel, während er Bodo einen ernsten Blick zuwarf. „Sei unauffällig," warnte er. „Wenn du die Sache vermasselst, hast du ein Problem. Aber wenn du das erledigst, sprechen wir über mehr." Bodo nickte erneut, drehte sich um und begann, sich von der Szene zu entfernen. Doch bevor er sich ganz abwenden konnte, rief der Mann ihm noch hinterher: „Und lass dich nicht von der Polizei erwischen." Seine Stimme klang leicht spöttisch, als ob er bereits wusste, wie leicht es wäre, einen Fehler zu machen. Bodo verspürte ein leichtes Kribbeln im Nacken.

Diese Botenjobs waren der klassische Einstieg in kriminelle Netzwerke. Sie wirkten harmlos, aber sie waren der erste Test. Es war auch die erste Gelegenheit, tiefer in die Organisation einzudringen und Vertrauen aufzubauen. Wenn er diesen Test bestand, würde er einen Schritt weiterkommen. Aber wenn nicht... Er schob den Gedanken beiseite und konzentrierte sich auf die Aufgabe. Er würde die Lieferung abwickeln, wie es verlangt wurde, und dann abwarten, was als Nächstes kam. Bodo machte sich auf den Weg zur Hauptstraße, einer wenig befahrenen Straße, die ihn direkt in die Nähe der Adresse auf der Rückseite des Päckchens führen würde. Das Adrenalin pumpte durch seine Adern, während er sich immer wieder daran erinnerte, dass dies ein Test war. Sein Puls ging schnell, aber er behielt seine äußere Ruhe. Seine Aufgabe war klar: abliefern, keine Fragen stellen, keine Aufmerksamkeit erregen. Probleme verursachten keine Helden – sie sorgten für Leichen.

Er wusste, dass jeder seiner Schritte überwacht werden könnte. Vielleicht von der Organisation selbst, vielleicht von anderen Kriminellen, die ihre eigenen Augen und Ohren in der Stadt hatten. Es gab keine Sicherheiten in dieser Welt. Er konnte niemandem vertrauen. Und ohne direkte Kommunikation zu seinem Team war er wirklich auf sich allein gestellt. Es gab keine zweite Chance, keinen Spielraum für Fehler. Wenn er scheiterte, würde niemand ihn retten. Der Regen hatte den Asphalt glitschig gemacht, und Bodo achtete darauf, in der Dunkelheit nicht zu schnell oder zu auffällig zu wirken. Er musste unauffällig bleiben – wie ein Schatten, der durch die Nacht glitt. Oldenburg wirkte in dieser Nacht besonders bedrückend, und die Isolation, die er spürte, verstärkte das Gefühl der Bedrohung, das über ihm hing. Seine Gedanken waren fokussiert, aber er konnte die Kälte in seiner Brust nicht leugnen.

Sein Herz schlug schnell, doch seine Schritte blieben ruhig und gleichmäßig. Dies war der entscheidende Test. Er durfte nicht scheitern.

Er war bereit.

Kapitel 51

In der Zentrale der Kripo Emden war die Anspannung kaum zu übersehen. Lena und Robin saßen vor den Monitoren und analysierten die spärlichen Informationen, die sie über Bodos Bewegung erhalten konnten. Es war ein schwieriger Einsatz. Ohne Funkverbindung zu Bodo mussten sie blind darauf vertrauen, dass er seinen Weg finden würde. Robin hatte zwar die Straßenkameras in der Nähe des Industriehafens gehackt, doch die Sicht war schlecht, und durch den Regen wurde vieles unklar.

„Ich kann ihn nicht die ganze Zeit im Blick behalten," sagte Robin, während er die Kamerabilder durchging. „Er ist allein da draußen, und ohne direkte Kommunikation können wir nur hoffen, dass er nicht in eine Falle läuft." Lena nickte stumm, die Sorge um Bodo stand ihr ins Gesicht geschrieben. „Er weiß, was er tut. Aber wenn er nicht auftaucht, haben wir ein Problem." Sie hatte die Hände fest vor sich verschränkt, ihre Fingernägel drückten sich in die Handflächen. Jeder Moment, in dem sie nichts von Bodo hörte, verstärkte das Gefühl der Hilflosigkeit. Lena war es gewohnt, die Kontrolle zu haben, die Zügel fest in der Hand zu halten – aber heute war es anders. Heute war Bodo draußen, in einer gefährlichen Welt, in der jede falsche Bewegung lebensgefährlich sein konnte.

„Ich habe eine Idee," sagte Robin plötzlich. „Ich kann über die gesicherten Daten eine Bewegungsanalyse machen. Vielleicht finden wir Muster, die mit den Aktivitäten der Organisation zusammenpassen." Lena schaute ihn an und nickte, dankbar für die Ablenkung. „Tu das. Irgendetwas, das uns Hinweise gibt, wo sie ihn hinschicken." Während

Lena und Robin sich auf Bodos Bewegung konzentrierten, arbeitete Jan unermüdlich daran, potenzielle Fluchtwege des „Bosses" zu identifizieren. Er hatte mehrere Karten des Industriegebiets ausgebreitet, die alle möglichen Routen zeigten, die der „Boss" im Ernstfall nutzen könnte, um unbemerkt zu entkommen. „Ich habe ein paar interessante Routen gefunden," sagte Jan zu sich selbst, während er die Details auf den Karten markierte. „Wenn er flüchten muss, wird er wahrscheinlich versuchen, das Hafengebiet zu nutzen. Es gibt mehrere alte Tunnel und Abwasserkanäle, die aus dem Industriegebiet führen."

Corinna, die sich parallel durch weitere forensische Analysen arbeitete, trat an seine Seite. „Hast du schon etwas gefunden, das wir nutzen können?" „Vielleicht," antwortete Jan, ohne den Blick von der Karte abzuwenden. „Es gibt einige Fluchtrouten, die mir verdächtig erscheinen. Aber wir müssen sie genau überwachen, falls er versucht, abzuhauen."

„Ich habe inzwischen etwas in den Daten gefunden," sagte Corinna. „Eine verschlüsselte Nachricht, die vermutlich direkt aus der Organisation kommt. Es geht um einen Deal, der demnächst stattfinden soll, aber die Details sind noch unklar. Ich arbeite daran, das zu entschlüsseln." Jan nickte. „Jeder Hinweis zählt." Die Spannung in der Zentrale war spürbar. Während Bodo draußen im Feld war, arbeiteten Jan und Corinna daran, jede noch so kleine Information zu sammeln, die das Team voranbringen konnte. Jeder hatte seine Rolle, doch das Gewicht der Verantwortung lastete schwer auf ihnen allen.

Zurück in den Straßen von Oldenburg schritt Bodo durch den Regen, das Päckchen sicher in seiner Jackentasche verstaut. Der Auftrag schien einfach: Liefere das Paket diskret ab und zieh keine Aufmerksamkeit auf dich. Doch Bodo wusste, dass gerade die scheinbar einfachen Aufgaben oft die gefährlichsten sein konnten. Je näher er dem Übergabeort kam, desto dichter wurde die Atmosphäre. Die Straßen wurden schmaler, dunkler, und die Zahl der Menschen nahm ab. Das Gefühl, beobachtet zu werden, wuchs in ihm, und er konnte nicht abschütteln, dass hier mehr auf dem Spiel stand, als er dachte.

Als er die Ecke zur Auguststraße bog, blieb er plötzlich stehen. Ein Mann lehnte lässig an der Hauswand, die Hände in den Taschen vergraben. Sein Blick war fest auf Bodo gerichtet, als ob er genau wusste, wer Bodo war und warum er hier war. Bodo hielt inne, sein Herzschlag beschleunigte sich, aber er zwang sich, ruhig zu bleiben. „Du bist der Bote?" fragte der Mann, ohne sich von der Wand zu lösen. „Ja," antwortete Bodo knapp und zog das Päckchen aus seiner Jacke. Der Mann sah ihn einen Moment lang an, dann schnappte er sich das Päckchen. „Gut. Du weißt, dass du jetzt beobachtet wirst, oder? Mach keine Dummheiten." Bodo nickte, sagte nichts weiter und ging langsam die Straße zurück, in die Richtung, aus der er gekommen war. Sein Puls raste. War das nur eine Warnung? Oder eine Falle? Die Luft schien plötzlich drückend, und jede Bewegung fühlte sich beobachtet an. Er musste jetzt vorsichtiger denn je sein.

In der Zentrale kämpfte Lena mit ihrer eigenen Anspannung. Sie konnte keine direkten Informationen von Bodo bekommen und wusste nicht, ob er sicher war oder ob er bereits in Schwierigkeiten steckte. Sie vertraute ihm, aber die Sorge nagte an ihr. „Robin, hast du ihn noch im Blick?" fragte sie, während sie unruhig vor den Monitoren auf und ab ging. Robin schüttelte den Kopf. „Er ist vom Radar verschwunden. Die Kameras in der Auguststraße haben technische Probleme, wahrscheinlich durch den Regen. Wir haben keine visuelle Verbindung mehr." Lena ballte die Hände zu Fäusten. „Verdammt." Sie wollte hinaus, ihn suchen, ihm irgendwie helfen, aber sie wusste, dass das unmöglich war. Bodo war auf sich allein gestellt, und sie konnte nichts tun, um das zu ändern. „Wir müssen einfach darauf vertrauen, dass er es schafft," sagte Robin leise. Lena nickte, doch die Sorge ließ nicht nach. Sie wusste, dass die Mission gefährlich war, aber sie wusste auch, dass Bodo alles tun würde, um Erfolg zu haben. Doch die Ungewissheit fraß an ihr. Jeder Moment, in dem sie nichts von ihm hörte, verstärkte das Gefühl, dass etwas schiefgehen könnte.

Es war bereits dunkel, als Bodo wieder die Gassen des Industriegebiets von Oldenburg entlangging. Der Regen hatte nachgelassen, doch die Luft war kühl und feucht. Die Übergabe des Päckchens war reibungslos verlaufen, und nun hatte er die Einladung zu einem wichtigen Treffen erhalten – ein klares Zeichen, dass er das Vertrauen der Organisation langsam gewann. Ein entscheidender Moment in seiner Mission, der ihn tiefer in die kriminelle Struktur führte. Er war vorsichtig, seine Deckung nicht fallen zu lassen. Ein Fehler, und all seine Bemühungen könnten zunichte sein. Die Organisation, der „Boss", das gesamte Netzwerk – es fühlte sich an, als wäre er jetzt nur einen Schritt entfernt. Doch dieser Schritt war entscheidend.

Das Treffen sollte in einem der größeren Lagerhäuser an der Hafenpromenade stattfinden, unweit der Schleusenstraße.

Dies war ein abgelegener Teil des Hafens, in dem es kaum Verkehr gab. Die Wahl des Ortes war eindeutig: Hier konnte man ungestört und diskret sein. Bodo war angespannt, doch er hielt die Rolle des Ex-Sträflings aufrecht. Keiner in der Organisation durfte auch nur ahnen, dass er ein Undercover-Ermittler war. Als Bodo das Lagerhaus betrat, sah er sofort, dass dieses Treffen anders war. Die Anwesenden strahlten mehr Autorität aus als die üblichen zwielichtigen Gestalten, mit denen er bisher zu tun hatte. Es waren Männer und Frauen, die offenbar in höheren Rängen der Organisation agierten. Sie standen in kleinen Gruppen beisammen und sprachen leise miteinander.

Bodo wurde zu einem Tisch geführt, an dem einige der ranghöheren Mitglieder saßen. Einer von ihnen, den Bodo bereits am Vorabend bei der Übergabe des Pakets gesehen hatte, nickte ihm zu. „Gut gemacht, du hast gezeigt, dass du loyal bist. Aber das war nur der Anfang." Ein weiterer Mann, der am Tisch saß – ein kalter, berechnender Typ mit eisigen Augen –, sprach leise weiter: „Der Boss ist nicht immer hier, aber er weiß, was du tust. Heute Abend werden wir entscheiden, ob du mehr für uns tun kannst."

Bodo hielt sich ruhig und versuchte, sich an die Gespräche anzupassen. Jede Information, die er aufschnappen konnte, war wertvoll. Er merkte, dass er dem „Boss" immer näherkam, auch wenn er selbst noch nicht anwesend war.

In der Zentrale war die Anspannung kaum auszuhalten. Lena und Robin saßen vor den Monitoren, die immer wieder kleine Bruchstücke der Überwachung übermittelten. Die Kameraausfälle und das Wetter machten es schwer, einen genauen Überblick über Bodos Bewegungen zu behalten. Lena kämpfte mit ihrer eigenen Anspannung. Sie hatte keine Informationen über Bodos Zustand und wusste nicht, ob er sicher war oder ob er bereits in Schwierigkeiten steckte. Die Ungewissheit zermürbte sie. Ihr Herz schlug schneller, und ihre Gedanken kreisten unaufhörlich um dieselbe Frage: Was, wenn etwas schiefgeht?

„Robin, hast du ihn noch im Blick?" fragte sie, ihre Stimme bebte leicht, während sie unruhig vor den Monitoren auf und ab ging. Robin schüttelte den Kopf. „Nein. Die Kameras in der Auguststraße haben technische Probleme. Der Regen... Wir haben keine visuelle Verbindung mehr." Lenas Hände ballten sich zu Fäusten, ihre Fingernägel gruben sich in ihre Handflächen. „Verdammt," flüsterte sie heiser. Sie wollte hinausgehen, ihn suchen, ihn irgendwie retten. Doch sie wusste, dass das unmöglich war. Bodo war auf sich allein gestellt. „Wir müssen darauf vertrauen, dass er es schafft," sagte Robin ruhig, seine Augen weiterhin auf die Monitore gerichtet. Doch auch in seiner Stimme lag ein Hauch von Sorge, der sich nicht verbergen ließ.

Lena nickte langsam, doch die Angst ließ nicht nach. Bodo war einer der Besten, aber das Gefühl, nicht eingreifen zu können, nagte an ihr. Jeder Moment der Stille, jeder Wimpernschlag ließ die Befürchtung in ihr wachsen, dass etwas schiefgehen könnte.

Sie wussten, dass er jetzt tief in der Organisation steckte, doch sie hatten kaum eine Möglichkeit, ihn zu unterstützen, außer durch ihre fortlaufende Analyse der Daten. Jan und Corinna arbeiteten weiter an der Entschlüsselung der gefundenen Beweise. Jan hatte die Fluchtrouten im

Hafenbereich identifiziert, die der „Boss" im Ernstfall nutzen könnte. Corinna hatte eine verschlüsselte Nachricht entziffert, die darauf hindeutete, dass ein größerer Deal bald abgeschlossen werden sollte – vermutlich im Zusammenhang mit dem Treffen, zu dem Bodo nun Zugang hatte.

„Es wird bald etwas passieren," sagte Corinna, während sie die Daten durchging. „Dieser Deal könnte der Schlüssel sein." Lena nickte und fuhr sich durch die Haare. „Wir müssen bereit sein. Bodo ist tief drin, und wenn wir jetzt etwas übersehen, könnte er in Gefahr geraten."

„Bodo hat sich bisher gut geschlagen," sagte Robin, doch auch er konnte die Sorge in seiner Stimme nicht verbergen. „Er wird das schaffen."

Kapitel 52

Nach dem Treffen, in dem Bodo tiefer in die Organisation eingeführt wurde, kehrte er spät in die Zentrale zurück. Der Regen hatte inzwischen aufgehört, aber die Anspannung lastete schwer auf ihm. Er wusste, dass er nur noch wenige Schritte davon entfernt war, dem „Boss" direkt zu begegnen. Doch die Gefahr, entdeckt zu werden, wuchs mit jedem Tag. Als er die Zentrale betrat, wartete Lena bereits auf ihn. Sie hatte ihn seit Stunden nicht gesehen, und die Sorge um ihn war deutlich in ihrem Gesicht zu erkennen. Bodo nahm seine Jacke ab und setzte sich erschöpft an den Tisch. Es war spät, und die meisten Kollegen waren bereits gegangen.

Lena blieb einen Moment still, bevor sie vorsichtig anfing: „Wie läuft es da draußen?" „Ich bin drin," antwortete Bodo knapp. „Aber es wird härter. Je näher ich dem ‚Boss' komme, desto mehr misstrauen sie mir. Ich kann nicht viele Fehler machen." Lena setzte sich neben ihn. „Wir alle machen uns Sorgen um dich, Bodo. Aber ich..." Sie hielt kurz inne und senkte den Blick, bevor sie weitersprach. „Ich mache mir besonders Sorgen. Du bist nicht nur ein Kollege. Du bist wichtig für mich." Bodo sah sie an, überrascht von ihrer Offenheit. „Lena, ich..." „Lass mich ausreden," unterbrach sie ihn sanft. „Ich weiß, dass wir professionell bleiben müssen. Aber ich kann nicht ignorieren, was ich fühle. Du bist immer da, immer zuverlässig, immer ruhig. Ich hätte das alles ohne dich nicht durchgestanden." Für einen Moment herrschte Stille. Beide wussten, dass sie eine Grenze überschritten hatten, die sie bisher nicht wahrhaben wollten. Lena legte ihre Hand leicht auf seine.

„Pass einfach auf dich auf, okay?"

Jan stand vor dem großen Stadtplan von Oldenburg, der die Wand des Besprechungsraums fast vollständig bedeckte. Mit einem Stift markierte er die letzten Positionen für die Einsatzteams. Jeder Fluchtweg, jede kleine Seitengasse war kartiert. Er trat einen Schritt zurück und ließ seinen Blick über die sorgfältig platzierten Markierungen gleiten. Kein Detail war dem Zufall überlassen – so war es immer bei Jan. Doch trotz der minutiösen Planung spürte er den Druck, der sich auf seine Schultern legte. Dies war nicht nur eine Operation, es war die Operation. „Alles bereit?" Lena trat zu ihm, ihre Stimme war leise, aber voller Ernst.

Jan nickte. „Ja, ich habe alle Fluchtwege abgedeckt. Wir haben Teams an den Schleusen, am Hintereingang und an den Docks. Der 'Boss' kommt hier nicht raus, wenn er drin ist." Seine Worte klangen fest, aber in seinem Inneren arbeitete es. Was, wenn er einen Fehler gemacht hatte? Was, wenn es doch einen Fluchtweg gab, den er übersehen hatte? Lena studierte die Karte, während Jan sprach. Sie vertraute ihm – Jan war der beste Stratege, den sie je gekannt hatte. Wenn jemand das Versteck des „Bosses" abriegeln konnte, dann er. Aber sie wusste auch, dass dieser Zugriff anders war. Die Anspannung war in jedem im Team spürbar. Dies war ihre beste – vielleicht ihre einzige – Chance, den „Boss" zu fassen. „Robin hat die Überwachung im Griff?" fragte Lena, ohne den Blick von der Karte abzuwenden.

„Ja, er hat die Drohnen eingerichtet. Kameras sind überall, sogar an den unauffälligsten Stellen. Wenn der 'Boss' auftaucht, werden wir es wissen." Robin, der normalerweise im Hintergrund agierte, hatte in den letzten Tagen gezeigt, dass er mehr als nur ein technischer Experte war. Er war ruhig, konzentriert und hatte unter dem Druck des Falls eine bemerkenswerte Führungsrolle übernommen. Jan hatte ihn dabei beobachtet, wie er die Überwachungsgeräte kalibrierte, die Funkverbindungen checkte und sicherstellte, dass nichts schiefgehen würde. Lars hatte es auch bemerkt, und Jan konnte die Überlegung, Robin zu befördern, förmlich in den Augen ihres Chefs sehen. „Die Kommunikation ist unser Lebensfaden", sagte Jan leise, mehr zu sich selbst als zu Lena. „Wenn die ausfällt, haben wir ein Problem." Lena sah ihn an. „Robin ist gut, er wird es schaffen." Es war mehr als eine Feststellung – es war ein Ausdruck ihres Vertrauens. Sie spürte den Druck, der auf ihnen allen lastete, doch sie wusste, dass es in solchen Momenten keine Zweifel geben durfte. Sie vertraute Jan, sie vertraute Robin, und sie vertraute Bodo, der mitten im Versteck war und auf ihren Zugriff wartete.

Jan fuhr sich mit der Hand durch das Haar. „Die größte Unbekannte ist, ob der 'Boss' tatsächlich dort ist. Wenn nicht..." Er ließ den Satz unbeendet, aber Lena verstand. Wenn der „Boss" nicht im Versteck war, würde es Monate dauern, ihn wieder aufzuspüren. Vielleicht hätten sie dann keine zweite Chance mehr. „Wir machen das Beste draus", sagte Lena, ihre Stimme fest. „Es gibt immer Risiken. Aber ich habe keine Zweifel an diesem Plan." Jan sah sie an, ihre Entschlossenheit und ihr Vertrauen waren ansteckend. „Wir haben alles abgedeckt", wiederholte er, als wolle er sich selbst überzeugen. „Wenn er da ist, kriegen wir ihn." Lena nickte. „Gut. Bereite alles vor. Wir gehen in einer Stunde rein."

Jan drehte sich wieder zur Karte um, zog eine Linie durch die letzten Details und machte sich an die endgültige Abstimmung. Es gab keinen Platz für Fehler, nicht heute.

Wenn alles nach Plan lief, würde dies der Tag sein, an dem sie den „Boss" festnagelten – und vielleicht endlich etwas Ruhe finden würden. Aber die leise Stimme in seinem Kopf ließ ihn nicht los: Was, wenn etwas schiefgeht? Robin saß konzentriert vor den Monitoren, seine Finger flogen über die Tastatur, während die Bilder der Überwachungskameras über die Bildschirme flackerten. Drohnenaufnahmen, Straßenkameras, alles war in Echtzeit mit der Zentrale verbunden. Der Zugriff auf das Versteck in Oldenburg war minutiös geplant, aber Robin wusste, dass die Technik ihnen jederzeit einen Strich durch die Rechnung machen konnte. Er durfte keine Sekunde nachlassen. „Die Drohnen sind bereit", murmelte er mehr zu sich selbst, während er die letzten Einstellungen überprüfte. „Kameras an den Zugängen laufen." Lars trat hinter ihn, legte ihm eine Hand auf die Schulter und nickte zufrieden. „Gute Arbeit, Robin. Alles läuft reibungslos." Robin drehte sich nicht um, zu fokussiert auf die Bildschirme vor ihm. Er hatte gelernt, die Nervosität zu unterdrücken. Diese Art von Einsatz erfordert totale Konzentration. „Ich habe zusätzliche Kameras an den Seitenstraßen platziert. Wenn sich jemand dem Versteck nähert oder versucht zu fliehen, kriegen wir das mit." Seine Stimme klang ruhig, aber unter der Oberfläche spürte er den Druck.

Lars beobachtete ihn einen Moment länger, bevor er sagte: „Du übernimmst hier immer mehr Verantwortung. Die Jungs im Feld zählen auf dich. Gute Arbeit." Robin nickte knapp, ohne sich umzudrehen. Lob von Lars war selten, aber es bedeutete ihm mehr, als er zugeben würde. Die letzten Tage hatten ihm gezeigt, dass er mehr konnte, als nur Kabel zu verlegen und Monitore zu überwachen. Er war Teil des Teams, ein wichtiger Teil. Als die Bildschirme plötzlich für einen Moment flackerten, hielt Robin den Atem an. Es war nur ein Wimpernschlag, aber in einer Operation wie dieser zählte jede Sekunde. Er runzelte die Stirn und gab ein paar Befehle in die Konsole ein. Die Verbindung stabilisierte sich wieder. „Alles gut", murmelte er, mehr zu sich selbst als zu Lars.

„Du hast das im Griff", sagte Lars ruhig, bevor er sich zurückzog, um den Rest des Teams zu überprüfen. Doch Robin konnte das Gefühl nicht abschütteln, dass die Last auf seinen Schultern schwerer wurde. Zum ersten Mal war er es, der dafür sorgte, dass alles lief. Bodo war draußen im Feld, tief im Versteck des „Bosses", und seine einzige Verbindung zur Außenwelt war Robin. Wenn hier etwas schiefging, wenn die Kommunikation versagte... Robin atmete tief durch und zwang sich, die Gedanken beiseitezuschieben. Es war nicht der richtige Moment für Zweifel. Er musste funktionieren – genauso wie Jan, der den strategischen Plan ausarbeitete, und Lena, die den Zugriff leitete. Sie alle zählten auf ihn. Die Monitore zeigten jetzt eine klare Sicht auf das Versteck, jede Bewegung der Straßen rund um das Lagerhaus wurde erfasst. Ein flüchtiger Gedanke schoss ihm durch den Kopf: Wie viel sich in den letzten Monaten verändert hat. Früher hatte er sich im Hintergrund gehalten, die Technik erledigt und den echten Ermittlern den Vortritt gelassen. Aber jetzt, jetzt war er einer von ihnen. Lars hatte es gesehen, und vielleicht – nein, er wusste es – würde er bald eine größere Rolle übernehmen.

Die Kameras liefen stabil, die Drohnen surrten unbemerkt über dem Gelände. Alles war bereit. Er lehnte sich einen Moment zurück, betrachtete die Bildschirme und dachte daran, was vor ihnen lag. Wenn sie den 'Boss' heute fassen, würde alles anders werden. „Robin", Lenas Stimme kam durch das Funkgerät. „Alles klar?" „Ja", antwortete er sofort, seine Finger flogen wieder über die Tastatur, um die Systeme erneut zu checken. „Alles läuft wie geplant. Ich hab dich im Blick."

„Gut", kam die knappe Antwort. „Es beginnt."

Robin spürte, wie sein Herz einen Schlag schneller ging. Das war es. Alle Augen waren auf ihn gerichtet. Wenn der Zugriff losging, würde jede Entscheidung, die er traf, zählen. Es war sein Moment, und er würde das Team nicht enttäuschen.

Jan stand über die Karte des Hafengebiets gebeugt. Sein Blick wanderte über die Linien, die er gezogen hatte, die Fluchtwege, die er markiert hatte. Jeder Winkel, jede potenzielle Lücke war in seinen Berechnungen berücksichtigt. Dennoch, etwas in ihm fühlte sich nicht richtig an. Es lag nicht an den Plänen – die waren solide. Es war etwas Tieferes, Persönliches, das ihn langsam zermürbte. „Jan?", Lenas Stimme riss ihn aus seinen Gedanken.

Er hob den Kopf und blickte sie an. Sie konnte die Anspannung in seinen Augen sehen, auch wenn er sie zu verbergen versuchte. Sie hatte ihn lange genug gekannt, um zu wissen, dass er etwas mit sich herumtrug. Doch dies war nicht der Moment, darüber zu sprechen. Sie nickte nur und ging weiter, ließ ihm den Raum, den er offensichtlich brauchte. Jan seufzte leise und fuhr sich mit der Hand durchs Haar. Die Sache mit seiner Familie ließ ihn einfach nicht los. Es gab Momente, in denen er sich fragte, wie lange er den Druck noch aushalten konnte, bevor er anfing, Fehler zu machen.

Doch solange er hier war, musste er funktionieren. Das war alles, was zählte – zumindest redete er sich das ein. Er sah wieder auf die Karte. Die Linien verschwammen für einen Moment, bevor er sich wieder konzentrierte. „Funktionieren", murmelte er, als wäre es ein Mantra. Es gab keine Zeit für persönliche Probleme, nicht jetzt. Auf der anderen Seite des Raums saß Corinna, die vor einem Laptop über einen verschlüsselten Bericht gebeugt war. Normalerweise war sie die ruhige und kontrollierte Analytikerin im Team, aber in letzter Zeit hatte auch sie sich verändert. Lena hatte es bemerkt, ebenso wie die anderen. Es war nicht so, dass sie Fehler machte – Corinna machte nie Fehler. Aber in den letzten Tagen hatte Lena gesehen, wie sich eine stille Unruhe in ihre Augen schlich. Eine Unruhe, die sie vorher nie gekannt hatte.

Es war der Moment nach der Besprechung, als Corinna allein im Raum blieb, der Lena alarmierte. Sie saß da, starrte auf den Bildschirm, doch ihre Finger bewegten sich nicht. Es war, als hätte die Last des Falls sie plötzlich eingeholt. Lena trat näher und legte eine Hand auf Corinnas Schulter. „Alles in Ordnung?" Corinna blinzelte und sah zu ihr auf. Für einen Moment blitzte etwas in ihren Augen auf – etwas, das Lena nur zu gut kannte. „Ja, ich... es ist nur der Druck", murmelte Corinna. „Manchmal frage ich mich, ob wir wirklich die Kontrolle haben."

Das war das erste Mal, dass Corinna so etwas sagte. Normalerweise war sie diejenige, die Ruhe und Gelassenheit ausstrahlte, egal wie intensiv die Lage war. Aber jetzt, nach so vielen Monaten der Anspannung, war auch sie nicht mehr unberührt. Lena nickte langsam, drückte leicht ihre Schulter und ließ sie wieder allein. Corinna musste diesen Moment für sich haben. Auch Jan beobachtete die Szene aus dem Augenwinkel, während er seine Pläne überprüfte. Jeder im Team war am Limit. Aber keiner durfte das Schwächeln der anderen sehen – zumindest nicht offiziell. Dennoch spürten sie es alle. Der Fall, der Druck, die ständige Unsicherheit, ob sie das Richtige taten, ob sie gewinnen konnten – es war mehr als nur eine berufliche Herausforderung. Es war persönlich geworden.

„Wir müssen weitermachen", sagte Jan leise zu sich selbst, aber seine Stimme klang nicht so überzeugt wie sonst. Lena ging zurück zu ihrem Schreibtisch und sah Jan noch einmal an. Sie fragte sich, wie lange er noch durchhalten würde. Wie lange sie alle noch durchhalten würden. Aber sie wusste auch, dass es kein Zurück gab. Sie waren zu tief drin, emotional und professionell. Und das machte alles noch viel gefährlicher.

Lena saß in der Zentrale, ihre Augen auf den Monitoren, aber ihre Gedanken weit weg. Der Regen prasselte gegen das Fenster, während draußen die Nacht über die Stadt hereingebrochen war. Bodo war wieder draußen, tief in der Organisation des „Bosses" verwickelt. Jede Bewegung, die er machte, jeder Schritt, den er tat, brachte ihn näher an die Gefahr – und sie konnte nichts tun, außer hier zu sitzen und zu warten. Es war nicht das erste Mal, dass sie so fühlte. Doch in letzter Zeit hatten sich die Dinge zwischen ihnen verändert. Die Momente, die sie mit ihm teilte, waren intensiver geworden – nicht nur auf professioneller Ebene. Sie spürte es jedes Mal, wenn er in ihrer Nähe war. Da war eine Spannung, eine Art unausgesprochenes Band, das sie beide zusammenhielt.

Sie dachte an den Abend vor ein paar Tagen zurück, als sie spät in der Zentrale geblieben waren. Sie hatten kaum gesprochen, aber die Stille war nicht unangenehm gewesen. Im Gegenteil, sie hatte eine Ruhe gespürt, die sie sonst selten kannte. Bodo saß einfach nur neben ihr, und doch hatte sie das Gefühl, dass er alles verstand, was sie nicht sagte. „Du musst vorsichtig sein," hatte sie leise gesagt, als er sich auf den nächsten Einsatz vorbereitete. Bodo hatte sie nur angesehen und genickt. „Ich weiß. Aber wir schaffen das." Es war immer so mit ihm. Er war ruhig, verlässlich, niemals jemand, der große Worte machte. Und vielleicht war es genau das, was sie an ihm so schätzte – diese Gelassenheit, die ihr Sicherheit gab, auch wenn alles um sie herum zusammenzubrechen schien.

Aber gleichzeitig wusste sie, dass ihre Gefühle für Bodo kompliziert waren. Sie war seine Vorgesetzte, und in ihrer Welt gab es keinen Platz für persönliche Verstrickungen. Schon jetzt brachte ihre wachsende Nähe Unsicherheiten mit sich, die sie nicht ignorieren konnte. Was, wenn ihre Gefühle ihre Entscheidungen beeinflussten? Was, wenn sie nicht mehr klarsah, weil sie sich um ihn sorgte? Lena atmete tief durch und versuchte, diese Gedanken beiseitezuschieben. Jetzt war nicht der richtige Zeitpunkt, sich von Gefühlen überwältigen zu lassen. Aber es fiel ihr immer schwerer, die Distanz zu wahren. Jedes Mal, wenn er wieder in die Zentrale zurückkehrte, spürte sie, wie die Erleichterung sich in ihrem Inneren ausbreitete – ein Gefühl, das sie früher nur unterdrückt hatte.

Dann gab es die Momente, in denen er sie ansah, und sie wusste, dass auch er es fühlte. Er sprach es nie aus, und sie tat es ebenfalls nicht. Aber die unausgesprochenen Worte hingen oft schwer in der Luft zwischen ihnen. An einem Abend, nachdem sie beide einen besonders intensiven Einsatz überstanden hatten, war sie allein in der Zentrale geblieben. Bodo hatte sich noch etwas ausgeruht, bevor er sich auf den nächsten Auftrag vorbereitete. Als er zu ihr kam, war da diese unausweichliche Spannung. Er setzte sich neben sie, nahm ihre Hand, aber sprach kein Wort. „Du musst dich nicht um mich sorgen," sagte er schließlich, seine Stimme ruhig, aber fest. „Ich kann nicht anders," hatte sie geantwortet und ihn ernst angesehen. „Ich weiß, dass es gefährlich ist, aber..." Sie brach ab, weil sie nicht wusste, wie sie das ausdrücken sollte, was sie fühlte. „Ich pass auf mich auf. Und auf dich," erwiderte er mit einem leichten Lächeln. „Wir schaffen das." Diese Momente zwischen ihnen wurden immer häufiger. Die Arbeit brachte sie in gefährliche Situationen, und das machte ihre Bindung noch intensiver. Sie waren beide aufeinander angewiesen – nicht nur als Kollegen, sondern auf eine Weise, die sie beide noch nicht vollständig verstanden.

Lena wusste, dass sie irgendwann eine Entscheidung treffen musste. Konnte sie diese Nähe zulassen, ohne ihre berufliche Distanz zu verlieren? Und wie lange konnte sie ihre Gefühle unterdrücken, bevor sie das Team oder ihre Arbeit beeinträchtigten? Doch während des Zugriffes auf das Versteck in Oldenburg näher rückte, wusste sie auch, dass es jetzt keine Zeit für solche Überlegungen gab. Bodo war draußen, mitten im Geschehen, und alles, was sie tun konnte, war zu hoffen, dass er sicher zurückkehrte. Dann würde sie sich ihren Gefühlen stellen müssen – aber nicht heute.

„Pass auf dich auf," flüsterte sie leise, obwohl er es nicht hören konnte. Und wieder spürte sie diese innere Anspannung, die sie nicht loslassen wollte.

Kapitel 53

Die Zentrale war still, nur das leise Summen der Monitore durchbrach die Stille. Lena saß an ihrem Schreibtisch, die Augen starr auf den Bildschirm gerichtet, doch ihre Gedanken waren woanders. Der Zugriff auf das Versteck des „Bosses" war geplant, die Vorbereitungen abgeschlossen. Alles hing nun davon ab, ob sie die richtigen Entscheidungen getroffen hatten – ob ihr Plan aufging. Sie wusste, dass Jan alles getan hatte, um sicherzustellen, dass der Zugriff reibungslos ablief. Doch in den letzten Tagen hatte sie bemerkt, dass etwas an ihm nagte. Jan, der sonst so diszipliniert und fokussiert war, schien abwesend. Seine Blicke waren öfter ins Leere gerichtet, als hätte er etwas auf dem Herzen, das er niemandem mitteilen wollte. Lena fragte sich, wie lange er den Druck noch aushalten konnte. Der Fall lastete auf ihnen allen, aber Jan schien es schwerer zu treffen als die anderen. Sie wusste, dass er nicht ewig so weitermachen konnte, ohne zu zerbrechen.

Corinna war eine andere Sache. Lena hatte in den letzten Tagen eine Seite an ihr gesehen, die sie vorher nicht kannte. Die Analytikerin, die immer so kühl und berechnend war, zeigte plötzlich Gefühle, die sie sonst so gut versteckte. Die Spannung, der Druck – es setzte auch ihr zu. Sie hatte einen Moment beobachtet, wie Corinna allein im Raum saß, die Stirn in tiefe Sorgenfalten gelegt, die Hände um eine Tasse Kaffee gekrallt, als hätte sie Angst, sie fallen zu lassen. Diese stumme Verzweiflung in ihrem Blick hatte Lena mehr berührt, als sie zugeben wollte. Auch Corinna kämpfte, dass wusste sie jetzt.

Dann war da noch Robin. Der stille, technische Experte, der in den letzten Tagen so viel Verantwortung übernommen hatte. Lena erinnerte sich an den Moment, als Lars ihm die Hand auf die Schulter legte, ihm ein Lob aussprach, was bei ihm selten vorkam. Robin hatte sich in den letzten Wochen verändert – er war selbstbewusster geworden, entschlossener. Er trug nun mehr Verantwortung, und das Team begann, sich auf ihn zu verlassen. Lena konnte sehen, dass Lars darüber nachdachte, ihm mehr Führungsaufgaben zu übertragen. Robin würde eine größere Rolle im Team spielen, das war sicher. Lena lehnte sich in ihrem Stuhl zurück und fuhr sich mit den Händen durchs Haar. Der Zugriff war nur noch wenige Stunden entfernt. Es war alles vorbereitet, jeder wusste, was zu tun war. Aber sie konnte die Unruhe in ihrem Inneren nicht abschütteln. Nicht nur wegen der Operation, sondern auch wegen Bodo. Er war draußen, mitten in der Organisation, und riskierte alles. Sie hatten sich in den letzten Wochen nähergekommen, mehr, als sie sich eingestehen wollte. Doch sie wusste, dass diese Nähe sie beide in Gefahr bringen könnte.

Das Team war bereit. Jan hatte die Überwachung und die Fluchtwege abgedeckt, Robin hielt die Kommunikation unter Kontrolle, Corinna arbeitete an der Analyse der Daten, und Bodo war tief drin. Jeder spielte seine Rolle in diesem Spiel, bei dem es um alles ging. Doch Lena wusste, dass der Druck auf jeden Einzelnen immer größer wurde – und dass nicht nur der „Boss" die größte Gefahr war. Es waren die inneren Dämonen, die sie alle verfolgten. Sie stand auf und ging zum Fenster. Der Regen hatte aufgehört, aber die Nacht blieb dunkel und schwer. Sie spürte, dass nach diesem Zugriff nichts mehr so sein würde wie vorher. Das Team würde entweder gestärkt oder gebrochen aus dieser

Operation hervorgehen – und sie war sich nicht sicher, was sie mehr beunruhigte. Lena atmete tief durch und drehte sich langsam um. Es war Zeit. Bodo stand in einer dunklen Seitengasse des Industriegebiets von Oldenburg, nahe der Schleusenstraße, wo sich die Lichter der wenigen Laternen im nassen Asphalt spiegelten. Der Regen hatte aufgehört, doch der kühle Wind wehte ihm ins Gesicht, als er tiefer in die Unterwelt eindrang. Es war eine der gefährlichsten Situationen, in der er sich je befunden hatte – heute Abend würde er erstmals dem „Boss" persönlich begegnen. Die Einladung zu diesem Treffen war ein klarer Schritt nach vorn in seiner Mission, aber auch ein enormer Test.

Der „Boss" war bekannt für seine Vorsicht, für seine Macht und seine Bereitschaft, jeden zu opfern, der ihm im Weg stand. Bodo hatte lange genug in diesem Geschäft gearbeitet, um zu wissen, dass eine falsche Bewegung tödlich sein konnte. Das Risiko, entdeckt zu werden, war größer als je zuvor. Sein Herz schlug schnell, doch nach außen hin blieb er ruhig. Er musste sich in seiner Rolle als Ex-Sträfling, der verzweifelt nach Arbeit suchte, halten. Der „Boss" würde jede Unsicherheit bemerken. Die Informationen, die er bei diesem Treffen sammeln würde, könnten entscheidend für den bevorstehenden Zugriff des Teams sein.

Das Lagerhaus, in dem das Treffen stattfand, lag abgelegen und wirkte verfallen. Graffiti bedeckten die bröckelnden Wände, und rostige Metallgerüste standen wie Skelette alter Maschinen in der Dunkelheit. Es war der perfekte Ort für ein geheimes Treffen – unauffällig, verlassen und für die Polizei schwer zu überwachen. Bodo betrat das Gebäude durch eine schwere Stahltür, die sich unter einem leisen Quietschen öffnete. Im Inneren war das Licht gedämpft, nur ein paar alte Lampen erleuchteten den Raum spärlich. Mehrere Männer standen in Gruppen verteilt, sprachen leise miteinander und beobachteten jeden, der den Raum betrat, mit Argwohn. Der „Boss" saß am Kopfende eines langen Tisches. Er war ein Mann in den späten Fünfzigern, groß, muskulös, mit grauem Haar und stechendem Blick. Sein Anzug war makellos, seine Hände ruhig auf den Tisch gelegt. Er sprach nicht viel, doch seine Präsenz war unübersehbar. Jeder im Raum schien auf jede seiner Bewegungen zu achten. „Du bist also der Neue," sagte der „Boss", ohne seinen Blick von Bodo abzuwenden. Seine Stimme war tief, ruhig, aber unmissverständlich. Er wollte wissen, ob Bodo ihm nützlich sein konnte – oder ob er eine Bedrohung darstellte.

„Ja," antwortete Bodo knapp, sein Ton fest, aber nicht aufdringlich. „Ich bin bereit zu arbeiten." Der „Boss" musterte ihn einen Moment lang, als ob er Bodos Gedanken durchdringen könnte. „Arbeiten, hm? Viele kommen und gehen. Was macht dich anders?" Bodo wusste, dass dies der Moment war, in dem er sich beweisen musste. „Ich mache, was getan werden muss, ohne Fragen zu stellen." Es war eine einfache Antwort, doch sie war genau das, was der „Boss" hören wollte. Der „Boss" nickte leicht, ein Zeichen, dass Bodo den ersten Test bestanden hatte. „Gut. Zeig, dass du es wert bist. Wir haben bald einen großen Deal vor uns. Wenn du dabei bist, wirst du deine Loyalität beweisen können." Bodo hörte aufmerksam zu. Das war die Information, die er brauchte. Ein großer Deal, möglicherweise der Schlüssel, um den „Boss" zu fassen. Er prägte sich die Details ein, ohne zu viel Interesse zu zeigen. Es war klar, dass der „Boss" noch nicht völlig überzeugt war, doch er gab Bodo die Chance, sich zu beweisen.

Zur gleichen Zeit saß Lena in der Zentrale, die Augen angespannt auf die Bildschirme gerichtet. Die Kameras in der Nähe des Treffpunkts waren ausgefallen, vermutlich wegen des schlechten Wetters. Es gab keine Möglichkeit, Bodos Bewegungen direkt zu verfolgen, und das ließ sie unruhig werden. Seit er sich tiefer in die Organisation eingeschleust hatte, wuchs ihre Sorge um ihn von Tag zu Tag. „Robin, irgendwas Neues?" fragte sie, ohne den Blick von den Monitoren zu nehmen. „Nichts. Die Kameras im Industriegebiet sind tot. Wir haben keine visuelle Verbindung zu ihm," antwortete Robin, der nervös an seinem Kaffee nippte. Lena seufzte leise. „Er ist allein da draußen. Wir müssen ihm vertrauen."

Aber tief in ihrem Inneren nagte die Unsicherheit. Seit sie mit Bodo in dieser Ermittlung zusammenarbeitete, hatte sich etwas zwischen ihnen verändert. Er war mehr als nur ein Kollege für sie geworden. Doch sie wusste, dass sie diese Gefühle unter Kontrolle halten musste, besonders jetzt, wo alles auf dem Spiel stand.

Jeder Gedanke an das, was Bodo gerade durchmachte, verstärkte die Sorge in ihr. Sie wusste, wie gefährlich der „Boss" war. „Wir dürfen ihn nicht verlieren," dachte sie bei sich und schüttelte diese beunruhigende Vorstellung ab. Sie musste sich auf die kommenden Schritte konzentrieren.

Bodo stand in einer kleinen, verrauchten Kneipe im Industriegebiet von Oldenburg. Das Treffen mit dem „Boss" lag hinter ihm, aber die Spannung war allgegenwärtig. Die Männer, die ihn umgaben, waren noch vorsichtiger als zuvor. Er spürte die Blicke, die ihm folgten, hörte das Flüstern, das abrupt verstummte, sobald er sich näherte. Das

Misstrauen wuchs – und das bedeutete, dass er jetzt noch vorsichtiger handeln musste. „Komm her, Neuer", rief ein hochgewachsener Mann aus der hinteren Ecke der Kneipe. Es war Marc, einer der engeren Vertrauten des „Bosses". Marc war Mitte vierzig, muskulös, mit narbigem Gesicht und scharfen, durchdringenden Augen. Er schien immer auf der Suche nach einer Schwäche in den Leuten um ihn herum zu sein.

Bodo ging auf ihn zu, versuchte, keine Unsicherheit zu zeigen. Marc hatte ihn schon länger im Blick, und das war kein gutes Zeichen. „Ich habe gehört, du bist neu hier. Aus dem Knast, richtig?" fragte Marc, seine Stimme rau, aber neugierig. „Ja", antwortete Bodo knapp, seine Deckung aufrechterhaltend. „Habe meine Zeit abgesessen. Bin raus und suche nach einer Möglichkeit, wieder auf die Beine zu kommen." Marc lehnte sich zurück, musterte ihn noch einmal von oben bis unten. „Hm. Du siehst aus, als hättest du schon einiges hinter dir." Er machte eine Pause, dann fragte er, ohne den Blick abzuwenden: „Wo genau warst du nochmal eingesperrt?"

Bodo wusste, dass dies ein Test war. Er hatte sich vorbereitet, wusste genau, was er sagen musste. „JVA Vechta", antwortete er ruhig. „Drei Jahre. Autodiebstahl." Marcs Augen verengten sich, und für einen Moment herrschte Stille in der Kneipe. Bodo wusste, dass dies der Moment war, in dem alles kippen konnte. „Drei Jahre für Autodiebstahl, hm? Ziemlich harte Strafe für so ein Vergehen. Sicher, dass du uns nicht verarschen willst?" Bodo hielt dem Blick stand. „Ich habe keine Zeit für Spielchen. Wenn ihr jemanden sucht, der sich beweisen will, dann bin ich dabei. Aber wenn du mir nicht traust, sag's mir jetzt." Marc hielt einen

Moment inne, dann brach er in ein kurzes, trockenes Lachen aus. „Du hast Eier, das muss man dir lassen. Wir werden sehen, wie weit du damit kommst." Das war knapp. Aber Bodo wusste, dass er sich beweisen musste – und zwar bald.

Zur gleichen Zeit herrschte in der Zentrale eine angespannte Atmosphäre. Lena, Robin, Jan und Corinna arbeiteten intensiv an den Vorbereitungen für den Zugriff. Jeder war konzentriert, doch die steigende Anspannung war in der Luft zu spüren. Die Zeit drängte, und der Druck, die Operation erfolgreich durchzuführen, wuchs. „Die Kommunikation läuft stabil", sagte Robin, während er auf seine Bildschirme starrte. „Wir haben alle Fluchtrouten im Blick, aber das Wetter macht uns Probleme. Einige der Kameras fallen immer wieder aus." Lena nickte, ihre Stirn in Falten gelegt. „Wir können uns keine technischen Ausfälle leisten. Der Zugriff muss perfekt koordiniert sein, sonst entwischt uns der ‚Boss'." Robin runzelte die Stirn. „Ich arbeite daran. Aber wir müssen uns auf eventuelle Lücken einstellen."

Inzwischen saß Jan in einem Nebenraum, die Karten des Industriegebiets ausgebreitet vor sich. Er hatte stundenlang die Fluchtrouten analysiert, um sicherzustellen, dass der „Boss" keine Möglichkeit hatte, zu entkommen. Doch die ständige Arbeit und die Belastungen der letzten Wochen machten ihm zu schaffen. Immer wieder dachte er an seine Tochter, die ihn in letzter Zeit kaum zu Gesicht bekommen hatte. Lena betrat den Raum und sah ihn über die Karten gebeugt. „Alles in Ordnung?" fragte sie, ihre Stimme besorgt.

Jan schaute auf, seufzte und rieb sich die Augen. „Es ist nur… die Arbeit frisst mich auf. Meine Tochter… ich glaube, ich verliere sie. Ich kann mich kaum auf das hier konzentrieren, wenn ich ständig daran denke, was zu Hause schiefläuft." Lena setzte sich neben ihn. „Ich verstehe, Jan. Aber wir brauchen dich hier, jetzt mehr denn je. Sobald das vorbei ist, nimm dir die Zeit, die du brauchst, um dich um deine Familie zu kümmern."

Jan nickte, doch die Sorgen blieben in seinen Augen. „Ich hoffe, es ist dann nicht zu spät." Lena antwortete ruhig, aber bestimmt: „Ich verstehe das, Dr. Becker. Aber wir müssen sicherstellen, dass wir ihn festnageln. Wenn wir zu früh zuschlagen und etwas übersehen, wird er entkommen, und das war's." Becker runzelte die Stirn, war aber einverstanden. „Ich gebe euch noch 48 Stunden. Danach will ich Ergebnisse."

Später am Abend, als Bodo in die Zentrale zurückkehrte, spürte Lena sofort, dass er angespannt war. Sie konnte die Gefahr riechen, die in der Luft lag. „Was ist passiert?" fragte sie, als er die Jacke auszog. „Marc hat mich auf die Probe gestellt", antwortete Bodo knapp. „Es war knapp. Er fängt an, Fragen zu stellen." Lena sah ihn scharf an. „Das ist zu gefährlich, Bodo. Wenn sie dich enttarnen, war's das. Du riskierst zu viel." „Was soll ich tun, Lena?" entgegnete Bodo gereizt. „Das ist Teil des Spiels. Sie testen mich, und ich muss durchhalten."

„Es ist nicht nur ein Spiel, Bodo!" Lenas Stimme erhob sich leicht. „Du riskierst dein Leben. Ich kann das nicht mit ansehen!" Die Spannung zwischen ihnen war plötzlich greifbar. Bodo sah Lena an, überrascht von ihrer Intensität.

„Lena, ich weiß, dass du dir Sorgen machst, aber das ist mein Job. Du kannst mir nicht vorschreiben, wie ich ihn zu machen habe." Lena schaute ihn einen Moment an, dann wandte sie den Blick ab. „Es geht nicht nur um den Job, Bodo. Du bist mir wichtig. Mehr als mir lieb ist." Bodo schluckte, die Worte trafen ihn tiefer, als er zugeben wollte. Er trat einen Schritt näher und senkte die Stimme. „Lena, ich bin dir auch wichtig. Aber wir dürfen uns jetzt nicht ablenken lassen. Wir müssen das durchziehen. Danach… können wir über alles andere reden." Lena atmete tief ein, ihre Augen glänzten leicht, aber sie nickte schließlich. „Pass einfach auf dich auf, okay?" „Immer" sagte Bodo leise.

Die nächsten Stunden verbrachte das Team mit intensiven Vorbereitungen. Jan stellte sicher, dass jede mögliche Fluchtroute des „Bosses" abgedeckt war. Robin sorgte für die technische Unterstützung, und Corinna arbeitete weiterhin an der Entschlüsselung der letzten verschlüsselten Nachrichten, die Bodo ihnen übermittelt hatte. Die Operation war groß und kompliziert, und das Risiko, dass etwas schiefging, war hoch. Doch das Team war entschlossen, den „Boss" zu fassen. Alle wussten, dass es kein Zurück gab.

Kurz vor dem Beginn des Zugriffs standen Lena und Bodo noch einmal allein im Flur der Zentrale. Es war still, nur das Summen der Technik im Hintergrund war zu hören. „Das ist es", sagte Lena leise. „Der entscheidende Moment." „Ich weiß", antwortete Bodo. „Und wir werden es schaffen." Lena trat einen Schritt näher, ihre Stimme war kaum mehr als ein Flüstern. „Bitte, Bodo, sei vorsichtig. Ich könnte es nicht ertragen, dich zu verlieren." Bodo sah ihr in die Augen und legte eine Hand auf ihre Schulter. „Ich werde auf mich aufpassen. Und auf dich auch." Für einen Moment schien die Zeit stillzustehen. Beide wussten, dass der kommende Einsatz alles verändern konnte. Nach dem gefährlichen Test mit Marc spürt Bodo deutlich, dass das Misstrauen innerhalb der Organisation weiterwächst. Jeder Schritt, den er macht, wird genau beobachtet. Immer mehr Mitglieder der Organisation beginnen, ihn gezielt zu isolieren. Sie scheinen darauf zu warten, dass er einen Fehler macht. Je näher der geplante Deal rückt, desto intensiver wird das Verhalten der Organisation. Bodo merkt, dass es keine Spielräume mehr für Fehler gibt – er muss sich beweisen oder wird enttarnt.

In einem weiteren, kleineren Treffen wird Bodo erneut auf die Probe gestellt. Diesmal ist es nicht nur Marc, sondern auch einige andere ranghohe Mitglieder, die ihm gezielt Fragen stellen und seine Reaktionen beobachten. Der „Boss" selbst ist nicht anwesend, doch sein Einfluss ist spürbar. Die Spannung steigt, als Bodo bemerkt, dass jeder seiner Schritte genau überwacht wird.

In der Zentrale arbeiten Jan, Robin und Corinna intensiv an den Vorbereitungen für den Zugriff. Robin kämpft weiterhin mit den technischen Problemen der Überwachungskameras im Industriegebiet von Oldenburg, die durch das schlechte Wetter und technische Störungen immer wieder ausfallen. Dies verkompliziert die Koordination, und die Gefahr, dass sie den „Boss" aus den Augen verlieren, wächst. Jan ermittelt potenzielle Fluchtrouten und versteckte Zugänge zu den Gebäuden, in denen der „Boss" vermutet wird. Dabei steht er unter enormem Druck, denn die Fluchtwege sind zahlreich, und jede Lücke könnte dem „Boss" die Chance geben, zu entkommen. Seine Arbeit wird jedoch von seinen familiären Problemen überschattet, die ihn zunehmend ablenken.

Lena bemerkt die wachsende Anspannung im Team. Jan ist emotional angeschlagen, was seine Entscheidungsfähigkeit beeinträchtigt. Er versucht, professionell zu bleiben, doch seine Gedanken sind bei seiner Tochter, die er wegen der intensiven Ermittlungen kaum noch sieht. Lena muss ihn zur Seite nehmen und ihn daran erinnern, dass sie ihn jetzt mehr denn je brauchen. Ihre Worte sind einfühlsam, doch der Druck bleibt. Gleichzeitig äußert Corinna Zweifel an der geplanten Operation. Sie hinterfragt, ob sie genügend Informationen über den „Boss" und seine Organisation haben, um den Zugriff sicher durchzuführen. „Was, wenn wir ihn nicht richtig fassen können? Was, wenn er uns durch die Finger gleitet?" fragt sie während einer Besprechung.

Diese Zweifel führen zu Spannungen im Team, da Lena fest davon überzeugt ist, dass sie die richtige Entscheidung getroffen haben. Sie betont, dass sie Bodo vertrauen müssen, da er der Schlüssel zu ihrem Erfolg ist. Während die Vorbereitungen für den Zugriff weiter voranschreiten, kommt es zu einem ernsten Rückschlag: Eine der wichtigsten Überwachungskameras, die das Versteck des „Bosses" im Industriegebiet überwachen soll, fällt komplett aus. Robin arbeitet fieberhaft daran, das Problem zu beheben, doch die Unsicherheit bleibt bestehen. „Wir haben keinen vollständigen Überblick über das Gelände", erklärt Robin dem Team, während er die technischen Störungen zu beheben versucht. „Es gibt blinde Flecken, und das könnte uns zum Verhängnis werden." Lena spürt die wachsende Frustration im Team, doch sie bleibt fokussiert.

„Wir müssen das Risiko eingehen", sagt sie entschlossen. „Das ist unsere einzige Chance." In einer weiteren Besprechung mit dem Staatsanwalt, Dr. Roland Becker, spitzt sich die Situation zu. Becker äußert seine Bedenken und drängt darauf, den Zugriff zu verschieben, wenn sie nicht die volle Kontrolle über die Situation haben. „Wenn wir den Zugriff unter diesen Bedingungen durchführen, riskieren wir alles", sagt er. Lena, die von den technischen Rückschlägen bereits belastet ist, bleibt standhaft.

Inzwischen wird Bodo zu einem weiteren Test geschickt. Marc und einige hochrangige Mitglieder fordern ihn auf, sich bei einem kriminellen Auftrag zu beweisen – eine gefährliche Mission, die seine Loyalität endgültig bestätigen soll. Der Auftrag könnte das Überbringen einer verschlüsselten Nachricht oder das Überwachen eines illegalen Geschäfts beinhalten. In jedem Fall spürt Bodo, dass dies ein entscheidender Moment ist. Der „Boss" selbst ist nicht anwesend, aber die Augen der Organisation sind auf ihn gerichtet. Während er den Auftrag ausführt, wird Bodo klar, dass er nicht nur getestet, sondern auch beobachtet wird. Jede seiner Bewegungen wird verfolgt, und ein einziger Fehler könnte seine Tarnung auffliegen lassen.

Bodo steht vor einer kritischen Entscheidung. Entweder er führt den Auftrag aus und beweist seine Loyalität – oder er sucht nach einem Weg, die Situation zu umgehen, was ihn jedoch sofort verdächtig machen würde. Der Druck auf ihn wächst, doch er entscheidet sich, weiter in der Organisation zu bleiben und den Auftrag zu erfüllen. Während er den kriminellen Auftrag ausführt, merkt Bodo, dass er beobachtet wird. Der Verdacht auf ihn wächst weiter, doch er schafft es, seine Tarnung aufrechtzuerhalten – zumindest vorerst. Es bleibt jedoch unklar, wie lange er noch in der Organisation bleiben kann, ohne enttarnt zu werden.

Kapitel 54

In der Zentrale herrschte gespannte Stille. Es war die letzte Besprechung vor dem Zugriff. Jan präsentierte die finale Strategie, während alle Anwesenden aufmerksam die Karte betrachteten. Seine Finger glitten über die Markierungen, als er erklärte, wie die Einsatzkräfte das Gelände des „Bosses" umstellen würden. „Hier und hier werden die Teams aufgestellt", sagte Jan, seine Stimme klang fest, doch seine Augen verrieten die Anspannung. „Sobald wir das Signal geben, haben wir nur ein schmales Zeitfenster."

Robin, der an den Computern saß, warf einen besorgten Blick auf die Monitore. „Ich muss euch warnen. Die technischen Probleme sind noch nicht behoben." Seine Finger flogen über die Tastatur, während er versuchte, die ausgefallenen Kameras wieder online zu bringen. „Einige Bereiche sind immer noch blind." Lena atmete tief ein, ihre Augen wanderten von den Bildschirmen zu den Gesichtern ihrer Kollegen. Sie konnte die Anspannung im Raum förmlich spüren, doch sie wusste, dass sie nicht mehr warten konnten.

„Das ist unsere Chance", sagte sie mit fester Stimme. „Wir dürfen sie nicht verpassen."

Corinna, die bisher schweigend zugehört hatte, hob den Kopf. Ihre Stirn war in Sorgenfalten gelegt. „Was ist mit Bodo?" fragte sie, ihre Stimme war leise, aber voller Sorge. „Ist es wirklich klug, ihn so tief in die Organisation eindringen zu lassen?" Lena konnte die Frage nachvollziehen. Seit

Tagen quälte sie derselbe Gedanke. Bodo war mitten im Feuer – jeder Fehler könnte seine Tarnung auffliegen lassen. Sie spürte den Knoten in ihrem Magen, doch nach außen hin blieb sie ruhig. „Bodo weiß, was er tut", entgegnete sie, doch ihre Stimme verriet einen Hauch von Unsicherheit. „Er ist unser Mann vor Ort. Wir müssen ihm vertrauen." Corinna ließ nicht locker. „Und wenn er enttarnt wird? Was, wenn wir ihn nicht rechtzeitig rausbekommen?" Lena spürte, wie die Spannung in ihren Schultern zunahm. Sie wusste, dass Corinna recht hatte, doch jetzt war nicht der Moment, um Zweifel zu zeigen. „Wir haben keine Wahl", sagte sie schließlich. „Wir müssen es durchziehen."

Nachdem die Besprechung beendet war, zog sich Lena kurz zurück. Sie lehnte sich gegen die kalte Wand der Zentrale und atmete tief ein. Die Stunden, die vor ihr lagen, waren die gefährlichsten der gesamten Operation. Nicht nur für Bodo, sondern für das gesamte Team. Ihre Gedanken wanderten zurück zu ihm – zu seinen Augen, zu dem Moment, als er sie das letzte Mal ansah, bevor er in die Organisation eintauchte. Die Sorge um ihn lag schwer auf ihren Schultern, doch sie durfte sich keine Schwäche leisten.

„Wir werden das schaffen", flüsterte sie, mehr zu sich selbst als zu irgendjemandem sonst. Doch in ihrem Herzen spürte sie die nagende Unsicherheit, die sie nicht loswerden konnte. Was, wenn dieser Einsatz alles veränderte?

Bodo war sich der wachsenden Gefahr bewusst. Seit dem letzten Auftrag hatte der Druck spürbar zugenommen. Die misstrauischen Blicke von Marc und den anderen

Mitgliedern der Organisation bohrten sich in seinen Rücken, während er versuchte, ruhig zu bleiben. Jeder Schritt fühlte sich an, als würde er auf einem Drahtseil balancieren, bereit, jederzeit abzustürzen. Seine Tarnung war in akuter Gefahr.

Am Rande eines Treffens, bei dem die Organisation ihre nächsten Schritte plante, erkannte Bodo, wie gefährlich die Lage geworden war. Der „Boss" hielt sich in der Regel im Hintergrund, doch plötzlich tauchte er auf. Bodo spürte die distanzierte Kälte, die von ihm ausging. Es war, als könnte der „Boss" jeden seiner Gedanken lesen. Jeder Blick durchbohrte die Anwesenden, als er seine Befehle erteilte. Und dann – der Moment, den Bodo befürchtet hatte.

Der „Boss" blieb stehen, nur wenige Meter von Bodo entfernt, und sah ihn direkt an. „Wo genau hast du vorher gearbeitet?" Die Frage schien einfach, doch Bodo wusste, dass es eine Falle war. Eine falsche Antwort, und alles wäre vorbei. Sein Herz raste, doch er zwang sich, ruhig zu bleiben. Die Sekunden zogen sich in die Länge, während er über seine Antwort nachdachte.

„Ich habe bei einem Kontakt in Hamburg gearbeitet", sagte er knapp, seine Stimme blieb fest. „Kleinere Jobs. Diskret, aber effektiv." Der „Boss" betrachtete ihn einen Moment lang, als ob er seine Worte abwägen würde. Die Spannung im Raum war fast unerträglich. Dann, nach einer scheinbar endlosen Pause, nickte der „Boss" knapp und wandte sich wieder den anderen zu. Bodo atmete innerlich auf, doch er wusste, dass dies nur ein Aufschub war. Die Gefahr war keineswegs gebannt. „Wir müssen eine neue Strategie entwickeln", sagte Lena und sah in die Runde. Ihre Augen suchten kurz jeden ihrer Kollegen, bevor sie auf Bodo's Nachricht fielen. „Der ‚Boss' ist nicht weg. Wir haben ihn noch nicht verloren." Der Raum war erfüllt von hektischem Treiben. Computerbildschirme flimmerten, Telefone klingelten, und die sonst angespannte Stille in der Zentrale von Emden wurde nur durch die knappen Anweisungen der Polizeikräfte unterbrochen. Lena, Lars und Jan hatten sich um die große Tafel versammelt, auf der die Fluchtwege des „Bosses" markiert waren. Die ernste Atmosphäre lag schwer auf ihren Schultern, und die Anspannung war fast greifbar. „Das war unsere Chance", murmelte Staatsanwalt Dr. Roland Becker, der mit verschränkten Armen am Rand des Raumes stand. Seine Augen blieben auf die Karte gerichtet, doch sein Ton war kühl und vorwurfsvoll. „Wie konnte er uns entkommen?"

Lena wollte antworten, spürte die Worte schon auf ihren Lippen, doch Lars, der ruhig bleiben wollte, ergriff das Wort. „Es gab unvorhersehbare Hindernisse", erklärte Lars, seine Stimme fest, aber ohne unnötige Emotionen. „Aber wir lassen ihn nicht entwischen. Ich schlage eine Ringfahndung vor." Er sprach entschlossen, seine Augen funkelten vor Anspannung. „Bahnhöfe, Flughäfen, Küstenlinie – wir müssen den Druck aufrechterhalten."

Becker nickte knapp, zeigte aber wenig Begeisterung. „Er ist clever. Unterschätzen Sie das nicht. Er hat möglicherweise schon einen Fluchtplan, den wir nicht kennen." Seine Worte hingen wie eine drohende Wolke über dem Raum. Lena dachte noch immer an den gescheiterten Zugriff, doch sie konnte es sich nicht leisten, in der Vergangenheit zu verweilen. Sie musste handeln. „Wenn wir jetzt alles mobilisieren, können wir ihn noch fassen", sagte sie entschlossen. „Er ist in Bewegung, und das bedeutet, dass er Fehler machen könnte."

Lars stimmte ihr zu. „Sagen Sie allen Einheiten, sie sollen sich auf die Fahndung konzentrieren. Wir müssen alle Ausgänge blockieren." Seine Hände griffen zum Funkgerät. „Hier spricht Lars Lammerts. Wir leiten ab sofort eine Großfahndung ein. Alle Einsatzkräfte auf Position!" In Sekunden wurde die Nachricht in alle relevanten Behörden übertragen. Polizisten an Bahnhöfen in ganz Ostfriesland, von Emden bis Leer, wurden in höchste Alarmbereitschaft versetzt. Jeder Zug, der die Region verließ, wurde überwacht, Zivilpolizisten mischten sich unauffällig unter die Reisenden, während die Bahnsteige und Waggons nach verdächtigen Personen durchsucht wurden. „Wir brauchen mobile Einheiten an den Hauptstraßen", befahl Lars weiter, ohne eine Pause zu machen. „Autobahnen, Landesstraßen – alles überwachen. Keine Lücke im Netz!"

Straßensperren wurden errichtet, und in Windeseile richteten die Polizeikräfte in Emden und den umliegenden Städten mobile Kontrollpunkte ein. Jedes Fahrzeug, das die Region verließ, wurde gestoppt und gründlich durchsucht. „Jeder, der sich auffällig verhält, wird überprüft", erklärte Lars seinen Kollegen. „Wir müssen verhindern, dass der ‚Boss' das Gebiet verlässt."

Gleichzeitig stieg ein Polizeihubschrauber über die Küstenlinie auf. Die Rotorblätter dröhnten durch die klare Morgenluft, während die Besatzung jedes größere Fahrzeug oder Schiff im Visier behielt. Die Wärmebildkameras an Bord waren auf die Küste und die umliegenden Häfen ausgerichtet, insbesondere den Hafen von Emden und die kleineren Anlegestellen wie Norddeich und Greetsiel. „Überwachen Sie alle Schiffe und Boote, die das Wattenmeer befahren", befahl Lars. „Es besteht die Möglichkeit, dass der ‚Boss' versucht, auf See zu fliehen."

In der Zwischenzeit hielt sich Bodo weiterhin in der Organisation versteckt. Er spürte die wachsende Nervosität um ihn herum. Marc, die rechte Hand des „Bosses", beobachtete seine Kollegen argwöhnisch. Die Spannung war greifbar, jeder Schritt, jedes Wort wurde abgewogen, denn die Nachricht vom gescheiterten Zugriff und der knappen Flucht hatte wie ein Lauffeuer die Runde gemacht.

„Was jetzt?" flüsterte einer der Vertrauten des „Bosses", während er nervös auf und ab ging. „Wir können nicht hierbleiben. Die Bullen werden uns bald finden." Marc knurrte nur, doch auch er schien unruhiger zu werden. „Wir warten auf Anweisungen." Bodo hielt sich im Hintergrund. Er wusste, dass er jetzt ruhig bleiben musste. Jede falsche Bewegung, jedes Zögern könnte ihn verraten. Die Unsicherheit in der Organisation war jedoch spürbar – sie begannen langsam die Kontrolle zu verlieren.

In einem unauffälligen Moment schickte Bodo eine verschlüsselte Nachricht an Lena: „Möglicher Treffpunkt in einem Hafenlager bei Greetsiel. Organisation könnte sich dort verstecken." Währenddessen gingen die Fahndungen an den Bahnhöfen und Flughäfen weiter. Die Polizisten wurden zunehmend frustriert, als sich zahlreiche Sichtungen des „Bosses" als Fehlalarme herausstellten. Besonders am Bahnhof in Emden gab es mehrere verdächtige Sichtungen, doch keine führte zum Erfolg. Die Einsatzkräfte mussten sich immer wieder neu koordinieren.

„Jede Minute zählt", sagte Lena nervös, während sie auf den neuesten Bericht von Robin wartete. Sie spürte, wie die Zeit gegen sie arbeitete. Der „Boss" schien immer einen Schritt voraus zu sein, doch sie durfte nicht aufgeben. Robin, der die technischen Überwachungen in der Zentrale koordinierte, kämpfte mit den Herausforderungen der Überwachung. Die Kameras an den Bahnhöfen und Flughäfen funktionierten zwar, doch das ständige Umschalten zwischen den verschiedenen Orten machte die Beobachtung mühsam.

„Die Kameras liefern uns nur Teile des Puzzles", erklärte Robin, seine Stimme klang frustriert. „Wir brauchen mehr Augen vor Ort."

Während die Hubschrauber über die Küste patrouillierten, fiel Robin eine Unregelmäßigkeit auf: Ein privates Boot, das kurz zuvor abgelegt hatte, änderte plötzlich die Fahrtrichtung und verschwand kurz vom Radar. „Das könnte was sein", sagte Robin, als er das Einsatzteam informierte. „Es passt zu der Fluchtroute, die der ‚Boss' möglicherweise nehmen könnte."

Kurz darauf erreichte Bodos Nachricht Lena. „Ein Hafenlager in Greetsiel…", murmelte sie und runzelte die Stirn. „Das könnte unser Ziel sein." Sofort wandte sie sich an Lars und Jan, die gerade die Überwachung der Straßen koordinierten. „Wir haben eine Spur. Greetsiel. Ein abgelegenes Hafenlager. Es könnte das Versteck sein."

Lars nickte, sein Gesicht ernst. „Dann konzentrieren wir unsere Kräfte dort. Robin, setz die Hubschrauber auf Greetsiel an. Wir brauchen Luftaufnahmen." Die Spannung im Raum wuchs, als das Team sich auf den Zugriff vorbereitete. Jan koordinierte die Einheiten am Boden und stellte sicher, dass die Hauptstraßen nach Greetsiel abgeriegelt wurden. Die Einsatzkräfte rückten unter strengen Sicherheitsvorkehrungen in das kleine Fischerdorf vor. Die Dämmerung senkte sich langsam über die Landschaft, und der Wind, der vom Meer her wehte, brachte eine Kühle mit sich, die die Anspannung noch verstärkte.

„Wir müssen schnell und leise vorgehen", sagte Jan, seine Stimme war gedämpft, doch seine Augen verrieten Entschlossenheit. „Der ‚Boss' darf keine Gelegenheit zur Flucht bekommen." Die Einsatzkräfte näherten sich dem Hafenlager in Greetsiel. Der Hubschrauber kreiste hoch über dem Lagerhaus, die Wärmebildkameras erfassten jede Bewegung.

„Wir haben Sicht auf mehrere Personen im Inneren", meldete der Hubschrauberpilot über Funk. „Es könnte der ‚Boss' sein." Lena atmete tief durch, ihre Finger gruben sich in das Funkgerät. Dies war der Moment, auf den sie seit

Tagen hingearbeitet hatten. Alles lief auf diesen Einsatz hinaus. „Geben Sie das Signal für den Zugriff", befahl sie ruhig, obwohl die Anspannung ihre Stimme etwas härter machte.

Die Einsatzkräfte stürmten das Gelände. Bewaffnete Polizisten umzingelten das Lagerhaus, und der Zugriff verlief präzise. Doch kaum hatten sie die Türen aufgebrochen, eröffneten einige der Vertrauten des „Bosses" das Feuer. Es entwickelte sich ein kurzes, aber heftiges Gefecht. Kugeln prallten gegen Container und die Mauern des Lagerhauses, während die Einsatzkräfte systematisch vorgingen. Die Vertrauten des „Bosses" versuchten verzweifelt, Widerstand zu leisten, doch die Polizei behielt die Kontrolle. Nach wenigen Minuten war das Lager gesichert. Mehrere Mitglieder der Organisation wurden festgenommen, doch der „Boss" selbst blieb unsichtbar.

Lena stand in der Zentrale, das Funkgerät noch immer in der Hand, als sie die Nachrichten vom Einsatz erhielt. Trotz der Erfolge fühlte sie die Last des Misserfolgs schwer auf ihren Schultern. Der „Boss" war entkommen. Jede Minute, die verstrich, gab ihm mehr Zeit, sich zu verstecken. Doch dann, gerade als die Stimmung in der Zentrale zu kippen drohte, kam die erlösende Nachricht von Bodo, der Undercover geblieben war und weiterhin wertvolle Informationen lieferte.

„Wir haben den neuen Unterschlupf des ‚Bosses' und des Drahtziehers", erklärte Bodo, als er in der Einsatzzentrale ankam. Seine Stimme war ruhig, aber Lena konnte die Anspannung in seinen Augen sehen. „Sie planen, auf einem

Schnellboot zu fliehen. Das Versteck liegt direkt an der Küste, von dort aus wollen sie aufs offene Meer entkommen." Lars beugte sich über die Karte, die auf dem Tisch ausgebreitet war. „Hier", sagte er und tippte auf einen Punkt an der Küste nahe Greetsiel. „Ein alter, abgelegener Hafen. Das passt. Sie wollen schnell verschwinden, aber wir können das verhindern."

Lena sah Bodo besorgt an. „Bist du sicher, dass sie dort sind? Wenn wir uns irren, könnten sie entkommen." Die Sorge lag schwer in ihrer Stimme, doch sie vertraute auf Bodos Einschätzung. „Das ist unser einziger Anhaltspunkt", erwiderte Bodo entschlossen. „Ich habe genug gehört, um sicher zu sein. Sie sind bereit für den Abflug." Lars nickte. „Gut, dann koordinieren wir den Zugriff. Wir haben keine Zeit zu verlieren."

Die Stimmung im Raum war aufgeladen, als das Team die letzten Vorbereitungen für den entscheidenden Zugriff traf. Lars nahm das Funkgerät zur Hand und kontaktierte die Wasserschutzpolizei sowie den Bundesgrenzschutz, um die Unterstützung zu koordinieren. Die Einsatzboote wurden alarmiert, ebenso die Hubschrauber, die über der Küste patrouillieren sollten, um eine Flucht über das Meer zu verhindern. „Wir blockieren alle Fluchtwege", erklärte Lars mit fester Stimme. „Niemand kommt aus diesem Hafen heraus."

Robin, der die Überwachung koordinierte, überprüfte die Drohnen und die Live-Kamerafeeds, die das Gelände um den Hafen abdeckten. „Ich habe alle Eingänge im Blick", sagte er. „Sobald sie sich bewegen, wissen wir es." Lena und Jan standen neben Lars, bereit, ihre eigene Rolle im Zugriff zu übernehmen. Sie würden das Team der Spezialeinheiten anführen, die das Versteck stürmen sollten. Die Spannung im Raum war fast greifbar, als alle auf das endgültige Signal warteten.

„Diesmal lassen wir sie nicht entkommen", sagte Jan leise zu Lena. „Das hier ist der Moment, auf den wir gewartet haben." Lena nickte, auch wenn die Anspannung auf ihrem Gesicht deutlich zu sehen war. „Ich weiß. Aber ich kann das Gefühl nicht loswerden, dass sie uns überraschen werden."

Kurz bevor der Einsatz begann, zog Lena Bodo zur Seite. „Sei vorsichtig", sagte sie eindringlich. „Du hast großartige Arbeit geleistet, aber wir müssen sicher sein, dass alles glatt läuft." Bodo lächelte schwach, obwohl die Anspannung in ihm spürbar war. „Wir haben keine Wahl. Das hier ist unsere letzte Chance, das zu beenden."

Lars trat zu ihnen und gab das Signal für den Aufbruch. „Die Boote sind in Position, der Hubschrauber ist startklar. Los geht's." Das Team machte sich auf den Weg zum Hafen, während die Sonne langsam hinter den Wolken hervorkam. Dies würde der entscheidende Moment sein – die Jagd nach dem „Boss" und dem Drahtzieher würde heute zu Ende gehen.

Das Team erreichte das versteckte Hafenlager kurz nach dem Sonnenaufgang. Die Luft war kühl, und über dem Meer lag eine leichte Gischt, die das ganze Szenario noch dramatischer wirken ließ. Lena, Jan, und die Spezialeinheit rückten zu Fuß auf das Lagerhaus vor, während die Boote der Wasserschutzpolizei und der Bundesgrenzschutz-Hubschrauber über dem Hafen patrouillierten.

„Alles ist bereit", meldete Robin über Funk. „Ich habe das Schnellboot im Blick. Es liegt am Ende des Piers, keine Bewegungen bisher."

„Perfekt" antwortete Lars, der den Einsatz von einem Überwachungsfahrzeug aus koordinierte. „Warten auf mein Zeichen. Wir dürfen sie nicht aufschrecken."

Das Team bewegte sich in Position. Lena und Jan führten die Spezialeinheiten an die Rückseite des Lagers, während eine zweite Einheit den vorderen Eingang sicherte. Alles war vorbereitet, der Zugriff stand kurz bevor.

„Das Lagerhaus ist vollständig umstellt", meldete Jan leise. „Wir sind bereit." Lars gab schließlich das Signal. „Zugriff!"

Die Einheiten bewegten sich blitzschnell. Mit präzisen Bewegungen durchbrachen sie die Türen und drangen in das Lagerhaus ein. Die Beamten stürmten die Räume mit gezogenen Waffen, bereit, auf jeden Widerstand zu reagieren. Doch der Innenraum war überraschend leer. „Kein Zeichen vom ‚Boss' oder dem Drahtzieher", meldete Jan über Funk. „Sie müssen bereits auf dem Weg zum Boot sein!"

Lena spürte den Adrenalinschub. „Sofort zum Hafen! Wir dürfen keine Zeit verlieren!" Während das Team durch das Lagerhaus raste, wurden ihre Befürchtungen wahr: Der „Boss" und der internationale Drahtzieher hatten das

Versteck bereits verlassen und befanden sich auf dem Weg zum Hafen. Sie hatten einen versteckten Tunnel genutzt, der direkt zum Pier führte, wo das Schnellboot bereits für die Flucht bereitstand.

Bodo, der außerhalb des Gebäudes positioniert war, beobachtete die Szene durch sein Fernglas. „Sie sind auf dem Weg zum Boot. Ich habe sie im Blick."

Lena und Jan setzten sich sofort in Bewegung. Zusammen mit ihrer Einheit rannten sie durch den Tunnel zum Hafen, während Robin weiterhin die Drohnenüberwachung aufrechterhielt. „Sie steigen gerade ins Boot ein", meldete er über Funk. „Wir müssen sie jetzt stoppen!"

Die Situation wurde immer kritischer. Der „Boss" und der Drahtzieher hatten bereits den Motor des Schnellboots gestartet und waren bereit, abzulegen.

„Wir sind fast da", keuchte Jan, als sie den Tunnel verließen und den Hafen erreichten. Sie sahen, wie das Schnellboot vom Pier ablegte. Lena zog ihre Waffe, doch das Boot war bereits zu weit entfernt.

„Wir sind zu spät!", rief Lena verzweifelt.

„Nicht ganz", meldete sich Lars über Funk. „Die Wasserschutzpolizei ist auf Position." Die Wasserschutzpolizei und der Bundesgrenzschutz waren vorbereitet. Während das Schnellboot des „Bosses" und des Drahtziehers mit voller Geschwindigkeit über die Wellen schoss, nahmen die Patrouillenboote der Polizei sofort die Verfolgung auf. Der Hubschrauber des Bundesgrenzschutzes kreiste dicht über dem Schnellboot und lieferte Live-Bilder an das Überwachungsteam. „Das Boot nimmt Kurs auf das offene Meer", berichtete der Hubschrauberpilot. „Aber wir sind direkt über ihnen."

Der Drahtzieher am Steuer des Schnellboots war ein erfahrener Fluchtkünstler, der bereits viele Jahre auf der Flucht war. Er steuerte das Boot mit unglaublicher Präzision durch die engen Wasserwege und versuchte, die Patrouillenboote abzuschütteln. Doch die Boote der Wasserschutzpolizei waren schnell und wendig, und die Einsatzkräfte ließen sich nicht so leicht abhängen. „Sie versuchen, über die nördliche Route zu entkommen", sagte der Pilot des Hubschraubers. „Aber wir haben sie im Griff."

Die Verfolgungsjagd wurde intensiver, als der Drahtzieher verzweifelte Manöver versuchte, um die Verfolger abzuschütteln. Doch die Polizeiboote waren ihm dicht auf den Fersen. „Wir haben sie fast", meldete einer der Bootsführer. „Bereit zum Zugriff."

Mit einem gezielten Manöver gelang es den Patrouillenbooten der Wasserschutzpolizei, das Schnellboot des „Bosses" einzukreisen. Die Beamten positionierten sich so, dass es keine Fluchtmöglichkeit mehr gab. Das Schnellboot war gefangen. „Sie sind gestellt", meldete der Hubschrauberpilot, der die Szene von oben beobachtete. „Keine Fluchtmöglichkeit mehr."

Die Beamten auf den Patrouillenbooten zogen ihre Waffen und näherten sich dem Schnellboot. Der „Boss" und der Drahtzieher waren in die Enge getrieben. Der Drahtzieher versuchte noch, das Boot zu wenden, doch es war zu spät.

Die Polizei stürmte das Boot und überwältigte die beiden Verbrecher in einem schnellen Zugriff. „Der ‚Boss' und der Drahtzieher sind in Gewahrsam", meldete einer der Einsatzleiter über Funk. „Alles unter Kontrolle."

Lena, die den Zugriff über Funk mitverfolgt hatte, atmete erleichtert auf. „Es ist vorbei", sagte sie leise. „Sie sind gefasst." Nachdem der „Boss" und der internationale Drahtzieher festgenommen wurden, kehrte auf dem Wasser kurzzeitig Ruhe ein. Die Verbrecher wurden in Handschellen gelegt, und die Polizeiboote der Wasserschutzpolizei eskortierten das Schnellboot zurück zum Hafen von Greetsiel. Der Bundesgrenzschutz-Hubschrauber kreiste weiterhin über der Szene, um sicherzustellen, dass alles reibungslos verlief.

Lena und Jan standen am Pier und warteten auf die Ankunft der Boote. Beide sahen erschöpft aus, doch die Erleichterung in ihren Augen war deutlich zu erkennen. Sie hatten es geschafft – die Organisation war zerschlagen, und die beiden wichtigsten Verbrecher waren gefasst. „Es ist vorbei", murmelte Lena, während sie beobachtete, wie der „Boss" und der Drahtzieher von den Booten gebracht und von den Einsatzkräften abgeführt wurden. Sie wurden sofort in die bereitstehenden Fahrzeuge der Bundespolizei verfrachtet, um sie ins Gefängnis zu bringen. Für den Drahtzieher wartete ein Interpol-Team, das ihn in Gewahrsam nehmen würde.

Lars trat zu Lena und Jan. „Das war hervorragende Arbeit. Wir haben alles erreicht, was wir uns vorgenommen haben." „Es war knapp", antwortete Jan, der das Geschehen ebenfalls aufmerksam beobachtete. „Aber am Ende haben wir es geschafft." Der internationale Drahtzieher, der über Jahre hinweg ein internationales Netzwerk krimineller Aktivitäten geleitet hatte, war einer der am meisten gesuchten Verbrecher weltweit. Seine Verhaftung war nicht nur ein Erfolg für das Team in Emden, sondern auch für die Interpol und das FBI, die jahrelang hinter ihm her waren.

Kurz nach der Festnahme kam es zu einer improvisierten Pressekonferenz vor Ort. Der leitende Staatsanwalt, Dr. Roland Becker, trat vor die Kameras und gab den wartenden Reportern ein Statement. „Die Festnahme des ‚Bosses' und des Drahtziehers ist das Ergebnis monatelanger intensiver Ermittlungen. Heute haben wir nicht nur die lokale Organisation zerschlagen, sondern auch eine internationale Verbrecherbande, die über Jahre hinweg operiert hat." Auch Vertreter von Interpol und FBI äußerten sich lobend über den Einsatz. „Dies ist ein bedeutender Schritt im globalen Kampf gegen das organisierte Verbrechen", sagte ein Sprecher der Interpol. „Wir danken dem Team hier vor Ort für ihre herausragende Arbeit und die enge Zusammenarbeit."

Lena, Bodo, und der Rest des Teams standen etwas abseits und sahen zu, wie die Festnahme internationale Aufmerksamkeit erhielt. „Das hätten wir uns vor ein paar Wochen nicht vorstellen können", sagte Bodo leise zu Lena. Nachdem der Trubel um die Pressekonferenz vorbei war und die Verbrecher abgeführt worden waren, nahm sich das Team einen Moment, um das Geschehene zu verarbeiten. Es war einer der intensivsten Einsätze ihrer Karriere gewesen, und jeder von ihnen fühlte die Erschöpfung, aber auch die Zufriedenheit, endlich am Ziel zu sein.

Lena und Bodo standen gemeinsam am Hafen und blickten auf das ruhige Wasser. „Das war's", sagte Lena leise. „Der Fall ist abgeschlossen." Bodo nickte. „Wir haben es geschafft. Aber ich glaube, das wird noch eine Weile brauchen, um wirklich zu begreifen, was wir hier erreicht haben."

Lena sah ihn an. „Du hast großartige Arbeit geleistet. Ohne dich hätten wir das nie geschafft." Zwischen den beiden herrschte ein Moment des stillen Einverständnisses – die emotionale und berufliche Nähe, die sie während des Falls entwickelt hatten, war nun nicht mehr zu leugnen. „Was jetzt?", fragte Bodo schließlich. „Was kommt als Nächstes?" Lena lächelte leicht. „Erst einmal nehmen wir uns eine Auszeit. Und danach? Wer weiß, was die Zukunft bringt." Die Verhaftung des „Bosses" und des internationalen Drahtziehers bedeutete nicht nur das Ende eines langen Falls, sondern auch den Beginn eines neuen Kapitels für das Team. Sie hatten sich während der Ermittlungen enger zusammengeschweißt, und jeder von ihnen hatte eine wichtige Rolle im Erfolg gespielt.

Jan und Robin gingen gemeinsam in Richtung der Polizeifahrzeuge. „Das war wirklich ein harter Fall", sagte Robin. „Aber es hat sich gelohnt." „Ja", stimmte Jan zu. „Und ich denke, wir werden uns an diesen Erfolg noch lange erinnern." Auch Corinna, die durch ihre forensische Arbeit maßgeblich zur Festnahme beigetragen hatte, gesellte sich dazu. „Ich bin froh, dass wir es endlich geschafft haben. Aber was wird jetzt aus der Organisation?" Lars, der die Gruppe überhörte, lächelte leicht. „Wir haben den Kopf der Schlange abgeschlagen. Die restlichen Mitglieder werden sich ohne Führung nicht lange halten. Wir haben diesen Fall gewonnen."

Das Team ging gemeinsam in die Zentrale zurück, wo sie den Erfolg des Einsatzes feierten. Für den Moment war der Fall abgeschlossen, doch es war klar, dass die gemeinsame Arbeit sie für kommende Herausforderungen stärken würde.

Kapitel 55

Der Saal des Landgerichts Aurich war vollgepackt mit Journalisten, Polizisten und neugierigen Zuschauern, die alle auf das Finale eines der größten Kriminalfälle in der Geschichte der Region warteten. Der Prozess gegen den „Boss" und seine Komplizen, dessen kriminelles Netzwerk jahrelang die Stadt und das Umland in Angst und Schrecken versetzt hatte, stand kurz vor seinem Abschluss. Für viele im Raum war dies der Moment der Gerechtigkeit, doch für das Team um Lena und Bodo war es mehr – es war der Höhepunkt wochenlanger, erschöpfender Ermittlungsarbeit, die sie an ihre Grenzen gebracht hatte.

Die Anspannung im Saal war förmlich spürbar, als der Richter seine Position einnahm. Die Augen aller Anwesenden ruhten auf ihm, doch auch der „Boss" selbst zog viele Blicke auf sich. Er saß gelassen auf der Anklagebank, die Hände gefaltet, und seine Augen funkelten kalt. Seine Unnahbarkeit machte ihn noch bedrohlicher – auch in diesem Moment, wo er dem Urteil für seine unzähligen Verbrechen entgegensah, schien er die Kontrolle zu behalten.

Lena saß im Zuschauerbereich, neben ihr Bodo, beide still und konzentriert. Ihre Blicke wanderten unruhig durch den Saal, doch ihre Gedanken lagen ganz bei dem, was in den kommenden Stunden passieren würde. Sie wussten, dass die heutige Verhandlung über den Erfolg oder das Scheitern ihrer Arbeit entscheiden würde. In den letzten Wochen hatten sie gemeinsam mit ihrem Team Beweise gesammelt, Zeugen befragt und ein dichtes Netz aus Verbindungen entwirrt, das den „Boss" und sein Imperium zu Fall bringen sollte.

Der Richter klopfte mit seinem Hammer, und der Prozess begann. Die Luft im Saal schien stillzustehen, als die Tür zum Zeugenstand geöffnet wurde. Alle Augen richteten sich auf Lea, die als Kronzeugin aufgerufen worden war. Ihre Schritte waren zögerlich, ihre Hände zitterten leicht, als sie sich zum Zeugenstand begab. Ihr Anwalt ging neben ihr und sprach beruhigend auf sie ein, doch es war offensichtlich, dass die Nervosität sie fest im Griff hatte. Lea war eine Schlüsselfigur in diesem Prozess. Sie war tief in die Machenschaften des „Bosses" verwickelt gewesen und hatte sich bereit erklärt, auszusagen, nachdem sie sich entschlossen hatte, aus seinem Einflussbereich zu entkommen. Doch das bedeutete, dass sie heute ihr altes Leben endgültig hinter sich lassen musste – und sich den Männern stellen musste, die sie einst fürchtete.

Ihre Augen trafen kurz die des „Bosses", der sie mit einem eisigen Blick fixierte. Einen Moment lang schien sie zu erstarren, doch dann schloss sie die Augen, atmete tief durch und setzte sich auf den Stuhl im Zeugenstand. Dies war ihr Moment, und sie wusste, dass sie die Wahrheit sagen musste, egal wie schwer es ihr fiel.

„Frau Weber, sind Sie bereit, Ihre Aussage zu machen?" fragte der Richter.

Lea nickte schwach, ihre Hände krallten sich an die Armlehnen des Stuhls. Ihre Stimme war zu Beginn leise und unsicher, doch als sie die ersten Worte sprach, begann sie langsam an Stärke zu gewinnen.

„Es begann vor fünf Jahren", sagte sie, ihre Stimme bebte leicht. „Ich arbeitete in einer Bar in Leer, als er zu mir kam.

Zuerst war es harmlos – Informationen, die mir nichts bedeuteten. Aber dann wurde es ernster. Es ging um Drogen, Geldwäsche und schließlich auch um Gewalt."

Im Saal herrschte eine gespannte Stille, während jeder an Leas Lippen hing. Sie sprach von den dunklen Geschäften des „Bosses", von den Treffen in abgelegenen Lagerhäusern und den gefährlichen Aufträgen, die er an seine Leute verteilte. Mit jedem Satz, den sie sprach, schien ihre Stimme fester zu werden, während sie die schrecklichen Details des kriminellen Netzwerks aufdeckte.

Lena und Bodo verfolgten jede ihrer Worte, wissend, dass diese Aussage den entscheidenden Schlag gegen den „Boss" bedeuten könnte. Sie hatten hart daran gearbeitet, Lea zu diesem Punkt zu bringen – sie zu überzeugen, dass nur ihre Worte den Prozess zum Erfolg führen konnten.

Der „Boss" beobachtete Lea während der gesamten Aussage starr, sein Gesicht ausdruckslos, doch seine Augen glitzerten kalt. Jeder im Raum konnte die Spannung spüren, die zwischen der Kronzeugin und dem Mann, den sie belastete, lag. Doch Lea ließ sich nicht mehr einschüchtern. Sie hatte zu viel Angst in ihrem Leben gehabt, und heute würde sie diese Angst hinter sich lassen.

Nachdem Lea ihre belastende Aussage beendet hatte, kehrte erneut gespannte Stille im Saal ein. Ihre Worte hatten das Publikum in den Bann gezogen, und nun war es an der Zeit, die Beweise vorzulegen, die ihre Aussage untermauern sollten. Der Richter nickte dem Staatsanwalt zu, und dieser wandte sich an Robin und Jan, die mit den entscheidenden Beweisen bereitstanden.

Robin war der erste, der den Zeugenstand betrat. Er hatte in den letzten Wochen unermüdlich daran gearbeitet, digitale Beweise zu sammeln – verschlüsselte Nachrichten, Telefonprotokolle, Überwachungsaufnahmen –, die die Verbindung des „Bosses" zu seinem kriminellen Netzwerk belegten. Mit ruhigen, präzisen Bewegungen bereitete er seine Präsentation vor.

„Diese Kommunikationsprotokolle", begann Robin, während er auf den Bildschirm zeigte, „belegen die direkte Verbindung zwischen dem Angeklagten und seinen Komplizen. Hier sehen Sie Nachrichten, die in verschlüsselten Netzwerken ausgetauscht wurden, in denen Geldtransfers und Drogengeschäfte besprochen wurden."

Er klickte weiter durch die Dokumente, während der Bildschirm immer neue Beweise enthüllte. „Der Angeklagte koordinierte die Geschäfte nicht nur, er überwachte jeden Schritt genau. Diese Daten zeigen, wie tief er in das kriminelle Netzwerk involviert war. Er war der Kopf der Organisation, der die Fäden zog."

Der Richter sah sich die Beweise genau an, während die Zuschauer auf den Bildschirmen jede neue Information verfolgten. Die Präsentation der digitalen Beweise war erdrückend, und es war offensichtlich, dass der „Boss" eine zentrale Rolle in dem Netzwerk spielte.

Nachdem Robin seine Ausführungen beendet hatte, trat Jan nach vorn. Er war für die physischen Beweise zuständig, die bei den zahlreichen Razzien beschlagnahmt worden waren. Während er sprach, wurden die Beweise – Waffen, Drogen, Geldbündel – vor Gericht präsentiert.

„Diese Gegenstände", erklärte Jan, „wurden in den Verstecken des Angeklagten und seiner Komplizen gefunden. Sie zeigen die Ausmaße des kriminellen Netzwerks, das in den letzten Jahren operiert hat. Jedes dieser Stücke ist direkt mit den Aktivitäten der Organisation verbunden."

Jan zeigte den Mitgliedern des Gerichts Waffen, die bei einem Überfall verwendet wurden, sowie Geldbündel, die aus illegalen Geschäften stammten. Die Drogen, die in großen Mengen sichergestellt worden waren, untermauerten den Umfang des Verbrechens.

„Diese Beweise, zusammen mit den Aussagen der Zeugen, beweisen eindeutig, dass der Angeklagte die kriminellen Aktivitäten nicht nur unterstützt hat, sondern deren zentraler Anführer war", sagte Jan abschließend, während er den Richter und die Geschworenen eindringlich ansah.

Die Beweise waren unwiderlegbar, und das Publikum im Saal konnte die Last, die auf dem „Boss" lag, spüren. Es war nur noch eine Frage der Zeit, bis das Urteil gefällt würde.

Der Verhandlungstag neigte sich dem Ende zu, doch die Spannung, die sich während des Prozesses aufgebaut hatte, lag schwer auf den Schultern des Teams. Lena und Bodo saßen noch immer im Zuschauerbereich, stumm, aber innerlich erleichtert. Die Beweise waren stark, Leas Aussage war glaubwürdig – alles deutete darauf hin, dass der „Boss" bald verurteilt würde. Doch die innere Anspannung war nicht so einfach abzulegen.

Nach der Verhandlung verließ das Team das Gerichtsgebäude, um etwas frische Luft zu schnappen. Jan ging etwas abseits von den anderen, seine Schultern leicht nach vorne gebeugt. Lena bemerkte sofort, dass etwas nicht stimmte. Sie kannte Jan gut genug, um zu erkennen, dass ihn etwas anderes als der Fall beschäftigte. Sie trat an seine Seite und legte ihm eine Hand auf die Schulter.

„Jan, alles in Ordnung?" fragte sie sanft.

Er blickte sie an, und für einen Moment schien er zu zögern. Doch dann ließ er den Blick wieder sinken und atmete tief durch. „Es ist nicht der Fall," sagte er leise. „Es ist... alles andere."

Lena blieb ruhig und wartete darauf, dass er fortfuhr. Sie hatte schon oft gesehen, wie der Fall Spuren bei den Menschen hinterlassen hatte, die daran gearbeitet hatten, aber diesmal schien es persönlicher zu sein.

„Meine Tochter redet kaum noch mit mir", begann Jan, während er den Boden fixierte. „Während des gesamten Falls war ich nie da. Immer am Arbeiten, immer unterwegs. Und jetzt... jetzt fragt sie sich, ob sie überhaupt noch einen Vater hat."

Lena sah ihn an und spürte das Gewicht seiner Worte. Sie wusste, wie viel Jan in den Fall gesteckt hatte – Tage, Nächte, unzählige Stunden voller intensiver Arbeit. Doch die Auswirkungen auf sein Privatleben waren ihm nicht fremd.

„Du hast diesen Fall so weit gebracht, Jan," sagte Lena nach einem Moment des Schweigens. „Aber es klingt, als müsstest du dich jetzt auch um dein eigenes Leben kümmern."

Jan nickte langsam, seine Augen weiterhin auf den Boden gerichtet. „Ich habe die Balance verloren," gestand er schließlich. „Und ich weiß nicht, ob ich es wieder in Ordnung bringen kann."

Lena seufzte leise und überlegte, wie sie ihm am besten helfen konnte. „Es ist nie zu spät, etwas zu ändern," sagte sie. „Du hast diesen Fall fast abgeschlossen. Du hast deine Arbeit hervorragend gemacht. Aber jetzt musst du dir auch Zeit für dich nehmen."

Jan lächelte schwach, obwohl seine Augen immer noch müde wirkten. „Vielleicht hast du recht," murmelte er. „Vielleicht ist es Zeit, einige Dinge wieder gerade zu rücken."

Für einen Moment standen sie beide schweigend nebeneinander, jeder in Gedanken versunken. Lena wusste, dass Jan einer der besten Ermittler war, mit denen sie je gearbeitet hatte. Doch sie wusste auch, dass kein Fall es wert war, das eigene Leben völlig zu opfern.

Am nächsten Morgen war der Gerichtssaal wieder bis auf den letzten Platz gefüllt. Die Spannung lag wie ein dichter Nebel über den Anwesenden, während der Richter seinen Platz einnahm und die Akten vor sich ordnete. Es war der Moment, auf den alle gewartet hatten – das Urteil. Die Ermittler, die Anwälte, die Zuschauer, ja sogar der "Boss" selbst, wussten, dass sich heute alles entscheiden würde.

Der „Boss" saß mit ausdruckslosem Gesicht auf der Anklagebank. Trotz der erdrückenden Beweislast und der eindringlichen Zeugenaussagen hatte er seine kühle Fassade nie abgelegt. Doch auch er konnte die Schwere des Augenblicks spüren, als der Richter das Wort ergriff. „In Anbetracht der erdrückenden Beweislast und der klaren Verbindungen, die zwischen dem Angeklagten und den kriminellen Aktivitäten der Organisation bestehen, sowie aufgrund der eindeutigen Zeugenaussagen, befindet das Gericht den Angeklagten des mehrfachen Mordes, Drogenhandels, Geldwäsche und der Mitgliedschaft in einer kriminellen Vereinigung für schuldig."

Die Worte des Richters hallten durch den Saal, als die Zuschauer still einatmeten. Es war der Moment, den Lena, Bodo, Jan und Robin wochenlang herbeigesehnt hatten. Der „Boss", der die Stadt und das Umland jahrelang terrorisiert hatte, würde nun endlich zur Rechenschaft gezogen.

„Der Angeklagte wird zu lebenslanger Haft verurteilt, ohne die Möglichkeit einer vorzeitigen Entlassung."

Es war, als ob ein kollektives Aufatmen durch den Saal ging. Das Urteil war gesprochen, und mit ihm ging ein Kapitel des Schreckens zu Ende. Lena spürte, wie eine Welle der Erleichterung durch ihren Körper lief. Neben ihr ließ Bodo seinen Blick über den Saal schweifen, bevor er Lena ansah und leicht nickte. Es war geschafft.

Die Polizei hatte ihre Aufgabe erfüllt. Der „Boss" würde nie wieder die Straßen kontrollieren, und seine Komplizen waren ebenfalls hinter Gittern. Es war ein Sieg der Gerechtigkeit, ein Sieg für all jene, die während der Ermittlungen alles gegeben hatten.

Jan und Robin saßen schweigend da, jeder in Gedanken versunken. Für Robin war dies das Ende einer langen, anstrengenden Phase, in der er sich tief in die digitale Welt des kriminellen Netzwerks vergraben hatte. Für Jan war es mehr als das – es war das Ende eines Falls, der ihn persönlich gefordert hatte, der ihn an die Grenzen seiner körperlichen und emotionalen Belastbarkeit geführt hatte. Und doch, jetzt, wo das Urteil gefallen war, spürte er, dass ein Teil der Last von seinen Schultern genommen worden war.

Der Richter verließ den Saal, und die Zuschauer begannen sich leise zu unterhalten. Doch für das Team um Lena und Bodo war dies ein Moment der Stille, des Innehaltens. Sie hatten es geschafft. Wochen der harten Arbeit, der schlaflosen Nächte und der Gefahr hatten sich gelohnt. Der „Boss" war zur Strecke gebracht worden.

Lena erhob sich, drehte sich zu Bodo und lächelte. „Es ist vorbei", sagte sie leise, und zum ersten Mal seit langem spürte sie, wie die Spannung aus ihrem Körper wich.

Bodo lächelte zurück. „Ja, das ist es."

Kapitel 56

Der Aufenthaltsraum der Polizeistation in Emden war ungewöhnlich still. Nach den anstrengenden Monaten, in denen der „Boss" und sein Netzwerk zur Strecke gebracht worden waren, lag eine fast unnatürliche Ruhe über der Wache. Das leise Summen des Kaffeeautomaten und das gelegentliche Flüstern der Kollegen verstärkten die seltsame Stille. Es war ein friedlicher Moment, ein Kontrast zu den hektischen und oft gefährlichen Tagen, die hinter ihnen lagen.

Lena saß auf einem der bequemen Stühle und umklammerte ihre Tasse. Zum ersten Mal seit langer Zeit spürte sie die Last, die sie monatelang begleitet hatte, von ihren Schultern fallen. Der ständige Druck, die Unsicherheiten und die Angst – all das war plötzlich verschwunden. Neben ihr saß Bodo, der schweigend seinen Kaffee trank. Auch er wirkte, als würde er die Ruhe nach dem Sturm genießen. „Es fühlt sich merkwürdig an, oder?" Bodo durchbrach die Stille und sah Lena an. Seine Stimme war ruhig, aber es schwang ein Hauch von Erstaunen mit. Lena lächelte schwach und nickte. „Ja, fast surreal. Nach all dem einfach wieder in den Alltag zurückzukehren…"

Bodo legte eine Hand auf ihre Schulter, sein Blick fest und warm. „Wir haben das alles durchgestanden. Was soll uns jetzt noch aufhalten?" Lena erwiderte sein Lächeln, spürte, wie die wohlige Wärme sich in ihrer Brust ausbreitete. „Genau. Ich denke, wir haben endlich unseren Platz gefunden – sowohl beruflich als auch… privat." Sie legte ihre Hand auf seine, spürte die Verbindung, die in den letzten Monaten gewachsen war. Es war kein großes Thema mehr, dass Bodo vor Kurzem endgültig zu ihr in den Gatjebogen gezogen war. Alles fühlte sich natürlich an, wie der nächste logische Schritt. Plötzlich wurde die Stille durch ein Klopfen an der Tür unterbrochen. Robin steckte den Kopf herein, ein breites Grinsen auf dem Gesicht. „Hey, ich wollte euch das unbedingt erzählen! Mein erster Fall als Kommissar ist abgeschlossen!" Er setzte sich zu ihnen, strahlend vor Stolz. „Es war zwar nichts Großes, aber ich fühle mich, als hätte ich einen riesigen Schritt gemacht." Bodo lachte und klopfte ihm auf die Schulter. „Das hast du, Robin. Es ist nur der Anfang. Du hast gezeigt, dass du bereit bist für mehr."

Lena nickte zustimmend. „Du hast großartige Arbeit geleistet. Es ist schön zu sehen, wie du dich in deine neue Rolle einfügst." Robin lehnte sich zurück und strahlte. „Ich hätte nie gedacht, dass ich so schnell aufsteigen würde. Aber nach allem, was wir durchgemacht haben, bin ich froh, dass ich die Chance hatte, mich zu beweisen." Die drei saßen zusammen und lachten, während sie über die letzten Monate reflektierten. Es war ein Moment der Ruhe und des Triumphes. Doch Lena spürte tief in sich, dass dieser Moment nur von kurzer Dauer sein würde. Die Arbeit als Polizisten hörte nie wirklich auf.

Später am Abend, als die letzten Sonnenstrahlen den Himmel über Emden in ein goldenes Licht tauchten, stand Lea Weber vor der Polizeiwache. Sie hielt ihren Hund Dusty an der Leine, der unruhig um ihre Beine schnüffelte. Für sie war dies der letzte Moment, bevor sie endgültig in das Zeugenschutzprogramm aufgenommen wurde. Ein neues Leben wartete auf sie, weit weg von Emden, aber dieser Abschied fiel ihr schwer.

Lena und Bodo traten aus der Tür des Kommissariats, blieben kurz stehen und lächelten Lea warm an. „Es ist also soweit", sagte Lena leise und trat auf sie zu. Lea nickte, ihre Augen verrieten jedoch eine Mischung aus Erleichterung und Traurigkeit. „Ja, es wird Zeit für einen neuen Anfang."

Lena kniete sich hin, um Dusty zu streicheln, der freudig mit dem Schwanz wedelte. „Ich freue mich für dich, Lea. Du hast so viel durchgemacht, aber du bist stark geblieben." Lea lachte leise. „Ohne euch hätte ich das niemals geschafft." Sie sah Bodo und Lena ernst an. „Ich wollte mich bei euch bedanken – für alles. Ich werde euch nicht vergessen." Bodo trat näher, legte eine Hand auf Leas Schulter. „Du hast den Mut bewiesen, den nur wenige haben. Geh deinen Weg, Lea." Lea umarmte beide kurz, bevor sie sich verabschiedete. Sie nahm Dustys Leine fest in die Hand und drehte sich ein letztes Mal um, ihre Augen voller Dankbarkeit. „Passt auf euch auf, ja?"

„Das werden wir", antwortete Lena, ihre Stimme sanft. Als Lea in der Dämmerung verschwand, standen Lena und Bodo einen Moment schweigend da. Es war ein bedeutungsvoller Abschied – nicht nur von einer mutigen Frau, sondern auch von den letzten Schatten, die der Fall des „Bosses" über sie geworfen hatte.

Später am Abend versammelte sich das Team im „Da Sergio", einem kleinen italienischen Restaurant am Rande von Emden. Es war der perfekte Ort, um das Ende eines langen Kapitels zu feiern und ein wenig Normalität in ihr Leben zurückkehren zu lassen. Der Duft von frisch gebackener Pizza und Pasta erfüllte die Luft, und die Atmosphäre war entspannt. Lena und Bodo saßen nebeneinander, die Hände auf dem Tisch ineinander verschlungen. Um sie herum füllte sich der Raum mit Gesprächen und Gelächter. Jeder genoss diesen Moment der Erleichterung, nachdem der Fall des „Bosses" nun endgültig abgeschlossen war.

Lars erhob sein Glas und forderte die Aufmerksamkeit des Teams. „Ich wollte diesen Moment nutzen, um uns allen zu danken", sagte er, seine Stimme voller Stolz. „Wir haben zusammen etwas Großes erreicht. Jeder von euch hat einen entscheidenden Beitrag geleistet." Sein Blick wanderte zu Lena. „Besonders dir, Lena. Du hast diesen Fall geführt, ihn von einem Mordfall zu einem internationalen Verbrechen ausgeweitet. Ohne deine Hartnäckigkeit wären wir nicht hier."

Lena wurde leicht rot, aber sie lächelte dankbar. „Es war ein Team-Erfolg. Ohne euch hätte ich das niemals geschafft." „Das stimmt, Lena", fügte Bodo hinzu und prostete ihr zu. „Aber du hast uns alle geführt, in den dunkelsten Momenten." Robin, der direkt neben ihnen saß, hob sein Glas und grinste. „Und ich bin froh, dass ich dabei sein durfte. Auch wenn ich nur einen kleinen Teil dazu beigetragen habe."

„Es war kein kleiner Teil, Robin", entgegnete Jan von der anderen Seite des Tisches. „Du hast gezeigt, dass du bereit bist für mehr." Das Team prostete sich zu, und die Gespräche flossen wieder in ihre gewohnte Leichtigkeit. Es war ein Moment des Feierns und der Freundschaft. Für einen Abend konnten sie all die Belastungen der letzten Monate hinter sich lassen.

Bodo beugte sich zu Lena und flüsterte ihr ins Ohr: „Was denkst du? Bereit, mal eine Weile einfach nur zu leben?"

Lena sah ihn an und lachte leise. „Ich weiß nicht, ob wir das können, aber es wäre schön, es mal zu versuchen." Bodo lächelte und nahm ihre Hand fester. „Wir können alles schaffen, wenn wir zusammen sind." Der Abend zog sich gemütlich in die Länge, das Essen und die Gespräche füllten den Raum mit Wärme. Es war ein Moment, der allen im Gedächtnis bleiben würde – nicht nur als Ende eines großen Falls, sondern auch als Neubeginn.

Als Lena und Bodo später in ihr gemeinsames Haus im Gatjebogen zurückkehrten, war die Nacht still. Der Himmel über Emden war klar, und die Sterne funkelten schwach über der Stadt. Es war eine seltsame Stille nach all den lauten und gefährlichen Momenten, die sie in den letzten Monaten durchlebt hatten. Lena ließ sich auf die Couch fallen, während Bodo zwei Gläser Rotwein einschenkte. Er setzte sich neben sie und reichte ihr eines der Gläser.

„Auf uns", sagte er leise und prostete ihr zu.

„Auf uns", wiederholte Lena und nippte an ihrem Glas. Sie lehnte sich an Bodo und ließ sich in seine Umarmung fallen. Die Wärme seiner Nähe und die Ruhe des Augenblicks ließen sie alle Sorgen vergessen – zumindest für einen Moment. „Weißt du, ich hätte nie gedacht, dass wir hier landen", sagte Bodo nach einer Weile. „Aber jetzt fühlt es sich an, als wäre es der richtige Ort für uns."

Lena sah ihn an, ihre Augen voller Zärtlichkeit. „Es ist der richtige Ort. Wir haben alles durchgestanden, was uns das Leben entgegengeworfen hat. Wir sind ein Team." Bodo legte seine Hand sanft auf ihre Wange und zog sie zu einem zärtlichen Kuss heran. „Ich bin froh, dass wir es gemeinsam geschafft haben."

„Ich auch", flüsterte Lena, während sie sich in seinen Armen festhielt. „Und was auch immer kommt, wir werden es zusammen durchstehen." Die beiden saßen noch eine Weile eng umschlungen auf der Couch, während die Stadt um sie herum langsam zur Ruhe kam. Es war ein Moment des Friedens, den sie beide lange nicht gekannt hatten.

Am nächsten Morgen drangen die ersten Sonnenstrahlen durch die Vorhänge ihrer Wohnung. Lena goss Kaffee in zwei Tassen und brachte eine davon zu Bodo, der verschlafen am Küchentisch saß. Sie gab ihm einen sanften Kuss, bevor sie sich ihm gegenüber setzte.

„Danke", murmelte Bodo und nahm einen tiefen Schluck.

„Gern geschehen", antwortete Lena lächelnd.

Es war ein Morgen wie jeder andere, doch etwas lag in der Luft. Die Ruhe, die sie in den letzten Stunden genossen hatten, fühlte sich plötzlich fragil an. Und es dauerte nicht lange, bis das Unvermeidliche passierte.

Lenas Handy vibrierte auf dem Tisch. Sie warf einen Blick auf das Display und seufzte. „Lars." Bodo sah sie an, leicht überrascht. „Das ging schnell."

„Ja", murmelte Lena, bevor sie das Gespräch annahm. „Lena hier."

„Lena, wir haben einen neuen Fall", kam Lars' Stimme ruhig, aber bestimmt. „Es geht um einen Mann, der vor zwanzig Jahren spurlos verschwunden ist. Wir haben gerade neue Hinweise erhalten. Es könnte groß werden." Lena tauschte einen Blick mit Bodo aus, der ihr aufmerksam lauschte.

„Okay", sagte sie. „Ich bin gleich da."

Als sie auflegte, lehnte sie sich zurück und nahm einen weiteren Schluck Kaffee. „Es sieht so aus, als wäre die Ruhe vorbei."

Bodo lächelte leicht. „War ja klar. Was ist es diesmal?"

„Ein Vermisstenfall. Zwanzig Jahre alt", sagte Lena und stand auf, um ihre Jacke zu holen. „Es klingt nach einem großen Ding."

„Dann wird es wohl wieder spannend", sagte Bodo, während er ebenfalls aufstand.

„Ja", stimmte Lena zu, bevor sie ihm einen Kuss auf die Wange gab. „Aber wir sind bereit."

Gemeinsam verließen sie das Haus, wissend, dass ein neues Abenteuer vor ihnen lag. Doch diesmal waren sie mehr als nur Kollegen – sie waren Partner in jeder Hinsicht, bereit für alles, was das Leben ihnen entgegenwerfen würde.

Milton Keynes UK
Ingram Content Group UK Ltd.
UKHW031024011224
451693UK00004B/456